Anna Berk

Verborgene Mauern

Roman

Bibliografische Information der Deutschen
Nationalbibliothek:
Die Deutsche Nationalbibliothek verzeichnet diese
Publikation in der Deutschen Nationalbibliografie;
detaillierte bibliografische Daten sind im Internet über
http://dnb.dnb.de abrufbar.
© 2019 Pia Khoilar
Herstellung und Verlag: BoD – Books on Demand,
Norderstedt
ISBN: 9 783748167884

Die Autorin kennt das Leben im Iran aus eigener Erfahrung.
Der Roman und alle handelnden Personen sind frei
erfunden.

1.

Ihr vollbepacktes Auto kroch durch den dichten Verkehr von Istanbul. Bis nach Teheran waren es noch über zweitausend Kilometer. Die Ampel sprang gerade wieder auf grün, doch an Vorankommen war nicht zu denken. Von Fahrzeugen eingekeilt, knallte die Sonne erbarmungslos durch die Frontscheibe. Simone wischte sich mit dem Unterarm den Schweiß von der Stirn und zurrte den Gummi fest, mit dem sie ihr langes Haar hochgebunden hatte.

„So ein Mist." Masoud schlug mit den Fingerspitzen der flachen Hand auf das Lenkrad. „Wenn das so weiter geht, kommen wir nie mehr an." Simone seufzte. Der Gedanke an die vor ihnen liegende Strecke machte ihr inzwischen Sorgen. Sie war so begeistert von der Idee gewesen, mit dem eigenen Auto in die neue Heimat zu fahren, dass sie die Belastung verdrängt hatte. Deutschland, Österreich, Ungarn, Rumänien und Bulgarien lagen hinter ihnen, doch vor ihnen erstreckte sich die gesamte Türkei. Sie würden noch einige Tage in diesem übervollen Koffer auf vier Rädern aushalten müssen, bevor sie die iranische Grenze erreichten. Simone drehte sich zu den Kindern um. Amir kniete auf dem hinteren Sitz. Er hatte seine kleinen Finger um die Kopfstütze des Fahrersitzes gelegt und beobachtete die Straße. Arezu hockte neben ihm und nuckelte verschlafen an ihrem Stoffhasen. Die dunklen Locken klebten auf ihrer Stirn. Masoud ärgerte sich immer noch.

„Wunderbar, wir stecken mitten im dicksten Verkehr. Ich wollte nicht umsonst früher wegfahren", schimpfte er. Er war nicht einmal rasiert und seine langen schwarzen, von einzelnen grauen Strähnen durchzogenen Locken, hingen wirr um sein Gesicht.

„Ich weiß, aber mit zwei Kindern dauert es morgens eben", brummte Simone. „Außerdem habe ich die halbe Nacht auf dich gewartet."

„Papa, Papa kauf uns einen Kringel!" Amir hatte einen Verkaufswagen entdeckt, auf dem mit Sesam bestreute Brotringe an Stangen in der Sonne baumelten. Der Händler schlängelte sich mit dem Handkarren zwischen den vor der Ampel stehenden Autos hindurch. Moderne und alte Fahrzeuge standen dicht gedrängt in mehreren Reihen. Simone wunderte sich, dass die Autofahrer kaum Notiz von den wagemutigen Balanceakten des Verkäufers mit seinem vollbepackten Wagen nahmen, auf dem die Brotringe munter umher wackelten. Sie schienen sich offenbar keine Sorgen um den Lack ihrer Autos zu machen.

„Typisch Orient", dachte Simone und verbot sich diesen Gedanken im selben Augenblick. Sie hatte beschlossen, sich Vorurteile dieser Art nicht zu erlauben. Manche Fahrer hatten den Blinker gesetzt und ihre Autos trotz des dichten Gedränges leicht quergestellt. Sie versuchten sich so, ohne Rücksicht auf den nachfolgenden Verkehr, die Möglichkeit eines schnellen Spurwechsels zu sichern. „Hauptsache man kommt vorwärts", schoss es ihr durch den Kopf. Simone biss sich auf die Lippen. Durch die offenen Fenster drang beißender Benzingeruch ins Innere des Wagens. Sie schloss für einen Moment die Augen. Gut, dass Masoud hinterm Steuer saß. Plötzlich reckte sich eine nach Petroleum riechende Hand mit schwarzen Fingernägeln durch das geöffnete Seitenfenster und wippte direkt vor ihrem Gesicht fordernd auf und ab.

„Madam, Madam, please!" Simone schreckte zurück. Sie blickte in die schwarz umrandeten Augen einer jungen Frau. Ihre verfilzten Haare waren mit einem Kopftuch bedeckt. Auf dem Arm trug sie ein schmutziges Bündel. Simone erkannte den Kopf eines Babys. Es bewegte sich nicht. Die Augen in dem kleinen runden Gesicht waren geschlossen. In diesem Moment fuhr Masoud an und ihr Auto passierte gerade noch die vor ihnen liegende Ampel, die schon wieder auf Rot gesprungen war. Simone war fassungslos.

„Hast du das gesehen, Masoud? Sie hatte ein Baby dabei. Mitten in diesen Abgasen." Sie beobachtete im Außenspiegel wie die Frau mit dem Kind im Arm an den Wagen, die vor der Ampel zum Stehen gekommen waren, weiter bettelte. Einige Insassen der Autos schlossen die Fensterscheiben, als sie die Frau auf sich zukommen sahen. Sie klopfte dennoch heftig an die Seitenfenster, zeigte ihr Baby und schwenkte ihre geöffnete Hand fordernd hin und her. Die Menschen in den Autos bemühten sich, die Frau und das Kind nicht anzusehen.

„Ich wollte doch einen Kringel." Amir meldete sich enttäuscht von der Rückbank.

„Was hier verkauft wird, kann man nicht essen", sagte Masoud und sah ihn im Rückspiegel an. „Da kleben die Abgase der Autos dran, Schatz." Sie kamen endlich wieder voran. Simone blickte angespannt nach vorn. Die entscheidende Passage ihrer Reise stand bevor. Bald würden sie eine der beiden großen Hängebrücken überqueren, die hier in Istanbul Europa mit Asien verbanden. Ihr Herz schlug schneller. Wenn sie diese Brücke wieder verlassen würde, läge ihr bisheriges, knapp dreißigjähriges Leben endgültig hinter ihr. Was vor ihr lag, beschäftigte sie immer mehr. Sie hatte in Deutschland mit Masoud lange über den Iran gesprochen und sich vorgestellt, wie das Leben dort wohl sein mochte. Auf der Fahrt durch Rumänien und Bulgarien war Simone aufgefallen, dass die Menschen zunehmend ärmlicher lebten. Istanbul war ihr reicher und sauberer vorgekommen. Es gab Plätze in der Stadt, die anderen europäischen Millionenmetropolen ähnelten. Das Bild der jungen Bettlerin mit dem Kind im Arm ließ sie nicht los. Masouds Familie war wohlhabend. Aber wie würde es sich anfühlen in einem Land zu leben, in dem viele Menschen arm waren?

9

„Mein Gott", sagte sie jetzt. „Gibt es im Iran auch solche Bettlerinnen?"

„Nein. Im Iran gibt es auch arme Leute, aber so etwas habe ich noch nie gesehen", sagte Masoud und fuhr fort: „Man soll diesen Frauen nichts geben. Sie benutzen die Kinder und stellen sie mit Drogen ruhig. Das darf man nicht unterstützen." Simone wurde übel.

„Und woher weißt das?" fragte sie.

„Das habe ich gehört. Es muss ja nicht stimmen. Bei uns verkaufen die ärmeren Leute auch Sachen in den Staus vor den Ampeln. Kaugummis, Kekse und andere Kleinigkeiten. Das machen sogar Kinder. Aber Betteln mit Säuglingen habe ich im Iran nie gesehen." Simone schwieg. Masoud hatte die letzten Jahre in Deutschland gelebt und den Iran nur kurzzeitig besucht. Wer weiß, was sich in der Zwischenzeit alles geändert haben mochte.

Die Luft, die durch die offenen Autofenster hineinströmte, war trotz des leichten Fahrtwindes immer noch schwer und stickig. Auf den Bürgersteigen tummelten sich unzählige Fußgänger. Simone hatte in den zwei Tagen in Istanbul bemerkt, dass viele der Hausfassaden nur auf den ersten Blick gepflegt wirkten. Wenn man genauer hinsah, konnte man sehen, dass sie heruntergekommen waren. „Besser ich mache mich auf so manche Überraschung gefasst", dachte sie besorgt. Aber jetzt war erst einmal wichtig, dass ihre Familie gesund in die neue Heimat kam.

Sie schaltete den Kassettenrekorder an und sofort ertönte das unverkennbare „Töörrrööööö" von Benjamin Blümchen. Auf Benjamin Blümchen war immer Verlass. Simone drehte sich zu den Kindern um. Da sie nach Osten fuhren, hatte sie am Morgen auf der rechten Seite des Autos vorsorglich Handtücher zwischen die geschlossenen hinteren Scheiben geklemmt, um die beiden vor der Sonne zu schützen. Sie stellte erleichtert fest, dass die Kinder im Schatten saßen. Arezu saß mit ausgestreckten Beinchen da und Simone drückte zärtlich die Füßchen ihrer Kleinen. Masoud hatte in der vergangenen Nacht überraschend beschlossen, die Kindersitze bei seinem Freund Mohammed zu lassen.

„Die nehmen zu viel Platz weg und ab hier gibt es keine Strafzettel mehr", erklärte er kurzerhand, als Simone sich Heute Morgen dagegen wehrte. „Die Kinder sitzen so gedrängt da drin und sie werden nur unnötig schwitzen." Er hatte zwischen den Kopfstützen der vorderen Sitze ein Netz gespannt und den Fußraum dahinter mit Taschen zugestellt. Nachdem er ein paar Decken darüber ausgebreitet hatte, war ein Liegeplatz entstanden, den die Kinder dankbar annahmen. Amir und Arezu genossen ihre neue Freiheit sichtlich. Simone verdrängte den Gedanken an einen möglichen Unfall. Amir schien die Brotkringel vergessen zu haben und war wieder in sein Spiel versunken. Simone sah ihren Sohn liebevoll an. Er studierte mit seinen blauen Augen konzentriert die Quartettkarten, die er in den Händen hielt. Die langen dünnen Finger zogen Karte für Karte aus dem Stapel. Aufmerksam betrachtete er die Bilder und Angaben. Mit seinen knapp fünf Jahren kannte er bereits alle Flugzeugmodelle, ihre Motorleistungen, Größe, Baujahr und unzählige andere technische Daten, die in diesem Spiel miteinander verglichen wurden.
Masoud hatte seinem Sohn den Namen seines verstorbenen Vaters gegeben.

„Er ist genauso technisch begabt wie mein Vater und ich", schwärmte er bei jeder sich bietenden Gelegenheit. Nicht ganz zwei Jahre später hatte Simone den Namen ihrer Tochter ausgesucht. Ihre Wahl fiel auf Arezu, was so viel wie Sehnsucht bedeutet. Sie war ihr kleiner temperamentvoller Wirbelwind. Jetzt saß sie da, ihren Lieblingsstoffhasen im Arm, das Kinn auf die Brust gestützt und lächelte Simone müde an. Ihre dunklen Augen waren von ebenso langen und dichten Wimpern umrandet wie die ihres Vaters. Die beiden sahen friedlich aus, die laute und hektische Welt um sie herum schien gar nicht zu existieren. Simone strich mit der Hand über Arezus nackte Beinchen. Als sie sich wieder nach vorn drehte, war ihr klar, dass sich das Bild der Kinder auf dem Rücksitz im Verkehrsgewühl von Istanbul, fest in ihr Gedächtnis eingeprägt hatte. Ihre knielange Hose klebte an ihr und das kurzärmlige T-Shirt fühlte sich an, als sei es mit ihrem Rücken verschmolzen. Die Sonnenbrille konnte dem grellen Licht des Vormittags wenig entgegensetzen. Ihre Augen schmerzten und die Füße brannten vor Hitze. Simone zog die Flip Flops aus und stemmte einen Fuß gegen das Armaturenbrett, in der Hoffnung, dass etwas von dem spärlichen Fahrtwind unter ihre Oberschenkel gelangen konnte. Masoud blickte zu ihr herüber und strich mit einem Finger über ihre Beine. Sie liebte seine schmalen, gepflegten Hände.

„Nicht so hoch mit deinen langen Beinen, Schatz", scherzte er. „Sonst kommen wir gar nicht mehr vorwärts." Simone setzte sich etwas aufrechter in den Sitz.

„Ok so?" sie lächelte ihren Mann an.

„Ja, ja, das war ein Scherz", erwiderte Masoud mit einem Augenzwinkern. „Mach auch noch deine blonden Haare auf und lass sie aus dem Fenster wehen, dann verliert der Lastwagenfahrer neben uns völlig den Verstand."
Der Mann im Lastwagen neben ihnen grinste auf sie herunter. Simone zuckte mit den Schultern.

„Ist mir doch egal. Wir sind noch nicht im Iran."
Die Hitze würde für lange Zeit ihr Begleiter sein. Es war Anfang Juni und die Sommermonate lagen vor ihnen. Ihr fiel ein, dass auf den Fotos, die Masoud ihr von seiner Familie und seinem Land gezeigt hatte, niemand eine Sonnenbrille oder kurze Kleidung trug. Masouds Cousine Ashraf zum Beispiel, mit der er aufgewachsen war, hatte auf den Bildern unter dem obligatorischen Mantel, sogar lange Hosen getragen. Amme, die Kinderfrau Masouds, die auch in seinem Haus in Teheran wohnte, war immer mit einem

Schleier zu sehen. Angesichts dieser Hitze fragte Simone sich, was sie wohl darunter trug. „Komisch, dass mir das jetzt erst auffällt", dachte sie, „ich habe mich doch so gut vorbereitet." Masoud hatte ihr vor ein paar Monaten eröffnet, dass er zurückgehen müsse, um die Fabrik, die er von seinem Vater geerbt hatte, selbst zu führen. Sein Vater hatte diese Fabrik gegründet, war aber kurze Zeit später bei einem Unfall zusammen mit seiner Mutter ums Leben gekommen. Masoud war damals sieben Jahre alt. Sein Onkel Behruz, der Bruder seines Vaters, führte die Geschäfte für ihn. Als sie und Masoud geheiratet hatte, wollte er das Unternehmen eigentlich von Deutschland aus führen, aber es gab immer mehr Schwierigkeiten mit seinem Onkel. Masoud befürchtete, dass er plante, sich die Fabrik anzueignen. Simone kannte die Familie ihres Mannes nur aus seinen Erzählungen. „Vielleicht hätten wir doch mal hinfahren sollen", dachte sie jetzt. Sie hatte ihn aber nie dazu gedrängt. Das wäre anders gewesen, wenn seine Eltern noch gelebt hätten. Sie war trotzdem sofort bereit gewesen, mit ihm zu gehen, denn die Fabrik war das Einzige, was ihm von seinen Eltern geblieben war.

„Gut, dann gehen wir alle zusammen. Ich wollte immer schon ins Ausland. Dabei habe ich zwar nicht an den Iran gedacht, aber seit wir zusammen sind, hat sich das geändert. Du hast dort ein Haus und ein Unternehmen, warum sollen wir es nicht versuchen." Masoud war so glücklich darüber gewesen. Er war der Mann ihrer Träume. Als sie ihn kennen lernte, wusste sie vom Iran nur das, was ihre Oma gelegentlich aus den Klatschspalten der Illustrierten zum Besten gab. Doch das war lange her. Sie führten endlose Gespräche darüber, was sie in der neuen Heimat erwarten würde. Für Simone war die Zukunft von Amir und Arezu sehr wichtig gewesen. Es gab gute Privatschulen, Masoud hatte selbst eine besucht und sie konnten sich die besten Schulen für die beiden leisten. Sie freute sich auf die Herausforderung, diese neue Welt zu erobern und hatte schon vor der Hochzeit begonnen, Farsi zu lernen. Inzwischen beherrschte sie sogar die arabische Schrift recht gut.

„Mit jeder Sprache, die du lernst, öffnet sich dir eine neue Welt." Masoud war so stolz auf sie. Lernen machte ihr Spaß und nachdem sie ihr Studium wegen der Kinder abgebrochen hatte, war es eine willkommene Abwechslung.

Ein Ruckeln holte Simone in die Gegenwart zurück. Sie überfuhren eine große Bodenwelle, die den Verkehr verlangsamte. Der Fahrtwind brachte eine angenehme Kühle und den salzigen Geruch des Meeres mit sich. Sie mussten in unmittelbarer Nähe der Brücke sein. Ihr Herz schlug schneller. Das war das Abenteuer ihres Lebens. Diese Fahrt war erst der Beginn. Sie hatten die letzten beiden Tage bei Mohammed, Masouds bestem Freund aus Kindertagen, verbracht. Er lebte mit seiner Frau Mariam hier in Istanbul. Simone kannte Mohammed nur aus Masouds Erzählungen. Sie war gespannt auf diesen Mann, der mit Masoud ausgewachsen war und sicher viele Geschichten aus ihrer gemeinsamen Jugend zu erzählen wusste. Beim Gedanken an diesen zurückliegenden Besuch stieß Simone einen kurzen Seufzer aus. Mohammeds Frau Mariam hatte sie mit der typisch iranischen Gastfreundlichkeit belagert. Mariam war sehr anstrengend gewesen. Sie hatte Simone keinen Augenblick aus den Augen gelassen und sich unentwegt nach ihren Bedürfnissen erkundigt. Simone war nie allein gewesen, aber sie wollte Mariam nicht vor den Kopf stoßen. Also bedankte sich höflich für Aufmerksamkeit ihrer Gastgeberin. Schlimmer war aber, dass Mariam keinen Wert darauf legte, dass die beiden Frauen ihre Zeit zusammen mit den Männern verbrachten.

„Lass doch die Männer", hatte sie fröhlich gesagt, „wir Frauen haben sowieso unsere eigenen Themen, nicht wahr?" Mariam wich die ganze Zeit nicht von Simones Seite und Masoud war mit Mohammed ins Gespräch vertieft. Er hatte Simone und die Kinder kaum beachtet.

Simone dachte an die letzte Nacht, in der sie vergeblich auf Masoud hatte gewartet, um ihrem Ärger Luft zu machen. Sie fragte sich, was die beiden Männer sich so Wichtiges zu erzählen hatten? Jetzt sah sie zu ihm herüber. Er fuhr langsam und konzentriert.

„Wie war es für dich bei Mohammed?" fragte Simone ihren Mann. Sie hätte ihm gerne von ihrer Enttäuschung erzählt. Doch Masoud musste einem rechts überholenden Fahrzeug ausweichen und schimpfte:

„Mensch, du Hempel. Erklär mal einem Europäer, wie man im Orient Auto fährt. Tut mir leid, Schatz. Ich muss mich konzentrieren."

„Papa, wie lange noch bis zu der großen Brücke?" Amir hatte die Karten beiseitegelegt und lugte wieder durch das Netz nach vorn.

„Wir sind viel zu spät los", murmelte Masoud vor sich und massierte dabei seinen Nacken. Simone kannte diese Geste. Er musste müde sein. Sie blickte ihn besorgt an. Masoud richtete sich im Sitz auf. Er setzte den Blinker und wechselte erneut die Fahrspur, wobei er einen nachfolgenden Lastwagen zum Abbremsen zwang. Der Fahrer schimpfte lautstark aus dem heruntergekurbelten Fenster und Masoud antwortete ihm mit andauerndem Hupen. Das Bremsmanöver setzte sich dominoartig nach hinten fort, woraufhin sofort das durchdringende Hupen der anderen Autofahrer zu hören war. Masoud lachte nervös.

„Das klingt schon sehr heimatlich." Er warf einen kurzen Blick zu seinem Sohn. „Wir haben schon mehr als die Hälfte geschafft, Amir, aber es dauert noch."
Simone rutschte tiefer in ihren Sitz. Über Mohammed würden sie wohl später sprechen müssen. Masoud beantwortete ihr schon die ganze Fahrt über ihre Fragen und

zuletzt war er ungeduldig geworden. Er verstand nicht, weshalb Simone sich immer wieder vergewissern wollte, wie dieses oder jenes im Iran sein würde. Seiner Meinung nach war alles besprochen. Aber die Eindrücke dieser Fahrt beunruhigten Simone. Das Leben der Menschen auf ihrer Reiseroute sah so anders aus, als sie es sich vorgestellt hatte. Sie rief sich die Einwände von Eltern und Freunden, die ihren Entschluss mit den Kindern in den Iran auszuwandern, nicht verstehen konnten, wieder ins Gedächtnis. Hatte sie sich ein falsches Bild gemacht?

Endlich tauchte die Auffahrt zur Brücke vor ihnen auf. Die Häuser links und rechts der Straße wichen zurück und die Pfeiler der ausgestreckten Hängekonstruktion vor ihnen wirkten wie riesige Torbögen, die in den Himmel ragten.

„So", sagte Masoud, „jetzt fahren wir in den Orient. Amir schau, diese große Brücke verbindet die zwei Kontinente Europa und Asien miteinander. Deutschland liegt hinter uns in Europa und Iran liegt vor uns in Asien." Arezu drehte sich um und versuchte über das Gepäck im hinteren Teil des Autos zu schauen.

„Wo ist Deutschland?" fragte sie. Amir beugte sich zum Vater vor und legte sein Kinn durch das großmaschige elastische Netz auf dessen Schulter.

„Papa, wie lang ist die Brücke? Ist sie die längste der Welt? Wie viele Autos fahren am Tag darüber?" Amir war sicher, dass sein Vater alles wusste. Jetzt wartete er darauf, fantastische Zahlen zu hören. Masoud sah angespannt auf die Straße und klopfte mit seinen Fingern auf das Lenkrad.

„Das schauen wir heute Abend nach. Ich verspreche es." Die Hänge zu beiden Seiten der Ufer fielen steil ab. Weit unter ihnen öffnete sich der Blick auf das blaue Wasser des Bosporus. Schiffe fuhren in Richtung Mittelmeer und hinauf zum Schwarzen Meer und winzig aussehende Ausflugsboote steuerten auf kleine Anlegestellen zu. Das Brausen des

Windes wurde stärker und Simone hörte das Surren der senkrecht in den Himmel ragenden Stahlseile.

„Wie die Gleise einer Achterbahn", dachte sie. Ihr Magen zog sich so heftig zusammen. Sie schaute starr nach vorn. „Wir hängen in der Luft", schoss es durch ihren Kopf. Ihr wurde schwindlig. Ihre rechte Hand verkrampfte sich um den Haltebügel oberhalb der Beifahrertür und ihre Gedanken überschlugen sich. „Mein Gott, was tue ich hier? Worauf habe ich mich eingelassen?" Die Grenzen zwischen oben und unten verschwanden. Ihr Herz trommelte in ihrer Brust. „Das ist kein Urlaub", schrie es in ihr. „Unser Haushalt fährt irgendwo in einem Umzugslaster. Wir kehren nicht mehr zurück." Alles verschwamm, ohne Richtung, ohne festen Grund. Ihr war plötzlich eiskalt.

„Reiß dich zusammen", sagte sie zu sich selbst. „Du bist vorbereitet und bestens informiert. Du wolltest ein anderes Leben, immer schon, seit deiner Jugend. Du bist doch modern, offen und anpassungsfähig." Was war jetzt nur mit ihr los? Sie hing zwischen den Welten. Jeder Halt schien verloren. Hatte sie doch einen Fehler gemacht?

Der Gedanke durchfuhr sie wie ein Stromschlag. „Nicht bewegen", dachte sie, „nur nicht bewegen." Sie wollte raus aus diesem Auto, wollte die Autotür aufreißen und Masoud befehlen, sofort umzukehren. Simone klammerte sich fester an den Haltebügel und starrte ins Leere. „Sitz still! Sitz einfach still", befahl sie sich. „Es geht vorbei." Simone hörte Masouds Stimme wie aus weiter Ferne.

„Wie wäre es mal mit einer anderen Kassette, ihr beiden. Ich kann das Tööröö nicht mehr hören. Ich möchte persische Musik, schließlich sind wir jetzt im Orient. Angekommen, wir sind angekommen! Residim[1], residim!" Er sang vor sich hin und schnippte mit den Fingern.

Arezu protestierte sofort:

---

[1] Farsi für : Angekommen

„Neiiiin, ich will Benjamin Blümchen hören." Amir fiel in die Begeisterungsrufe seines Vaters ein: „Residim, residim, residim!"

Sie hatten die Brücke überquert. Das Surren der Seile war verstummt und die Geräusche der Autoreifen auf dem Asphalt der Straße klangen wieder wie immer. Die Häuserreihen, Geschäfte und Menschen sahen nicht anders aus, als auf der europäischen Seite. Masoud hatte eine Kassette mit iranischer Musik eingelegt und die Kinder hüpften lachend auf dem Rücksitz auf und ab. Simone lockerte vorsichtig die Finger am Haltegriff. Sie spürte, wie sie langsam wieder die Kontrolle über ihren Körper zurückgewann. Der heiße Fahrtwind belebte ihre erstarrte Gliedmaße. Sie nahm den Fuß vorsichtig von der Konsole herunter und drehte sich langsam zu den Kindern um. Es tat so gut, die beiden zu sehen. Simone atmete tief durch. Masoud hatte Gott sei Dank nichts bemerkt. Sie kramte in der Tasche, die sie in den Fußraum vor ihrem Sitz abgestellt hatte. Ihre Kehle war staubtrocken. Sie wollte sich und den Kindern einen Pfefferminztee machen. In der Tasche war, neben anderem Proviant auch eine Thermoskanne mit heißem Wasser.

„Wer möchte etwas trinken?" fragte Simone. Sie betrachtete die Vorräte, die sie in Istanbul sorgfältig zusammengestellt hatte. Sie hatte in Mariams Küche türkisches Fladenbrot mit Frischkäse und Marmelade bestrichen und einiges an Obst gewaschen. Mariam hatte Hähnchen für sie gekocht und mit Salat, Gurken und Tomaten leckere Sandwiches belegt. Zudem hatte sie Bonbons, Kekse und Gummibärchen aus Deutschland dabei. Solche Süßigkeiten würde es im Iran nicht mehr geben.

„Ich, ich" erschallte es von hinten.

„Ich auch, ich auch", stimmte Masoud fröhlich ein.

Das Lachen entspannte Simone. „Ich muss die Dinge mehr auf mich zukommen lassen", dachte sie. Sie nahm die Thermoskanne und bot heißen Pfefferminztee an.

„Lass uns lieber einen Stopp an der nächsten Tankstelle machen und kalte Limo kaufen", sagte Masoud unter dem Beifall der Kinder.

„Das haben wir uns alle verdient."

Nach einer kurzen Pause fuhren sie gestärkt weiter. Simone schlug den Kindern vor, die T-Shirts auszuziehen. Sie hatte sich nach hinten gesetzt und war dabei, ihnen frisches Obst in kleine, mundgerechte Stücke zu schneiden. Masoud beobachtete zärtlich, wie sie einen Plastikteller auf ihren Knien balancierte und die Obststücke in Form eines lachenden Gesichts darauf anordnete. Amme wird Simone mögen, da war er sicher, und Amir und Arezu werden der Stolz der Familie sein. Er dachte an die stundenlangen Gespräche mit Mohammed in den beiden zurückliegenden Tagen. Simone war oft allein geblieben. Er ahnte, dass sie ihm deshalb böse war. Aber er musste seinen Freund und Vertrauten für sich haben. Dieses Wiedersehen ließ bei Masoud die Erinnerungen an seine schwierigste Zeit im Iran wieder lebendig werden. Mohammed und er hatten beide das Abitur bestanden und sein Freund war, mit Unterstützung seiner Eltern einen eigenen Weg gegangen. Masoud selbst konnte dies nicht, denn Onkel Behruz bestimmte sein Leben. Er versuchte trotzdem, in der Fabrik seines Vaters Fuß zu fassen und hätte sie schon damals gerne übernommen, aber Behruz bremste ihn ständig aus. Schließlich schickte er ihn kurzentschlossen zum Studium nach Deutschland. Masoud war damals hin und her gerissen, denn nicht jeder erhielt diese Chance. Zuvor hatte Behruz auch über Masouds private Zukunft entschieden. Er überredete ihn zu der Verlobung mit seiner Cousine Ashraf. Masoud war damals gerade zwanzig Jahre alt und schwärmte für Ashraf. Sie waren zwar wie Geschwister aufgewachsen, aber im Laufe der Zeit hatten sich seine Gefühle für sie verändert. Jungs und Mädchen konnten sich im Iran nicht so selbstverständlich treffen wie in Deutschland. Ashraf war die einzige junge Frau, mit der er zusammen sein konnte, ohne dass die Leute schlecht über sie redeten. Sie musizierten gemeinsam und Ashraf tanzte zwanglos zu seiner Musik. Sie war fast vier Jahre älter und es schmeichelte ihm, dass er ihr gefiel. Behruz und Amme bestanden auf die Verlobung, um Ashrafs Ehre und den Ruf der Familie zu wahren.

Doch er ging nach Deutschland und heiratete Simone, um die er sehr geworben hatte. Sie war frei und unabhängig. Bei ihr fühlte er sich endlich erwachsen. Er war glücklich mit ihr. Simone hatte ihr Studium aufgegeben und war bereit, mit ihm in den Iran zu gehen.

Masoud brachte seit seiner Hochzeit nicht den Mut auf, Behruz und Ashraf zu beichten, dass er ihre Pläne durchkreuzt und sein Wort gebrochen hatte. Mohammed wusste als einziger von seiner Ehe mit Simone. Sein Freund konnte nicht verstehen, warum Masoud nicht ehrlich war. Als er ihm dann vor ein paar Monaten am Telefon erzählte, dass er mit Simone und den Kindern wieder zurück in den Iran wollte, war Mohammed fassungslos gewesen. Er riet ihm eindringlich, vorher nach Hause zu fliegen und der Familie endlich die Wahrheit zu sagen.

„Du kannst doch nicht einfach zurückkommen, alle vor den Kopf stoßen und dann noch darauf hoffen, dass Behruz dir zum Dank die Fabrik überlässt. Und was ist mit Ashraf?" hatte Mohammed gefragt.

„Sie kann nicht wirklich denken, dass mir noch etwas an der Verlobung liegt. Ich bin ja schon bei meinen früheren Besuchen deutlich auf Abstand gegangen", verteidigte Masoud sich. „Außerdem waren es nicht unsere

Pläne, sondern die von Behruz und Amme[2]. Das weiß sie doch auch. Ich war viel zu jung damals."

„Aber das bist du nicht mehr!" Mohammed war hartnäckig geblieben. „Ist dir klar, was Simone erwartet, wenn du nicht endlich reinen Tisch machst?"

Masoud hatte sich also überwunden und war vor der Abreise aus Deutschland allein in den Iran geflogen. Es war schon zwei Monate her, aber die Szene, die Ashraf ihm gemacht hatte, lief seit dem immer wieder vor seinem inneren Auge ab. Ihm wurde sofort übel, wenn er daran dachte. Jetzt konnte nur hoffen, dass sich alle bis zu seiner Ankunft wieder beruhigt hatten.

---

[2] Farsi für: Tante väterlicherseits

2.

Die Farben der Landschaft veränderten sich stetig, je tiefer sie durch die Türkei Richtung Osten fuhren. Das Grün der Bäume wirkte blasser und ihre Äste dürrer. Steinige Bergketten bestimmten die Landschaft. Die Vielfalt der Erdtöne nahm zu und wurde gleichzeitig immer wieder durch frische Grünstreifen unterbrochen, die saftig und farbenfroh in der hellen Sonne strahlten.

Simone wusste, dass sie auf der alten Seidenstraße der einst wichtigsten Handelsverbindung zwischen Ost und West unterwegs waren. Dieser Verkehrsweg verlief an manchen Stellen schnurgerade durch eine endlos flache Landschaft. Dann wieder schlängelte er sich durch bergiges Land und über enge Pässe. Die Autos quälten sich mühsam bergan und stemmten sich, kaum auf der Höhe angekommen, gegen die Beschleunigung, die sie abwärts zog. Am Rand der Straße tauchten immer wieder Menschen mit Verkaufswagen auf. Die Karren waren mit Obst, Keksen, gekühlten Getränken oder großen, in Sackleinen gehüllten Eisblöcken beladen. Im bergigen Hinterland, fast unsichtbar für die Reisenden, duckten sich die Dörfer, in denen diese Händler wohnten in die Täler der Bergketten. Die Bewohner kamen mit den Erträgen ihrer Landwirtschaft und boten sie zu beiden Seiten des unaufhörlichen Verkehrsstroms feil. Masoud kaufte Eisstücke, die von den großen Blöcken abgeschlagen wurden und füllte damit ihren Campingwasserbehälter. Simone hatte Bedenken, dass das Eis alle krank machen könnte. Sie wollten aber trotzdem nicht darauf verzichten, denn das kalte Wasser machte die Hitze erträglicher. Das Obst war frisch und schmeckte unvergleichlich süß. Die Früchte dufteten schon von weitem gegen den Staub und den Geruch des heißen Asphaltes an. Die Kinder liebten besonders die Aprikosen, Pfirsiche und riesengroßen Melonen.

Neben den langen modernen Trucks befuhren alte, oft bunt geschmückte Kleinlaster mit Ladefläche die Straße. Sie waren aus Turkmenien, Pakistan und sogar Indien über den Landweg nach Europa unterwegs. Man hatte die Jeeps und Pick Ups mit Waren vollgestopft und hoch aufgetürmt. Nicht selten schliefen deshalb Passagiere oben auf der Ladung. Viele Kleintransporter und Personenwagen standen an den sprudelnden Brunnen, in denen das Grundwasser hochgepumpt wurde. Die Reisenden verschafften sich etwas Kühlung, füllten die Vorräte auf, kochten Tee oder rauchten gemütlich eine Wasserpfeife. Manchmal gab es an diesen Oasen kleinere Werkstätten, in denen Einheimische Autoreifen reparierten oder Ölwechsel für die Durchfahrenden vornahmen. Simone genoss bei jeder Rast das lebendige Treiben um sie herum.

Die Fahrer der großen, modernen Trucks steuerten andere Raststellen mit weitläufigen Parkplätzen an. Sie übernachteten dort in ihren Kabinen, tankten voll, ließen größere Reparaturen durchführen oder nutzten die Waschräume und Restaurants. Es stank nach Diesel, Öl und Petroleumkochern, auf denen die müden Fahrer und ihre Gehilfen sich ihre Essen wärmten. Neben modernen Trucks standen, aufwendig geschmückte alte Diesellastkraftwagen. Die Nomaden dieser in die Jahre gekommenen Vehikel kauerten auf kleinen Campinghockern oder dösten auf dem Boden in der Sonne.

„Jetzt könnte ich selbst einen Reisebericht schreiben", dachte Simone begeistert. Sie fotografierte die bunt geschmückten Autos und die abenteuerlich aufgestapelten Waren. Die Kinder stellten viele Fragen und Simone wurde nicht müde, sie zu beantworten und mit ihnen zu rätseln, was auf den Lastwagen transportiert wurde und woher die Autos kamen. Sie studierten gemeinsam die Nummernschilder und die Aufschriften auf den Planen, entzifferten die unzähligen Aufkleber und bewunderten die individuell geschmückten Fahrerkabinen.

Simone und ihre Familie waren Teil dieses alten unermüdlichen Stroms zwischen den Erdteilen.

„Es ist doch gut, dass wir selbst gefahren sind, Masoud. Das wäre uns alles entgangen", sagte sie und strahlte.

„Ja, für uns ist das ein tolles Erlebnis, aber die da", Masoud zeigte im Vorbeifahren auf die Lastwagenfahrer, „müssen sich ihr Brot hart verdienen." Er erzählte, dass viele Fahrer sich auf der langen Fahrt mit Opiumrauchen bei Laune hielten. Die Straßen wurden deshalb mit zunehmendem Lastverkehr in Richtung Osten immer gefährlicher.

„Warum kontrolliert das denn niemand?" Simone war erschrocken. „Die Leute gefährden uns alle. Wir hätten die Kindersitze nicht weggeben sollen", sagte sie und starrte Masoud an.

„Schon gut, ich kenne den Fahrstil und passe auf." Masoud strich mit seiner Hand über Simones Oberarm. „Es hat auch seine Vorteile, dass so viele Trucker unterwegs sind. Sie wissen genau, welche Restaurants am besten sind. Wir essen einfach da, wo die meisten Lastwagen stehen."

Simone atmete auf. Wenn Masoud ein Ziel verfolgte, war er meistens erfolgreich. Sie musste ihn nur machen lassen. So hatte sie ihn kennengelernt.

Sie erinnerte sich genau an diesen Tag. Während ihres Studiums arbeitete sie als Touristenführerin und Masoud hatte einer ihrer Führungen besucht. Sie bemerkte ihn zwischen den anderen Teilnehmern. Er war großer Mann mit dunklen Augen, schwarz gelocktem Haar und einer schmalen, langen Nase. Er hielt sich in ihrer Nähe auf und folgte ihren Erklärungen aufmerksam. Als sie die Führung beendet hatte, blieb er vor ihr stehen.

„Ich möchte nicht unverschämt sein. Haben Sie vielleicht Zeit, mit uns Essen zu gehen?" sagte er mit einem weichen Akzent. Simone lobte sein Deutsch und fragte, aus welchem Land er kam. Er sei iranischer Student und erst seit kurzem in der Stadt, erklärte er ihr und seine Studienkollegen hätten die Idee gehabt, an einer Führung teilzunehmen.

„Eine wunderbare Idee, glaube ich", hatte er schmunzelnd hinzugefügt, „sonst hätte ich Sie nie kennengelernt." Simone war geschmeichelt und ging mit ihnen mit. Beim Essen stellte er viele Fragen. Masoud wollte alles von ihr wissen und Simone genoss seine Nähe. Er machte ihr Komplimente und sprach kaum noch mit seinen Freunden. Die grinsten Simone unverhohlen an, denn es gelang ihr nicht, den Blick von Masoud zu lassen. Sie wurde immer noch rot, wenn sie daran dachte. In Masouds Gegenwart fühlte sie sich leicht und beschwingt. Masoud und sie hatten sich wieder gesehen, sich ineinander verliebt und schließlich geheiratet.

Nur ihre Eltern waren sehr besorgt um Simones Zukunft, besonders als sie der Kinder wegen ihr Studium der Kunsthistorik aufgab. Als sie ihnen mitteilte, in den Iran auswandern zu wollen, waren sie sogar wütend geworden.

„Wie kommst du nur auf so eine Idee?", hatte ihre Mutter geschimpft. "Was ist an deinem Leben so schlecht, dass du unbedingt ins Ausland musst?"

„Nichts Mama, aber du weißt, dass ich das immer schon wollte. Studieren, Heiraten, Haus bauen, Kinder großziehen, in einen Verein eintreten, der Rente entgegen blicken, so ein Leben habe ich nie gewollt," hatte Simone trotzig gesagt. Das Leben hatte so viel zu bieten und Masoud war der Mann, mit dem sie es erleben wollte.

Simone sah zu ihm herüber. Er hatte eine Hand auf das Lenkrad gelegt, die andere ruhte auf dem Schaltknüppel. Das machte er immer, wenn er konzentriert fuhr. Sie legte ihre Hand locker auf die seine und er lächelte, ohne den Blick von der Straße abzuwenden.

Je weiter sie gegen Osten kamen, desto waghalsiger fuhren die Autos und Laster.

„Pass auf, Masoud! Oh, mein Gott, was machen die da?" Simone schlug Masoud vor Schreck auf den Oberschenkel. Auf der Gegenspur kam ihnen ein überholender Lastwagen entgegen. Masoud hupte warnend. War der Fahrer blind und taub oder tatsächlich high?

„Erschrick mich nicht so", schimpfte Masoud, „setz dich am besten nach hinten. Es ist gefährlicher, wenn du so brüllst." Simone tat ihr Bestes, um weniger auf den Verkehr zu achten. Sie sah aus dem Seitenfenster oder las im mitgebrachten Reiseführer. Aber das half nicht. Jedes Bremsmanöver und jede Beschleunigung ihres Autos, ließen sie erneut aufschrecken.

„Ich fahre so wie alle hier, sonst geht es nicht. Mach dir keine Sorgen. Geh endlich zu den Kindern, damit sie keine Angst bekommen." Simone gab sich geschlagen und kletterte nach hinten.

„Muss man im Iran auch so vorsichtig sein?" fragte sie. Sie hatten sich bis Bulgarien mit dem Fahren abgewechselt, aber kurz vor Istanbul hatte Masoud das Steuer endgültig übernommen.

„Ja, aber du gewöhnst dich schon daran. Wir üben in Teheran zusammen", antwortete Masoud. Simone bezweifelte, dass sie mit dieser Fahrweise zurechtkommen würde. „Aber wie kommt Ashraf zum Beispiel zur Arbeit oder zum Einkaufen?" fragte sie. „Hat Ashraf ein Auto?"

„Nein, Amme und sie nehmen sich immer ein Taxi", antwortete Masoud.

„Ein Taxi", staunte Simone, „jeden Tag? Ist das nicht furchtbar teuer?"

„Nein. Warte doch ab." sagte Masoud und sah sie im Rückspiegel an.

„Und die Frauen von deinen Cousins", fragte Simone weiter, doch Masoud unterbrach sie.

„Das weiß ich nicht, du siehst es ja bald."

Es hatte keinen Sinn jetzt darüber sprechen zu wollen. Simone seufzte und legte ihre Arme um Amir und Arezu. Die beiden malten in großen dicken Malbüchern und schimpften, wenn Masoud plötzlich beschleunigte, um zu überholen und ihnen dabei der Stift quer über das Blatt rutschte. „Sie haben keine Angst", dachte sie. „und vertrauen sich einfach ihrem Vater an." Simone kam die Panikattacke auf der Brücke über den Bosporus wieder in den Sinn. Sie war müde. Die Reise war anstrengender, als sie sich vorgestellt hatte."

Das Auto beschleunigte und riss Simone aus ihren Gedanken. Masoud überholte wieder. Simone starrte angestrengt aus dem Seitenfenster. Als der Überholvorgang beendet war, bemerkte sie Masouds Blick im Rückspiegel. Er grinste sie an:

„Alles gut bei euch? Machst du mir bitte einen Tee?" Simone angelte ein Glas aus einer der Taschen, klemmte es sich zwischen die Beine, legte einen Teebeutel hinein und goss vorsichtig heißes Wasser aus der Thermoskanne hinein.

„Halt das Glas noch fest bis der Tee kälter ist. Woran denkst du?" fragte er.

„Daran wie wir uns kennengelernt haben und an unsere kleine Studentenbude. In der war es fast so eng wie hier im Auto. Und an die langen Spaziergänge, auf denen wir so viel geredet haben. Bald spazieren wir durch Teheran."

Wenn sie spazieren gingen, legte Masoud seinen Arm zärtlich um ihre Schulter. Sie schlenderten, eng aneinander gelehnt und erzählten sich gegenseitig Geschichten aus ihrer Kindheit.

Simone hörte ihm gerne zu. Sein Leben in dem großen Haus in Teheran, mit Kinderfrau und Cousine schien spannender zu sein, als ihre eigene Kindheit in einem deutschen Dorf. Masoud hatte ihr erzählt, dass Ashraf keine Cousine war, sondern ein Waisenkind, das Behruz aus einem Dorf mitgebracht und Amme übergeben hatte. Seine Frau Fatima wollte sich nicht um das Kind kümmern. Sie war streng religiös. Nach islamischer Sitte durften Jungen und Mädchen, die nicht blutsverwandt waren, nicht so einfach miteinander aufwachsen. Er hatte schon einen Sohn und Fatima befürchtete, dass ein fremdes Mädchen im Haus den Ruf der Familie schädigen könnte.

Masoud schlurfte den abgekühlten Tee.

„Wer hat deiner Cousine eigentlich diesen Namen gegeben?" fragte Simone. *„Die Adlige*, das ist schon komisch für ein Waisenkind?"

„Behruz nehme ich an", antwortete Masoud. „Wie kommst du darauf?"

„Nur so", sagte Simone. „Ich denke halt über unser Leben im Iran nach. Du hast auch lange keine Musik mehr gemacht", sagte sie. „Stell dir vor, bald sitzt du wieder im Hof deines Hauses und spielst Ney, so wie früher. Nur diesmal sind deine Frau und deine Kinder bei dir", freute sich Simone. In Deutschland hatte er abends oft auf seiner Rohrflöte gespielt und Simone und die Kinder lauschten gern den stumpfen und geheimnisvollen Klängen dieses Instrumentes.

„Ich bin gespannt wie schnell wir Freunde finden", überlegte sie weiter. Wir werden alle zum Essen einladen und tanzen."

Simone hatte sich anfangs darüber gewundert, dass man immer tanzte, wenn iranische Freunde sich zum Essen trafen. Sie bewunderte, wie anmutig die Frauen und Männer sich zur Musik bewegten. Wie sie Hüften, Schultern, Arme und Hände kreisen ließen, erinnerte Simone an Bauchtanz. Sie war sofort von allen Seiten bestürmt worden mit zu tanzen. Zuerst schämte sie sich, aber die Freude und Leichtigkeit, mit der alle sich bewegten, war ansteckend.

„Man tanzt doch in deiner Familie?" fragte sie Masoud.

„Meine Mutter hat gerne getanzt. Ich habe als kleiner Junge oft zugesehen." Simone schwieg einen kurzen Augenblick.

„Und Ashraf und Amme?"

Masoud schüttelte den Kopf.

„Frauen, die sich verschleiern, tanzen in der Regel nicht," ergänzte er leise.

Sie durchquerten gerade einen Gebirgszug und ein kühler Wind blies ins Auto, der Simone plötzlich frösteln ließ. Sie wollte etwas erwidern, als Masoud erneut zu einem Überholmanöver ansetzte.

„Ich will ein bisschen Musik hören. Reden lenkt mich zu sehr ab, Schatz. Lass uns heute Abend weitermachen, gut?" sagte er, zog seine Ohrstöpsel aus der Brusttasche und schaltete den Kassettenrekorder ein.

Schon bei den ersten Tönender Musik sah Masoud Ashraf vor sich. Er saß auf der Veranda, spielte Ney[3] und sie tanzte im Hof dazu im Hof. Sein kleiner Spatz. Ihr Rock schwang in weitem Bogen und berührte kaum den Boden. Die Arme schwebten neben ihrem schmalen Körper und ihre Handgelenke und Finger bewegten sich anmutig. Der Schein der Hoflampen tauchte alles in ein schimmerndes Licht. Ihre honigbraunen Augen glänzten. Sie schwitze und strich sich mit der Hand eine lockige Haarsträhne aus dem Gesicht.

Simone betrachtete Masoud im Rückspiegel. Er sah müde aus. Die Reisevorbereitungen der letzten Monate hatte ihm angestrengt. Vielleicht war das der Grund für seine Schweigsamkeit. Außerdem trug er die größte Verantwortung für ihre sichere Ankunft. Sie beugte sich vor und berührte zärtlich seinen Nacken und das lange Haar. Dann nahm sie einen der Ohrstöpsel aus seinem Ohr:

„Willst du eine Pause machen, Schatz?"

„Nein, ich will nach Dogubayazid. Das schaffen wir heute noch. Und dann können wir morgen über die Grenze."

Er lächelte sie kurz an: „Genieß die Ruhe, solange die beiden schlafen. Bald haben wir es geschafft."

---

[3] persische Rohrflöte

Simone lehnte sich zurück und streckte ihre Beine aus.

Sie hatte auf der ganzen Fahrt durch die Türkei bei den Kindern gesessen. Die beiden langweilten sich und stritten oft miteinander. Sie erfand immer neue Spiele und versuchte ihnen die Zeit zu vertreiben. Masoud konnte sie kaum dabei unterstützten, denn der Verkehr erforderte seine ganze Aufmerksamkeit. Wenn sie abends endlich ein Motel gefunden hatten, war keine Zeit mehr zum Reden geblieben und sie schliefen sofort ein.

„Wir sind beide bald am Ende unserer Kräfte", dachte sie. Masoud hatte vor der Abreise unermüdlich gearbeitet und war nur selten zu Hause gewesen. Zu allem Überfluss musste er kurz vor der Abreise noch einmal allein in den Iran fliegen. Simone war mit den Kindern in der schon teilweise ausgeräumten Wohnung zurückgeblieben. Arezu war krank geworden und Simone wollte ihre Eltern oder Freunde nicht um Hilfe bitten, denn sie konnte deren Warnungen nicht mehr hören.

„Das wirst du bereuen. Willst du denn nicht weiterstudieren? Du wirst im Haus festsitzen. Masoud bedienen und Haushalt führen? Du kannst doch allein gar nicht wieder ausreisen, der Mann muss da drüben alles genehmigen." Ihre beste Freundin hatte sich besonders genau nach den iranischen Gesetzen erkundigt.

„Und dann der Schleier, Simone, der Schleier. Mein Gott! Er muss hierbleiben, wenn er dich liebt, Fabrik hin oder her."

Simone wollte nicht mehr an die vergangenen Monate denken. Sie freute sich auf ihr neues Leben. Ein großes Haus in einer Millionenstadt wartete auf sie. Sie würde sich eine Arbeit suchen oder Masoud bei seinen Geschäften in der Fabrik unterstützen. Schließlich sprach neben Englisch und Französisch schon sehr gut Farsi. „Man muss auch mal etwas riskieren", dachte sie.

„Da vorne ist Dogubayazid", sagte Masoud nach einer Weile. „Wir schlafen da, kaufen Vorräte, räumen das Auto nochmal auf und fahren morgen ganz früh los. Wenn alles gut geht, kommen wir übermorgen in Teheran an."

Die Stadt breitete sich auf einer Hochebene zu Füßen des Ararat vor ihnen aus. Masoud bog von der Straße ab und fuhr in Richtung Zentrum.

„Wir sind alle müde und mir tun die Beine weh", sagte Simone. „Lass uns schnell ein gutes Hotel suchen, wo wir ausruhen können. Ich will heute Abend nicht wieder wie tot ins Bett fallen. Du fehlst mir." flüsterte sie ihm ins Ohr.

In der Stadt gab es viele Touristen, die den Berg Ararat besteigen wollten. Amir kannte die Geschichte der Arche Noah aus dem Kindergarten.

„Wo hat denn die Arche genau gestanden? Ich sehe keine Spitze auf dem Berg. War hier alles unter Wasser? Das war lange vor es Dinos gab, oder Papa? Sonst wären alle ertrunken, die hätten nämlich nicht in die Arche gepasst."

„Warum nicht?" fragte Arezu. „Was ist eine Arche?" Simone grinste, denn Amir begann sofort, seiner kleine Schwester alles über Archen zu erzählen. Amir durchlebte gerade seine „Dinosaurierphase", wie Simone es nannte. Alle großen Maschinen oder Lebewesen faszinierten ihn.

Sie fanden tatsächlich schnell ein annehmbares Hotel, luden ihr Gepäck aus und Simone sortierte die Kleidung für die kommenden beiden Tage, während Masoud mit den Kindern spielte. Sie hatte sich schon in Deutschland die Kleidungsstücke zurechtgelegt, die sie bei der Einreise in den Iran tragen wollte und beschloss, sie später noch einmal von Masoud begutachten zu lassen.

Simone hatte gehofft, dass die beiden schnell schlafen würden. Sie sehnte sich so nach Masouds Nähe. Aber die Kinder wollten nach dem Abendessen nicht gleich ins Bett und bejubelten Masouds Vorschlag, noch etwas durch die

Stadt zu spazieren. Auf der Straße ließ Amir seinen kleinen Arm in großem Bogen um sich kreisen.

„Hier war alles unter Wasser. Nur der Berg hat rausgeschaut, nicht wahr? Wo ist er denn?" Er reckte seinen Hals. Masoud hob Amir hoch und setzte ihn kurzerhand auf die Schultern, aber Amir sah den Berg immer noch nicht.

„Vielleicht finden wir in einem Geschäft ein schönes Bild vom Ararat, das kannst du dann in deinem neuen Zimmer aufhängen", tröstete er ihn. Arezu machte ein paar ungelenke Schwimmbewegungen.

„Unter Wasser, unter Wasser", sang sie leise vor sich hin. Masoud nahm Arezu an seine Hand und ging lachend mit den beiden voraus. Er erzählte ihnen eines der erfundenen Abenteuer, die er auf seiner ersten Fahrt mit dem Auto in den Iran angeblich erlebt hatte. Damals begleitete er einen Studienkollegen, der auch ein Auto auf dem Landweg überführte.

„Morgen wirst du den Berg sehen. Wir fahren eine Zeit lang daran vorbei. Ich musste damals auch sehr genau hinschauen. Aber es liegt bestimmt noch Schnee darauf, daran erkennst du ihn, Azizam[4]."

Simone liebte dieses Wort. Es rollte weich und summend über die Lippen. Azizam, war auch sein Kosename für sie. Sie fühlte sich geborgen, wenn er sie so nannte. Simone strich Masoud mit der Hand über seine Schulter und hob Arezu hoch.

„Kommt, lasst uns zurück gehen. Arezu ist müde und morgen wird wieder ein langer Tag", sagte sie und zwinkerte Masoud dabei verstohlen zu. Sie wollte endlich wieder mit ihm schlafen.

„Nein, ich bin nicht müde." Arezu zappelte auf ihrem Arm und Amir, der immer noch auf den Schultern seines Vaters thronte, schüttelte den Kopf.

---

[4] Farsi für: mein Schatz, mein Liebling

„Sie haben zu lange still gesessen. Lass sie noch laufen." Masoud nahm ihr die tobende Arezu ab, die sofort wieder lachte.

„Geh doch schon mal ins Hotel und gönn dir ein bisschen Ruhe. Ich esse noch ein Eis mit den beiden", sagte er lächelnd.

Als Masoud später mit den Kindern zurückkam, tobte er mit ihnen noch auf dem großen Doppelbett herum.

„Masoud, es reicht jetzt. Lass sie schlafen!" Simone ging zur Bettcouch, auf der eigentlich die Kinder liegen sollten und drehte sich an die Wand. Sie war todmüde und schlief sofort ein.

„Azizam", surrte Masoud in ihr Ohr und kuschelte sich von hinten an sie ran. Simone spürte seinen warmen Körper. Es war ganz still im Zimmer. Sie drehte sich zu ihm um und streichelte sein Gesicht. Seine Hände umfassten ihren Kopf und er küsste sie zärtlich. Sie liebten sich leise, um die Kinder nicht zu wecken. Seine Nähe ließ ihre Lebensgeister wieder erwachen und sie dachte an den letzten Abschnitt dieser langen Reise.

„Wir überqueren morgen die Grenze. Bis du aufgeregt?" fragte sie leise. Sie schmiegte sich eng an ihn und legte ihren Kopf auf seine Schulter. Masoud schwieg.

„Machst du dir Sorgen wegen dem Zoll?"
Ihre Müdigkeit war wie weggeflogen.

„Nein, das klappt schon", murmelte Masoud verschlafen. „Ich habe einen guten Bekannten informiert, dass wir morgen kommen. Er hat alles vorbereitet." Masoud war schon fast eingeschlafen. Simone setzte sich auf.

„Und was soll ich anziehen, wenn wir über die Grenze fahren? Du musst noch schauen, ob es okay ist."
„Morgen früh, schlaf jetzt", antwortete Masoud. Sie trug seid Istanbul keine kurzen Hosen mehr. Im Iran würde sie sich noch mehr bedecken müssen, weil es ein islamisches

Bekleidungsgesetz gab. Beine, Arme, Hals und Haare mussten vollständig bedeckt sein. Zu Hause hatte sie alle Varianten, um in solchen Kleidern gut auszusehen, durchprobiert. Leider war Masoud dabei nur wenig hilfreich, aber sie hatte sich geschämt, ihre Freundinnen um Hilfe zu bitten.

„Ich möchte aber gut aussehen, wenn...."

„Du siehst gut aus." Er tätschelte ihr im Halbdunkel den Oberarm und drückte sie fest an sich.

„Morgen sehen wir noch niemanden aus der Familie. Lass uns schlafen. Die Kinder sind sicher wieder früh wach."

Simone fand keine Ruhe. Sie stellte sich das Haus und den Stadtteil vor, in dem es stand und sie dachte immer öfter an ihre erste Begegnung mit Amme und Ashraf.

Simone überlegte, wie es sein würde in ein Haus zu kommen, in dem bereits zwei andere Familienmitglieder lebten. Masoud war mit den beiden Frauen aufgewachsen.

„Vielleicht ist es gar nicht so schlecht, am Anfang nicht allein zu sein", dachte sie. „Amme kann mir mit den Kindern helfen. Sie ist so alt wie meine Mutter und wäre beinahe wie eine Oma für beiden."

Simone konnte sich nicht vorstellen, welche Zukunftspläne Ashraf hatte. Masoud hatte erzählt, dass seine Cousine Krankenschwester war und in einer staatlichen Gesundheitsstation für junge Mütter arbeitete. Ashraf war ein paar Jahre älter als Masoud und nicht verheiratet. Simone wusste, dass die Frauen im Iran eigentlich recht früh heirateten.

„Sie ist bestimmt eine moderne Frau", sagte Simone sich und war gespannt darauf, Ashraf kennenzulernen.

3.

Ashraf begann den Tag seit ihrem neunten Lebensjahr mit dem vorgeschriebenen Gebet zum Sonnenaufgang. Ab diesem Alter galten die religiösen Vorschriften für Mädchen und Amme hatte darauf bestanden, dass Ashraf sie genau befolgte.

„Die Gebete am frühen Morgen erfreuen Allah ganz besonders", erklärte sie ihrer kleinen Ziehtochter, wenn sie nicht aufstehen wollte. „Allah freut sich über die eifrigen Gläubigen, die sich die Mühe machen, seine Gebote zu befolgen und pünktlich zu beten. Dann weiß er, dass er geliebt und verehrt wird."

Amme hielt es selbst nicht für nötig, sich diesen Regeln zu beugen und schwänzte das Morgengebet.

„Für mich ist das nicht mehr so wichtig", sagte sie schmunzelnd, wenn Ashraf ihr dies vorgeworfen hatte, „Allah und ich, wir kennen uns lange genug."

Inzwischen war es Ashraf zu Gewohnheit geworden, so früh aufzustehen. Sie liebte diese stillen Minuten am Morgen, wenn sie mit sich und Allah alleine war.

Sie hörte den Wecker leise klingeln, richtete sich auf und versuchte die Uhrzeit zu

erkennen, aber ihre Augen lieferten ihr nur ein verschwommenes Bild. Das Zimmer war vollkommen dunkel. Bleierne Müdigkeit zwang sie zurück in die Kissen.

„Viel zu früh", dachte sie verschlafen. Sie wollte sich gerade wieder umdrehen, als es ihr schlagartig einfiel. „Heute kommt Masoud mit seiner Familie."

Ashraf war sofort hellwach und ihr Herz raste. Sie setzte sich auf und atmete tief ein und aus, um die beginnende Übelkeit zu verscheuchen.

„Wie soll ich diesen Tag nur überstehen?" fragte sie sich. Sie stand auf und ging einige Schritte im Zimmer umher. Das Licht der Lampen im Hof fiel durch bodentiefen Fenster. Die wenigen Möbel zeichneten sich schemenhaft in dem hell gestrichenen Raum ab. Sie hatte in den letzten Wochen kaum geschlafen. Masoud hatte sie betrogen. Ashraf wischte mit einer hastigen Bewegung die Tränen weg. „Und ich habe gedacht er kommt, um mir zu sagen, dass er für immer zu mir zurückkehrt", schimpfte sie mit sich selbst. Sie drehte sich um und schaltete das Radio an. Leise, mit Musik untermalte Koranverse füllten den Raum. Sie dachte an Masoud und ihr Blick ging zum Bücherregal, auf dem sein Porträt gut sichtbar stand. Die Erinnerung an den Morgen, an dem er Amme und ihr endlich die Wahrheit gesagt hatte, war unerträglich. Sie sah die Fotos von seiner Frau und seinen Kindern immer noch vor sich. Sie waren alle beim Frühstück gewesen und Masoud hatte die Bilder nach und nach auf das Wachstuch am Boden gelegt.

„Das ist meine Frau", hatte er gesagt, „und meine beiden Kinder." Ashraf schlug die Hände vors Gesicht. Sie wollte nicht mehr daran denken, nicht mehr grübeln, weshalb er jahrelang nichts gesagt hatte. Jeden Morgen überfielen sie derselbe Schmerz und dieselbe hilflose Wut. Sie nahm sein Bild vom regal und warf es in die Schublade ihres Schreibtisches und beschloss, mit der rituellen Waschung als Vorbereitung für das Gebet zu beginnen. Heute brauchte sie Allahs Trost und sein Verständnis mehr als jemals zuvor. Ashraf schleppte sich leise ins Bad. Sie drehte den Wasserhahn auf, streifte die Ärmel ihres Nachthemds hoch und ließ das kalte Wasser ausgiebig über Hände und Unterarme laufen. Dann hielt sie ihr Gesicht unter den Wasserhahn und trank in großen Schlucken, bevor sie sich das kühle Nass mit der rechten Hand vom Haaransatz bis unters Kinn abwischte. Sie richtete sich wieder auf und streifte konzentriert und langsam das Wasser von ihren Ellbogen mit der rechten Hand nach unten ab und tat das gleiche am anderen Unterarm. Sie hielt die rechte Hand erneut unter das fließende Wasser und wischte nacheinander über den rechten und den linken Fußrücken. Zuletzt strich sie mit dem nassen Zeigefinger über ihren Scheitel und reinigte so symbolisch den Kopf. Als sie fertig war, warf sie einen Blick in den Spiegel. Sie hatte gehofft, dass die rituelle Reinigung sie beruhigen würde, aber als sie sich im Spiegel sah, kehrte die Wut auf Masoud sofort wieder zurück. Ihre hellen Augen waren von dunklen Rändern umgeben. Ihre Haut war dunkler als sonst und schwarzen Locken hingen wirr um ihren Kopf. Ashraf dachte an die blonde, hellhäutige Frau von Masoud und schlug mit der flachen Hand auf den Spiegel. Sie presste sich beide Hände vor den Mund, um nicht loszuschreien.

„Verdammt Allah, wie konntest du das zulassen?" dachte sie.

So konnte nicht beten. Ashraf ging zurück in ihr Zimmer und legte sich auf das Bett.

Es war schon heller geworden. Die Sonne würde bald ganz aufgegangen sein.

Sie dachte an ihre erste Begegnung mit Masoud. Sie war zehn Jahre alt und zusammen mit Amme aus dem Haus von Behruz hierhergekommen, um auf Masoud aufzupassen. Sie war so traurig gewesen, denn sie liebte Behruz und sie liebte das kleine Pförtnerhäuschen, in dem sie mit Amme auf seinem Grundstück bis dahin gelebt hatte. Aber Behruz hatte ihr und Amme erklärt, dass Masouds Eltern bei einem Unfall gestorben waren. Masoud sollte weiterhin in seinem Elternhaus bleiben dürfen und Amme hatte gerne eingewilligt, sich um ihn zu kümmern. Es war für sie eine willkommene Gelegenheit, das Pförtnerhäuschen verlassen zu können, denn Fatima, die Frau von Behruz, hasste Amme und wollte sie nicht in der Nähe ihres Mannes haben. Es war früh am Morgen, als sie beide hierher kamen und Ashraf erinnerte sich gut daran, wie sie Masoud zum ersten Mal gesehen hatte. Der siebenjährige kleine Junge stand neben dem Brunnen in der Mitte des Hofes und lugte scheu hinter dem Hosenbein eines Dieners hervor. Sie schloss ihn sofort in ihr Herz und die beide wuchsen auf wie Geschwister. Deshalb hatte Amme, als Masoud älter wurde, von Ashraf nicht verlangt, sich in Gegenwart Masouds zu verschleiern.

„Sie achtet auf sich, sie ist die Ältere. Dafür bürge ich", hatte sie der protestierenden Fatima erwidert. „Der Ruf der Familie wird nicht leiden."

Und jetzt war ihr Ruf dahin. Ashraf stand wieder auf. Sie war so sicher gewesen, dass Masoud sie liebte. Weshalb hätte er sonst der Verlobung zugestimmt. Ashrafs Blick fiel auf ihr Santur[5], das verstaubt in der Ecke stand. Er hatte sie abgestellt und mit ihr die ganze Familie betrogen, da konnte Amme sagen was sie wollte. Niemand konnte das ahnen. Masoud und sie waren füreinander bestimmt, das stand fest. Daran würde seine dumme Entscheidung, eine deutsche Frau zu heiraten nichts ändern. Behruz dachte auch so und er würde ihr helfen. Leider hatte sie ihm versprechen müssen, nichts zu unternehmen. Er brauchte Zeit, um zu überlegen wie Masoud wieder zur Vernunft gebracht werden könnte. Ashraf hasste diese Hilflosigkeit, aber es blieb keine andere Möglichkeit.

Behruz wollte wenigstens etwas tun. Amme hingegen verlangte von ihr sich zu fügen.

„Masoud hat entschieden und du wirst darüber hinwegkommen", sagte sie immer wieder. „Lass uns das Beste daraus machen und zeig ihm nicht, wie sehr er dich verletzt hat." Aber sie würde sich nicht fügen, dass stand fest. Eine Verlobung war eine Verlobung und ein Versprechen musste eingelöst werden. Wie konnte Amme sie nur so im Stich lassen?

Die Sonne war inzwischen ganz aufgegangen und Ashraf hörte die ersten Verkehrsgeräusche des naheliegenden Boulevards. „Masoud wird bald da sein", dachte sie „und ich

---

[5] trapezförmiges, persisches Seiteninstrument welches mit zwei Hämmerchen gespielt wird

muss mich rüsten." Sie stand auf und ging ins Bad, um die rituellen Waschungen zu wiederholen.

Dann rollte sie in ihrem Zimmer den kleinen Gebetsteppich aus. Sie legte den aus Ton gepressten Gebetsstein und die Gebetskette aus grünen Perlen darauf und zog das maßgeschneiderte Kopftuch an. Dann legte sie ihren dünnen, bunt bedruckten Gebetsschleier um und stellte sich an den unteren Rand des kleinen Teppichs.

„Allahuh Akbar, Gott ist groß!" Ashraf schloss die Augen, kniete nieder und ließ sich vom Schleier ringsum einhüllen, wie von einem Zelt. Der dünne Stoff schuf einen schützenden Raum und ließ das Tageslicht nur gedämpft zu ihr durchdringen. Die Umrisse ihres Körpers verschwammen. Sie war allein mit Allah. Ihr Atem wurde ruhig und sie begann zu beten.

4.

Amme war an diesem Morgen schon lange auf den Beinen, denn es gab unglaublich viel zu tun. Sie hockte auf dem Teppich der Veranda in der lauwarmen Morgenluft und trank ihren Tee, während sie auf Jussuf und seine Frau wartete. Die beiden Dienstboten hätten schon längst da sein sollen. Vor ihr auf dem Boden lag ein Tuch aus Stoff. Amme nutzte die Zeit und brach kleinere Brocken Zucker aus einem großen Zuckerhut. Anschließend teilte sie die Brocken in mundgerechte Stücke und warf sie in eine Dose aus Metall. Sie schenkte sich erneut ein Glas Tee aus dem Samowar ein und steckte sich eines der kleinen Zuckerstücke in den Mund, bevor sie die dampfende, rubinrote Flüssigkeit genüsslich schlurfte. Die Süße des Zuckers entfaltete, zusammen mit dem bitteren Tee einen wunderbaren Geschmack.

„Ausgerechnet heute kommen die zwei so spät", schimpfte sie ungeduldig und zog kräftig an ihrer Zigarette. Amme liebte die morgendliche Stille, aber heute war sie erleichtert, als sie endlich die Türglocke hörte. Sie kippte eilig den Tee herunter, zerbiss den Rest des Zuckerwürfels, den sie noch im Mund hatte, drückte die Zigarette aus und hastete zur Tür. Sie öffnete das Tor und Jussuf und Sarah traten ein. Jussuf hatte mehrere Hühnchen mitgebracht, die er am Vortag im Bazar gekauft hatte und die er nun seiner Frau gab, um sie zu kochen.

„Entschuldigung, Entschuldigung, wir mussten die Kinder erst noch fertig machen und dann war kein Taxi greifbar", sagte Jussuf, als er Ammes zusammengezogene Augenbrauen bemerkte.

„Es gibt immer Taxis, wenn man früh genug daran denkt", erwiderte Amme. „Pack den Zucker zusammen und bring ihn rein. Du musst nicht mit leeren Händen hinter deiner Frau herlaufen." Mit Dienstboten musste man Klartext sprechen, sonst nahmen sie sich mit der Zeit zu viele Unverschämtheiten heraus. Und gerade heute war wichtig, dass alles reibungslos lief. „Wo bleibt Ashraf?" dachte Amme ungeduldig. Sie müsste doch längst mit dem Beten fertig sein." Amme hob kurz die Hände zum Himmel und flüsterte:" „Allah, lass sie endlich zur Vernunft gekommen sein." Amme hoffte so sehr, dass es heute keine peinlichen Konfrontationen gab. Behruz und seine Söhne hatten, zusammen mit ihren Frauen, die Einladung zur Begrüßung von Masoud und seiner Familie angenommen. Sie hatte mit Nachdruck auf dieses Begrüßungsfest bestanden. Masoud hatte zwar einen schlimmen Fehler gemacht, aber nun wollte sie den Frieden innerhalb der Familie um jeden Preis wahren und niemand hatte sich getraut, die Einladung abzuschlagen. Wenn Ashraf sich auch zusammenriss, könnte sich die ganze Situation nach und nach beruhigen. Es tat ihr unendlich leid, dass Masoud Ashrafs Gefühle nicht mehr erwiderte. Sie war wütend, weil er viel zu spät den Mut aufgebracht hatte, Ashraf alles zu sagen. Aber nun mussten sie alle das Beste daraus machen. Es war sein Haus und er hatte seine Wahl getroffen. Sie war jedenfalls auf das Fest und auf die neue Lebenssituation vorbereitet. Sie hatte ihr Haar frisch gefärbt und die Haut in ihrem Gesicht von jedem dunklen Haar befreit. Amme war stolz auf ihr Aussehen. Sie hatte kaum Falten und ihre geschwungenen Augenbrauen, die sich über der Nasenwurzel fast berührten, verliehen ihr das Aussehen einer orientalischen Schönheit. Solange man nicht auf ihre zerfurchten Hände, mit den vom Rauchen gelb gewordenen Fingerkuppen sah, konnte man sie durchaus für eine feine Frau mittleren Alters halten. Amme folgte den Dienstboten in die Küche und sah sich zufrieden um. Masouds Frau würde staunen. Behruz hatte auf ihr Drängen vor ein paar Jahren Geld in den Umbau der Küche investiert. In der Mitte des großen Raumes, der ringsum mit Schränken verbaut und mit einem großen, modernen Gasherd ausgestattet war, stand ein riesiger Esstisch auf dem bereits die in den vergangenen Tagen vorbereiteten Speisen und Zutaten in Töpfen, Sieben und Schüsseln herumstanden. Geputzte grüne Bohnen, gewaschene schwarze Auberginen und hellgrüne Zucchini, dunkelrote Tomaten, gelber Paprika und eingelegte dunkle Weintraubenblätter, die säuberlich in feuchte Tücher gehüllt waren, damit sie nicht trockneten, warteten auf ihre Verwandlung in herrliche Speisen. Kichererbsen, rote und weiße Bohnen und Linsen glänzten dick und vollgesogen in mit Wasser gefüllten Behältern und waren bereit, zu Füllungen und Suppeneinladen verarbeitet zu werden.

Die großen modernen doppelseitigen Kühlschränke, von denen es einen in der Küche und neuerdings einen im Vorratsraum gab, waren übervoll mit gewaschenem Obst, kleinen Speisegurken, geschnittener Melone, Blattsalaten und frischen Kräutern. Daneben lagerten Limo und Cola, die üblicherweise zum Essen getrunken wurden, sowie verschiedene Arten von Fruchtsirup, den sie extra zubereitet hatte. In einem der Kühlschränke standen Joghurteimer dichtgedrängt neben Behältern mit Schafskäse in Salzlake und handgeschöpfter Butter. Frische Spieße aus Lammfleisch lagen nebeneinander auf Tabletts und waren bereit fürs Grillen. Dazu kamen noch die großen Pappschachteln, in denen sich verschiedenste kleine Kuchen und Sahnestückchen befanden, die zum Tee gereicht werden würden. Die Tiefkühltruhe war voll mit Eis, vorgekochtem Fleisch und Gemüse für die kommenden Tage. Amme hatte auch die Nachbarschaft über Masouds Rückkehr informiert. Auch sie würden Masoud willkommen heißen und ihnen einen Höflichkeitsbesuch abstatten.

Amme gab Sarah und Jussuf weitere Anweisungen. Die Zimmer mussten hergerichtet werden. Ab heute würden vier Personen mehr im Haushalt leben und es oblag natürlich ihr, das alles gut zu organisieren. Die Europäer aßen an Tischen und saßen dabei auf Stühlen. Deshalb hatte sie für Masoud uns seine Familie den großen Esstisch bestellt und in der Küche aufbauen lassen. Ashraf und sie würden wie bisher, gemütlich an einem Wachstuch auf dem Fußboden hockend, im kleinen Wohnzimmer neben dem Salon essen. Die Stühle fehlten noch, aber der Schreiner hatte sie ihr für heute versprochen, wie auch die anderen Möbel, die Jussuf noch in den Zimmern der Familie aufbauen sollte. Amme seufzte zufrieden. Sie hatte an alles gedacht und sie würde auch in Zukunft dafür sorgen, dass die deutsche Frau im Haushalt nichts arbeiten musste. Sie sollte sich nur um die Kinder kümmern müssen. Vielleicht würde sie auch außer Haus arbeiten wollen. Amme hatte gehört, dass deutsche Frauen nicht so einen ausgeprägten Familiensinn besaßen.

„Hoffentlich kann sie wenigstens den Kindern beim Lernen helfen", dachte sie besorgt. Bildung und anständige Erziehung waren wichtig, aber wenn Amirs und Arezus Mutter schlecht Farsi schreiben und lesen konnte, würden die beiden Kinder es in der Schule sehr schwer haben. „Ashraf wird uns dabei nicht helfen", überlegte sie weiter. „Das wäre zu viel verlangt." Ihre Gedanken begannen wieder um Ashraf zu kreisen und sie nahm sich vor, sie besonders im Auge zu behalten. Amme hoffte von ganzem Herzen, dass auf dieses glücklose Kind ein anderes, besseres Schicksal wartete.

„Man sollte die Hoffnung nie aufgeben", sagte sie zu sich selbst, „egal, welche Enttäuschungen und Hindernisse das Leben einem vor die Füße wirft. Mit der Zeit wird immer alles erträglicher." Das hatte sie am eigenen Leib erfahren. Hier in diesem Haus war damals aus dem kleinen zwölfjährigen Mädchen namens Golnaz[6], die dienstbereite und zuverlässige Amme geworden. Jahre später hatte sie das Haus verlassen, um bei Behruz zu arbeiten und war dann wieder mit Ashraf hierher zurückgekommen, um den kleinen Masoud zu versorgen.

---

[6] Farsi für: liebliche Blume

5.

Ashraf hörte die Klingel und das Öffnen des Tores wie aus
weiter Ferne. Die Geräusche riefen sie in die Gegenwart
zurück. Sie atmete tief ein. Ihre Stirn lag noch immer auf dem
Gebetsstein.

„Allah, hilf mir!" flüsterte sie, rubbelte mit den
warmen Innenflächen der Hände über ihr Gesicht und
richtete sich langsam auf. Sie schwang den Gebetsschleier zur
Seite, hockte sich auf ihre Unterschenkel und zog das enge
Kopftuch ab. Als sie die Augen öffnete, sah sie sofort wieder
die Bilder von Masouds Familie vor sich. Ihr Magen zog sich
zusammen. Die Menschen auf diesen Fotos würden bald
leibhaftig vor ihr stehen. Ashraf dachte an jenen Morgen
zurück.

Masouds lange Finger waren über die Bilder geglitten, auf
denen seine Frau und seine Kinder zu sehen waren. Sie
glaubte, ein leichtes Zittern seiner Hände bemerkt zu haben.
Sie wollte es nicht hören.

„Das ist meine Frau Simone", hatte er gesagt, „und
meine beiden Engel, Amir und Arezu. Ich habe entschieden,
dass wir in den Iran zurückkommen und deshalb wollte ich,
dass ihr meine Familie endlich kennenlernt." Masoud hatte
dabei nur auf die Fotos gesehen. „Simone hat sogar schon
Farsi gelernt. Sie freut sich auf ihr neues Zuhause." Ashraf
starrte ihn fassungslos an. Sie war aufgesprungen und ein
paar Schritte in Richtung Tür gerannt.

„Was? Wie bitte?" schrie sie ungläubig. „Wieso hast
du Frau und Kinder?" Ihre Stimme überschlug sich und sie
konnte kaum noch atmen.

„Du hast entschieden zurückzukommen? Das stand
doch sowieso fest. Ich verstehe gar nichts mehr. " Die
Erkenntnis traf sie wie ein Schlag. Er hatte sie tatsächlich
vergessen. Bei dem Gedanken daran strömten ihr die Tränen
in die Augen und sie spürte wieder ihre Verzweiflung und

die maßlose Wut. Er hatte ihr den Boden unter den Füßen weggezogen und er merkte es nicht einmal.

„Du bist verrückt. Du verdammter Idiot", keifte sie mit blutrotem Gesicht. „Du hast uns die ganze Zeit angelogen. Hast du gedacht, Amme und ich sind nur zwei dumme kleine Weibchen im Iran. Mit uns kannst du machen was du willst?"

Sie ging schreiend auf ihn zu und schüttelte ihre Faust vor seinem Gesicht. Das Herz sprang ihr fast aus dem Hals. Sie starrte mit weit aufgerissenen Augen auf das Foto. Er hielt tatsächlich eine andere Frau im Arm.

Ashraf verlor das Gleichgewicht und musste sich am Tisch abstützen, um nicht hinzufallen.

„Du Hundesohn", brüllte sie. „Du elender Hundesohn!" Sie griff nach dem Foto, zerknüllte es zwischen ihren Fingern und schleuderte es ihm ins Gesicht.

„Ich erlaube nicht, dass ausgerechnet du so mit mir sprichst! Das ist mein Leben und das hier ist mein Haus. Vergiss das nicht!" sagte er mit eiskalter Stimme.

„Ich darf alles, ich bin wenigstens eine ehrbare Frau!" zischte sie zurück.

Masoud sprang auf und sah sie hasserfüllt an. Ashraf wich erschrocken zurück. Amme war plötzlich neben ihr. Sie umklammerte ihren Arm mit eiserner Hand und zog sie beiseite. Ashraf wollte sie abschütteln, aber Amme hielt sie unerbittlich fest.

„Ashraf wird sich entschuldigen, Masoud. Darauf kannst du dich verlassen." Masoud verließ den Raum. Ashraf sah im hinterher. Warum war er so abweisend?

„Lass mich, lass mich doch", bat sie und versuchte Masoud zu folgen.

„Er hat sie bestimmt heiraten müssen und nun tut er so, als hätte er sich in sie verliebt. So muss es sein Amme, bestimmt. Lass mich!"

Sie wollte mit ihm reden, ihm sagen, dass sie ihm verzeihen würde, dass sich nichts an ihren Gefühlen geändert hatte, aber Amme hielt sie zurück.

„Es ist vorbei, Ashraf. Komm zu dir und lass ihn in Ruhe!" sagte Amme eindringlich. „Er ist verheiratet und hat zwei kleine Kinder."

Masoud weigerte sich, mit Ashraf zu sprechen und ging ihr bis zu seiner Abreise aus dem Weg.

Ashraf spürte, wie ihre Knie schmerzten. Sie hatte sich schon wieder viel zu lange von diesen Erinnerungen quälen lassen. Sie stand mühsam auf und dabei fiel ihr Blick auf die Bilder an den Wänden ihres Zimmers. Sie zeigten ihre Familie oder zumindest das, was sie dafür gehalten hatte. Aber die Fotos waren nur noch Trugbilder. Masoud hatte ihr Zukunft gestohlen und damit schein auch die gemeinsame Vergangenheit verschwunden zu sein. Ihre Abende auf der Terrasse, ihre Gespräche, die Verbundenheit, die sie gefühlt hatten waren für ihn plötzlich nicht mehr wahr.

Sie setzte sich aufs Bett. Wie viel lieber wäre sie heute zur Arbeit gegangen. Die Augen der jungen Mütter mit ihren Kleinkindern ließen sie ihren eigenen Kummer vergessen. Aber die Arbeit würde sie heute nicht auf andere Gedanken bringen. Sie musste hier bleiben und den Tag überstehen. Ashraf zog sich an und machte sich auf zu Amme.

„Noch ist nichts verloren", dachte sie. „Ich muss nur einmal in Ruhe mit ihm sprechen."

6.

Masoud entschloss sich plötzlich, auf halber Strecke nach Teheran eine Pause einzulegen.

„Muss das denn sein?" stöhnte Simone. „Ich bin jetzt schon vollkommen verschwitzt. Was ist denn los? Sie warten doch auf uns." Simone dachte an das bevorstehende Fest zu ihrer Begrüßung. Die ganze Familie war eingeladen und sie wollte bei dieser ersten Begegnung einen guten Eindruck machen. Sie sah Masoud an und bemerkte seine zusammengezogenen Augenbrauen.

„Kannst du nicht verstehen, dass ich gerade heute gut aussehen will? Wir haben extra feine Kleider gekauft, weil du gesagt hast, dass ich mich zu sportlich kleide. Ich muss mich noch zurechtmachen, wenn wir ankommen. Meine Haare kleben schon wieder am Kopf", jammerte sie und lockerte ihr Kopftuch.

„Ich habe ja gleich gesagt, dass du dir die Lockenwickler sparen kannst", sagte Masoud. „Du siehst auch so gut aus. Keine Sorge." Simone schüttelte den Kopf. Sie hatte sich auf dieses Fest zu Ehren ihrer Ankunft besonders gefreut.

Simone wollte alles richtig machen und zeigen, dass sie die passende Frau an Masouds Seite war. Er hatte ihr erzählt, dass seine Familie konservativ sei und viel Wert auf Tradition und höfliche Umgangsformen legte. Also hatte sie die vorgeschriebenen Höflichkeitsfloskeln zur Begrüßung mit Masoud geübt. Masoud wollte, dass sie Onkel Behruz mit dem Ehrentitel „Hadj Agha", was „ehrenhafter Pilger" bedeutet, ansprechen.

„Das ist die respektvolle Anrede für ältere Männer, egal ob sie wirklich schon nach Mekka gepilgert sind oder nicht", hatte er ihr erklärt.

Fatima, die Frau von Behruz war offensichtlich keine einfache Person, das hatte sie aus den Erzählungen von Masoud herausgehört. Sie würde Fatima also auch als „ehrenhafte

Pilgerin", „Hadj Chanum", ansprechen. Die Söhne von Behruz und Fatima würden heute Abend auch da sein. Sie hießen Ali Reza und Mohammad Ali und ihre Frauen waren Nilu und Aida. Die Namen der Kinder der Cousins hatte sie wieder vergessen. Aber jüngere Kinder nannte man sowieso am besten Aziz[7] oder Golam[8]. Farsi war eine melodische Sprache, voller Metaphern und Bildern. Simone freute sich darauf noch besser lernen zu können.

„Ich will nur endlich ankommen, Masoud", lenkte sie ein. „Wenn wir jetzt anhalten, kommen wir nie und nimmer vor dem Feierabendverkehr an die Stadtgrenze, das hast du selbst gesagt."

„Die Kinder und ich brauchen eine Pause", entgegnete Masoud „sie quengeln die ganze Zeit. Im Iran ist man sowieso nie pünktlich", setze er hinzu. „Besser, du gewöhnst dich daran." Simone zuckte mit den Schultern und gab sich geschlagen.

Farbige Erdformationen, weite Steppen und grüne Felder flogen an ihnen vorbei, aber Simone hatte keine Lust mehr aus dem Fenster zu sehen. Sie beobachtete Masoud im Rückspiegel. Seine Anspannung war ihr schon heute Morgen aufgefallen.

„Es geht ihm wie mir", dachte sie zuerst. „Er will endlich ankommen." Aber nun war sie sich nicht mehr sicher, ob das der Grund für seine Nervosität war. Es herrschte kaum Verkehr, aber Masoud fuhr langsamer als sonst.

„Masoud, lass mich doch mal fahren", bot sie ihm an. Masoud schien sie nicht gehört zu haben.

„Masoud?"

„Nein, sie rasen hier. Es ist zu gefährlich", antwortete er und blickte auf den Tacho.

---

[7] Farsi für: Schatz
[8] Farsi für: meine Blume

„Sie ist gerade mal zwei Tage im Land und beschwert sich schon", dachte er gereizt.

Er ärgerte sich, Simone dieses dumme Fest zur Begrüßung angekündigt zu haben. Je näher sie Teheran kamen, desto stärker wurde seine Angst, dass die Familie gar nicht kommen würde. Er hatte Amme zwar beauftragt, alle in seinem Namen einzuladen, aber nach allem, was passiert war, könnten sie abgelehnt haben, und ihn damit vor Simone bloß stellen. Dieser Gedanke quälte ihn schon seit ein paar Nächten. der vergangen Nacht. Sie würden sich einfach darauf berufen, dass er, als der Jüngere, sie zuerst besuchen müsse. Masouds Hände schwitzten und er hatte Mühe, ruhig zu bleiben. Simone sollte nicht merken, wie aufgeregt er war. In der vergangenen Nacht hatte ihn die Erinnerung an das Telefonat mit Behruz wachgehalten. Er hatte damals, nach der Szene mit Ashraf, nicht mehr die Kraft gehabt, seinem Onkel persönlich gegenüber zu treten und ihn deshalb nur telefonisch über alles informiert. Behruz war fassungslos gewesen und befahl ihn sofort zu sich, aber Masoud war einfach abgereist. Er war schließlich nicht mehr der kleine Junge, der sich zum großen Onkel zitieren ließ.

„Hätte ich Simone gegenüber nur nichts gesagt", dachte er wieder und wieder. Aber das ließ sich nicht mehr ändern. Seine einzige Chance war, so spät anzukommen, dass Amme gezwungen wäre, das Fest zu verschieben. Wenn die Familie doch gekommen war, würden sie eben wieder gehen müssen und wenn nicht, würde ihr Fernbleiben Simone nicht auffallen. Eine Pause in Zanjān, die Stadt der Messer, kam ihm gerade recht.

„Mein Vater hat mit mir auch in Zanjān ein Taschenmesser gekauft. Das habe ich heute noch", sagte er zu Simone, die schmollend aus dem Fenster sah. „Amir soll auch eines von mir bekommen." Er verließ die Autobahnumgehung und fuhr in die Stadt. Nach einiger Zeit tauchten an den Straßen unzählige Geschäfte und Verkaufsstände für Messer und Klingen jeder Art auf.

„Masoud, was soll ein Kind von fünf Jahren mit einem Taschenmesser? Damit kann er sich nur verletzen. Wenn du eine Pause brauchst, dann machen wir eine. Messer brauchen die Kinder nicht", antwortete Simone.

„Doch Mama, ich passe auf. Papa hat es versprochen", protestierte Amir. Er hatte die Läden schon bemerkt und starrte begeistert aus dem Fenster. Masoud hielt an und sie stiegen aus. Amir klemmte sich an die Hand seines Vaters, der zielstrebig auf die an der Straßenseite wie Perlenschnüre aneinandergereihten Verkaufsstände zuging. Simone und Arezu folgten den beiden.

„Jeder Junge bekommt irgendwann ein Messer. Und Messer kauft man am besten hier", erklärte Masoud seinem Sohn. Masoud nahm Arezu an die andere Hand. „Du darfst dir etwas anderes aussuchen, Arezu."

„Ich will ein auch ein Messer, ein rotes", sagte Arezu und zeigte auf einen Stand der Schweizer Taschenmesser anbot. Die Buden waren übervoll mit Messern und Klingen. Sie hatten bereits die Aufmerksamkeit des Händlers auf sich gezogen. Er winkte ihnen zu und lud sie ein, sich seine Auslage anzusehen. Küchenmesser in allen Größen, gebogene und gerade Klingen, Dolche, Buschmesser, Taschenmesser und unzählige andere Klingen glänzten in der Sonne. „Wenn schon Messer, dann für uns alle", dachte Simone trotzig. Sie überholte die drei und ging vorweg auf den Stand zu.

„Wir kaufen für uns alle so eins." sagte sie und hielt ein kleines rotes Taschenmesser in die Höhe. „Die sind zwar bestimmt nicht echt, aber es ist eine Erinnerung an Zanjān."

„Jaaaa!" Arezu war begeistert. Masoud bückte sich zu seiner Tochter herab.

„Ich mache heute mal eine Ausnahme." Er lächelte Arezu an und blickte kurz zu Simone rüber. „Wir kaufen alle ein Taschenmesser. Danach setzen wir uns noch gemütlich in eine Teestube und trinken den berühmten, mit Zimt gewürzten Tee, den es hier gibt."

Als sie endlich auf die Stadtgrenze von Teheran zufuhren, war es fast sechs Uhr. Masoud hatte telefoniert und die Verspätung bekanntgegeben. Simone lehnte sich vor und stöhnte beim Anblick der Blechlawine, die sich vor ihnen her wälzte. Auf den vier Fahrbahnen krochen sechs oder sieben Wagen nebeneinander. Links breiteten sich moderne Hochhaussiedlungen aus und rechts säumten Wohngebiete die Ausläufer des Elbrus-Gebirges. Die Bergkette war die natürliche Grenze zwischen Teheran und den nördlichen Provinzen am kaspischen Meer. Zwischen den Häusern glänzten klaffende Stahlgerüste von unzähligen Baustellen in der Abendsonne.

„Hier wird aber viel gebaut", staunte Simone.

„Ja, das sind noch die Vorstädte. Sie wachsen in jedem Jahr dichter an Teheran heran", erklärte Masoud. Die große Straße verzweigte sich mehr und mehr, je näher sie der Stadt kamen. Trotz des dichten Verkehrs hielten Autos und Busse auf den Seitenstreifen. Menschen stiegen ein und aus oder überquerten die Fahrbahnen sogar zu Fuß. Masoud deutete mit der Hand nach rechts:

„Da, seht ihr? Da ist das Azadi-Denkmal, das der Schah noch gebaut hat. Nach der Revolution ist daraus ein Freiheitssymbol geworden. Simone, du kennst es aus dem Fernsehen."

Simone kannte das große weiße Denkmal mit den vier geschwungenen Gebäudeteilen, die wie nach unten zeigende Finger einer Hand wirken, tatsächlich aus vielen Filmberichten über die islamische Revolution und über Kundgebungen zu Feiertagen, die an diesem Verkehrsknotenpunkt stattgefunden hatten. Sie war jetzt selbst in diesem fremden fernen Land. Ein Schauer lief über ihren Rücken. Die Bilder aus den Revolutionstagen Ende der siebziger und Anfang der achtziger Jahre tauchten vor ihren Augen auf. Damals bewegten sich unzählige bärtige Männer und Frauen in schwarzen Schleiern unter dem Gebäude hindurch und skandierten die politischen Parolen der Revolution. Das bunte, lebendige Verkehrsgewühl, das sich ihr heute, knapp fünfzehn Jahre später bot, war völlig anders. Unzählige Autos, digitale Reklamewände, die im Sekundentakt in grellen Farben für Waschpulver, Creme oder Nudeln Werbung machten, breite Straßen, blaue große Verkehrsschilder in lateinischer und arabischer Schrift, mit digitalen Zeitmessern ausgestattete Ampelanlagen und hell gestrichene Fußgängerbrücken boten ein modernes, farbenfrohes und lebendiges Bild der Stadt. Hinter dem Denkmal konnte man, trotz der trüben Luft, die enorme Ausbreitung dieser Stadt in Richtung Süden erkennen.

„Ich habe mir Teheran irgendwie anders vorgestellt. Das sieht alles so", Simone fand kein passendes Wort, „so normal aus", sagte sie schließlich. Über Masouds Gesicht huschte ein Lächeln.

„Ich weiß, was du meinst, Schatz. Aber bei uns sind die Zeiten aus Tausend und einer Nacht auch vorbei. Unter dem letzten Schah waren viele Iraner so reich, dass sie zum Einkaufen nach Paris oder Mailand geflogen sind. Urlaub machte man an der Côte d´Azur. Heute haben immer noch viele ein Ferienhaus am kaspischen Meer. Man kann hier sogar Ski laufen", schwärmte Masoud.

„Tatsächlich?" fragte Simone. Auf diesen Gedanken wäre sie angesichts der drückenden Abendhitze nie gekommen. „Hier im Iran?"

„Klar", antwortete Masoud. „im Elborzgebirge. Der Schah hatte sogar geplant, die Verbindung zwischen Teheran und den Ferienorten am kaspischen Meer auszubauen. Man sollte am Morgen mit der Kabinenbahn zum Tochalberg hochfahren. Der liegt gleich am Stadtrand. Dann könnte man mit Skiern auf der anderen Seite des Gebirges nach Dizin runter fahren, da sind die Skipisten. Von dort aus sollte es eine weitere Kabinenbahn hinunter zum kaspischen Meer geben, damit man dort noch ein abendliches Bad nehmen konnte. Das erzählt man sich jedenfalls heute so, aber es ist ja nichts daraus geworden."

„Toller Plan, aber das hätten sich auch nur wenige leisten können", sagte Simone. „Wenn ich mir diesen Luxus vorstelle, wundert es mich nicht, dass damals so viele die Revolution unterstützt haben."

„Bist du enttäuscht, dass die Stadt so modern ist?" fragte Masoud.

„Nein, eigentlich nicht", sagte Simone, „sie ist mir trotzdem fremd genug."

Sie legte ihre Hand auf Masouds Hand, die am Schaltknüppel lag und betrachtete interessiert die Menschen, Häuser und Straßen. Einige Hauswände waren mit großen Gemälden verziert, auf denen Simone unter den Bildern der Märtyrer des Golfkrieges die politischen Parolen der Revolution entziffern konnte.

„Das hat wahrlich nichts mehr mit Tausendundeiner Nacht zu tun", dachte sie. Was würde noch alles auf sie warten? Ihre iranischen Bekannten in Deutschland hatten ihnen erzählt, dass der Iran sich endlich wieder weiterentwickelte. Sie waren mitten in einer spannenden Phase des neuen Aufbruchs angekommen. Der lange Krieg mit dem Irak war beendet und viele Iraner, die seit der Revolution ins Ausland gegangen waren, wollten zurück, um ihr Land wieder aufzubauen.

„Wir fahren gerade durch eine Stadt mit mehr als 7 Millionen Einwohnern", erklärte sie den Kindern stolz. „Tagsüber sind es noch 4 Millionen mehr."

„Wieso?" fragte Amir.

„Sie kommen täglich aus den umliegenden Vorstätten zum Arbeiten nach Teheran", antwortete Simone, „und die müssen auch wieder raus", setze sie gleich mit einem Blick auf ihre Uhr hinzu. Durch das offene Fenster roch sie die Abgase der Autos und sah den dichter werdenden gelblich-grauen Schleier, der in der schweren, heißen Abendluft lag.

„Wie weit ist es noch bis zu eurem Haus?" fragte sie Masoud.

„Unser Haus, Azizam. Ungefähr 14 Kilometer", sagte er und lächelte Simone an.

7.

„Verehrte Fatima Chanum[9], Masoud kommt heute noch, aber es wird spät. Wir freuen uns natürlich trotzdem auf euch. Wir essen einfach schon mal zusammen und warten nicht auf ihn. Amme hat sich solche Mühe gemacht. Sie hat extra die Lieblingsgerichte von Behruz zubereitet. Sie wissen ja, er sagt, dass sie die beste Köchin ist, die er kennt. Amme freut sich auch auf ihn." Ashraf konnte sich die letzte Bemerkung nicht verkneifen. Sie wusste, dass Fatima immer schon neidisch gewesen war, wenn Behruz ihre Ziehmutter lobte. „Wir wissen, wie gespannt alle auf Masouds Familie sind. Er kommt sicher so schnell er kann, aber der Verkehr ist nur schwer einzuschätzen verehrte Fatima Chanum." Ashraf beeilte sich. Sie musste alles gesagt haben, bevor Fatima das Gespräch übernahm, denn sie hatte beschlossen dieses dumme Begrüßungsessen um jeden Preis zu verhindern. Masoud sollte für seinen Verrat büßen. Sie musste die Frau ihres Onkels dazu bewegen, nicht mehr kommen zu wollen. Fatima hob gerade an, um ihr ins Wort zu fallen, aber Ashraf ließ sich nicht unterbrechen. „Amme und ich haben beschlossen, dass Sie und Onkel Behruz hier schlafen werden. Wir machen es ihnen so bequem wie möglich. Sie können gern mein Zimmer benutzen. Amme und ich schlafen zusammen in ihrem Bett. Es macht nichts, wenn wir noch eine Nacht nicht schlafen. Wir haben in der letzten Zeit sowieso kein Auge zugetan." Ashraf legte so viel Engagement wie möglich in ihre Stimme und hielt das Telefon fest umklammert. Sie und saß auf ihrem Bett und sah ängstlich zur Tür. Hoffentlich war sie nicht zu laut, denn Amme durfte ihren Plan nicht bemerken. Die Arme ahnte nichts von der Intrige, sondern ging davon aus, dass sich das Fest nur verschieben würde. Amme hatte schon einige Male mit Fatima und Nilu telefonieren müssen, denn Masouds

---

[9] Farsi für: Anrede „Frau"

Ankunft war für den späten Vormittag geplant gewesen und sie wollten zusammen zu Mittag essen. Dann war klar geworden, dass es noch später werden würde und die Familie verschob ihre Ankunft auf den Abend. Diese Telefonate regten Amme auf:

„Sie können doch früher kommen. Was ist so schlimm daran, hier auf Masoud zu warten? Sie tun so, als gäbe es bei uns nichts zu essen." Sie war froh, als Ashraf ihr anbot, das Telefon zu übernehmen. Wenig später klingelte das Telefon erneut und Ashraf hob den Hörer ab. Sie hätte fast wieder aufgelegt, denn es war still geblieben am anderen Ende der Leitung. Dann hörte sie Masouds Stimme. Er informierte sie, ohne ein persönliches Wort der Begrüßung, über seine nochmalige Verspätung und sofort wieder auf. Ashraf hatte vor Zorn gebebt.

„ Alle arbeiten rund um die Uhr und die Familie steht parat, um dich zu begrüßen und du lässt dir Zeit", dachte sie außer sich vor Wut. „Amme gönnt sich keine Ruhe, weil alles perfekt sein muss. Seit Tagen wird geputzt, eingekauft und gekocht. Neue Kühlschränke, neue Möbel, was denn noch? Genug ist genug."
Ashraf wusste, dass die Familie Ammes Einladung nicht angenommen hatte, um Masoud zu ehren, sondern um ihre Blamage hautnah mitzuerleben, koste es was es wolle. Es graute ihr vor dieser versteckten Häme. Niemand hatte bisher gewagt ihr gegenüber ein Wort zu sagen, aber konnte förmlich hören, Fatima und ihre Schwiegertöchter sich die Mäuler über sie zerrissen. „Die arme kleine Waise. Alle Hoffnung dahin, er hat eine andere. Noch dazu eine Ausländerin, eine Christin."

„Ich bin noch nicht fertig meine Lieben", hatte sie wütend gedacht und im selben Moment war die Idee geboren, diesem Aufstand um Masouds Begrüßung endlich ein Ende zu setzen. Ashraf wusste genau, was sie sagen musste, damit Fatima sich entscheiden würde, das Essen abzusagen. Damit war auch für Nilu und Aida der Weg versperrt, denn ihre Schwiegermutter konnte nicht zulassen, dass Mohammed Ali und Ali Reza diese Einladung ohne ihren Vater annahmen. Die Männer der Familie kamen nur, weil sie sich den offenen Bruch mit dem eigentlichen Besitzer der Fabrik nicht leisten konnten. Sie waren wütend auf Masoud und bestimmt erleichtert, nicht kommen zu müssen. Ashraf hatte seit Masouds letztem Besuch oft mit Behruz telefoniert. Sie war sich sicher, dass Behruz seine nächsten Schritte gut kalkuliert hatte. Außerdem wusste er, wie sehr sie darunter litt, dass Masoud sein Wort gebrochen hatte. Behruz hatte ihr allerdings das Versprechen abgerungen, Masouds Frau nicht mit dem Betrug ihres Mannes zu konfrontieren. Er versprach ihr Hilfe, aber sie musste warten. Nun ergab sich die unverhoffte Gelegenheit, Masoud um sein Fest zu bringen. Wenn Fatima nicht mehr kommen wollte, würde Behruz nicht merken, dass sie dahinter steckte. Also war Ashraf vorbereitet, als Fatima wieder anrief. Die Aussicht auf eine notwendige Übernachtung bei Amme und Ashraf war für Fatima unerträglich. Außerdem würde sie es genießen, Amme wenigstens heute um das Lob ihres Mannes zu bringen. Ashraf verdrängte den Gedanken an ihre Ziehmutter, die sich seit Wochen Masoud zu Liebe um dieses Fest kümmerte. Fatima hatte angebissen und sie genoss den Erfolg ihrer Intrige.

„Meine Liebe", flötete Fatima ins Telefon, „du bist so gut zu uns allen. Wie schön, dass Amme und Masoud dich haben." Ashraf zuckte zusammen. Masoud hatte jetzt eine andere. Fatima wusste genau, wie sie Ashraf treffen konnte. „Behruz nimmt gern jede Mühe auf sich, um Masouds Familie kennenzulernen, aber ich muss auf seine Gesundheit achten. Die lange Fahrt zu euch herunter in den Süden ist schlecht für ihn und er kann unmöglich außer Haus schlafen. Ich würde ja allein kommen, aber Behruz braucht regelmäßig seine Medikamente. Die vergisst er, wenn ich nicht da bin."

„Liebe Fatima Chanum, ich kann sie so gut verstehen. Sie sind wirklich eine hingebungsvolle Frau. Amme wird totunglücklich sein. Sie verehrt Behruz doch so sehr und er würde ihr jeden Gefallen tun." Ashraf grinste siegessicher. „Was du kannst, kann ich schon lange", dachte sie. „Schließlich habe ich das von dir gelernt." Fatimas Stimme wurde zu einem leidenden Singsang:

„Es tut mir so leid, dass wir eure Einladung unter diesen Umständen nicht annehmen können. Es wird Behruz das Herz brechen. Ich muss ihm sagen, dass Masoud ihn morgen umgehend anrufen wird, damit er sich wieder beruhigt. Er muss ihn jetzt persönlich einladen." Ashraf atmete auf.

„Ja, das verspreche ich. Masoud wird sofort anrufen, wenn er da ist. Ich sage ihm, wie leid es euch tut." Geschafft! Sie ließ sich auf das Bett fallen und reckte die Arme in die Höhe. „Allah sei Dank!" Ihr Blick fiel durch das bodentiefe Fenster auf die Veranda und sie spürte, wie ihr heiß wurde vor Scham. Amme war dabei die kleinen Tische, um die sich die Gäste vor dem Essen zum Teetrinken versammeln sollten, einzudecken. Sie ordnete Zuckerbehälter, Salzfässchen zum Bestreuen der kleinen leckeren Gurken und Kleenexschachteln darauf an und stellte einige Dessertteller daneben ab. Sie polierte Kuchengabeln und Obstmesser und legte sie oben dazu. Die gute Amme musste Schmerzen haben, denn sie richtete sich immer wieder auf und rieb sich die Knie. Ashraf schloss die Augen. Sie stellte sich Masouds Gesicht vor, wenn er in den Hof fuhr und bemerkte, dass niemand da war, um ihn zu begrüßen. Sie atmete tief ein und stand auf, um Amme zu helfen.

8.

Masoud bog in eine Seitenstraße des großen Boulevards ab und verlangsamte seine Fahrt.

„Das ist unsere Straße", sagte er.

„Wo sind denn die Häuser?" Amir hatte sich zwischen die Vordersitze gekniet und sah sich neugierig um.

„Hinter den Mauern, Schatz", antwortete sein Vater. Simone sah abwechselnd aus beiden Seitenfenstern. Einige der Grundstücksmauern waren verputzt und zusätzlich mit geschliffenen Steinen gefliest. Andere standen schlicht in den Ziegeln da, aus denen sie gebaut waren. Sie waren unterschiedlich lang. Simone betrachtete irritiert die davorliegenden Abschnitte des Bürgersteiges. Sie waren individuell im Stil der jeweiligen Mauer gestaltet, lagen unterschiedlich hoch und über provisorisch aussehende Stufen miteinander verbunden. „Gott sei Dank braucht Arezu keinen Kinderwagen mehr", dachte sie. Masoud bemerkte ihren Blick.

„Die Grundstücke sind nicht alle gleich groß", erklärte Masoud weiter „und wenn man sein Haus renoviert oder die Mauer verbessert, macht man den Bürgersteig gleich mit."

„Jeder wie er will?" staunte Simone. Masoud nickte.

„Und wie man es sich leisten können", lachte er. Auf beiden Seiten der Straße verliefen offene Wasserkanäle vor den Bürgersteigen, die jetzt im Juni staubtrocken waren. Zwischen Bürgersteig und Wasserkanal befand sich ein bepflanzter Grünstreifen, der verhindern sollte, dass man aus Versehen in die offenen Kanäle fiel. Diese Bepflanzung verlieh der Straße das Aussehen einer kleinen Allee. Masoud fuhr mit dem Auto über eines der unzähligen Gitter, die vor den Einfahrten zu den Häusern die Wasserkanäle überbrückten und hielt an.

„Residim, wir sind angekommen!" rief er.

Simones Herz trommelte gegen ihre Brust. Amir fiel sofort in die Rufe ein, die er schon als ganz kleines Kind kennengelernt hatte.

„Residim, residim."

Sie standen vor einem großen, hell gestrichenen doppelflügeligen Eisentor, das in eine geziegelte Mauer eingelassen war. Die Mauer war oben mit spitzen, nach außen gebogenen Gittern verstärkt. Simone sah, dass auch die Nachbargrundstücke so gesichert waren.

„Das sieht ja aus, als ob man in einen Gefängnishof fährt", dachte sie erschrocken. Masoud stieg aus, klingelte und setzte sich gleich wieder ans Steuer. Im selben Augenblick ging das Tor auf und sie fuhren in einen großen Innenhof. Simone hielt den Atem an. Vor ihr lag das Haus. Die vorgelagerte überdachte Veranda war hell erleuchtet. Die Gebäudeteile ihres neuen Heims umschlossen einen quadratischen Innenhof, in dessen Mitte ein niedriger, mit türkisfarbenen Kacheln umrandeter Brunnen plätscherte. Der Duft von Rosen und Jasmin, die in großen Keramiktöpfen um den Brunnen herum standen, stieg ihr in die Nase. Die Sonne war schon untergegangen, aber der Hof war taghell erleuchtet. Auf der Veranda war alles für die Gäste gerichtet. Dort standen niedrige Holztische, auf denen Gebäck und Obst angerichtet waren. An der Rückwand lehnten bunte Sitzkissen und einige Stühle. Aber der Hof war menschenleer. Im selben Moment bemerkte sie eine ältere Frau, die einen schwarzen Schleier um die Hüften drapiert hatte und die Stufen der Veranda herunter eilte. Das musste Amme sein. Sie hatte die eine Seite des Stoffes unter ihren Arm geklemmt und hielt das Tuch mit der Hand vor ihrem Kinn, damit es nicht vom Kopf herunterglitt. Mit der anderen Hand winkte sie aufgeregt und lief auf das Auto zu. Amme trug offene Pantoffel und ihre Füße schlurften über den Boden, um sie beim Laufen nicht zu verlieren. Sie strahlte über das ganze Gesicht.

Masoud war ausgestiegen, lief ihr entgegen und umarmte sie herzlich.

„Die Familie wartet sicher drinnen auf uns", dachte Simone und öffnete die Autotür. Während sie ausstieg, zupfte sie verstohlen an ihrer Bluse, die verschwitzt an ihrem Rücken klebte und ließ das Kopftuch auf die Schultern gleiten. Dann nahm sie die Klammer aus dem Haar und fuhr sich mit den Fingern durch ihre langen Strähnen. Sie konnte gerade noch einen kritischen Blick in den Seitenspiegel werfen, bevor Amme sie umarmte.

„Welcome, welcome, welcome" und „Hallo, Hallo", rief Amme in gebrochenem Englisch. Simone schmunzelte.

„Danke, danke, wie lieb von Ihnen", antwortete Simone in perfektem Farsi. „Wir sind so glücklich, hier sein zu dürfen." Sie blickte Amme in die Augen.

Ihr rundes Gesicht mit der kleinen Knollnase wirkte noch sympathischer als auf den Fotos und die honigbraunen Augen mit den langen geschwungenen Augenbrauen verliehen dem Gesicht einen erhabenen Ausdruck.

„Sie sind wirklich hübsch", entfuhr es ihr spontan. Amme lachte kurz und gab das Kompliment sofort zurück.

„Sie sind doch viel hübscher und so groß." Amme berührte Simones glattes Haar. „Schön, dass ihr da seid." Masoud umarmte Amme erneut und hob die um einen Kopf kleinere Person dabei kurz hoch.

„Lass mich, lass mich du dummer Junge! Was soll deine Frau denken?" rief Amme gerührt. „Wo sind die Kinder?"

Masoud setzte Amme ab und führte sie zur Hintertür des Autos, die Simone bereits geöffnet hatte, um die Kinder aussteigen zu lassen.

„Sie verstehen Farsi, liebe Amme", sagte Simone. „Masoud spricht immer in seiner Muttersprache mit ihnen." Amir und Arezu wurden geherzt und geküsst. Arezu wehrte sich und wischte sich die Küsse sofort wieder ab. Simone nahm sie kurzerhand auf den Arm.

„Nein, lass sie mir", protestierte Amme und wollte ihr Arezu wieder abnehmen. Die alte Frau hatte Tränen in den Augen. „Ihr seid wirklich da. Wie süß die beiden sind." Arezu versteckte ihr Gesicht im Nacken ihrer Mutter. Simone streichelte sie und flüsterte beruhigend auf sie ein, während sie Masoud beobachtete. Er schaute dauernd zum Haus herüber. Sie wollte ihm gerade vorschlagen, schon mal zu den anderen reinzugehen, als Amme sagte:

„Masoud, gib Jusuf deinen Schlüssel, damit er das Auto zur Seite fahren und ausladen kann. Die anderen sind noch nicht da, aber sie kommen sicher jeden Augenblick." Simone entdeckte den Mann in weiten Pumphosen erst jetzt. Er musste die ganze Zeit im Hintergrund gestanden haben. Sie ging auf ihn zu, hielt ihm die Hand hin und sagte:

„Salam, sehr erfreut, Sie kennenzulernen. Ich bin Simone." Der Mann senkte verwirrt den Blick, ohne ihre Hand zu ergreifen. Simone erschrak. „Hätte ich doch das Kopftuch anlassen sollen?" fragte sie sich und vernahm ein verschämt gemurmeltes:

„Herzlich willkommen, Madam." Masoud kam dazu, gab ihm den Schlüssel und stellte ihn vor.

„Das ist Jusuf. Er hilft im Haus, wenn es viel zu tun gibt oder wenn wir Gäste bekommen. Seine Frau Sarah geht Amme beim Kochen zur Hand." Simone lächelte verlegen und nickte Jusuf zu, der sie immer noch nicht ansah. Sie drehte sich wieder zum Auto, um ihre Taschen herauszuholen, als eine kleine zierliche Frau langsam auf die Veranda trat. Sie trug einen bunten sommerlichen Faltenrock, der ihre Beine ganz bedeckte und ihre schmale Taille betonte. Ihre Füße steckten in goldglänzenden Sandalen. Ihr blassblaues T-Shirt hatte lange Ärmel und passte farblich ebenso gut zu dem Blumendruck des Rocks wie das große Tuch, welches sie sich locker und elegant um

Kopf und Schultern geschlagen hatte. Ihre Haut war dunkler als die von Masoud und ihre hellen Augen standen sehr eng beieinander. „Sie sieht viel jünger aus, als auf den Fotos", dachte Simone.

Ashraf hatte die Ankunft vom Fenster aus beobachtet. Sie triumphierte innerlich, als sie sah, wie Masoud immer wieder verstohlen auf das Haus schaute. Hier drin wartet niemand auf euch, da kannst du so lange starren wie du willst", flüsterte sie. Dieser erste kleine Erfolg verschaffte ihr wenigstens etwas Genugtuung. Sie begutachtete Simone widerwillig. Wie groß diese Frau war. Helle Haut, lange Beine, glattes blondes Haar, eine kleine Nase und dunkelblaue Augen. Kein Wunder, dass Masoud da nicht widerstehen konnte. Jeder iranische Mann hätte sich sofort verliebt. Ashraf ballte die Fäuste. Sie musste diese unvermeidliche Begegnung zulassen und sie musste Amme sagen, dass heute niemand mehr kam. Sie atmete noch einmal tief durch und verließ das Haus. Während sie die Veranda herunter schritt, sah sie Amme traurig an und hob entschuldigend die Schultern:

„Sie können heute leider nicht mehr kommen, Amme Djan[10]. Fatima hat gerade angerufen und sich entschuldigt. Es ist zu spät geworden für Behruz. Sie haben auch den anderen Bescheid gesagt. Es tut ihnen unendlich leid. Ich habe versprochen, dass Masoud sie gleich anruft. Er muss sie für morgen einladen." Sie sah Masoud an.

„Masoud Djan, ich soll dir sagen, dass alle sich so freuen, dass ihr endlich da seid." Sie drehte die Handflächen zum Himmel. „Wie schade, dass niemand hier ist, um euch zu begrüßen." Ashraf war froh, dass ihre Stimme ruhig geblieben war und niemand ihren inneren Triumpf zu bemerken schien. Jetzt stand sie vor ihm, reckte sich hoch und küsste ihn mehrmals auf beide Wangen. Er beugte sich

---

[10] Farsi für: Schatz

zu ihr herab und tat es ihr gleich. Ashraf spürte, wie ihr das Herz gegen die Brust hämmerte. Sie musste Ruhe bewahren und alles so machen, wie sie es sich überlegt hatte. Sie legte ihre Hand locker auf seinem Oberarm und ließ sie langsam nach unten zu seinen Fingern gleiten. Masoud zitterte leicht. Sie drückte seine Hand einen kurzen Moment, bevor sie sie wieder losließ. Dann drehte sie sich um und wandte sich den Kindern zu, die sich beide an Masouds Seite geflüchtet hatten. Ashraf beugte sich langsam zu ihnen hinunter, obwohl sie nur wenig größer war als die beiden. „Mein Gott", dachte sie, „wie sehr sie ihrem Vater ähneln." Arezu hatte seine Augen und Amir stand genauso unsicher und ängstlich da wie Masoud, als sie ihn zum ersten Mal gesehen hatte. Schlagartig durchfuhr sie ein Gedanke: „Das müssten eigentlich meine Kinder sein, meine und seine." Ashraf berührte beide ganz leicht am Arm und fragte Masoud: „Verstehen sie mich?" Als er nickte, stellte sie sich vor und sagte:

„Amme Djan hat leckeren Erdbeersirup gemacht. Wir trinken ihn aus langen Strohhalmen, mit ganz vielen Eiswürfeln im Glas. Eiscreme gibt es auch. Wollt ihr mit mir kommen?" Sie legte Amir und Arezu jeweils eine Hand auf die Schulter und beide ließen sich bereitwillig von ihr ins Haus führen. Sie waren kaum ein paar Schritte gegangen, als Ashraf innehielt. „Verdammt", dachte sie, „ich habe die Deutsche gar nicht begrüßt." Sie drehte sich zu Simone um, die bereits auf sie zukam.

„Salam Ashraf, wie schön dich endlich kennenzulernen. Masoud hat viel von dir erzählt." Simone beugte sich etwas herab und umarmte Ashraf, die sich gerade noch rechtzeitig dazu zwingen konnte, ihr nicht auszuweichen.

„Die Kinder haben dich schon ins Herz geschlossen. Sie gehen sonst nie so schnell mit jemand Fremdem mit", sagte Simone lächelnd. Ashraf bemerkte, dass sie sich sehr viel Mühe gab, korrektes Farsi zu sprechen. „Sie fängt gleich mal mit Komplimenten an, um sich beliebt zu machen", dachte sie angewidert und schenkte Simone ein höfliches Lächeln. „Diese dumme Deutsche hat von nichts eine Ahnung." Jetzt bereute sie zu tiefst, dass sie Amme und Behruz hoch und heilig versprochen hatte, ihr nichts von der Verlobung zu erzählen.

„Entschuldige bitte, ich hätte dich zuerst begrüßen müssen, Simone. Aber die Kleinen sind so süß und so tapfer. Diese lange Fahrt muss eine Strapaze gewesen sein. Ich darf die beiden doch mitnehmen?" sagte sie betont langsam und deutlich. „Verstehst du alles was ich sage?" Simone wollte antworten, doch in diesem Moment stand Amme neben ihnen und sah Ashraf mit großen Augen an.

„Du hast mir nicht gesagt, dass die anderen heute nicht mehr kommen. Ich habe jede Minute mit ihnen gerechnet. Was ist denn passiert?" Amme hatte Mühe, ihr Entsetzen zu verbergen. „Es tut mir so leid für dich, Masoud."

„Ich habe es gerade erst erfahren", log Ashraf, „aber es war eine weise Entscheidung von Fatima Chanum, Behruz so spät abends nicht mehr durch ganz Teheran fahren zu lassen."

„Wir sind sowieso müde", sagte Masoud. „Ich rufe morgen früh alle an. Sie kommen sicher zum Mittagessen. Mach dir keine Gedanken, wir werden alles aufessen, was du gekocht hast." Er drehte sich zu Jusuf um: „Räum bitte das Auto aus und bring die Sachen in unsere Zimmer." Ashraf starrte ihn ungläubig an, denn Masoud wirkte nicht nur erleichtert, er schien sich sogar zu freuen. Sie wagte es nicht, Amme anzusehen, drehte sich um und ging mit den Kindern ins Haus. Amme folgte ihr mit energischen Schritten. Masoud und Simone standen allein vor der Terrasse. Simones Anspannung wich plötzlich einer bleiernen Müdigkeit. Sie lehnte sich an Masoud und küsste ihn zärtlich auf die Wange.

„Wir sind endlich da, Liebling, alles ist gutgegangen." Ihr Blick ruhte auf der beleuchteten Veranda.

„Ich bin irgendwie froh, dass wir heute Abend unsere Ruhe haben", sagte sie leise. Simone umarmte ihren Mann und lehnte ihren Kopf an seine Schulter. Masoud legte seinen Arm um sie. Sie standen einen Augenblick lang eng nebeneinander, dann löste Masoud seine Umarmung vorsichtig und nahm ihre Hand.

„Komm, schau dir unser Haus an." Simone lächelte und sah sich noch einmal in Ruhe um. Die Gebäudeteile waren über Treppenstufen vom Hof aus zu erreichen.

„Sind die Zimmer auch untereinander verbunden?" fragte sie.

„Ja, natürlich. Wir laufen einmal ganz herum, Schatz", sagte Masoud. „Dein neues Heim ist sehr groß. Heute Abend musst du nicht mehr alles sehen." Unter den meisten Zimmern liegt, genau wie unter der Veranda, ein ausgebautes Souterrain. Da unten waren die alten Wasserreservoire aus den Zeiten, in denen das fließende Wasser nicht wirklich zuverlässig war. Heute haben wir dort die Bäder und die Lagerräume."

„Langsam, langsam Liebling", lachte Simone und hakte sich bei ihm unter. „Sollen die Kinder nicht mitkommen?"

„Nein, lass sie bei Amme und Ashraf in der Küche. Da gehen wir zum Schluss hin." Masoud und Simone betraten das Haus über die Veranda. Sie kamen in einen sehr großen komplett mit Teppich ausgelegten Raum.

„Haben alle Räume diese Stuckdecken? Und was ist das für eine komisch glänzende Farbe an den Wänden?" fragte Simone und betrachtete die große weiße Stuckrosette an der himmelblauen Decke.

„Nein, nur der große Salon hier", antwortete Masoud. „Man streicht die Zimmer mit abwaschbarer Ölfarbe. Die Luft in Teheran ist so schmutzig, dass sich Ruß an den Wänden absetzt. Wir lassen von Zeit zu Zeit die Wände abwaschen, um nicht gleich die Maler bestellen zu müssen."

„Oh je, das hört sich nach viel Arbeit an", stöhnte Simone und sah auf den Boden. „Wie kann man Wände abwaschen? Muss man dann den Teppich rausholen?"

„Mach dir darum keine Gedanken, dafür kommt extra jemand", antwortete Masoud. Sie gingen durch die vielen Zimmer und Flure, die sich rings um den Hof verteilten. Fast alle waren miteinander verbunden, nur die Zimmer an der nördlichen Wand zur Straße waren ausschließlich über den Hof erreichen. Die Räume waren groß und alle mit passenden Teppichen ausgelegt. Die Verbindungstüren aus Holz waren teilweise aufwendig mit Schnitzereien verziert. Masoud öffnete eine der Türen langsam.

„Pass auf Liebes", sagte er und nahm ihren Arm, um sie über die Türschwelle zu führen. „Die hohe Schwelle soll Besucher davon abhalten, die Wohnräume mit Straßenschuhen zu betreten. Mein Großvater hat dieses Haus gebaut und mein Vater und Behruz sind hier aufgewachsen."

„Es ist schön, sich vorzustellen, dass du als Kind hier herumgelaufen bist", sagte Simone. Sie betraten die westlichen Zimmer. In zwei Räumen stand ihr Gepäck auf dem Boden.

„Aha", sagte Simone, „hier wohnen wir wohl. Zumindest erst einmal." Masoud hatte ihr zu Beginn des Rundgangs die Zimmer von Ashraf und Amme gezeigt, die im südlichen Teil des Hauses neben dem Salon lagen. Sie hatten einen direkten Zugang zur Terrasse. Simone fand die Lage dieser beiden Zimmer sehr schön. Sie hatte sich während der ganzen Besichtigung heimlich gefragt, wo ihre Zimmer wohl lägen.

„Ja, sieht so aus", antwortete Masoud. „Das hier waren früher die Schlafräume meiner Eltern und mein altes

Zimmer liegt direkt nebenan. Amme hat es sicher deshalb ausgesucht." Simone nickte. Es war ein komisches Gefühl, nicht allein im Haus zu sein. Die Möbel rochen neu. Simone öffnete eine Schublade und stellte fest, dass die Kommode aus lackiertem Sperrholz war. Es gab keine Kleiderschränke, aber ein Doppelbett und ein paar Stühle. In den Zimmern der Kinder standen weiß lackierte Kinderbetten, die Bezüge waren aus bunten Stoffen mit kindlichen Motiven. Die Farbe an den Wänden roch noch frisch.

Die Fenster sind einzigartig", lobte Simone. „Ich liebe es, dass man aus den Zimmern auch direkt in den Hof gehen kann. Amme hatte es sicher gut gemeint uns erst Mal hier unterzubringen. Komm, wir gehen die Kinder holen. Sie müssen langsam mal fertig gemacht werden, aber ich möchte zuerst noch die Bäder sehen bitte." Simone und Masoud stiegen am vorderen Ende des Flurs einige Stufen hinab.

„Hier unten liegen die Bäder, die Küche und die Vorratsräume", erklärte Masoud. Es gab insgesamt drei Bäder, die Toiletten waren in gesonderten Räumen. Zwei Badezimmer lagen unter den Zimmern im westlichen Teil des Hauses und eine weiteres, dass Amme und Ashraf sich teilten, im südlichen Teil. Simone erschrak, als sie die Bäder sah. Sie waren sauber und bis unter die Decke gefliest, wirkten aber kahl und leer. Alle Armaturen und auch die Kacheln waren voller Kalkflecke. Vor den in den Boden eingelassenen Toiletten standen Plastikschuhe zum Überziehen. Es gab nur eine einzige Toilette mit Sitzschüssel.

„Oh je", sagte sie leise, „da müssen wir aber sofort was machen."

„Wieso?" fragte Masoud. „Die Bäder sind sauber. Das sind nur Kalkflecken und die bekommt man nicht weg."

„Ich werde es trotzdem versuchen", stöhnte Simone. „Diese rotbraungepunkteten Fliesen sind fruchtbar und sie sind nicht mal ordentlich verfugt. Aber komm, wir gehen in die Küche. Müssen wir dazu wieder hochgehen?"

„Nein, die Räume im Souterrain sind auch miteinander verbunden. Nur der Nordteil zur Straße hin hat keinen Keller."

„Lass uns trotzdem über den Hof gehen, hier unten ist es kühl."

„Deshalb sind hier die Lagerräume." Masoud küsste Simone auf die Stirn. Sie gingen gemeinsam die Stufen wieder hoch. Die Lampen tauchten den ganzen Hof mit den hell erleuchteten Fenstern ringsum in ein zauberhaftes Licht. Simone blieb stehen und nahm Masouds Hand. Hier hatte der Vater ihres Mannes als Kind gespielt und später war auch Masoud mit seinem Vater über den Hof getollt oder hatte mit seinem Freund Mohammed und Ashraf hier gesessen und Hausaufgaben gemacht.

„Jetzt bin ich hier", dachte sie und ich werde dieses Haus zu unserem Heim machen."

„Ich dachte das Haus wäre mir durch deine Erzählungen und die Bilder schon vertrauter", sagte sie laut zu Masoud, „aber es ist viel größer als ich gedacht habe und es gibt noch einiges zu tun." Sie drehte sich um und küsste ihn. Masoud erwiderte den Kuss nur kurz und schob sie ein kleines Stück von sich weg.

„Nicht Schatz, wir stehen mitten im Hof. Man küsst sich hier nicht einfach so in der Öffentlichkeit."

„Wieso Öffentlichkeit?"

Masoud zuckte mit den Schultern und zog sie in Richtung des Hauses. Simone hörte Amir und Arezu durch die offenen Fenster unterhalb der Veranda lachen.

„Da ist die Küche", lächelte Masoud. „Die Kinder scheinen sich mit Amme und Ashraf schon gut zu verstehen."

Später saßen sie gemeinsam auf der Veranda in der noch immer sehr warmen Nachtluft. Simone schaute in den schwarzen Himmel.

„Schade, dass die Sonne hier so schnell untergeht. Bei uns ist es im Sommer um neun Uhr noch taghell", sagte sie. Arezu und Amir hockten auf dem weichen Teppich und schlurften Ammes leckeren Erdbeersirup. Simone hatte ihnen ihre dünnen Schlafanzüge angezogen. Eigentlich müssten sie längst im Bett sein.

„Nur weil es dunkel ist, muss man nicht schlafen gehen", sagte Masoud, der Simones Gedanken erraten hatten und strich Arezu übers Haar. „Wenn sie müde sind, können sie auch direkt hier einschlafen. Es ist warm und gemütlich, oder?" Amir nickte.

„Ja, schon gut", antwortete Simone. „Wir machen heute mal eine Ausnahme. Aber du trägst die beiden dann rüber." Sie lehnte an einem der Rückenpolster und streckte ihre Beine aus. Sie waren endlich angekommen. Ohne Unfall, gesund und munter. Simone dachte an den Rundgang durch das Haus.

Die hochmoderne Küche hatte sie am meisten in Staunen versetzt. Ihre Ausstattung wäre selbst in Deutschland bewundert worden.

„Die Bäder lasse ich zuerst machen", sagte sie gedankenverloren. „Die sehen unmöglich aus! Aber sonst ist das Haus ein Traum."

Amme kam und hockte sich neben Masoud auf den Boden.

„Das Haus ist sehr schön, sie haben sich gut darum gekümmert, Amme Djan", sagte sie. „Es tut mir leid, dass wir heute so spät waren. Ich habe das viele Essen in der Küche gesehen. Sie haben sich solche Mühe gemacht. Für wie viele Leute haben sie denn gekocht?"

„Ich wollte, dass wir in den kommenden Tage nicht so lange in der Küche stehen müssen", sagte Amme. „Man weiß nie wer noch kommt, da muss man vorbereitet sein. Wir schicken niemanden ohne Essen weg." Simone nickte und nahm eines der kleinen rautenförmigen Gebäckstücke, die auf dem Tischchen vor ihr standen. Der Teig war sehr zart und sie musste aufpassen, damit das Gebäck nicht schon in der Hand auseinanderfiel.

„Was ist das? Das ist super lecker."

Amme lächelte, stand auf, nahm einen weiteren Teller mit diesem Gebäck von einem der anderen Beistelltische und bot ihn Simone zusätzlich an.

„Das freut mich, nimm so viel du möchtest", antwortete sie. „Ich sage Jusuf gleich morgen, dass er noch mehr davon kaufen soll."

„Danke, danke, das ist nicht nötig." Simone nahm den Teller und stellte ihn wieder zurück an seinen Platz. Amme sah Masoud irritiert an.

„Das wird mein Lieblingsgebäck, denke ich. Was ist das denn für ein Teig?"

„Kichererbsenmehl", mischte Masoud sich ein. Und auf Deutsch fügte er sanft hinzu. „Amme hat es nur gut gemeint. Du hättest den Teller stehen lassen sollen. Du muss nicht alles aufessen." Simone verstand. Sie hatte das iranische Ta'rof[11], diese ganz besondere Art der Höflichkeit, nicht erkannt. Sie ärgerte sich über sich selbst, denn sie hatte sich diese Umgangsform genau erklären lassen. Dem Gast wird alles, was er lobt oder ihm schmeckt, sofort vermehrt angeboten. Es konnte sogar sein, dass man eine Vase, die man gerade gelobt hatte, beim Verlassen des Hauses als Geschenk neben seiner Tasche fand. Man musste sich dann bedanken, das Geschenk aber in keinem Fall annehmen. Speisen zurückzuweisen war unhöflich. Man sollte sich davon nehmen, sie aber auf dem Teller liegenlassen. Simone fand das furchtbar, denn sie war dazu erzogen worden, sich nur das zu nehmen, was sie auch essen konnte. Sie lächelte Amme an und nahm ein weiteres Stück des Gebäcks.

„Das nehme ich mit ins Zimmer. Es ist wirklich sehr sehr gut, wie alles, was wir heute Abend gegessen haben.

---

[11] Farsi für: Unaufrichtige Höflichkeit

Lieben Dank, Amme." Simone stand vom Boden auf und schüttelte ihre Beine aus. Sie hatte trotz der Stühle, die Amme eigens bereitgestellt hatte, darauf bestanden auch auf dem Boden zu sitzen. Masoud deutete auf die Kinder, die friedlich an die Rückenpolster gelehnt, eingeschlafen waren.

„Lass uns die beiden zu Bett bringen. Ich bin müde, vielleicht machen wir es den Kindern nach und gehen auch schlafen?" Er blickte Simone fragend an.

„Gute Idee, Liebling", Simone warf ihm einen Handkuss zu und streichelte ihm zärtlich über sein Gesicht. „Kann ich noch etwas helfen, Amme?"

„Nein, nein, Ashraf kommt gleich und hilft. Geht nur. Ihr seid erst mal Gäste. Genießt alles, die Arbeit kommt früh genug", antwortete Amme. „Gute Nacht."

Die Kinder lagen friedlich in ihren Betten. Simone hatte die Türen zu den Zimmern offengelassen und das Licht in der kleinen Diele brannte. Masoud nahm sie in den Arm und küsste sie lange und innig.

„Schatz, was ich noch sagen wollte", sagte er, als er die Umarmung wieder löste, „hier küsst man sich nicht vor anderen. Lass uns darauf etwas Rücksicht nehmen."

„Ja stimmt, das hast du eben schon mal gesagt. Aber wir sind doch verheiratet und wir wohnen hier. Ich verstehe das nicht."

„Ashraf und Amme kennen das nicht. Wir holen alles nach, wenn wir alleine sind", antwortete Masoud.

„Dann lernen sie es kennen. Mir fällt das schwer. Ich bin doch hier zu Hause. Draußen haben wir schon genug Vorschriften", protestierte Simone.

„Mir ist es aber peinlich, ok?" sagte Masoud und legte sich ins Bett. „Kannst du es mir zu liebe tun, bitte?" Simone seufzte und kuschelte sich an ihn.

„Ja. Ist gut", sagte sie kleinlaut, „wenigstens solange die beiden hier wohnen. Ich mag Amme. Sie ist ruhig und lieb und war ganz offen. Und sie mag die Kinder. Aber Ashraf war kaum bei uns."

„Hm", murmelte Masoud, „sie hat bestimmt in der Küche noch aufgeräumt. Ich bin total kaputt. Lass uns schlafen." Simone drehte sich um. Ashraf war entweder schüchtern oder unsicher. Immerhin war sie nicht so zudringlich wie Mohammeds Frau in Istanbul. Simones Blick fiel aus dem Fenster in den Hof. Die Lampen brannten noch, aber die Veranda war leer. Amme und Ashraf hatten sich auch zurückgezogen. Dies war die erste Nacht in ihrem neuen Heim. Sie ging in Gedanken noch einmal durch das Haus. Es war so groß und bis auf die Bäder bestens gepflegt. Amme hatte sich offensichtlich um alles gekümmert. Sie hatte ihnen sogar die Zimmer zugewiesen und die Möbel gekauft. „Fühlt euch wie Gäste", hatte Amme gesagt, aber sie waren keine Gäste. Simone seufzte. „Sie meint es gut", sagte sie zu sich selbst, kurz bevor sie erschöpft in den Schlaf glitt. Nicht allein im Haus zu sein, war schwieriger als sie es sich vorgestellt hatte.

Masoud fand keinen Schlaf. Er dachte an Ashraf. Sie hatte kaum mehr als das Nötigste mit ihm gesprochen, war aber Gott sei Dank friedlich geblieben. Er spürte, dass sie noch nicht mit ihm fertig war. Die Art, wie sie seine Finger bei der Begrüßung gedrückt hatte, war eine eindeutige Botschaft. Er hatte erstaunt festgestellt, dass sein Herz immer noch einen kleinen Sprung machte, wenn er sie sah und beschloss, auf Distanz zu bleiben. Ihre Liebe hatte ihm früher geschmeichelt, aber das war endgültig vorbei. Sein Verhalten durfte keinerlei Zweifel darüber aufkommen lassen. Ashraf sollte sich weder ermutigt noch provoziert fühlen. „Wenn morgen mit Behruz auch alles glatt geht, habe ich es geschafft", dachte er erschöpft. „Dann wird auch Ashraf die Realität akzeptieren und die Vergangenheit ruhen lassen. Je normaler alles läuft, desto weniger Chancen hat sie, die alten

Geschichten auszukramen. Die interessieren niemanden mehr." Masoud zog das Betttuch etwas höher. Er fröstelte. Amme hatte den Cooler aus Sorge, es könne zu heiß im Zimmer sein, den ganzen Tag laufen lassen. „Die gute Amme", dachte er, „auf sie ist immer Verlass. Sie wird Ashraf schon in Schach halten und irgendwann ist Gras über die Sache gewachsen." Masoud seufzte hoffnungsvoll. „Vielleicht muss ich Simone gar nichts mehr erklären. Wenn ich die Fabrik erst mal wieder habe und wir beide arbeiten, interessiert sich niemand mehr für das, was mal war."

9.

Als Simone am nächsten Morgen in die Küche kam, war es schon kurz vor elf. Sarah, die Frau von Jusuf, stand vor dem Herd und schnitt Karotten klein, die sie in eine köstlich riechende, dampfende Suppe warf, während Amme auf sie einredete. Als Simone eintrat, unterbrach Amme das Gespräch.

„Guten Morgen, hast du gut geschlafen?" Sie ging auf Simone zu und umarmte sie. „Masoud frühstückt schon mit Ashraf und den Kindern oben im kleinen Wohnzimmer. Aber wenn du lieber hier sitzen willst, mache ich dir natürlich Platz am Tisch."

„Danke Amme, danke. Ich habe gut geschlafen", antwortete Simone und ließ ihren Blick in der Küche umher gleiten. „Ihr seid ja schon wieder mitten in der Arbeit. Kann ich etwas tun? Ich trinke jetzt nur Kaffee. Wir essen doch bald zu Mittag, oder?" Simone sah auf ihre Armbanduhr.

„Du brauchst uns nicht zu helfen. Geh du nur frühstücken. Soll ich dich hochbringen oder findest du den Weg schon."

„Ich mache mir nur einen Kaffee." Simone sah sich um. „Gibt es eine Kaffeemaschine?" Amme kramte einen kleinen Behälter aus einem Schrank und angelte eine Metalldose vom Regal. Simone wollte ihr dabei helfen, aber sie drückte sie sanft weg.

„Ich brühe dir einen auf. Jusuf hat den Kaffee extra vom Armenier geholt." Amme strahlte vor Stolz über das ganze Gesicht. „Ich habe mir gedacht, dass du Kaffee möchtest." Sie füllte Kaffeepulver und Wasser in die Herdkanne und stellte sie zum Überbrühen auf die offene Gasflamme. „Ich bringe ihn dir hoch, geh ruhig schon mal zu den anderen. Milch ist oben."

„Danke", sagte Simone und setzte sich auf einen der freien Stühle am Tisch. „Ich nehme ihn gleich mit. Haben Sara und du schon gefrühstückt?"

„Schon lange", antwortete Amme. Der Kaffee zischte beim Überbrühen und verströmte einen verführerischen Duft.

„Ich muss an den Tod meines Vaters denken", sagte Sara plötzlich, „Gott hab ihn selig." Amme sah wie Simone fragend die Stirn runzelte. „In Europa trinkt man nicht nur zur Beerdigung Kaffee", erklärte sie Sara. „Dort trinkt man ihn statt Tee."

„Ich liebe Kaffee", sagte Sara, „aber ich könnte dafür nicht auf Tee verzichten."

„Ich mache uns auch einen", sagte Amme und zwinkerte Simone zu. „Wir haben ihn uns verdient. Dazu muss keiner gestorben sein."

Simone nahm ihre Tasse und ging hinauf in das kleine Wohnzimmer, wie Amme es genannt hatte. Es war ein Vorraum des großen Salons. Die Flügeltür stand offen und Simone sah Masoud und die Kinder zusammen mit Ashraf am Boden hocken. Zwischen ihnen lag ein Wachstuch an dessen Ende ein elektrischer Samowar zischte. Der Raum war bis auf eine kleine Anrichte nicht möbliert. An der längsseitigen Wand lehnten zwei Rückenpolster und gegenüber stand ein Fernsehgerät auf dem Boden.

„Mama, Mama!" Arezu sprang hoch und rannte mit ihrem Stück Brot in der Hand zu ihrer Mutter. Simone fing sie auf und steckte ihr das kleine Brotstück, von dem der Honig zu tropfen begann, schnell in den Mund.

„Lecker, mein Schatz?" fragte sie und küsste ihre Tochter auf die Wange.

„Hmm", Arezu strahlte und zeigte mit vollem Mund auf das reichlich gedeckte Wachstuch. Amir und Masoud saßen an der einen Seite des Tuches, Ashraf ihnen gegenüber auf der anderen.

„Wir essen auf dem Boden", verkündete Amir stolz. Masoud winkte Simone zu sich herüber.

„Du musst die Schuhe ausziehen", sagte Amir und deutete mit der Hand hinter Simone auf den Boden. Simone sah, dass alle ihre Hausschuhe im Flur vor der Tür ausgezogen hatten. Sie ging also nochmal einen Schritt zurück und streifte ihre Schuhe ab.

„Guten Morgen meine Lieben", sagte sie. „Das sieht ja richtig lecker aus." Auf dem Wachstuch lag duftendes Fladenbrot, dazu gab es Butter, Schafskäse und Honig.

„Jusuf hat extra frisches Brot geholt", sagte Masoud, „und Eier vom Land mitgebracht." Eine Pfanne mit Omelett glänzte auf einem Untersatz aus Holz und verströmte einen appetitlichen Duft.

„Trinken die Kinder etwa schwarzen Tee?" fragte Simone.

„Guten Morgen, Simone", sagte Ashraf. „Ich habe für Arezu und Amir Kakao gemacht. Amir wollte aber nur Milch mit einem kleinen Schuss Tee aus dem Samowar. Masoud meinte das sei in Ordnung."

„Wir essen mit den Fingern", verkündete Amir stolz. „Guck mal. Du musst so ein Schiffchen formen." Amir brach sich ein Stück vom Fladenbrot ab, faltete es, sodass eine löffelförmige Vertiefung entstand und legte ein Stück Käse hinein.

„Hier Mama, für dich. Hat Papa mir gezeigt." Simone nahm das Brot und steckte es sich in den Mund.

„Danke, Schatz." Amir war immer noch ganz aufgedreht.

„Wir brauchen keine Teller mehr", sagte er.

„Bravo, mein Sohn, ganz der Iraner", sagte Masoud lachend. Aber lass die Mama mal richtig ankommen. Er sah zu Simone hoch. „Komm, iss noch etwas mit uns." Der Duft der goldgelben Rühreier stieg Simone in die Nase. Sie hockte sich neben Ashraf auf den Boden.

„Eigentlich wollte ich nicht, aber die Eier sehen köstlich aus." Ashraf nahm einen Teller und ein Stück

Fladenbrot und schon Simone die Pfanne mit dem Untersetzer zu. Simone betrachtete Masouds Cousine, während sie sich bediente. Ashrafs Beine waren unter dem Faltenrock gekreuzt. Das Rosa ihrer Bluse ließ ihre dunkle Haut seidig schimmern. Die rabenschwarzen Locken waren nach oben gesteckt und einige Strähnen umrahmten ihr zartes Gesicht. Schwarzer Kajal umrandete ihre Augen, ihre vollen Lippen waren rot geschminkt und sie trug goldene Ohrringe und zwei Armreifen.

Simone sah verstohlen an sich herunter. Ihre abgeschnittenen Jeansshorts und das einfache weiße T-Shirt, das sie eben aus dem Koffer gekramt hatte, kamen ihr auf einmal sehr schäbig vor. Sie würde sich umziehen müssen, wenn die Gäste kamen. Sie blickte sich neugierig um, während sie aß. In der gegenüberliegenden Wand waren zwei kleine in die Wand eingelassenen. Darin standen bunt bemalte Porzellanfigürchen auf Häkeldeckchen aus Plastik.

„In die Nischen hat man früher die Öllampen gestellt", erklärte Masoud, der ihren Blick bemerkt hatte. „Das Leben spielte sich am Boden ab und die Lampen waren da oben sicherer und spendeten auch mehr Licht."

„Amme und ich lieben diesen Raum", mischte Ashraf sich in die Unterhaltung. „Wir haben ihn genau so eingerichtet wie unser Wohnzimmer im Pförtnerhäuschen bei Behruz und ihn extra nicht möbliert. Es ist viel gesünder am Boden zu sitzen, als auf Stühlen, nicht wahr Masoud. Wir haben sogar auf dem Boden geschlafen." Simone spürte, wie ihre Füße unter dem Gewicht der untergeschlagenen Beine zu kribbeln begannen. Sie warf Masoud, der etwas sagen wollte, einen Blick zu, aber Ashraf fuhr fort. Sie deutete mit den Fingern auf die in den Wänden eingelassenen Nischen. „Diese Figuren hat Behruz mir geschenkt, als ich klein war. Ich habe eine ganze Sammlung davon." Simone lächelte höflich. Sie nahm ihre Kaffeetasse in die Hand, rutschte ein

Stück vom Tuch ab, lehnte sich an die Wand und streckte ihre nackten Beine aus.

„Es fühlt sich nicht gesünder an, auf dem Boden zu sitzen. Ich mag es auch nicht, wenn die Räume so vollgestellt sind, aber mir fehlt eine Couch und eine Essecke", sagte sie und betrachtete die Haut ihrer Beine, die auf dem bunten Teppich noch blasser wirkte.

„Ashraf, du bist so toll braun. Ich freue mich schon darauf endlich etwas Farbe zu bekommen. Kann man sich im Hof gut in die Sonne legen?" Ashraf starrte Simone entsetzt an. Sie kniff ihre Lippen zusammen und wollte gerade etwas erwidern, als Masoud sagte:

„Schatz, ich habe schon mit Behruz telefoniert. Sie kommen sicher bald." Simone schaute erschrocken auf ihre Armbanduhr.

„Oh je, dann mache ich mich mal fertig. Ich hab noch so viel auszupacken und ich muss bügeln. Kannst du mir ein Bügeleisen und ein Bügelbrett geben, Ashraf? Soll ich die Kinder mitnehmen?"

„Nein, lass mal. Mach du dich in Ruhe fertig, wir kommen schon klar", sagte Masoud.

„Sara soll dir das Bügeleisen geben", brummte Ashraf. „Ein Bügelbrett haben wir nicht."

„Wie soll ich dann bügeln?" fragte Simone und sah Masoud an.

„Wir kaufen später alles, was wir noch brauchen. Lass doch Sara für dich bügeln. Ich komme mit und sag ihr Bescheid."

„Schon gut, Liebling", erwiderte Simone und ging zu ihrem Mann herüber, um ihm zärtlich über den Kopf zu streicheln. „Ich komme schon zurecht. Das wäre ja gelacht." Sie drückte Masoud einen schnellen Kuss auf die Wange. Er genoss es sichtlich zu Hause zu sein und mit seinen Kindern so dazusitzen, wie er es als Kind mit seinen Eltern getan hatte. Sie wollte sich von Ashraf verabschieden und suchte ihren Blick. Ashraf war dabei, Tee auszuschenken. Sie sah Simone nicht an. „Vielleicht hätte ich die Figürchen loben müssen", dachte Simone, „oder ich war zu direkt, was die Möbel angeht."

„Ich hole mir das Bügeleisen selbst. Es wird schon gehen", sagte sie. Esst nicht zu viel Kinder, es gibt schon bald Mittagessen."

Als Simone gegangen war, Masoud atmete erleichtert auf. Er hatte jeden Augenblick mit einem Wutausbruch Ashrafs gerechnet. Er musste seiner Frau unbedingt sagen, dass braune Haut im Iran nicht als schön galt. Ashraf hatte sich durch Simones gut gemeintes Kompliment verhöhnt gefühlt. Wenn das so weiter ging, würde seine Hoffnung, alles könne sich nach und nach entspannen, nicht in Erfüllung gehen. Ihm war schon gestern klar geworden, dass Ashraf um ihn kämpfen wollte. Daher war ihm heute Morgen fast das Herz stehen geblieben, als sie sich einfach zu ihm und den Kindern gesetzt hatte. Sie hatte ihn zwar keines Blickes gewürdigt und nur mit den beiden gesprochen, aber es schien nur eine Frage der Zeit, bis Simone ihre Feindseligkeit bemerken musste. Am besten, die beiden würden sich in nächster Zeit nicht so häufig sehen. „Vielleicht beruhigt sie sich dann doch noch", dachte Masoud und schielte zu ihr herüber.

Ashraf bemerkte seinen Blick und ihre Augen verengten sich sofort. Sie stand abrupt auf und wandte sich zum Gehen.

„Wo gehst du hin?" Arezu sprang hoch und lief zu ihr. „Darf ich mit?" Ashraf hielt ihr die Hand hin und sah Amir an. „Möchtest du auch mitkommen oder bleibst du bei deinem Papa?" Masoud legte den Arm um seinen Sohn.

„Nein. Wir beide schauen, ob wir Mama helfen können." Bald würden Behruz und die anderen da sein. Er betete, dass dieser Tag gut vorüberging.

„Sie verspäten sich aber sehr", sagte Simone und zog ihren Lippenstift nach. „Es ist schon zwei Uhr durch. Ich dachte wir wollten zusammen zu Mittag essen." Simone begutachtete sich im Spiegel. „Wenn es doch nur nicht so heiß wäre", stöhnte sie. „Diese Klimageräte blasen zwar kalte Luft ins Zimmer, aber irgendwie kühlt es nicht ganz herunter." Sie trug extra eines ihrer neu gekauften Kleider, sowie den Schmuck, den Masoud ihr zur Hochzeit geschenkt hatte. Das lange Haar hatte sie sorgsam eingelegt und die Locken in einer Hochsteckfrisur zur Geltung gebracht. Um ihre Schultern lag ein dunkelblaues seidenes Kopftuch das sie, passend zum Kleid, in Deutschland gekauft hatte. Masoud saß auf dem Bett. Er trug eine Stoffhose und ein kurzärmeliges Hemd. Seine Füße steckten in Lederschuhen. Er öffnete den Kragen seines Hemdes und sah auf die Uhr.

„Es wird bestimmt drei Uhr bevor wir essen, Liebes", sagte er. „Gut, dass wir so ausgiebig gefrühstückt haben."

„Muss ich wirklich das Kopftuch anlassen?" fragte Simone.

„Nur am Anfang. Behruz und Fatima sollen sehen, dass du dich mit unseren Bräuchen auskennst. Sie werden auch bemerken, dass du den Schmuck meiner Mutter trägst. Das ist mir gerade heute wichtig", erklärte Masoud. Er hatte offensichtlich Respekt vor dem Onkel und seiner Frau und Simone wollte alles tun, damit die beiden einen guten ersten Eindruck von ihr bekamen.

„Mit diesem Kleid sitze ich aber nicht auf dem Boden", sagte Simone. „Lass uns schon mal auf die Veranda gehen, die heiße trockene Luft ist mir jetzt lieber als diese feuchtkalte, die aus dem Cooler kommt."
Simone hatte sich gerade einen Stuhl in den Schatten auf der Veranda gestellt, als es endlich klingelte. Sie stand aufgeregt auf und hielt nach Masoud Ausschau, der die Kinder holen wollte. Jusuf kam aus einer Ecke des Hofes angerannt und lief in Richtung des Tores, um es zu öffnen. Zwei japanische Limousinen, gefolgt von einem großen Pickup, fuhren in den Hof. Der Pickup blieb allerdings halb in der Einfahrt stehen.

Seine Ladefläche stand noch auf dem Bürgersteig. Simone sah sich suchend nach Masoud, Amme und Ashraf um. Wo blieben sie nur? Die Türen der ersten Limousine öffneten sich und eine ältere Frau mit einem schwarzen Schleier stieg auf der Fahrerseite aus. Sie ging um das Auto herum und öffnete die Beifahrertür, während die Insassen der zweiten Limousine und des Pickups ebenfalls ausstiegen.

„Fatima hat Behruz gefahren", stellte Simone erstaunt fest, „und sie trägt dabei noch einen Schleier." Sie hatte sich diese konservative Muslimin eher unselbstständig vorgestellt. Fatima stützte den Unterarm ihres Mannes, während er das Auto verließ. Als Behruz sich aufrichtete, stellte Simone fest, dass er kleiner war als seine Frau. Er trug ein schwarzes Hemd mit Stehkragen und einen beigefarbenen Anzug. Seine Haut war extrem dunkel. Er blieb neben dem Wagen stehen und sah sich das Gewimmel im Hof an. Zwei Frauen, zwei Männer und einige Kinder wirbelten um die Autos herum. Ihre Stimmen füllten den Hof.

„Wer hat die Geschenke? Wo ist denn meine Tasche? Kinder geht ins Haus!" Kinderstimmen protestierten: „Nein, ich will zusehen!" Aida und Nilu versuchten ihre Kleinen in Schach zu halten und die beiden Brüder Ali Reza und Mohammed Ali steuerten die Ladefläche des Pickups an. Simone hörte hinter sich ein Geräusch. Amme und Ashraf kamen aus dem Haus. Amme hakte sich bei Simone unter und ging mit ihr die Stufen der Veranda hinab auf die Gäste zu. Ashraf folgte ihnen mit einigem Abstand. Aus dem Augenwinkel sah Simone, dass Masoud endlich mit den Kindern an der Hand über den Hof kam. Sie versuchte sich von Amme zu lösen, um auf ihn zu warten, aber da stand Behruz schon vor ihr. Seine eng beieinanderstehenden Augen starrten zu ihr hoch. „Ich habe das Kopftuch schon wieder vergessen", schoss es Simone durch den Kopf. Sie streckte ihre Hand aus und begrüßte Behruz:

„Salam Hadj Agha. Wie freundlich, dass Sie sich die Mühe gemacht haben, uns zu besuchen." Behruz legte seine rechte Handfläche auf die Brust und deutete mit seinem Oberkörper eine leichte Verbeugung an.

„As-salāmu ʿalaikum[12]. Herzlich willkommen! Sie müssen Simone sein." Masoud hatte ihr eingeschärft, keinem der Männer seiner Familie zur Begrüßung die Hand hinzuhalten. Auch das hatte sie vergessen. Sie ließ die Hand sinken und verbeugte sich ebenfalls kurz.

„Ich freue mich so, sie kennen zu lernen. Ich hoffe es geht ihnen gut", sagte sie. Wo blieb Masoud nur? Sie hörte ihren Sohn begeistert rufen:

„ Mama, Mama, da ist ein Schaf in dem Auto." Amir lief vor zur Straße. Simone blickte ihm erschrocken hinterher. Gott sei Dank war Masoud da und fing ihn gerade noch ab. Sie wollte das Gespräch mit Behruz fortsetzen, aber er war bereits in Richtung des Hauses weitergegangen. Stattdessen stand nun Fatima vor ihr.

„Die Hitze tut ihm nicht gut", sagte sie und bedeutete Ashraf mit einem Blick, ihrem Mann ins Haus zu folgen. „Gib ihm schon mal etwas Kühles zu trinken!" befahl sie. Fatima trug eine kleine Brille mit Goldrand und ihre schwarzen Augen musterten Simone über die Gläser hinweg. Sie schwitze, denn sie trug unter dem Schleier auch noch ein Kopftuch. Simone begrüßte die Frauen, die Amme ihr nun vorzustellen begann. Alle Kinder waren nach vorne zur Straße gelaufen, nur Arezu hatte sich irgendwie an ihre Hand geflüchtet. Sie hob sie hoch und erwiderte gerade die Küsse und Umarmungen, als sie ein lautes: „Allahu akbar, allahu akbar, Allahu akbar!" hörte. Es folgte eine kurze Stille und dann hörte Simone Amir schreien.

---

[12] arabische Begrüßungsformel: Friede sei mit dir

10.

„Du hast das gewusst? So eine Aktion, direkt am ersten Tag? Das ist unmöglich. Wieso hast du uns nichts davon gesagt?" Masoud war außer sich vor Wut.

„Ich? Wieso ich? Wer wollte denn unbedingt ein Begrüßungsfest? Das hast du jetzt davon." Ashraf stand ihm im Halbdunkel des Flurs gegenüber. Sie stemmte die Hände in die Hüfte. Ihr Blick durchbohrte ihn.

„Du hast es also doch gewusst", wiederholte er fassungslos. „Dazu fällt mir nichts mehr ein, wirklich gar nichts mehr." Masoud wurde schwindlig. Wozu wäre diese Frau ihn ihrem Rachewahn noch fähig? Sie musste sich doch denken können, dass seine Kinder noch nie beim Schächten eines Tieres zugesehen hatten. War ihr alles egal?

„Nichts habe ich gewusst, gar nichts. Und es geht mich nichts an. Ali Reza hat es gut gemeint. Es ist deine Schuld, dass deine Familie unsere Sitten nicht kennt. Du hast sie eben nicht genug vorbereitet." Ashraf hätte ihn am liebsten geschüttelt. „Siehst du", schrie sie ihn in Gedanken an, „siehst du welch großen Fehler du gemacht hast."

„Hör auf! Hör doch endlich auf!" Masoud schnappte nach Luft. „Das geht dich gar nichts an, gar nichts. Sei bloß still", warnte er und packte sie bei den Schultern.

„Ich soll aufhören? Ich?" keifte sie zurück. Sie standen dicht voreinander.

Ihre Augen bohrten sich in die seinen. Masoud machte einen weiteren Schritt auf Ashraf zu. Jetzt berührte er fast ihr Gesicht mit seiner Brust. Ihr warmer Atem traf dort wo das Hemd offen stand, auf seine nackte Haut. Der Duft ihrer Haare füllte seine Nase. Sie atmete schnell.

„Du hast noch nicht mal Behruz ordentlich begrüßt. Simone stand alleine da. Du erbärmlicher Feigling." Ashraf war noch nicht fertig. Sein Adamsapfel tanzte vor ihren Augen auf und ab.

„Nimm mich doch endlich in die Arme", dachte sie verzweifelt, während sie langsam ihren Kopf nach hinten bog und die Zeit stehen blieb. „Küss mich endlich! Dann verzeihe dir alles. Küss mich so wie früher." Masoud beugte sich zu ihr herab. In diesem Augenblick trat Simone aus der Tür. Ihre Wangen waren gerötet. Sie hatte Tränen in den Augen.

„Seid doch nicht so laut bitte."

Masoud drehte sich abrupt um und nahm Simone in die Arme, aber sie drückte ihn weg.

„Amir braucht dich jetzt und du schreist hier rum. Komm endlich rein und erklär deinem Sohn, was das alles zu bedeuten hat", sagte sie eindringlich während sie Masoud am Arm durch die Tür zog. Ashraf starrte auf ihre Hand. An Simones Finger glänzte der Ring von Masouds Mutter. Die Tür schloss sich hinter den beiden und sie blieb allein. Ihr Herz raste vor Wut und Erregung. „Mein Ring", dachte sie verzweifelt. Warum hatte sie sich nicht enger an ihn geschmiegt? Nur einen kleinen Moment später und er hätte sie endlich wieder geküsst. Das hatte sie genau gespürt.

Sie drückte ihre heiße Stirn an die kühle Wand des Flures und ballte die Fäuste. Sie hatte sich immer kontrolliert, hatte aufgepasst, dass sie nicht zu weit gingen, schließlich war sie die Ältere. Als er nach Deutschland ging war ihr klar, dass er dort nicht wie ein Mönch leben würde, aber das hatte sie in Kauf genommen. Er musste sich ausprobieren, Männer brauchten das und irgendwelche Frauen spielten keine Rolle. „Wieso musste ich die Ehrbare sein? Ich hätte ihn doch an mich binden sollen", dachte sie jetzt verbittert. Aber dann wäre sie so wie diese europäischen Frauen, die sich nichts wert waren. Aber diese Deutsche hatte es anders gemacht und sie trug jetzt seinen Ring. Ashraf griff nach der Kette, die Masoud ihr zum Abschied geschenkt hatte. Sie trug sie ständig. „Ich bin noch nicht fertig", dachte sie. Sie hasste diese Deutsche mit ihrer makellosen weißen Haut, die sich über ihren dunklen Teint lustig machte. Ashraf schnaubte vor

Wut. „Pass bloß auf, dass ich dir nicht einfach alles erzähle, du billiges Flittchen", flüsterte sie. Dieser Gedanke linderte ihren Zorn ein wenig. „Ich habe es in der Hand", sagte sie sich. „Und wenn gar nichts mehr geht, ziehe ich diesen Trumpf. Warum musstest du dir meinen Masoud nehmen und ausgerechnet hierher kommen? Du bist selbst schuld, wenn das nicht gut geht. Für dich ist doch alles nur ein Spiel und wenn es nicht klappt, gehst du wieder zurück. Du kannst dein Gesicht nicht verlieren, weil du keines hast." Ashraf drehte sich um und starrte auf die Zimmertür, hinter der Masoud verschwunden war. Sie roch noch seine Haut, sein Aftershave, sah seine Augen vor sich. Er fühlte etwas für sie, das hatte sie deutlich gespürt, daran gab es keinen Zweifel. Es war noch nicht zu spät. Ein Mann will immer das, was er nicht hat. Ashraf drehte sich um, straffte die Schultern und zog ihr Kopftuch hoch. Dann ging sie mit schnellen Schritten in Richtung des großen Salons. Die Gäste warteten und sie musste Amme helfen. Im Zimmer wiegte Masoud seinen kleinen Sohn im Arm.

„Das Schaf hat nichts gespürt, Liebling, glaub mir. Es hat sich nicht mal erschrocken, so schnell war es tot."

„Aber es hat noch gewackelt", jammerte Amir. Masoud sah ihm an, dass sich die Szene immer noch vor seinen Augen abspielte. Er musste ihn ablenken.

„Sein Fleisch geben wir jetzt armen Menschen, die sonst kein Geld haben, um sich welches zu kaufen."

„Dann sollen sie eben keins essen", schnaufte Amir.

„Wir essen doch auch Fleisch."

„Ich nicht", Amir richtete sich ein wenig auf.

„Ja, Liebling, du hast Recht, wir können weniger Fleisch essen oder gar keins. Aber wir haben genug andere Sachen zum Essen. Die armen Menschen haben nicht so viel. Was essen wir denn alles, mein Schatz?"

„Eier, Nudeln, Plätzchen,…" Amir überlegte. „Wo sind denn die armen Leute?" „Amme kennt sie und

Ashraf auch. Sie helfen ihnen öfter." Amir wischte sich die Tränen ab.

„Freuen die sich über das Fleisch? Und es hat dem Schaf wirklich nicht wehgetan?"

„Schatz", mischte Simone sich ein, „ich habe eine Idee. Wir fragen Amme, was die armen Menschen sonst noch brauchen und bringen es ihnen zusammen hin." Amir nickte.

„Eine Hose vielleicht und Spielsachen." sagte er.

„Ja, genau Liebling. Das hast du gut überlegt." Simone war froh, dass Amir auf andere Gedanken gekommen war. Keiner aus der Familie schien sich überlegt zu haben, dass man sie und die Kinder auf so etwas hätte vorbereiten müssen. Ein Tieropfer vor den Augen aller. Das war unglaublich. Gott sei Dank hatte Masoud schnell reagiert und Amir weggebracht. Die Cousins von Masoud schienen nichts dabei zu finden, dass ihre Kinder diese Schächtung beobachtet hatten. Simone warf einen Blick aus dem Fenster und sah, dass Jusuf mit einem langen Schlauch vor der Tür hantierte. Er war dabei, das Blut abzuspülen. Der Tierkadaver war nirgends zu sehen.

„Essen die armen Leute das Fleisch heute?" fragte Amir seinen Vater.

„Ja, heute und morgen und noch viele Tage lang." Amir atmete auf. Er sah in den Hof, wo die Kinder von Ali Reza und Mohammed Ali fröhlich herumtollten.

„Ich gehe jetzt spielen, darf ich?" Arezu war bei den Kindern und spielte schon mit ihnen. Sie bespritzten sich mit Wasser aus dem Brunnen. Zwei der Jungs, die ungefähr in Amirs Alter sein mussten, hatten ihre Roller mitgebracht. Simone strich Amir übers Haar.

„Lauf, mein Schatz!" sagte sie und ließ ihn direkt aus dem Fenster in den Hof gehen. Er rannte zielstrebig auf die Kinder zu, blieb aber dann in einiger Entfernung stehen. Sofort kam einer der Jungen zu ihm, drückte ihm seinen Roller in die Hand und forderte ihn auf, seinem Bruder, der schon seine Runden um den Brunnen drehte, zu folgen. Amir nahm den Roller und düste los. Simone atmete auf.

„Mein Gott", sagte sie zu Masoud gewandt. „Was war das denn?" Masoud nahm sie in den Arm.

„Es tut mir so leid, Schatz. Ich hatte keine Ahnung und als ich erkannt habe, was da vor sich geht, war es schon zu spät."

„Hast du deshalb mit Ashraf gestritten? Hat sie das gewusst?"

„Nein, das dachte ich zuerst, aber sie war auch überrascht." Simone schüttelte den Kopf.

„Kaum zu glauben. Die anderen Kinder haben zugesehen, oder? Hoffentlich träumt Amir nicht davon." Sie sah Masoud an. „Wo warst du eigentlich als alle gekommen sind? Ich stand plötzlich ganz allein vor Behruz und Fatima."

„Ich habe die Kinder geholt und dann gesehen, dass Ali Reza irgendetwas auf dem Pickup hat." Masoud sah Simone an. „Komm, es ist schon ziemlich spät geworden. Lass uns endlich zu den anderen gehen."

„Ich ziehe aber zuerst das Kleid aus, damit kann ich mich nicht bewegen", stöhnte Simone, „und den Schmuck auch. Das ist mir alles zu viel in dieser Hitze. Du wartest bitte auf mich, ja?"

„Lass aber wenigstes den Schmuck an", sagte Masoud. Simone ging ins Nebenzimmer, um sich umzuziehen.

„Du hast auch noch gar nicht mit Behruz gesprochen oder?" rief sie Masoud durch die offene Tür zu.

„Nein", sagte Masoud. „Deshalb sollten wir uns jetzt beeilen. Lass doch den Schmuck an, bitte. Ich will, dass Fatima ihn sieht."

„Ja, gut, ich habe dich gehört", antwortete Simone. Masoud setzte sich auf das Bett. Der Streit mit Ashraf beschäftigte ihn. „Sie versucht immer noch, mich zu überlisten. Was für ein Wahnsinn", dachte er verzweifelt.

Doch nun musste er erst einmal Behruz gegenüber treten. Ashraf spielte keine Rolle. Er konnte sie ignorieren. Behruz hingegen erforderte seine ganze Aufmerksamkeit. Er würde sicher auf die Fabrik zu sprechen kommen und Masoud wollte seinen Anspruch gleich unmissverständlich klar machen. Er hörte Simone aus dem Nebenzimmer kommen und sah sie liebevoll an. „Schade", dachte er, „dass sie die feinen Kleider abgelegt hat. Aber vielleicht ist es sogar besser so. Simone sollte ruhig eine Zeit lang „die fremde Europäerin" bleiben. Fatima und ihre Schwiegertöchter sollten vorerst auf Abstand zu Simone gehen. Man konnte nie wissen, was diese Frauen glaubten, seiner Frau alles erzählen zu müssen." Masoud schickte ein Stoßgebet zum Himmel, stand auf und küsste Simone auf die Wange.

„Dann lass uns mal gehen", sagte er. Die Stühle im Salon waren entlang der Wände zu kleinen Sitzgruppen zusammengestellt. Die Mitte des großen Raumes war frei. Dort hockten die Kinder auf dem Boden und vertrieben sich mit Spielkarten die Zeit. Fatima und ihre Schwiegertöchter saßen nebeneinander. Behruz und seine Söhne hatten ihnen gegenüber Platz genommen. Amme saß mit Arezu, die sie mit einer Banane fütterte, etwas abseits. Ashraf ging umher und bot den Gästen Obst aus einer großen Schale an. Als Masoud und Simone in den Salon kamen, erhoben sich alle von ihren Stühlen und sahen zu den beiden herüber. Fatima Chanum nickte Simone und Masoud zu und zog ihren Schleier enger. Dabei rutsche ihr Kopftuch tiefer in die Stirn. Sie winkte Simone zu sich und ihren Schwiegertöchtern herüber. Ihre Schwiegertöchter hatten keinen Schleier um, sondern nur ein Kopftuch. Sie trugen elegante Kostüme mit passenden hochhackigen Schuhen und Simone bereute, ihr Kleid ausgezogen zu haben. Ihr schmuckloses T-Shirt, die Dreiviertelhose und die nackten Füße waren zwar bequem, kamen ihr aber sehr unpassend vor. Masoud hatte Simones Hand genommen und zog sie zuerst in Richtung der Männer.

Simone gab Ali Reza und Mohammed Ali zur Begrüßung die Hand. Die beiden erwiderten Simones Handschlag und verbeugten sich leicht.

„Agha Behruz hast du ja schon im Hof kennengelernt", sagte Masoud und fuhr seinem Onkel zugewandt fort: „Vielen Dank, dass Sie sich die Mühe gemacht haben uns zu besuchen und entschuldigen Sie unsere Verspätung. Wir mussten uns erst noch um Amir kümmern." Behruz deutete mit der Hand auf die Stühle neben sich und seinen Söhnen und setzte sich wieder hin. Masoud und Simone setzen sich zu ihm. Alle Anwesenden nahmen ebenfalls wieder Platz. Arezu lief zu Simone herüber und sprang auf ihren Schoß. Simone versteckte ihre nackten Füße unter dem Stuhl. Wieso saßen alle mit Straßenschuhen hier, fragte sie sich. Sie hatte ihre Sandalen natürlich vor dem Salon abgestreift. Es war ihr unangenehm, dass Behruz sie so musterte. Zwischen diesen Frauen sah sie wenig elegant aus. Alle trugen Makeup und man sah deutlich, dass ihre Haare unter dem Kopftuch frisiert waren. Von ihrer eigenen Frisur war nach der Aufregung mit Amir nichts mehr übrig geblieben. Sie hatte sich die Haare einfach aufgekämmt und trug sie nun offen über den Schultern. Die Gespräche im Raum waren verstummt und alle sahen zu Simone und Masoud herüber.

„Amir geht es wieder gut", sagte Behruz und nickte Simone zu, „lasst uns hoffen, dass Allah unser Dankopfer gnädig annimmt." Fatima nickte zustimmend von der anderen Seite des Raumes.

„Zuviel der Ehre, Amu[13] Djan", sagte Masoud. Simone traute ihren Ohren nicht. Masoud war doch eben noch darüber entsetzt gewesen, dass die Familie ihnen nicht Bescheid gegeben hatte. Sie wollte gerade etwas sagen, als

---

[13] Farsi für: Onkel väterlicherseits

Ashraf, die die Obstschale beiseite gestellt hatte, sich zu ihrem Cousin setzte.

„Danke Ali Reza", sagte sie betont freundlich und sah dabei Simone und Masoud an. „Du hast uns vor den Nachbarn alle Ehre gemacht. Sie wissen, dass wir Grund zum Danken haben und sie werden sich über das Fleisch freuen. Wir geben es ihnen gleich heute Nachmittag." Ali Reza nickte zufrieden. Simone rutsche auf die Kante des Stuhls vor und straffte ihren Rücken.

„Ich dachte das Fleisch ist für arme Menschen und nicht für die Nachbarn", sagte sie. Masoud legte ihr die Hand auf den Arm, aber Simone sprach weiter. „Und weshalb musste das Tier dazu öffentlich geschlachtet werden? Das war doch völlig unnötig und ein Schock für Amir", setzte sie leise hinzu und ließ Arezu auf den Boden gleiten. Behruz Nasenspitze wurde rot und seine kleinen Augen verschwanden unter den buschigen Augenbrauen.

„Ich dachte, Sie würden unsere Bräuche kennen und respektieren", sagte er betont langsam. „Masoud wird sie ihnen sicher gerne erklären. Es ist eine Ehre, bei einer Opferung zusehen zu dürfen. Genau genommen hätten Masoud, die Kinder und sie auch dabei stehen müssen." Behruz beugte sich zu Simone vor. „Sie müssen sich daran gewöhnen." An Masoud gewandt für er fort: „Deine Frau weiß offensichtlich noch zu wenig über unser Land. Also lass dir Zeit, ihr alles zu erklären und kümmere dich um sie. Meine Söhne und ich passen auf die Fabrik auf." Masoud erstarrte und Simone sah Behruz verständnislos an.

„Vater hat Recht, lass dir Zeit und mach erst einmal ein paar Ausflüge mit deiner Familie, bevor du in die Fabrik kommst. Die Arbeit wird schon nicht weglaufen", lachte Ali Reza und klopfte Masoud auf die Oberschenkel. „Erzähl doch mal, wie war die Fahrt?" Die beiden Cousins zogen ihre Stühle näher an Masoud heran. Behruz drehte sich um und sprach mit Ashraf. Simone bemerkte, dass Arezu sich einen

Teller mit Gebäck vom Tisch geangelt hatte und ihn genüsslich leerte. Die Kleine hatte Hunger. Es war inzwischen schon drei Uhr am Nachmittag und das Mittagessen ließ auf sich warten. Amme bemerkte Simones Blick auf die Uhr, stand auf, rief Ashraf zu sich und verließ mit ihr den Raum. Fatima, Nilu und Aida sahen neugierig zu Simone herüber und musterten sie von oben bis unten. Simone wollte nicht in der Nähe von Behruz sitzen bleiben und ging mit Arezu zu Aida und Nilu, die sie freundlich anlächelten. „Sie müssen ungefähr in Masouds Alter sein", dachte Simone. Die beiden bestürmten Simone sofort mit vielen Fragen. Ob die Reise gefährlich gewesen war und was ihre Eltern dazu gesagt hatten, dass sie in den Iran auswandern wollte, ob sie ihre Mutter und Geschwister schon vermisste und wie ihr das Haus gefiel. Simone versuchte, so gut wie möglich zu antworten.

„Sie haben keine Geschwister?" sagte Fatima ungläubig und schüttelte bedauernd den Kopf. „Oh ihre armen Eltern. Es muss schwer gewesen sein, ihr einziges Kind so weit wegziehen zu lassen." Sie suchte den bestätigenden Blick ihrer Schwiegertöchter. „Das würde ich niemals zulassen. Meine Söhne und Enkel müssen immer in meiner Nähe bleiben."

„Ich glaube, das ist im Ausland anders", mischte Aida sich ein. „Da lebt man mehr für sich und klebt nicht so an der Familie."

„Und das findest du gut?" fragte Fatima ihre Schwiegertochter. „Eine Frau ist nichts wert ohne Familie."

„Ich könnte meine Mutter nie allein lassen", sagte Nilu entschieden. „Ich würde vor Sehnsucht vergehen. Wir telefonieren jeden Tag."

„Ich liebe meine Mutter auch", sagte Aida, „aber manchmal beneide ich die Ausländer um ihre Freiheit. Es hat auch Vorteile, wenn man nicht immer alles weiß."

„Ja", Nilu stimmte Aida zu. „Das sagt meine Mutter auch immer. Die Kinder erzählen einem jeden Kummer, aber an den Freuden lassen sie einen nicht teilhaben."

„Das ist doch keine Freiheit, wenn jeder für sich allein lebt. Wozu bekommt man denn Kinder?" protestierte Fatima. „Das hat Ihre Mutter sich mit Sicherheit anders vorgestellt, nicht wahr Simone? Das müssen Sie zugeben. Aber vielleicht lieben Sie Ihre Eltern nicht so, wie wir unsere?"

„Meine Mutter vermisst uns auch, aber sie hat mich dazu erzogen, meinen eigenen Weg zu gehen", antwortete Simone. Fatima fiel ihr ins Wort.

„Seht ihr, das meine ich. Im Ausland denkt jeder nur an sich. Familie ist nicht wichtig. Das ist ganz anders als bei uns." Fatimas Blick heftete sich auf Masoud.

„Aber wir sind jetzt Ihre neue Familie, liebe Simone. Wir werden alle für Sie und die Kinder da sein." Simone runzelte die Stirn. „Leider haben sie keine Schwiegermutter mehr", sagte Fatima und tätschelte Simones Arm, „und Masoud hat keine Geschwister, aber ich bin sicher, dass Ashraf sich wie eine Schwester um sie kümmern wird." Aida räusperte sich und sagte:

„Wenn Sie etwas brauchen, dann melden sie sich. Amir soll doch sicher in die Vorschule gehen. Und vielleicht wäre es nicht schlecht, wenn Arezu einen Kindergarten besuchen könnte." Aida sah Simone freundlich an.

„Vorschule?" fragte Simone. Nilu richtete sich auf.

„Hier unten im Süden der Stadt sind die Schulen nicht so gut wie bei uns oben im Norden. Vielleicht müssen die Kinder mit einem Taxi-Service fahren?"

„Du kannst doch so kleine Kinder nicht täglich mit dem Taxi quer durch die Stadt schicken", entrüstete sich Fatima. „Arezu ist noch zu klein. In diesem Alter bleiben sie am besten bei der Mutter. Für Amir wird sich was finden.

Masoud ist schließlich auch hier unten in die Schule gegangen."

„Meine Freundin lässt ihr Kind auch weit fahren, damit sie einen guten Kindergarten besucht", verteidigte sich Nilu. „Da kann man nicht den erst besten nehmen. In manchen unterrichten sie sogar schon Englisch."

„Englisch", spottete Fatima. „Arabisch ist wichtig. Das ganze europäische Zeug lernen sie noch früh genug von ihrer Mutter."

„In Deutschland fängt man sicher auch so früh mit dem Lernen an, oder? Schließlich ist das ein gebildetes Land", fragte Aida. Simone schwirrte der Kopf. Fatimas Bemerkungen waren sehr unhöflich, aber das Gespräch mit Nilu und Aida konnte wirklich interessant werden. Hatte sie gesagt, dass es im Süden keine guten Schulen gab? Simone wollte das Gespräch gerne fortsetzen, aber Amme rief in diesem Moment zum Mittagessen. Nilu und Aida winkten ihre Männer herbei und baten sie, sich um die Kinder zu kümmern. Sie selbst wollten bei Simone bleiben und sie zum Buffet führen. Masoud nahm Amir und Arezu bei der Hand und alle gingen in den Vorraum des Salons. Im kleinen Wohnzimmer waren Tische aufgestellt, auf denen viele verschiedene Speisen um die Wette dufteten. Mit Rosenblättern und Safran gewürzter Reis, Hühnchen, Lamm- und Rindfleischgerichte, kalte Salate und andere Vorspeisen waren in großen schweren Kristallschüsseln und auf silbernen Tabletts angerichtet. Auf einem kleineren Tisch standen geschnittene Melone und Wackelpudding in grellen Farben neben passenden Dessertschalen. Süße Limonade und Cola in Plastikflaschen, sowie Dugh, ein Getränk aus Joghurt, Wasser und Salz, welches in Glaskrügen zubereitet worden war, standen auf einem anderen Tisch bereit. Die Kinder zogen ihre Väter gleich zum Wackelpudding, wurden aber von Amme sanft in Richtung der Hauptspeisen dirigiert, die natürlich zuerst gegessen werden sollten. Aida und Nilu erklärten Simone ausführlich, woraus die Gerichte bestanden, wie man sie kochte und wie sie hießen. Simone lief das Wasser im Mund zusammen. Sie sah, dass Masoud wenigstens den Kindern schon Essen gegeben hatte. Arezu hockte auf Ammes Schoß und wurde von ihr gefüttert, was sie sich zu Simones Erstaunen gern gefallen ließ. Amir hatte sich neben den Söhnen von Nilu und Aida auf dem Boden niedergelassen. „Es sieht aus, als sei das alles hier ganz normal für ihn, so als hätte er das immer schon gemacht", dachte Simone glücklich. Das schreckliche Erlebnis am Vormittag schien vergessen. Nilu und Aida hatten für Simone einen Teller gefüllt und führten sie zu ihrem Stuhl zurück. Simone stellte erleichtert fest, dass Fatima sich neben Behruz gesetzt hatte, um zu essen. Sie schüttelte lachend den Kopf, als sie sah, welche Portionen Nilu und Aida ihr aufgetan hatten. Es schmeckte vorzüglich und alle lobten Amme immer wieder für ihre Kochkünste. Dann klingelte es und die ersten Nachbarn kamen, um Masoud und Simone zu begrüßen. Es herrschte bis zum Abend ein ständiges Kommen und Gehen. Simone wurde immer wieder zu anderen Menschen gerufen, um sich mit ihnen zu unterhalten. Es waren sogar Arbeiter aus der Fabrik und Freunde von Behruz und seinen Söhnen gekommen. Die Männer saßen ständig zusammen und die Frauen ließen Simone keinen Augenblick lang aus den Augen. Amme und Ashraf hatten alle Hände voll damit zu tun, immer wieder Tee auszuschenken, Gebäck und Obst anzubieten und benutzte Teller und Gläser in die Küche zu bringen, wo Sara und Jusuf unermüdlich arbeiteten.

11.

Es war schon sehr spät als endlich alle Gäste gegangen waren. Simone brachte die Kinder zu Bett, duschte ausgiebig und ging dann zu Masoud, der auf der Terrasse saß und Tee trank. Sie setzte sich dazu und nahm eine der kleinen Schachteln, die auf dem Tisch lagen. Es waren Geschenkschachteln aus Pappe. Sie enthielten kleine Goldmünzen und goldene Anhänger. Simone öffnete sie und fingerte das kleine Kreuz aus dem Wattebausch, mit dem die Schachtel gepolstert war heraus.

„Wie lieb von deiner Familie. Ich hatte zuletzt zu meiner Kommunion ein Kreuz. Ausgerechnet Behruz und Fatima schenken mir jetzt wieder eines. Ich hätte gar nicht gedacht, dass die beiden so tolerant sind. Besonders nicht nach dem, was heute vorgefallen ist." Masoud betrachtete Schmuckstück an der langen, dünnen Kette.

„Es ist so Sitte, dass man der Braut zum Willkommen Schmuck schenkt. Schön, dass es dir gefällt." Masoud lächelte Simone an und betrachtete die kleinen bunten Schachteln. „Kleine Goldmünzen und dünner Anhänger, dachte er verächtlich. Normalerweise schenkte man dicke Ketten oder Armreife und mit Brillanten besetzte Ringe. Seine Mutter hatte den wunderschönen Diamantring bekommen, den Simone jetzt trug. Seine Familie kannte sich mit Schmuck aus, sie waren früher im Goldhandel tätig gewesen. Diese winzigen Aufmerksamkeiten brachten deutlich den Unmut über die Art und Weise, wie er geheiratet hatte, zum Ausdruck. „Heute ist so einiges schief gegangen", dachte er und sah Simone von der Seite an. Gott sei Dank konnte sie all diese Zeichen nicht deuten. Masoud seufzte und betrachtete das Kreuz von allen Seiten.

„Es ist wirklich schön", murmelte er.

„Vielleicht wollten sie mir zeigen, dass sie mich als Christin respektieren", ergänzte Simone, „und haben deshalb extra nach einem Kreuz gesucht. Ich finde das sehr nett. Sie haben sich richtig Mühe damit gemacht."

„So viel Mühe ist das auch nicht", dämpfte Masoud Simones Begeisterung über die Toleranz seiner Familie. „Es gibt schließlich auch Christen im Iran. Armenier Zum Beispiel. Kreuze findest du in jedem Schmuckladen."

„Trotzdem", sagte Simone. „ich trage die Kette. Sie sollen sehen, dass ich mich über diese Geste freue." Sie ließ sich die Kette von Masoud umlegen und griff nach einer weiteren Schachtel.

„Das haben Nilu und Aida den Kindern gegeben." Sie nahm zwei kleine goldene Anhänger heraus, auf denen etwas in arabischer Schrift eingraviert war.

„Was steht da?"

„Da stehen die fünf wichtigsten Menschen des Islam drauf, Mohammed der Prophet, seine Tochter Fatima, deren Mann Ali und Mohammeds Enkel Hassan und Hossein." Simone betrachtete die kunstvoll geschwungene Schrift auf den Anhängern genauer. Die Buschstaben waren zu Ornamenten angeordnet und standen nicht in der Reihenfolge, in der sie normalerweise geschrieben wurden, aber es gelang ihr, die einzelnen Namen zu entziffern. Sie ließ die Schmuckstücke zurück in die Pappschachtel gleiten.

„Ich werde sie für die Kinder aufbewahren, falls sie das später tragen wollen."

Ashraf und Amme kamen aus dem Haus.

„Hallo, ich hoffe, du bist nicht zu müde, liebe Amme", sagte Simone. „Mit so vielen Gästen hätte ich nie gerechnet. Aber jetzt haben uns alle gesehen. Ashraf und du müsst euch keine Arbeit mehr machen. Wollt ihr mal schauen?" Simone hob die Schachteln hoch und zeigte den beiden die Münzen und Anhänger. Amme hockte sich neben Masoud und zündete sich eine Zigarette an. Ashraf glitt zwischen Simone und Masoud auf den Boden und begutachtete den Inhalt der Schachteln. Dann warf sie

Masoud einen kurzen Blick zu und fingerte einen großen Anhänger unter ihrer Bluse hervor. Es war ein tropfenförmiger durchscheinend braunschimmernder Stein, der an einer dicken Kette hing und aufwendig in Gold gefasst war. Er trug eine mit weiß abgesetzte Gravur.

„Das hat Masoud mir geschenkt. Es steht Allah darauf", sagte Ashraf, „der einzige und wahre Gott. Ich trage es immer." Simone blickte fasziniert auf das Schmuckstück.

„Das ist wirklich apart. So etwas würde mir auch gefallen. Das könnte ich tragen, denn Allah heißt ja Gott." Simone beugte sich vor, um Masoud auf die Kette hinzuweisen, aber er war verschwunden.

„Er ist gerade gegangen", sagte Amme und blies den Rauch der Zigarette in die Luft, „ist sicher müde." Ashraf lächelte.

„Das sind wir alle, oder?" sagte sie und sah Simone an. Simone zuckte mit den Schultern.

„Ja, irgendwie schon, aber ich bin noch zu aufgekratzt, um zu schlafen." Sie lehnte sich an die Hauswand und rieb sich die Oberschenkel. „Außerdem ist es jetzt endlich mal kühl. Es tut gut, eine kurze Hose zu tragen. Ich habe mich die ganze Zeit gefragt, wie ihr den Tag in den feinen Kleidern überstanden habt." Ashraf sah mürrisch auf Simones Beine.

„Wir sind das gewohnt. Es gehört sich so aus Respekt vor den Gästen." Simone sah sie aufmerksam an.

„Dann muss ich mich wohl auch daran gewöhnen", sagte sie.

„Lass dir Zeit", sagte Amme.

„Als Deutsche kannst du dir das erlauben", murmelte Ashraf.

„Der Tee ist leer. Holst du uns bitte neuen aus der Küche", bat Amme ihre Ziehtochter.

„Oh, da komme ich mit. Es gibt sicher noch etwas von diesem leckeren Gebäck", sagte Simone und folgte

Ashraf, die sich bereits mit der kleinen Teekanne vom Samowar auf den Weg in die Küche gemacht hatte. Ashraf füllte einen Wasserkessel und setzte ihn auf den Herd. Simone hatte bereits entdeckt, wo Amme den Tee aufbewahrte und gab ihr die Dose. Ashrafs Blick fiel auf das Kreuz, dass auf Simones Brust baumelte.

„Bist du eigentlich eine gläubige Christin?" fragte sie während sie einige Teeblätter in die kleine Kanne füllte.

„Ja, ich glaube an Gott, wenn du das meinst. Aber ich bin nicht oft in die Kirche gegangen."

„Müsst ihr denn in die Kirche gehen?" fragte Ashraf. Was macht ihr da?"

„Oh je", Simone seufzte. „Sonntags soll man gehen, aber warum, weiß ich nicht mehr so genau. Wir beten da gemeinsam und halten Abendmahl." Ashraf schien interessiert. Sie konnte ihren angewiderten Gesichtsausdruck nicht verbergen.

„Davon habe ich gehört. Ihr trinkt Blut und esst das Fleisch von eurem Gott."

„Das klingt so komisch, wenn du das sagst. Wir trinken kein Blut und essen kein Fleisch von unserem Gott. Wir teilen Brot und Wein. Aber das ist kompliziert." „Und man muss getauft werden, wenn man Christ sein will", fuhr Ashraf fort, ohne Simone anzusehen. Wir werden als Muslime geboren, wenn wir einen muslimischen Vater haben." Simone stutzte. Das hatte Masoud nie erzählt.

„Bei Amir und Arezu ist das anders", sagte sie. „Ich habe die beiden zwar noch nicht taufen lassen, aber deshalb sind sie keine Muslime. Sie sollen sich später entscheiden, wenn sie älter sind. Masoud und ich haben das so besprochen."

„Das kann Masoud gar nicht entscheiden. Amir und Arezu sind Muslime, weil ihr Vater Muslim ist. Fertig." Simone erschrak über die Heftigkeit mit der Ashraf die Worte ausgesprochen hatte. Gab es wirklich ein solches Gesetz und wieso hatte Masoud das nie erwähnt? Die beiden Anhänger, die die Kinder heute geschenkt bekommen hatten, kamen ihr in den Sinn.

„Amir und Arezu sind definitiv keine Muslime. Sie wissen gar nichts über diese Religion und es ist noch viel zu früh dazu", sagte sie bestimmt. „Die Zeiten sind vorbei, wo man eine Religion ungefragt annimmt, nur weil man darin groß geworden ist." Sie sah Ashraf an. „Vielleicht wollen sie später gar keine Religion haben, wer weiß das?" Ashraf zuckte zusammen. Sie hatte sich beim Einschenken des heißen Wassers aus dem Samowar etwas über die Finger gegossen.

„Sie müssen nichts über das Christentum wissen. Das ist sowieso rückständig. Aber man kann nicht ohne Glauben leben. Wer als Muslim geboren wird, muss lernen die Gebote Allahs zu verstehen und danach zu leben. Allah will nur unser Bestes. Was gibt es da zu entscheiden?" Simone seufzte. Sie hatte sich irgendwie darauf gefreut, sich endlich mit Ashraf unterhalten zu können und nun stritten sie sich. „Ashraf ist ja noch viel strenger als Fatima und ihre Schwiegertöchter", dachte sie enttäuscht. Ihr fielen Masouds Worte ein. Sie hatte noch nie Kontakt mit Europäern gehabt. Simone beschloss den Streit nicht zu verschärfen. Vielleicht konnte sie Ashraf milder stimmen, wenn sie ein paar Fragen zum Islam stellte. Ashraf sollte erkennen, dass sie sich wirklich für ihre Religion interessierte.

„Kannst du mir das Gebot mit dem Opferschaf erklären?" fragte sie vorsichtig. „Weshalb muss man dabei zusehen?"

„Wenn Allah uns einen Wunsch oder eine Bitte erfüllt, schlachten wir ein Schaf oder machen etwas anderes, um ihm unsere Dankbarkeit zu zeigen", brummte Ashraf ungeduldig. „Da ist es doch logisch, dass man zusieht und diese Ehre miterlebt."

„Ihr habt euch damit bei Allah bedankt. Bei uns gab es so etwas auch. Im Alten Testament. Später haben die Menschen Kirchen gebaut, um sich bei Gott zu bedanken."

„Man braucht keine Kirchen zu bauen. Am besten tut man etwas, das anderen Menschen zu Gute kommt", fuhr Ashraf fort. „Dann helfen wir Allahs Geschöpfen und das freut ihn besonders. Und uns hilft es auch, wenn wir nach dem Tod Rechenschaft für unsere Taten ablegen müssen." Simone wollte sich nicht so schnell zufrieden geben.

„Aber wieso haben dann nicht die Armen das Fleisch bekommen, sondern die Nachbarn? Wäre es nicht besser gewesen, es den Bedürftigen zu schenken statt bei den Nachbarn damit anzugeben?" Ashraf schwieg und Simone biss sich auf die Lippen. Hätte sie sich die letzte Bemerkung doch verkneifen sollen?

„Wenn man vor den Augen der Nachbarn schlachtet, muss man ihnen auch etwas abgeben. Willst du mir erklären, wie wir unsere Religion leben sollen?" Sie starrte Simone wütend an.

„Nein", antwortete Simone, „ aber ich werde nicht zulassen, dass so etwas hier noch einmal passiert. Wir schlachten oder opfern nicht mehr auf unserem Hof. Wenn wir Fleisch verschenken wollen, dann kaufen wir welches und geben es weiter. Wir müssen da einen Kompromiss finden."

„Wir werden sehen", sagte Ashraf leise und ging wortlos mit der Teekanne nach oben. Simone folgte ihr. Sie wollte nicht, dass das Gespräch im Streit endete.

„Sag mal, Ashraf", fragte sie, „Nilu hat von einer Vorschule gesprochen und von Kindergärten, in denen man auch Englisch unterrichtet. Leider hatte ich keine Gelegenheit, sie genau zu fragen. Gibt es hier im Süden auch gute Schulen und Kindergärten?"

„Natürlich gibt es hier unten Schulen. Alle, die im Norden wohnen, denken immer, da sei alles besser. Das ist

Unsinn." Ashraf war offensichtlich immer noch gekränkt. Simone ärgerte sich über sich selbst. Wieso hatte sie sich überhaupt darauf eingelassen, über Religion zu sprechen. Ashraf nahm das alles viel zu persönlich.

„Es tut mir leid. Ich wollte dich nicht kränken. Wir werden noch viel voneinander lernen müssen", sagte sie als sie auf der Terrasse ankamen.

„Opfer sind eine gute Sache", sagte Ashraf etwas milder. „Wir Muslime dürfen nicht in Ruhe schlafen, wenn in vierzig Häusern um uns herum ein Mensch Not leidet. Das kannst du schon mal lernen."

„Das finde ich gut", sagte Simone beeindruckt. „So konkret. Im Christentum gibt es solche genauen Anweisungen für die Nächstenliebe nicht", überlegte sie laut. „Oder ich kenne sie nicht. Ich frage mich immer, wie viel man spenden muss, damit es genug ist. Die Not ist oft so groß."

„Allah hat deshalb im Koran genau erklärt, was nötig ist", sagte Ashraf stolz. „Darüber hinaus kannst du immer mehr geben, aber nur wenn du willst. Das Gebot ist klar." Ashraf stellte die Kanne auf den Samowar und nahm eines der Gläser, um Amme einen Tee einzuschenken. Simone stupste sie am Arm, um ihr zu zeigen, dass Amme eingeschlafen war. Ashraf lächelte und zog den Stecker des Samowars aus der Dose.

„Ich helfe dir noch, die Sachen rein zu tragen", flüsterte Simone und begann Gläser auf ein Tablett zu stellen. Ashraf legte ihr die Hand auf den Arm und schüttelte den Kopf.

„Das macht Sara morgen. Geh du schlafen", sagte sie leise. Simone war erleichtert. Sie verabschiedete sich und ging über den Hof in ihr Schlafzimmer. Ashrafs Knie wurden plötzlich weich. Ashraf ließ sich auf den Boden gleiten. Sie sah Simone in ihrem Zimmer verschwinden. „Jetzt legt sie sich neben ihn", dachte sie. Sie zitterte vor Wut. Ihr Leben würde nie mehr so sein wie vorher.

12.

Die Gondel stoppte abrupt und begann heftig zu schaukeln. Simone und die Kinder stießen unwillkürlich einen kurzen Schrei aus. Die Steilwand des Berges kam der schwankenden Kabine gefährlich nahe und einen Moment später schwebten sie gen Himmel und die Stadt breitete sich, verhangen mit Dunstwolken, unter ihnen aus.

„Was ist los?" Simone sah ängstlich nach oben, wo die Rollen der Gondel auf dem Führungsseil knarzende Geräusche von sich gaben. Das Schild an der Talstation erschien schlagartig vor ihrem inneren Auge. Baujahr 1975 hatte in großen lateinischen Buchstaben darauf gestanden. Sie verfluchte sich, nicht auf ihre warnende Stimme gehört zu haben, als sie mit den Kindern diese Seilbahn bestiegen hatten. Sie sah Masoud ängstlich an.

„Gibt es hier eigentlich einen TÜV?" fragte sie. Sein Grinsen verriet ihr augenblicklich, dass er ihre Angst erkannt hatte.

„Sicher", antwortete Masoud, der sich sichtlich bemühte, Simone zu beruhigen. „Man würde die Bahn nicht fahren lassen, wenn es gefährlich wäre. Mach dir keine Gedanken und genieß die Aussicht." Simone merkte, dass die anderen Menschen in der Kabine sie lächelnd ansahen. Ein Mann, der auf einem der Klappsitze hockte, stand auf und bot ihr seinen Platz an. In diesem Moment ging die Fahrt mit einem kleinen Ruck weiter. Simone schüttelte dankend den Kopf. Masoud hatte Arezu hochgehoben, damit sie aus den Fenstern der Gondel sehen konnte. Amir stand am hinteren Ende der Kabine und sah nach oben. Simone stellte sich neben ihren Sohn, strich ihm über den Kopf und betrachtete die Stadt, während die Gondel bergan kroch. Teheran lag im Dunst der Hitze und Abgase ausgebreitet vor ihr.

„Wir beide sollten mal nachts hier her fahren", sagte Masoud. „Wenn die Stadt beleuchtet ist, kann man bis zum

Chomeini[14] Mausoleum sehen." Simone erinnerte sich an die lange Fahrt zu dieser noch im Bau befindlichen Gedenkstätte für den Revolutionsführer Imam[15] Chomeini. Sie lag in der Nähe des großen Friedhofes der Stadt. Masoud, die Kinder und sie machten seit Tagen Ausflüge in Teheran und Umgebung. Im Norden hatten sie die Sommerpaläste des letzten Schahs besucht und im Süden die großen historischen Museen. Masoud hatte den Rat seines Onkels offensichtlich ernst genommen und zeigte seiner Familie seit mehr als zwei Wochen jeden Tag einen anderen interessanten Ort.

„Wenigstens ist es hier oben kühler", dachte Simone. Die Hitze war jetzt im Juli unerträglich und wenn man Amme Glauben schenken durfte, standen mit August und September, die heißesten Monate noch bevor. Amme hatte sie wegen der unangenehmen Temperaturen nicht auf den Ausflügen begleiten wollen.

„Zu Hause ist es am bequemsten", hatte sie noch heute Morgen gesagt. „Ich gehe im Sommer nur raus, wenn es unbedingt sein muss."

„Zuhause", dachte Simone sehnsüchtig. „Ich weiß gar nicht mehr wie sich das anfühlt, zuhause zu sein." Sie waren seit fast drei Wochen in Teheran und davor hatte sie die zweiwöchige Reise hinter sich gebracht. Simone dachte an ihre alte Wohnung in Deutschland.

„Ich glaube, hiernach haben wir mal genug von der Stadt gesehen", sagte sie. Die Gondel bremste ab. Sie näherten sich der Zwischenstation.

„Steigen wir hier aus, Papa, oder fahren wir weiter?" fragte Amir. Simone blickte nach oben. Ihr schlauer Sohn hatte erkannt, dass es nach diesem Stopp noch höher hinaufging.

---

[14] Iranischer Geistlicher und Revolutionsführer
[15] Titel für einen muslimischen Geistlichen

„Wir fahren ganz nach oben", sagte Masoud und strich Amir über das Haar, „fast viertausend Meter hoch. Da oben gibt es vielleicht noch ein bisschen Schnee."

„Schnee", staunte Arezu und zappelte auf Masouds Arm. Er ließ sie runter und legte den Arm um Simone, die ein leises Stöhnen von sich gab, als die Bahn sich mit einem Schwung erneut in Bewegung setzte.

„Gefällt es dir nicht?" fragte Masoud leise. „Wir haben doch eine tolle Zeit zusammen. Oder hast du Angst? Aber das brauchst du nicht. In all den Jahren ist noch nie etwas passiert. Die Bahn hat wirklich ein TÜV Siegel, das war unten auf dem Schild abgedruckt." Simone stand mit dem Rücken zum Tal und starrte den Berg hinauf.

„Ja, es ist wenigstens schön kühl hier, aber ich habe langsam genug von den Ausflügen. Wir sind schon zu lange im Ausnahmezustand. Ich sehne mich nach unserem normalen Leben." Masoud sah sie irritiert an.

„Aber du musst doch deine neue Umgebung kennenlernen und wenn ich mich erst mal um die Fabrik kümmere, werde ich keine Zeit mehr haben."

„Ich habe gedacht, du hast es viel eiliger in die Fabrik zu kommen", murmelte Simone.

„Habe ich auch, aber wie gesagt. Ich wollte nicht, dass du und die Kinder dann im Haus festsitzen."

„Im Moment wäre ich froh, mal im Haus sein zu können. Ich komme mir vor wie im Dauerurlaub und habe keine Lust mehr, mich ständig von Amme bedienen zu lassen", schimpfte Simone. Masoud wollte gerade etwas erwidern, als die Bahn die Endstation erreichte. Der Himmel war strahlend blau, die Luft kalt und es lag tatsächlich an vielen Stellen noch Schnee. Die Menschen stiegen aus und begaben sich auf Wanderwege, die Rund um die Gipfelstation ihren Anfang nahmen.

Simone atmete tief durch.

„Welch eine Abwechslung nach der drückenden und brennenden Hitze da unten", dachte sie. Sie war froh, dass sie Masoud geglaubt und die dicken Westen für die Kinder und sich mitgenommen hatte. Sie ließen die beiden im Schnee spielen und gingen ein paar Schritte umher.

„Das ist schon unglaublich. Da unten wirst du verrückt vor Hitze und hier oben liegt Schnee", sagte Simone.

„Siehst du, ich wusste doch, dass es dir gefällt", antwortete Masoud.

„Ich habe aber trotzdem genug Urlaub gemacht", sagte Simone. „Ich will endlich im normalen Leben ankommen."

„Was meinst damit?"

„Das ist ein interessantes und aufregendes Land, aber ich habe noch nicht angefangen, mich in unserem Haus zu Hause zu fühlen."

„Du wolltest doch etwas sehen. Du hast gesagt, dass dir die Mauern auf die Nerven gehen und dass du sehen musst, was alles dahinter liegt", verteidigte sich Masoud.

„Ja, das stimmt. Ich mache dir auch keinen Vorwurf. Aber ich weiß zum Beispiel nicht, wo man Lebensmittel einkauft und was die Dinge hier überhaupt kosten. Ich möchte mir einen Mantel kaufen, der hier ist zu warm und ich möchte unsere Sachen endlich richtig ausräumen."

„Die sind doch noch beim Zoll. Ich verstehe deine Eile nicht. Wenn du einen Mantel brauchst, dann gehen wir noch heute einen kaufen. Davon hast du bis jetzt nichts gesagt."

„Das ist es nicht allein."

„Was denn dann? Freu dich doch, dass Amme dir alles abnimmt und du endlich Zeit hast."

„Das tue ich eben nicht. Ich war lange genug Gast in meinem eigenen Haus. Wir haben noch gar nicht darüber gesprochen, wie es weiter gehen soll." Masoud zuckte zusammen.

„Jetzt mach aber mal langsam, Simone. Es geht nicht alles auf einmal. Du wolltest was vom Land sehen und jetzt kannst du dich zu Hause einleben. Ich kümmere mich um die Fabrik und dann sehen wir weiter. Ich habe dir schon gesagt, dass alles seine Zeit braucht. Wir sollten nichts überstürzen. Amme ist dir noch sehr nützlich, gerade jetzt, wo die Kinder noch zu Hause sind." Masoud drehte Simone den Rücken zu. „Ich finde, du bist ungerecht." Simone legte ihm die Hand auf die Schulter.

„Ja, kann sein, tut mir leid. Es fühlt sich nur so komisch an, nicht allein im Haus zu sein. Das habe ich mir nicht vorstellen können." Sie drehte Masoud zu sich um. „Ich werde Geduld haben, versprochen. Du hast Recht. Ab morgen kümmerst du dich erst mal um die Fabrik. Und ich gehe mit Ashraf einen Mantel kaufen." Masoud strich Simone mit der Hand über die Wange.

„Du bist ja eiskalt. Komm lass uns die Kinder holen und wir fahren zurück. Wir können in der Talstation noch etwas essen bevor wir heim fahren", sagte er und legte ihr seinen Arm um die Schultern. „Lass uns Zeit, Liebes. Es wird schon alles. Unser Gepäck kommt sicher bald aus dem Zoll. Dann hast du erst mal genug zu tun."

Simone saß in der Gondel auf einem Klappstuhl und blickte hinab ins Tal. Sie war froh, endlich mit Masoud gesprochen zu haben. Er hatte sicher Recht. Sie musste sich mehr Zeit lassen. Trotzdem hatten sie die viele Ausflüge daran gehindert, sich wirklich einzuleben. Den Mantel mit Ashraf zusammen einzukaufen, war eine gute Gelegenheit, mit ihr etwas Zeit zu verbringen, damit sie sich besser kennenlernen konnten. Seit dem Streit in der Küche waren sie sich nicht mehr allein begegnet. Ashraf arbeitete jeden Tag und sie verbrachte die Abende oft mit Lesen, während Amme sich zu Masoud und Simone ins kleine Wohnzimmer gesellte.

Simone spürte, dass Amme ihnen nicht zur Last fallen wollte. Trotzdem war es komisch, dass sie bei ihnen war. Die alte Frau gehörte einfach zu selbstverständlich in dieses Haus. Simone hatte das ungute Gefühl, dass es Amme gar nicht in den Sinn gekommen war, hier eines Tages ausziehen zu müssen.

„Fang nicht schon wieder an", befahl sie sich. „Diese Grübeleien helfen dir nicht. Ich muss den Alltag einfach mal auf mich zukommen lassen."

Simone lag in ihrem Bett. Die Geräusche der Straße drangen durch das halb geöffnete Fenster. Das Hupen der Autos auf dem großen Boulevard war in dieser Seitenstraße nicht mehr zu hören, doch dafür knatterten die Motorräder um die Wette. Simone sah auf die Uhr. Sie war tatsächlich wieder eingeschlafen, nachdem Masoud Amir und Arezu mitgenommen hatte. Er brachte sie heute zum Spielen zu Aida und ihren Kindern. Die Sachen aus dem Zoll waren gestern angekommen und Simone wollte einige der Kisten auspacken. Sie hatte gestern schon damit begonnen, aber es stellte sich schnell heraus, dass es nicht für alles einen geeigneten Platz gab. Besonders die Kosmetikartikel, die sie in Deutschland in Schränken und Körbchen im Bad untergebracht hatte, lagen noch völlig ungeordnet in den Taschen, in denen sie sie für den Transport verstaut hatte. Simone schwitze und stand auf, um das Fenster zu schließen und den Cooler einzuschalten. Das Gerät ratterte sofort los und verströmte feuchtkalte Luft. Simone hatte diese Klimaanlagen auf dem Dach zusammen mit Masoud inspiziert. Alle Hausdächer waren mit diesen würfelförmigen, an allen vier Seiten mit Lamellen versehenen und lackierten Metallkästen bestückt. Sie waren etwa kniehoch und auf vier Füßen montiert. Die dazugehörigen Stromkabel und dünnen Wasserschläuche führten quer über die Flachdächer. Das ratternde Geräusch kam von einem Ventilator, der sich in ihrem Inneren drehte und so Luft durch mit Wasser getränkte Strohmatten in die Zimmer blies. Die Cooler tropften unaufhörlich und es standen große Pfützen darunter.

Simone schlüpfte in ihre Hausschuhe und ging ins Bad hinunter. Hier unten war es auch jetzt, im September, noch angenehm kühl. Sie blickte durch eines der Fenster in den Hof hinauf. Er war menschenleer. Amme war sicher in der Küche beschäftigt und Ashraf musste längst bei der Arbeit sein. Simone war seit einigen Wochen tagsüber nicht mehr aus dem Haus gegangen. Sie hatte die Arbeiten an den Bädern in Auftrag gegeben und passte auf, dass die Handwerker sich genau an ihre Anweisungen hielten. Leider kamen die Umbauarbeiten nur schleppend voran, denn die Männer hielten sich nicht an den besprochenen Zeitplan. Trotzdem konnte man eines der Bäder wieder benutzen. Sie hatte es neu fließen und neue Armaturen anbringen lassen. Es gab jetzt zwei Spiegel und Platz für Schränke sowie eine europäische Toilette direkt neben der Duschwanne. Simone stieg in die Dusche. Sie freute sich schon darauf, mit Masoud Möbel für das Bad einzukaufen. Wenn er abends nach Hause kam, machten sie manchmal kleine Ausflüge mit den Kindern, aber Masoud hatte tatsächlich in den vergangenen Wochen sehr wenig Zeit gehabt. Er war jeden Tag wegen der Fabrik unterwegs. Er sagte, es gäbe Schwierigkeiten mit den Behörden, bei denen er die Genehmigungen für eine Umstellung der Produktion beantragen wollte.

„Ich war lange genug zu Hause", sagte Simone zu sich selbst, während sie die Gänsehaut genoss, die das kühle Wasser auf ihrer Haut verursachte. „Ich kann nicht darauf warten, dass er nach Hause kommt, damit ich raus komme, und mit Ashraf hat das Einkaufen nicht wirklich Spaß gemacht."

Heute bot sich die beste Gelegenheit, zum ersten Mal allein in der Stadt unterwegs zu sein, denn die Kinder waren nicht da. Simone beschloss kurzerhand, die Sachen in den Kisten liegen zu lassen und in die Stadt zu gehen. Nachdem sie sich angezogen und etwas Geld eingesteckt hatte, ging sie zu Amme herüber.

„Guten Morgen. Ich möchte ein bisschen spazieren gehen und vielleicht auch etwas einkaufen. Brauchen wir zufällig was?" Amme sah Simone verdutzt an. „Ach ja, ich habe keinen Haustürschlüssel. Gibst du mir bitte einen."

„Willst du nicht lieber auf Ashraf warten? Sie kommt sicher wieder mit dir mit."

„Ich habe keine Lust mit Ashraf zu gehen", brummte Simone und fügte, als sie Ammes erschrockenes Gesicht sah, freundlicher hinzu. „Ich möchte das alleine schaffen, verstehst du?"

„ Brauchst du dringend etwas? Ich kann auch Jusuf bitten, für dich zu gehen." Amme zog Simone am Arm. „Du kennst dich doch gar nicht aus. Komm doch erst mal mit und trink einen Tee."

„Ich gehe heute", sagte Simone bestimmt. „Was soll den passieren? Ihr tut immer so als ob ich nicht allein zu Recht kommen könnte. Soll ich die ganze Zeit im Haus bleiben?"

„Das mache ich doch auch", widersprach Amme, „und es geht mir gut dabei. Du kannst heute Abend mit Masoud einkaufen gehen. Tagsüber ist es sowieso zu heiß." Amme wollte sich umdrehen und Simone einfach stehen lassen, aber Simone trat ihr in den Weg.

„Gib mir den Hausschlüssel, Amme. Ich habe mir die Adresse von unserem Haus aufgeschrieben und wenn ich nicht weiter weiß, nehme ich mir eben ein Taxi." Simone zog ihr Kopftuch fester und hielt Amme die offene Hand hin, um den Schlüssel in Empfang zu nehmen.

„Du brauchst keinen Schlüssel", brummte Amme. „Ich bin immer da." Sie drehte sich um und ging die Treppen zur Küche hinunter. „Das ist nicht in Ordnung", schimpfte sie im Weggehen. Simone zuckte mit den Schultern und ging über den Hof auf das Tor zu.

„Wieso regt sie sich so auf? Ich war die ganze Zeit zu Hause. Sie bedient mich von vorn bis hinten und nimmt mir jede Arbeit ab. Was soll ich ihrer Meinung nach den lieben langen Tag tun?" schimpfte sie vor sich hin. Simone wollte sich den Tag nicht verderben lassen, trat auf die Straße und zog das Tor hinter sich zu. Vorsichtshalber sah sie prüfend an sich herunter, denn sie hatte das Haus eilig verlassen. Alle Knöpfe des bodenlangen Mantels waren ordentlich zugeknöpft. Die leichte Baumwollhose blitzte zwar darunter hervor, aber das sollte kein Problem sein. Leider musste sie in den Sandalen Strümpfe tragen. Das sah unmöglich aus, aber nackte Füße waren verboten. Unter dem Mantel trug sie nur ein dünnes, ärmelloses Baumwollunterhemd. Sie würde ihn in der Öffentlichkeit sowieso nicht ausziehen können. Simone fühlte nach dem Geld und dem Zettel in ihrer Manteltasche. Eine Handtasche hatte sie nicht mitnehmen wollen. Sie blickte sich unschlüssig um. In welche Richtung sollte sie am besten gehen? Masoud fuhr meistens nach links zum großen Boulevard. Da waren einige Geschäfte. Simone war schon nach wenigen Schritten in Schweiß, der ihr als dünnes Rinnsal den Rücken herunter lief. Sie hatte dummerweise kein Wasser zum Trinken mitgenommen. Die Sonne tauchte alles in grelles Licht und ohne ihre dunkle Sonnenbrille, hätte sie die Augen nicht offenhalten können. In dieser Seitenstraße waren kaum Fußgänger unterwegs. Autos und Motorräder fuhren unentwegt in beide Richtungen an ihr vorbei. Simone schlenderte den Bürgersteig entlang und betrachtete die Mauern rechts und links des Weges. Sie kannte nur ein paar Nachbarn von gegenüber. Nachdem diese sie besucht hatten, statteten Amme, Masoud und sie ihnen einen Gegenbesuch ab. Ihre Häuser waren Masouds Haus ähnlich, jedoch wesentlich kleiner. Meistens gab es nur einen Gebäudeteil am hinteren Ende eines Hofes. Simone spürte, wie ihre Füße zu brennen begannen. Wahrscheinlich hatte sie die Strecke, die sie zum Boulevard gehen musste, völlig unterschätzt. Simone beschloss ein Taxi anzuhalten. Als sie mit Ashraf unterwegs gewesen war, um einen neuen Mantel zu kaufen, hatte diese ihr erklärt, wie das mit den Taxis funktioniert. Es war ziemlich praktisch. Man musste nur wissen in welche Richtung man mitgenommen werden wollte. Dann stellte man sich auf die entsprechende Straßenseite und zeigte einem der vorbeifahrenden Autos mit der Hand an, mitfahren zu wollen. Stoppte ein Wagen, sagte man einfach „Geradeaus bitte" und forderte den Fahrer später, auf da anzuhalten, wo man aussteigen wollte. Leider hatte Simone nicht aufgepasst, wie viel eine Taxifahrt kostete. Sie beschloss dennoch eines anzuhalten und stellte sich an den Straßenrand. Taxis waren nicht einfach zu erkennen, denn es handelte sich um Privatautos, die von ihren Besitzern als Taxi genutzt wurden. Sie verdienten sich mit ihrem eigenen Auto ein bisschen Geld dazu. Simone stand am Rande des Bürgersteiges und blickte in Fahrtrichtung. Sofort verlangsamte ein Wagen seine Fahrt und der Fahrer nickte Simone durch das geöffnete Autofenster zu. Drin saßen drei weitere Männer und ein Kind. Simone war das nicht ganz geheuer. Das Auto war doch voll, wieso hielt der Fahrer an? Er beugte sich vor und fragte:

„Wohin?"

„Geradeaus?" antwortete Simone unsicher. Der Fahrer nickte. Einer der hinten sitzenden Männer hob das Kind auf seinen Schoß. „Mach schnell!" sagte der Fahrer. Hinter ihm begannen sich die Autos schon zu stauen. Simone öffnete eilig die Tür und ließ sich auf den frei gewordenen Platz fallen. Sie konnte gerade noch die Tür schließen, bevor die Fahrt weiterging. Niemand sprach ein Wort. Sie saß tief in alte, leicht stinkende Autositze versunken, eingeklemmt zwischen der Tür und dem Mann mit dem Kind auf dem

Schoß. Die Sitze schienen sich zur Mitte hin abzusenken und Simone musste ihren Körper immer mehr anspannen, um nicht an dem fremden Mann neben ihr zu kleben. Der Fahrer und der Fahrgast neben ihm hatten die Fenster weit geöffnet. Der heiße Fahrtwind brannte in Simones Augen. Es roch nach Ruß. Sie sah sich vorsichtig um und bewegte sich dabei so wenig wie möglich. Am Spiegel des Autos baumelte eine lange Gebetskette. Die ehemals schwarze Konsole bestand nur noch aus porösem, hellgrauem Plastik. Hitze und Sonne hatten ihr sehr zugesetzt und das schmutzige Stück künstliches Lammfell, welches der Fahrer darüber gelegt hatte, konnte ihren Verfall nicht verhindern. Unterhalb der Konsole, vor dem Schaltknüppel, der wie ein kümmerlicher Ast zwischen Fahrer und Beifahrer aufragte, lagen einige zerknüllte Geldscheine. Die vier Männer blickten stur nach vorn. Simone beschlich ein ungutes Gefühl. Sie war mit vier Männern in einem privaten Auto in einer fremden Stadt unterwegs. Der Fahrer ignorierte eine Frau am Straßenrand, die nach einem Taxi gewunken hatte, hielt aber ein Stück weiter plötzlich an und ließ einen weiteren Mann einsteigen. Er musste sich zu dem Passagier auf den Beifahrersitz quetschen. Simone brach der Schweiß aus allen Poren.

„Wenn mir was passiert, bin ich es selbst schuld. Ich musste ja alle Warnungen in den Wind geschlagen." Sie war inzwischen so tief im Sitz versunken, dass sie kaum noch nach draußen schauen konnte. Das hätte aber auch wenig genutzt, denn sie wusste nicht mehr wo sie war. Wie lange fuhr sie schon? Musste der Boulevard nicht längst vor ihnen liegen, oder war der Fahrer irgendwo abgebogen?

„Wenn jemand aussteigt, nutze ich die Gelegenheit", beschloss sie. „Egal wo ich bin." Das Herz schlug ihr bis zum Hals. Sie hätte sich gerne mit der Hand über die Stirn gewischt, wagte aber nicht, sich zu bewegen. Simone merkte, dass das Kind sie neugierig ansah. Sie lächelte zurück und der Mann, der der Vater des Kindes sein musste, drehte sich zu ihr um und fragte freundlich:

„Sind sie Ausländerin?" Simone nickte. Der Mann trug ein graues Hemd, das vollkommen durchgeschwitzt war.

„Woher kommen sie?" fragte er weiter.

„Aus Deutschland", antwortete Simone.

„Oh", sagte er lächelnd, „ein sehr gutes Land. Sind sie zu Besuch im Iran? Gefällt es ihnen hier?"

„Ja, danke", sagte Simone. „Es ist ein wirklich schönes Land. Ich wohne jetzt hier." Simone war froh um die Ablenkung.

„Oh, tatsächlich. Arbeiten sie bei der Botschaft? Wo wollen sie hin?"

„Nein", sagte Simone. „Ich fahre Einkaufen. Ist hier eine Einkaufspassage in der Nähe?"

„Ja", sagte der Mann, „etwas weiter da vorne. Ich steige auch dort aus. Sie sprechen sehr gut Farsi."

„Mein Mann ist Iraner."

„Oh, mögen Sie beide glücklich werden", sagte der Mann freundlich. Der Fahrer warf einen neugieren Blick in den Rückspiegel, konzentrierte sich aber gleich wieder auf den Verkehr. Nach einer kleinen Weile bedeutete Simones Nachbar dem Fahrer anzuhalten und zog einen Geldschein aus der Tasche. Simone versuchte vergebens ihren Geldbeutel aus der Manteltasche zu ziehen, aber sie saßen zu dicht gedrängt.

„Nein", sagte der Mann, der erkannt hatte, was sie wollte, „seien Sie doch bitte mein Gast. Es wäre mir eine Ehre."

„Oh, das ist nett, aber das kann ich nicht annehmen, vielen Dank." Das Taxi hielt.

„Doch", sagte der Mann. „Ich bestehe darauf, machen Sie mir die Freude und beschämen mich nicht." Er bezahlte die Fahrt noch im Sitzen und Simone wuchtete sich klitschnass aus dem Sitz heraus auf die Straße. Das Auto setzte sich hinter ihnen sofort wieder in Bewegung. Der Mann zeigte Simone noch, wo die Einkaufspassage lag, wünschte ihr Gottes Segen und einen schönen Urlaub im Iran und ging mit seinem Kind an der Hand weg. Simone atmete erleichtert auf. Das war gut gegangen. Nur schade, dass sie nicht gesehen hatte, wie viel Geld der nette Mann für die Strecke bezahlt hatte. Simone sah sich um, damit sie sich die Stelle, an der sie ausgestiegen waren für die Rückfahrt merken konnte. Sie stand vor einem mehrstöckigen, älteren Gebäude an einer belebten Straßenkreuzung des großen Boulevards, den sie schon kannte. Autos, Pickups, Busse, unzählige Motorräder und dazwischen Fußgänger, die kreuz und quer über die Straße gingen, wimmelten bunt durcheinander. Flirrende Hitze, ohrenbetäubendes Hupen und laute Rufe von Passanten dröhnten in Simones Ohren. Sie erinnerte sich, hier schon mit dem Auto durchgefahren zu sein, aber der Blick durch die Autoscheiben gewährte nur einen kleinen Ausschnitt auf dieses Chaos. Diese Kreuzung sah aus der Perspektive eines Fußgängers vollkommen anders aus. Obwohl es Ampeln gab, standen Polizisten mit Trillerpfeifen an mehreren Stellen mitten im Verkehr und versuchten vergeblich, für Ordnung zu sorgen. Die Autos fuhren trotzdem einfach drauf los und drängelten vorwärts. Frauen in Schleiern, mit Tüten, Taschen und Kindern an den Händen, bahnten sich zwischen den Wagen ihren Weg. Es stank nach Diesel, Benzin und schwarzem Ruß.

„Ich bleibe auf dieser Straßenseite", beschloss Simone und blickte hoch, um sich zu orientieren, bevor sie sich nach Geschäften umsah. Sie entdeckte weit entfernt die Bergkette des Elbrus-Gebirges, die sich kaum noch im Dunst der Abgase ausmachen ließ. Die Menschen auf den Bürgersteigen gingen dicht gedrängt. Männer und Frauen saßen entlang der Hauswände am Boden und verkauften Wäsche, Taschen, Plastikgeschirr, Sonnenbrillen, Kosmetik und Kleidung, die sie auf großen Plastikplanen ausgebreitet hatten. Simone schlenderte an den Verkäufern vorbei. Ashrafs Warnungen, als sie zusammen den Mantel eingekauft hatten, kamen ihr in den Sinn.

„Du darfst niemals zeigen, dass dir etwas gefällt", hatte Ashraf befohlen. „Das treibt nur den Preis in die Höhe. Wenn die Verkäufer merken, dass du eine Ausländerin bist, wird es schon schwer genug für mich, einen vernünftigen Preis auszuhandeln. Du wirst hier über den Tisch gezogen und merkst es nicht einmal. Also lass mich das machen." Simone hatte sich gefügt, aber das führte dazu, dass sie einen Mantel kauften, der Simone überhaupt nicht gefiel. Aber Ashraf war der Meinung gewesen, dass nur dieses Modell einen fairen Preis hatte und ließ nicht zu, dass Simone weiter suchte.

„Das führt zu nichts, glaub mir. Es wäre sowieso besser gewesen, ich wäre allein gegangen. Wir haben auch für diesen Mantel noch viel zu viel bezahlt. So ist das eben hier. Die Ausländer werden alle übers Ohr gehauen."
Simone ging aufmerksam an den Händlern vorbei und belauschte ihre Gespräche mit den Kunden.

„Ist das ausländische Ware?" hörte sie eine Frau fragen. „Ihr Verkäufer behauptet das immer, aber man kann das nicht glauben." Simone blieb stehen. Die Frau interessierte sich für Kindershirts. Sie zog eines aus der Plastikverpackung und befühlte den Stoff mit den Fingern.

„Das ist türkische Baumwolle", sagte der Händler und nahm der Frau das Shirt ab. „Bitte frag` mich, wenn Du etwas anfassen willst." Er legte das Shirt in die Verpackung zurück. „Beste türkische Baumwolle. Glaub es oder nicht, Mutter", setzte er patzig hinzu. Eine andere Frau mischte sich in das Gespräch ein.

„Ich habe schon Hemden von diesem Verkäufer gekauft. Sie sind wirklich gut und laufen nicht ein. Sie können die ruhig nehmen. Er gibt Ihnen bestimmt einen schönen Rabatt." Simone fiel ein rosa Shirt mit einem niedlichen Aufdruck ins Auge.

„Das wäre ein schönes Mitbringsel für Arezu", überlegte sie. Sie hockte sich hin und steckte einen Finger prüfend durch die Öffnung der Verpackung.

„Für welches Alter ist diese Größe?" fragte den sie Verkäufer.

„Fünf Jahre", antwortete er, ohne Simone anzusehen.

„Und was soll es kosten?"

„Steht drauf, Madam." Der Mann hob den Kopf und sah Simone genauer an. Der Preis auf dem Etikett war zwar nicht hoch, aber sie wollte es trotzdem probieren.

„Ich brauche auch noch ein Shirt für meinen Sohn", sagte sie. „Wenn ich zwei kaufe, bekomme ich doch sicher einen Rabatt." Der Mann grinste.

„Ihr Ausländer denkt immer, dass wir euch betrügen wollen", sagte er und zeigte auf die Preisschilder. „Deshalb steht hier, was die Ware kostet. Aber ich gebe Dir die Shirts billiger. Zufrieden?" Er lächelte Simone an. Simone richtete sich auf.

„Danke", sagte sie und suchte zwei T-Shirts aus. Sie bekam eine Plastiktüte und nahm zufrieden ihren ersten selbstständigen Einkauf entgegen.

„Geht doch", dachte sie. „Die Verkäufer sind nicht unehrlicher als anderswo auch. Und jetzt kaufe ich mir noch selbst einen Mantel."

Die Sonne brannte unerbittlich auf Simones Gesicht und die heiße Luft machte das Atmen schwer. Sie sah eine Ladenpassage vor sich. Als sie hineinging, blies ihr der kühle Wind der vielen Klimageräte vor den Geschäften entgegen. Die Passage war belebt, aber im Vergleich zur Straße wesentlich ruhiger. Simone entdeckte auf der ersten Etage einige Läden, die Mäntel verkauften und machte sich sofort auf den Weg nach oben. Sie wurde in allen Geschäften höflich begrüßt und man bot ihr unterschiedliche Modelle zur Anprobe an. Leider fand sie keinen leichten Mantel aus reiner Baumwolle und sie bemerkte schnell, dass die Verkäufer ihr für das gleiche Modell unterschiedliche Preise nannten. Man musste also wirklich etwas Zeit mitbringen, um die Preise vergleichen zu können. Simone verlor die Lust, weiter nach einem Mantel zu suchen und sah sich nach Lebensmittelgeschäften um. Sie hatte keine Ahnung wo Amme Obst, Fleisch und Gemüse kaufen ließ. Es war zwar praktisch, dass Jusuf und Sara alles besorgten, aber Simone wollte in Zukunft den Einkauf für die Familie selbst übernehmen und auch wieder mal deutsch kochen. Es gab immer nur Reis oder Brot als Sättigungsbeilage und sie sehnte sich nach Kartoffeln und gekochtem Gemüse. Ihre Suche nach Lebensmittelgeschäften blieb erfolglos, aber Simone entdeckte in einer Ecke der Passage ein kleines Café. Ein großer Getränkekühlschrank stand einladend am Eingang. Beleuchtete Schilder zeigten Bilder von verschiedenen Kaffeesorten und Eisbechern.

„Ein Cappuccino in Teheran", freute sich Simone, „das ist der richtige Abschluss für meinen ersten Einkaufstripp. Ich rufe gleich heute Abend Mama an und erzähle ihr davon." Sie setzte sich an einen braunen Plastiktisch und bestellte ein Wasser und einen Cappuccino. Das Wasser in der Plastikflasche konnte sie selbst aus dem Kühlschrank nehmen. Als der Cappuccino gebracht wurde, war Simone enttäuscht. Er sah nicht so aus wie der Kaffee auf der Werbetafel und sie stellte fest, dass er aus stark gesüßtem Pulver gemacht worden war.

„Egal", dachte sie amüsiert und schlurfte das heiße Getränk. Sie genoss das Gefühl, sich die neue Welt ein Stück mehr erobert zu haben. Es wurde Zeit, dass sie die Dinge selbst in die Hand nahm, nur dann würden sie es gemeinsam schaffen. Während Simone die Menschen in der Passage beobachtete, kamen ihr Ammes Worte in den Sinn: „Du brauchst keinen Schlüssel. Ich bin immer hier." Simone seufzte. Das war sie tatsächlich. Sie führte den Haushalt und bestimmte, was gemacht wurde. Als Masoud vor ein paar Wochen verkündete, dass Simone die Bäder renovieren lassen würde, wollte sie nicht, dass ihr Bad auch erneuert wurde und Masoud hatte das akzeptiert. Simone fragte sich, wann er endlich mit Amme und Ashraf über deren Zukunft sprechen wollte?

13.

Ein paar Tage später saßen sie gemeinsam beim Abendessen im kleinen Wohnzimmer. Simone bemühte sich, die Beine ebenso unterzuschlagen wie Amme und Ashraf das beim Essen auf dem Boden taten. Die beiden saßen völlig entspannt im Schneidersitz und bewegten sich mühelos in alle Richtungen. Masoud hockte schweigend da. Neben ihm lagen viele Papiere und er hatte bereits angekündigt, nach dem Essen einige wichtige Telefonate führen zu müssen. Er war schon sehr lange damit beschäftigt, die Angelegenheiten in der Fabrik zu ordnen und war deshalb tagsüber nie zuhause. Simone hatte noch keine Gelegenheit gefunden, in Ruhe mit ihm zu sprechen. Wenigstens hatte er sich gefreut, als sie ihm von ihrem ersten Einkaufsausflug berichtete und er ermutigte sie, auch die anderen Einkäufe zusammen mit Jusuf oder Sara zu erledigen, damit sie den Haushalt selbstständig führen konnte. Simones untergeschlagene Füße begannen zu kribbeln.

„Ich werde mich nie daran gewöhnen auf dem Boden zu sitzen", sagte sie und lehnte sich an die Wand, um ihre Beine auszustrecken. „Lass uns endlich eine Couch und einen Esstisch kaufen." Masoud sah kurz auf.

„Ich habe keine Zeit dazu", sagte er, „aber du kannst ja schon mal etwas aussuchen. Du weißt inzwischen ja, wo die Straße der Möbelhändler ist."

„Wohin soll denn der Esstisch?" mischte Amme sich ein. „Wir haben doch einen in der Küche. Übrigens, Simone und ich haben heute das erste Mal zusammen gekocht." Ashraf sah von ihrem Teller auf.

„Es war kein richtiges Essen, aber trotzdem sehr lecker", fügte Amme schnell hinzu. Ashraf aß schweigend weiter und Masoud schien gar nichts gehört zu haben.

„Sie muss zu allem einen Kommentar abgeben", ärgerte sich Simone und dachte an ihren gemeinsamen Nachmittag in der Küche.

Amme ließ sie normalerweise dort nichts arbeiten, aber dieses Mal hatte Simone darauf bestanden.

„Die Kinder wollen Pfannkuchen und wir werden das gemeinsam machen. Wenn du magst, kannst du uns helfen", hatte Simone deutlich erklärt und nicht auf ein weiteres Wort gewartet. Amme musste nachgeben und setzte sich missmutig an den Küchentisch. Amir und Arezu halfen begeistert mit, den Teig zu rühren und die Äpfel kleinzuschneiden. Simone kannte sich noch nicht gut in der Küche aus. Sie musste Amme mehrmals fragen, wo sie das eine oder andere Küchenutensil aufbewahrte und so kamen die beiden wieder ins Gespräch.

„Ich glaube, das Kochen macht dir Spaß", sagte Amme nach einer Weile. „Aber du machst doch nur das Dessert, oder? Das ist kein Abendessen."

„Pfannkuchen kann man immer essen", erklärte Simone. „Wir essen in Deutschland abends nicht mehr warm. Meistens gibt es Brot, Käse und Wurst."

„Ihr frühstückt zum Abendessen?" Simone lachte.

„Das kann man so sagen. Zum Brot gibt es auch manchmal einen Salat." Amme sah Simone einen Augenblick lang nachdenklich an.

„Das ist komisch. Wir würden davon nicht satt werden."

„Man kann natürlich auch die Reste vom Mittagessen aufwärmen, aber es wird nicht extra warm gekocht. Das machen wir entweder mittags oder abends." Simone freute sich, dass Amme sich für die deutschen Gewohnheiten interessierte.

„Ich koche wirklich ganz gern", fuhr sie fort. „Natürlich habe ich es genossen, dass du uns so gut versorgt hast, aber wenn ich ehrlich bin, möchte ich mich nicht länger als Gast fühlen. Ich werde ab heute öfter mal was Deutsches zubereiten. Dann hast du frei." Amme runzelte die Stirn. Sie krempelte die Ärmel ihrer Bluse hoch und zog den Knoten, mit dem sie den Schleier um die Hüften gegürtet hatte, fester.

„Das ist nicht nötig, Simone. Ich bin hier für die Küche zuständig. Außerdem wird Amir bald in die Vorschule müssen. Dann hast du genug damit zu tun, ihn hinzubringen, wieder abzuholen und die Hausaufgaben mit ihm zu machen."

„Amir geht in diesem Herbst noch nicht in die Vorschule. Das haben Masoud und ich beschlossen", sagte Simone entschieden. „Er ist klug und er wird keine Nachteile haben, wenn er direkt in die erste Klasse kommt. Wir lassen ihm noch die Zeit, sich hier besser einzuleben." Amme sah Simone verständnislos an.

„Das könnt ihr aber nicht machen. Das Kind muss Farsi schreiben lernen und du kannst ihm nicht helfen."

„Wir haben uns anders entschieden", erwiderte Simone. „Sag mal, Amme, wieso trägst du eigentlich immer einen Schleier? Stört das nicht? Es ist doch kein fremder Mann im Haus." Amme sah kurz an sich herunter.

„Das bin ich so gewohnt. Und er stört mich nicht bei der Arbeit, wenn du das meinst." Arezu krabbelte auf Ammes Schoß.

„Amme soll mich füttern."

„Arezu, du bist doch ein großes Mädchen, komm, iss alleine." Simone winkte ihre Tochter auf ihren Platz zurück.

„Lass doch Simone, ich freue mich, wenn ich sie verwöhnen darf." Amme legte die Arme um das Kind, angelte sich ihren Teller und teilte ein Stück des Pfannkuchens mit der Gabel ab. Sie schob es Arezu mit einem mitleidigen Blick in den Mund.

„Das ist ja ein Essen für arme Leute. Ich mache euch gerne ein bisschen Hähnchen und Gemüse, wenn ihr danach noch Hunger habt." Amme kochte zum Abendbrot genau so aufwendig wie zu Mittag. Gebratenes Gemüse,

Hähnchenschenkel, Lammspieße oder kleine Rindfleischwürfel. Dazu gab es immer Joghurt und Obst. Allerdings aß man die Speisen am Abend nicht mit Reis, sondern mit Fladenbrot.

„Das ist nicht für arme Leute", beschwerte Amir sich, „man kann Pfannkuchen auch mit Schinken und Käse essen. Dann sind sie teuer, nicht wahr Mama? Aber Schinken gibt es hier keinen. Warum eigentlich nicht?"

„Schinken ist nicht gesund", sagte Amme.

„Wieso denn?" fragte Amir.

„Das ist Fleisch vom Schwein und das soll man nicht essen. Aber wenn du einen herzhaften Pfannkuchen willst, machen wir Käse darauf", antwortete Amme und strich Amir übers Haar. „Was habt ihr denn in Deutschland am liebsten gegessen?" Simone liebte Rinderrouladen und erklärte Amme ausführlich, wie man sie zubereitete.

„Ich werde Jusuf gleich morgen sagen, dass er Rindfleisch kaufen und es in dünne Scheiben schneiden lassen soll. Dann probieren wir das. Senf und Salzgurken haben wir. Vielleicht machen wir gewürztes Hackfleisch rein, was denkst du?"

„Das ist lieb, Amme, danke. Ich gehe dann zusammen mit Jusuf zum Metzger. Dann kann ich sehen, was es alles sonst noch gibt."

„Wieso willst du dir die Mühe machen?" Amme ließ einfach nicht locker. „Gibt es in Deutschland keine Hausangestellten? Wie schaffen die Frauen das denn? Masoud hat erzählt, dass sie alle außer Haus arbeiten." Simone wurde langsam ungeduldig, aber Amme grübelte laut weiter. „Vielleicht müssen die deutschen Kinder deshalb immer so früh ins Bett. Ihre Mütter haben nach der Arbeit keine Nerven für sie." Simone hatte durchgesetzt, dass die Kinder früher aßen und einigermaßen pünktlich zu Bett gingen. Sie mochte es nicht, wenn sie irgendwann auf einem Teppich einschliefen oder dann zum Abendessen wieder geweckt werden mussten. Das schien Amme auch nicht zu gefallen.

„Das eine hat nichts mit dem anderen zu tun", brummte Simone. „Kleine Kinder brauchen ihren Schlaf."

„Sie schlafen doch am Nachmittag", entgegnete Amme.

„Ja, das stimmt und abends schlafen sie auch wieder. Daran siehst du, dass sie es brauchen."

„Was ist eine Vorschule?" fragte Amir plötzlich.

„Da gehen die Kinder hin, bevor sie in die erste Klasse kommen und alle lernen sich kennen. Da findest du Freunde", sagte Amme und strahlte Amir aufmunternd an. Simone stand auf.

„Kinder, sollen wir morgen mal zusammen einkaufen fahren? Wir schauen mal, ob wir Schokoladencreme finden, was meint ihr? Damit schmecken die Pfannkuchen noch besser." Die beiden waren in Begeisterungsrufe ausgebrochen und sie hatte zusammen mit den Kindern die Küche aufgeräumt. Danach brachte sie die beiden zu Bett, während Amme anfing, ein Abendessen für Ashraf und Masoud zu kochen.

„Gut, dass die beiden jetzt satt und zufrieden schlafen", dachte Simone und sah auf ihre Uhr. Ashraf war mit dem Essen fertig, warf Amme, Masoud und Simone einen kurzen Blick zu und wünschte allen eine Gute Nacht. Amme blieb sitzen und begann wortlos aus den Resten des Hähnchens ein paar Sandwiches zu machen.

„Die sind sicher für Masoud", überlegte Simone. „Sie denkt aber immer an alles." Sie wandte sich an Masoud, der immer noch über seinen Unterlagen brütete. Er hatte sein Essen kaum angerührt.

„Die Kinder wollen Schokoladencreme für die Pfannkuchen", sagte sie. „Ich gehe morgen mit den beiden in den Bazar und kaufe welche. Aida meint, dort gibt es

Geschäfte mit ausländischer Ware." Masoud sah von seinen Papieren auf.

„In den Bazar solltest du nicht alleine gehen. Schon gar nicht, wenn du die Kinder mitnehmen willst. Warte damit bitte, bis ich Zeit habe, in sha allah[16]." Amme nickte zustimmend und Simone zog die Augenbrauen zusammen. Sie wollte Masoud widersprechen, doch er sah ihr direkt in die Augen und schüttelte kaum merklich den Kopf. Masoud wollte nicht, dass sie beide in Gegenwart von Amme oder Ashraf miteinander diskutierten. Simone wurde rot vor Wut. Wie sollten sie miteinander sprechen, wenn sie nie allein waren. Spontane Gespräche gab es überhaupt nicht mehr. Außerdem hasste sie die Worte „in sha Allah". Masoud wiederholte sie in letzter Zeit ständig. Er schien sich nie wirklich festlegen zu wollen. Da klingelte das Telefon und Ashraf kam zurück.

„Deine Mutter ruft an", sagte sie zu Simone. Simone war froh, den Raum verlassen zu können und ging in den Flur.

„Hallo Mama, schön dich zu hören."

„Hallo meine Liebe, wie geht es euch? Sind die Kinder schon im Bett?"

„Mama, du vergisst immer die Zeitverschiebung. Du musst zweieinhalb Stunden dazu rechnen. Hier ist es schon halb zehn durch", erklärte Simone ihrer Mutter zum wiederholten Mal.

„Ja, Kind. Tut mir leid. Ich vergesse es immer. Aber erzähl mal, was gibt es Neues? Läuft es inzwischen mit der Fabrik?"

„Nein Mama, leider nicht. Masoud muss noch ständig hin und her fahren. Es ist alles viel komplizierter, als er gedacht hat. Ich habe heute mit den Kindern Pfannkuchen gemacht."

---

[16] Arabisch für: Wenn Gott will

„Schön", sagte ihre Mutter etwas leiser, „aber das mit der Fabrik macht mir langsam Sorgen. Verdient er denn wenigstens etwas?"

„Mama, das hast du auch schon zehn Mal gefragt. Es fehlt uns an nichts, glaub mir. Ich habe gerade unsere Bäder machen lassen und morgen sehe ich mich nach neuen Möbeln für das Wohnzimmer um."

„Das Haus ist alt, nicht wahr. Das habe ich ja gleich gesagt." Simone stöhnte.

„Ich liebe das Haus. Es ist groß und schön und hat jeden Komfort, den man braucht. Wenn ihr uns besucht, werdet ihr es ja sehen."

„Wieso willst du dann neue Möbel im Wohnzimmer?"

„Das ist nicht so ein Wohnzimmer wie in Deutschland. Wir haben hier einen großen Salon für Gäste. Der hat feine Möbel. Die sind aber meistens abgedeckt, damit sie nicht verstauben. Der Raum ist riesig und wir nutzen ihn nicht als Wohnzimmer. Das eigentliche Wohnzimmer, wo der Fernseher steht, hat noch keine Möbel."

„Ach, Herrje", stöhnte die Mutter. „Eine gute Stube, die man nicht benutzt. Das ist doch wie früher bei uns. Die pure Verschwendung. Mach dir doch den großen Raum gemütlich."

„Ja, Mama, alles nach und nach", sagte Simone.

„Es ist schwerer als du gedacht hast, da zu leben, gib es ruhig zu", klagte Simones Mutter.

„Nein, Mama, bestimmt nicht. Es ist eben anders. Ich komme schon ganz gut allein zu Recht und Amir und Arezu fühlen sich wohl. Sie spielen oft mit den Kindern von Masouds Cousins."

„Lass dem Kind doch Zeit." Simone hörte die Stimme ihres Vaters im Hintergrund. Ihre Mutter hatte wie immer den Lautsprecher des Telefons angestellt. „Sie ist gerade mal drei Monate da und sie sagt, es geht ihnen gut."

„Hallo Papa, wie geht es dir?" Simone atmete auf. Bei ihrem Vater musste sie sich nicht ständig rechtfertigen. Simone biss sich auf die Lippen. Warum musste ihre Mutter auch immer so penibel nachfragen? Es war doch ganz normal, dass einem im Ausland unerwartete Schwierigkeiten begegneten. Masoud bemühte sich und er konnte nicht alles sofort erledigen.

„Sie hat das Haus noch nicht für sich allein", belehrte Simones Mutter ihren Mann. „Das ist schwer. Da kann es so groß sein, wie es will. Kommt ihr Frauen gut miteinander aus?" fragte sie ihre Tochter. Simone ärgerte sich, dass sie in den ersten Telefonaten mit ihrer Mutter die Wohnsituation nicht verheimlicht hatte.

„Ja, Mama. Ich habe auch viele Vorteile davon. Amme versorgt uns gut und sie liebt die Kinder. Ich habe dadurch Zeit für mich. Masoud und ich richten uns gerade zwei Arbeitszimmer ein. Er wird eines als Büro nutzen, damit er auch mal zu Hause arbeiten kann und ich bringe meine Bücher unter. Dann kann ich wieder lesen und mich mit der Kunsthistorie des Iran beschäftigen. Meine Bücher sind nämlich endlich aus dem Zoll gekommen."

„Du willst immer noch arbeiten?" Simone stöhnte. War ihre Mutter denn nie zufrieden?

„Sicher, Mama, irgendwann einmal. Dazu habe ich mir diese ganze Literatur ja mitgebracht. Hier gibt es so viele historische Stätten und Kunstschätze. Das wäre sehr interessant für europäische Touristen."

„Das ist jetzt aber eine neue Idee. Ich dachte, du wolltest Masoud in der Fabrik helfen?" fragte der Vater.

„Nein, die Idee ist mir schon in Deutschland gekommen. Und als wir die vielen Besichtigungen gemacht haben, habe ich kaum ausländische Touristen gesehen", erklärte Simone. „Aber zuerst helfe ich Masoud. Der Rest wird sich zeigen."

„Du machst das schon richtig, mein Kind", sagte der Vater stolz. „Dräng sie nicht immer so, Hilde, das ist eben nicht Deutschland. Wir werden euch im kommenden Frühjahr besuchen und dann kannst du uns mal alles zeigen."

„Sie ist so weit weg und irgendwie habe ich das Gefühl, dass nichts klappt", verteidigte sich Simones Mutter.

„Du brauchst dir keine Sorgen zu machen, Mama. Ich schicke euch Fotos, wenn ich mit Masoud in die Fabrik fahre, versprochen."

14.

Ashraf saß auf dem Boden ihres Zimmers und starrte Amme wütend an.

„Ich halte mich seit einer Ewigkeit zurück und versuche ihr nicht zu begegnen und du kochst gemütlich in der Küche mit ihr. Denkst du überhaupt noch an mich? Ich bin nur in meinem Zimmer. Das ist dir wohl völlig entgangen." Amme setzte sich zu ihr.

„Das hat sich einfach so ergeben, Kind. Tut mir leid." Ihre Ziehtochter war in letzter Zeit ruhiger gewesen und Amme hatte insgeheim gehofft, sie würde sich langsam mit der Situation abfinden können. Simone war doch eigentlich ganz nett und Amme liebte die beiden Kinder inzwischen von Herzen.

„Ashraf, ich dachte, du hättest dich ein bisschen arrangiert. Es wird sich nicht mehr ändern lassen und wir müssen uns endlich darauf einstellen." Amme legte zögerlich den Arm um sie. Doch Ashraf schüttelte ihn ab.

„Das predigst du mir seit ein paar Monaten. Ich habe mir nicht im Mindesten vorstellen können, wie schlimm es werden würde." Ashraf ließ den Kopf auf die angewinkelten Knie sinken. „Dir geht es aber gut damit, oder?"

„Nein", sagte Amme leise. Ashraf tat ihr unendlich leid. „Damals hat jeder damit gerechnet, dass du und Masoud…Aber nach so langer Zeit war das immer unwahrscheinlicher."

„Unwahrscheinlicher? Hör doch auf!" Ashraf sprang hoch und ging zum Fenster. Sie blickte in den dunklen Hof. „Er hat die Verlobung nie gelöst. Das heißt ganz klar, dass er mich noch liebt. Diese Frau hat sich einfach in sein Leben gedrängt. Ich kann ihren Anblick in unserem Haus nicht mehr ertragen. Schau doch mal hin. Sie läuft ständig halbnackt rum. Das tut sie doch nur, um mir zu zeigen, wie schön sie ist." Amme streichelte Ashrafs Arm.

„Das glaube ich nicht", sagte sie vorsichtig, „die Europäer sind nun mal so."

„Und was ist mit meinem Ruf? Ich bin jetzt die Sitzengelassene", schimpfte Ashraf.

„Mach dir keine Gedanken um deinen Ruf. Niemand denkt so. Keiner weiß, dass Masoud uns so lange im Unklaren gelassen hat. Sie glauben, dass ihr die Verlobung gelöst habt. Alle wissen, dass du eine ehrbare Frau bist."

„Im Unklaren gelassen", Ashraf war außer sich vor Wut. „So nennst du diesen gemeinen Betrug? Und was habe ich von meiner Ehrbarkeit?" Amme wollte etwas erwidern, aber Ashraf schrie sie an.

„Ihr wolltet, dass ich ehrbar bleibe, aber was ist mit meinen Gefühlen? Ihr habt nie gefragt, wie es mir dabei geht, so lange zu warten. Und nun verlangt ihr, dass ich zusehe, wie eine andere Frau mein Haus umbaut und mein Leben lebt." Ashraf ging vor Amme auf und ab. „Wenn ich dir schon egal bin, dann denk mal darüber nach. Sie will am Tisch sitzen, sie findet es blöd, dass der Salon nicht genutzt wird, sie stellt unsere Bäder auf den Kopf. Wer braucht im Bad Körbchen und Blumenkübel? So ein Quatsch." Ashraf blieb vor dem Fenster stehen und starrte über den Hof in Richtung der Zimmer von Masoud und Simone. „Pass auf, bald werden ihr die zwei Räume an der Nordwand, die sie jetzt als Büros umbaut, nicht mehr gefallen. Die sind im Winter nämlich zu kalt, das weißt du." Sie drehte sich um und sah auf Amme herab. „Früher oder später wird sie unsere beiden Zimmer wollen, das sage ich dir. Sie vertreibt uns aus diesem Haus."

Amme erschrak. Ihr war plötzlich schwindlig. Dieser Gedanke war ihr noch gar nicht gekommen, aber Ashraf konnte Recht haben. Simone ließ sich immer weniger Arbeit abnehmen. Vielleicht glaubte sie tatsächlich, dass sie Amme nicht brauchte.

„Es ist doch normal, dass sie etwas im Haus ändern will. Schließlich wohnt sie auch hier", versuchte sie Ashraf und sich zu beruhigen. „Es wird sich alles fügen, in sha Allah. Wir müssen miteinander auskommen, so oder so." Amme stand mühsam vom Boden auf. Das Gespräch überstieg ihre Kräfte. Sie machte ein paar Schritte auf die Tür zu.

„In sha Allah? Nein, ich überlasse das nicht Allah." Ashraf ging auf Amme zu und stellte sich zwischen sie und die Tür.

„Sie will hier alleine wohnen, merkst du das nicht? Ich habe mit Behruz gesprochen. Er ist ganz meiner Meinung und er tut schon etwas dagegen." Amme war alarmiert.

„Wieso Behruz? Was meinst du?"

„Er hilft uns, das ist doch klar. Masoud hat schließlich nicht nur mich hintergangen, sondern auch ihn. Denkst du, er lässt sich die Fabrik so einfach wegnehmen? Er macht Masoud richtig Ärger und es funktioniert", triumphierte Ashraf. „Es ist nur noch eine Frage der Zeit, bis Masoud aufgeben muss. Und dann werden wir sehen, ob die süße Simone noch hier leben will." Amme wurde bleich.

„Was um Himmels Willen ist in dich gefahren?"

„Behruz hat die Fabrik jahrelang mit Ali Reza geführt. Sie gehört ihm auch. Meinst du, er lässt sich jetzt alles von Masoud vorschreiben? Masoud braucht einen Dämpfer. Er muss erkennen, was Familie bedeutet und dann wird er sich auch wieder an mich und an sein Versprechen erinnern. Er wird merken, dass eine deutsche Frau nicht hierher passt." Ashrafs Wangen glühten.

„Aber die Fabrik gehört Masoud", flüsterte Amme. Sie ließ sich wieder auf den Boden sinken und vergrub ihr Gesicht in den Händen. Amme kannte die wahren Motive von Behruz. Er bereute, dass er damals nicht in die Fabrik eingestiegen war und sich stattdessen von Masouds Vater sein Erbe hatte ausbezahlen lassen. Behruz liebte das schnelle

Geld und seine Frau war von Anfang an sehr anspruchsvoll gewesen. Das riesige Haus im Norden, das er sich nach der Hochzeit kaufte, verschlang den größten Teil des Geldes und sein Erbteil war schnell verbraucht gewesen. Als sein Bruder starb, war für ihn endlich der Weg frei, sich die Fabrik anzueignen. Masoud war noch ein Kind gewesen und er hatte leichtes Spiel mit ihm. Amme begann zu weinen. Sie machte sich große Vorwürfe, denn sie war es gewesen, die Behruz damals bedrängt hatte, die Verlobung von Ashraf und Masoud in die Wege zu leiten, bevor er nach Deutschland ging. Sie hatte gesehen, dass Ashraf Masoud liebte und sie wollte ihn an Ashraf binden.

Amme nahm die Hände vom Gesicht und beobachtete Ashraf, die wie ein gefangenes Tier im Zimmer auf und ab ging und dabei mehr und mehr in Rage geriet.

„Wir haben den Krieg und die Bomben alleine durchgestanden. Behruz hat Masoud mit viel Geld in Deutschland unterstützt. Und das ist jetzt der Dank?"

„Ashraf, sei still, du hast keine Ahnung, was du da sagst", jammerte Amme, aber Ashraf hörte sie nicht.

„Behruz hat uns hier im Haus versorgt. Er hat uns alles gegeben, was wir brauchten. Er zahlt sogar Jusuf und Sarah, damit wir nicht so viel arbeiten müssen. Masoud muss zu seinem Versprechen stehen." Amme sammelte ihre ganze Kraft, stand auf und stellte sich Ashraf in den Weg.

„Stimmt, Masoud hätte nicht so mit uns umgehen dürfen. Aber es ist sein Leben und es ist seine Fabrik. Denkst du tatsächlich, er wird sie und seine Familie aufgeben? Was du tust, ist falsch." Ashraf starrte sie mit eiskalten Augen an.

„Hör auf, Masoud immer in Schutz zu nehmen. Er wird seine Lektion lernen, dafür sorge ich, auch wenn`s weh tut. Man kann nicht auf Kosten anderer mit dem Kopf durch die Wand. Diese Frau hat ihm völlig den Kopf verdreht und dann hat er Behruz und mich betrogen und seiner Familie geschadet. Sie gehört nicht hierher. Er muss endlich zur

Besinnung kommen." Ashraf stand jetzt genau vor Amme, die wieder ihre Hände schützend vors Gesicht gehoben hatte. Sie riss sie ihr herunter. Amme war vor Schreck wie gelähmt.

„Das ist die Wahrheit", rief Ashraf. Amme schüttelte hilflos den Kopf.

„Wie konnte ich mich nur so täuschen", dachte sie verzweifelt. Ashrafs Intrige machte sie fassungslos. Sie war mit Hilfe von Behruz dabei, Masouds Ehe zu zerstören und ihm seine Fabrik zu rauben. Amme lehnte sich erschöpft gegen den Türpfosten. Sie zitterte am ganzen Körper.

„Und sie weiß nicht, dass Behruz sie nur für seine Interessen benutzt", dachte sie verzweifelt. „Er hat der Verlobung nur zugestimmt, weil er sich so die Fabrik in doppelter Hinsicht sichern konnte." Nach der Hochzeit würde sie Masoud und seiner Frau gehören. Behruz wollte, dass Ashraf Masouds Ehefrau wurde, denn sie war seine uneheliche Tochter. Amme spürte, wie ihr Herz sich in der Brust verkrampfte. Das Kind ahnte nichts von all dem und es dürfte das auch nie erfahren.

„Ich will doch nur dein Glück", schluchzte sie laut. Ashraf nahm sie in die Arme.

„Du hast mich zu einer ehrbaren Frau erzogen, Amme und jetzt lachen alle über mich. Die kleine Waise, die sich Hoffnungen gemacht hat, in bessere Kreise einzuheiraten. Wie kann ich da tatenlos zusehen? Ich liebe Masoud immer noch und er liebt mich. Er wurde nur in die Irre geführt. Wenn Simone geht, wird er wieder spüren, was richtig ist." Amme sammelte sich und musste beim Sprechen ihre ganze Kraft aufbieten.

„Ich glaube, er liebt Simone wirklich. Sie haben doch zwei Kinder."

„Unsinn. Er redet sich das ein. Aber wenn sie nicht mehr zu ihm steht, weil er keinen Erfolg hat, dann wird er verstehen."

„Ashraf, es kann nicht Allahs Wille sein, dass du eine Ehe zerstörst", versuchte Amme es weiter.

„Nein, Amme", unterbrach Ashraf sie, „bestimmt nicht. Aber es kann auch nicht sein Wille sein, dass ich mich füge und wir alle unglücklich werden. Ich muss das Schicksal in meine eigenen Hände nehmen. Du hast dich dein ganzes Leben lang immer gefügt. Schau, was aus dir geworden ist. Ich habe Allah jedes nur erdenkliche Opfer angeboten, wenn Masoud zu mir zurückkehrt. Ich war mir so sicher, dass er mich erhören wird. Aber es ist nicht geschehen." Ashraf war fest entschlossen, aber Amme versuchte es ein letztes Mal.

„Die Kinder können doch nichts dafür." Ashraf zuckte mit den Schultern.

„Simone hat sie hergebracht. Das ist ihr Problem. Sie wird froh sein, wenn sie wieder mit ihnen in Deutschland leben kann." Ashraf tätschelte Amme die Wange. „Bleib ruhig noch ein bisschen hier sitzen", sagte sie. „Ich gehe ins Bad und mache mich zum Beten fertig. Ich brauche Allahs Beistand mehr denn je."

Amme hockte auf dem Boden und starrte ins Leere. Warum nur hatte sie sich damals in Ashrafs Schicksal eingemischt? So etwas brachte nur Unglück, denn Allah hatte seine eigenen Pläne. Sie dachte an ihre Jugend. War es Allahs Wille gewesen, dass sie als Zwölfjährige in den Dienst von Masouds Großeltern gegeben wurde, oder hatte ihr Vater das entschieden? Damals hatte ihr Schicksal seinen Lauf genommen. Sie war in diesem Haus dem jungen Behruz begegnet und hatte sich in ihn verliebt. Ashraf war ihrer beider Tochter. Nur Masouds Vater hatte das gewusst. Amme hatte Behruz schwören müssen, es Ashraf nicht zu sagen. Dafür versprach er, sich ein Leben lang um sie beide zu kümmern. Behruz schämte sich für sein Verhältnis mit einer Dienstbotin und war froh, als er Fatima heiraten konnte, die aus einer angesehenen Familie stammte. Er wollte, dass Amme und Ashraf bei Masouds Vater blieben, doch der

wehrte sich dagegen und Behruz musste sie beide notgedrungen in das Pförtnerhäuschen aufnehmen. Ashraf glaubte natürlich, ein Waisenkind zu sein und fühlte sich deshalb mit Masoud von Anfang an verbunden. Sie war Behruz dankbar, dass er sich um sie gekümmert hatte und sie liebte Amme wie eine Mutter,
aber Amme wusste, wie sehr sie sich nach einer wirklichen Familie sehnte. Ihre Tochter hoffte, dass sie nach der Hochzeit mit Masoud endlich einen festen Platz im Leben finden würde. „Den wollte ich dir verschaffen, mein Liebes. Ich wollte dir mein Schicksal unbedingt ersparen", flüsterte Amme. „Allah hilf uns! Behruz interessiert sich nicht wirklich für sie und ich kann nichts mehr tun." Amme hob die Handflächen zum Himmel. Sie betete inbrünstig, dass ihre Tochter sich keine große Schuld auflud.

Während Ashraf die rituellen Gebetswaschungen vollzog, klangen Ammes Worte in ihren Ohren nach. Musste sie sich darüber Gedanken machen, was nach der Trennung von Masoud mit Simone und den Kindern geschah? Ashraf hielt einen Moment inne. Simone musste selbst merken, dass dieses Land nichts für sie war. Hier gab es Regeln und Gesetzte, über die man sich nicht einfach hinwegsetzen konnte. Die Menschen achteten ihre Familie und hatten Respekt füreinander. Simone hingegen wollte immer nur machen, was sie wollte. Das würde spätestens dann schief gehen, wenn Masoud nicht mehr in der Lage war, ihr ihre Wünsche zu erfüllen.

„Ich bewahre sie nur vor sich selbst und davor, letztlich doch unglücklich zu werden", sagte Ashraf leise. Sie dachte daran, wie furchtbar es gewesen war, mit Simone einkaufen zu gehen. Alle hatten nur auf die große blauäugige Frau geschaut und Simone ließ ihr Kopftuch ständig nach unten rutschen, damit jeder ihr blondes Haar sehen konnte. Ashraf ballte die Fäuste. Sie musste aktiv werden und dieser

Frau die Welt, die sie sich ausgesucht hatte, deutlich vor Augen führen. Ashraf reckte sich hoch und sah in den Spiegel.

„Ich zeige dir dieses Land, liebe Simone. Wir werden uns jetzt öfter sehen", sagte sie und setzte ihre Waschungen fort.

15.

Simone und Masoud waren etwas mehr als eine Stunde aus der Stadt heraus in Richtung Süden gefahren. Vor ihnen erstreckte sich eine steinige, trockene Hochebene. Es gab nur noch wenige Siedlungen, um die herum große Felder lagen, auf denen ununterbrochen Bewässerungsanlagen arbeiteten. Das Telefonat mit ihrer Mutter hatte Simone in den folgenden Tagen keine Ruhe gelassen. Sie wollte die Fabrik endlich sehen, auch wenn Masoud den Zeitpunkt nicht für geeignet hielt. Simone war überrascht gewesen, als Ashraf sie dabei unterstützte. Sie war gestern Abend, entgegen ihrer sonstigen Gewohnheit, plötzlich im kleinen Wohnzimmer erschienen und hatte die Diskussion zwischen Masoud und ihr miterlebt.

„Ach, nimm sie doch mit", hatte sie gesagt. „Simone wird dich dann viel besser verstehen. Ich kann mir gut vorstellen, dass sie endlich deine Fabrik sehen will. Schließlich seid ihr deswegen extra von Deutschland hergekommen." Simone hatte gemerkt, dass Masoud ärgerlich über Ashrafs Einmischung gewesen war, aber da er in ihrer Gegenwart nicht streiten wollte, hatte er nachgegeben.

„Da ist die Fabrik", sagte Masoud und zeigte mit dem Finger auf eine lange Mauer, „oder besser gesagt, das Grundstück, auf dem sie steht."

„Man sieht gar nicht, dass hinter der Mauer eine Fabrik ist. Wo ist denn das Schild?"

„Ich habe dir schon gesagt, dass sie ganz anders aussieht wie Fabriken in Deutschland", brummte Masoud. Er fuhr auf ein kleines Tor in der Mauer zu. „Hier ist die Nebeneinfahrt. Große Lastkraftwagen nehmen die Einfahrt weiter oben. Da stand früher auch mal ein Schild." Simone nahm sich vor aufzupassen, dass Masouds Stimmung nicht kippte. Sie war froh, dass er schließlich zugestimmt hatte, sie mitzunehmen und wollte ihn auf keinen Fall verärgern. Als sie auf das Grundstück fuhren, sah Simone nichts als Obstbäume, zwischen denen Bewässerungsgräben gezogen waren. Es gab kein einziges Gebäude. Plötzlich tauchte ein älterer Mann zwischen den Bäumen auf und winkte ihnen zu.

„Das ist unser Vorarbeiter", sagte Masoud. „Er zeigt uns, dass wir durchfahren können. Es steht im Moment kein Laster in der großen Auffahrt." Sie fuhren entlang der Mauer auf einem unbefestigten Weg das Grundstück hinauf und kamen an eine große geteerte Einfahrt, an deren Ende ein weiß gekalktes Gebäude mit vielen, kleinen Fenster stand. Davor war ein ummauertes Wasserbecken, in das Wasser aus einer unterirdischen Quelle über ein Rohr hochgepumpt wurde. Die Bäume, die in dem leicht abschüssigen Gelände gepflanzt waren, wurden von hier oben aus bewässert. Rings um die Halle lagen dicke, rostige Drahtspulen und Teile von Maschinen auf dem Boden. Man hörte das Plätschern des Wasserrohres, welches das Reservoir füllte, ansonsten war es vollkommen still.

„Es sieht hier aus, wie in einem riesigen Garten. Wo sind denn die Arbeiter?" fragte sie vorsichtig.

„Im Moment scheint nur der Vorarbeiter hier zu sein", sagte Masoud. „Wenn wir was ausliefern, besorgt er Männer, die uns helfen. Wir haben das Grundstück immer schon als Garten genutzt und früher oft hier Picknicks gemacht. Was stört dich daran?" Simone fühlte sich beklommen. Masoud war sehr angespannt. Vielleicht war es doch keine gute Idee gewesen, die Fabrik sofort sehen zu wollen. Masoud ging auf das Gebäude zu und Simone folgte ihm.

Die Halle war hell erleuchtet und bis unter die Decke mit Baumaterial vollgestopft. Waschbecken, Armaturen, Rohre und Zementsäcke lagen zu hohen Stapeln geordnet auf dem Boden. Man konnte sich kaum einen Weg dazwischen bahnen und Simone hatte Sorge, dass die provisorisch aufgetürmten Sachen plötzlich auf sie herunterfallen könnten.

„Behruz treibt Handel mit Baumaterialien", erklärte Masoud, während er vor ihr herging. Der Vorarbeiter folgte ihnen langsam.

„Ihr stellt gar nichts her?" fragte Simone. Masoud antwortete, ohne sich umzudrehen.

„Mein Vater hat Plastikbehälter gepresst. Die haben sich gut verkauft. Aber dann kam der Krieg und der Ölpreis stieg. Behruz sagt, dass er deshalb die Produktion einstellen musste. Aber eigentlich", Masoud sah Simone an, „eigentlich hat er keine Ahnung, wie man etwas produziert. Er hat die ganze Anlage einfach verkauft und was sich nicht verkaufen ließ, liegt draußen im Dreck." Der Vorarbeiter rückte ein paar Schritte zu ihnen auf und stellte sich vor Masoud.

„Aber wir machen gute Geschäfte", sagte er grinsend. „Es wird ja überall gebaut und die Preise steigen täglich. Wenn man so viel Lagerfläche hat, kann man billig einkaufen und teuer wieder verkaufen. Darin ist Agha Behruz ganz groß." Simone dachte an das große Haus, dass Behruz im Norden der Stadt bewohnte. Er, seine Söhne und schließlich auch Masoud lebten von den Einnahmen dieses Handels.

„Wie lange produziert Behruz denn schon nichts mehr?" fragte sie Masoud. „Ich meine, wusstest du, dass die Fabrik in einem solchen Zustand ist?" Masoud schwieg.

„Das hier ist kein Ort für eine Frau", sagte der Vorarbeiter. „Ich mache Ihnen gerne einen Tee, Madame. Meine Frau und ich wohnen hier auf dem Gelände. Außerdem sind gerade die Äpfel reif. Sie möchten doch sicher welche für die Kinder mitnehmen?"

„Danke, wir brauchen keinen Tee", sagte Masoud und verließ das Gebäude.

„Masoud?" fragte Simone. „Du wusstest doch, wie es hier aussieht oder? Wieso hast du nie etwas erzählt?"

„Weil es keine Rolle spielte", erwiderte Masoud gereizt. „Ich baue das hier wieder auf. Außerdem geht es nicht nur um die Fabrik, sondern auch um das riesige Gelände. Es ist mittlerweile viel wert und ich werde etwas daraus machen." Sie verließen die Halle und gingen durch die langen Baumreihen. Simone sah noch mehrere kleine Gebäude zwischen den verschiedenen Bäumen, die aber offensichtlich nicht genutzt wurden. Sie fragte sich, was Masouds Vater damit einmal vorgehabt hatte. Sie durchquerten den Garten zu Fuß und kamen am anderen Ende des Grundstücks zu einem kleinen Wohnhäuschen. Ein paar Hühner und Ziegen liefen frei umher.

„Die Familie des Vorarbeiters lebt vom Verkauf des Obstes", erklärte Masoud. „Außerdem dürfen sie hier kostenlos wohnen. Da hinten das mein Büro." Masoud zeigte auf ein weiteres weiß gekalktes Gebäude aus Stein, dass etwa so groß war, wie ein Schrebergartenhaus. Masoud schloss die Tür auf und sie traten ein. Das Büro war spärlich möbliert. Neben den beiden Schreibtischen aus Metall gab es eine kleine Sitzgruppe und ein Telefon. In einer Ecke standen ein Ölofen und ein breites Sofa, auf dem ein paar Decken lagen. Der Raum war schmutzig und man konnte kaum durch die Scheiben sehen. Ein paar Ordner standen in einem wackeligen Regal. Masoud sah Simones entsetzten Blick.

„Behruz braucht für seine Geschäfte nur ein Telefon", sagte er eilig und zog Simone aus dem Raum. „Jetzt hast du alles gesehen", brummte er, „lass uns heimfahren. Ich muss noch was in Teheran erledigen."
Simone schwieg auf der Rückfahrt. Masoud sollte nicht merken, wie enttäuscht sie war, aber dass was sie gesehen hatte, ließ sie nicht zur Ruhe kommen. Deswegen seid ihr doch hergekommen, hatte Ashraf gesagt. Wie lange würde Masoud brauchen, um seinen Traum zu verwirklichen? An Geschäftsbeziehungen oder gar einen internationalen Handel mit Deutschland war angesichts dieser Situation gar nicht zu denken. Wieso hatte er ihr nicht gleich gesagt, dass die Fabrik

noch gar keine Fabrik war? Sie rutsche tiefer in den Sitz und starrte ins Leere.

„Was ist?" fragte Masoud. Simone vergrub ihre Hände in den Manteltaschen. Sie entdeckte den Fotoapparat, mit dem sie Bilder für ihre Eltern machen wollte. Fotos es würde keine geben.

„Das habe ich befürchtet", schimpfte Masoud, der ihre Gedanken erriet. „Deshalb wollte ich nicht, dass du mitkommst. Wir schaffen das. Die Fabrik gehört mir und ich baue sie wieder auf. Behruz kann mich nicht davon abhalten."

„Was macht er denn?" fragte Simone.

„Nichts. Ich will nicht, dass du dir Sorgen machst. Ich komme voran, es dauert nur. Also lass mir Zeit. Und um Geld musst du dir auch keine Sorgen machen", setzte er hinzu. Simone zog die Schultern hoch und schaute aus dem Fenster. Sie fragte sich, ob Masoud seinem Onkel wirklich gewachsen war. Sie dachte an das Haus im Norden der Stadt, in das Behruz sie zum Gegenbesuch eingeladen hatte. Er zeigte ihnen stolz seinen Bungalow mit Garten und Pool. Das Pförtnerhäuschen, in dem Amme und Ashraf gewohnt hatten, lag gleich am Eingang des Grundstücks. Es war gar nicht so klein, wie Simone es sich vorgestellt hatte und besaß sogar einen eigenen kleinen Garten entlang der Mauer. Behruz erzählte, er habe das Anwesen nach der Revolution von einer Familie, die ins Ausland geflohen war, günstig erstanden. Es lag in einem der teuersten Bezirke der Stadt. Die Luft im Norden von Teheran war um vieles besser als im Süden und es gab schicke Geschäfte und viele unterschiedliche Freizeitmöglichkeiten. Die Menschen spazierten in weitläufigen Parkanlagen, saßen in Cafés und Restaurants, oder vertrieben sich abends die Zeit in einem Vergnügungspark. Außerdem wurden überall große Einkaufspassagen gebaut. Simone beschlich das Gefühl, in einer völlig anderen Stadt zu sein. Im Norden schien sogar die Kleiderordnung lockerer gehandhabt zu werden. Die Frauen trugen kürzere und engere Mäntel als im Süden. Die Mädchen ließen ihre elegant frisierten und gefärbten Haare wie zufällig unter den Tüchern herausfallen und sparten nicht mit Makeup. Sie war mit Aida und Nilu durch die Straßen gebummelt und sich dabei in ihrem formlosen bodenlangen Mantel fast wie ein Bauerntrampel vorgekommen. Auch Nilu und Aida lebten mit ihren Familien in den nördlichen Stadtteilen. Die modernen Apartments der beiden waren zwar ziemlich klein, boten aber allen Komfort. Simone war klargeworden, dass sie und Masoud als einzige der Familie in einem alten Haus im schmutzigeren Süden der Stadt wohnten. Sie sah vorsichtig zu Masoud herüber.

Simone wusste, dass Masoud dieses Haus liebte. Eigentlich ging es ihr genauso. Aber nachdem sie den Norden der Stadt gesehen hatte, war sie nicht mehr so sicher. „Vielleicht können wir später auch in den Norden ziehen, wenn Amme und Ashraf ausziehen. Dann ist es ohnehin viel zu groß", überlegte sie. Simone spürte, wie Tränen in ihr aufstiegen. „Wenn sie endlich ausziehen", dachte sie verzweifelt. „Solange Masoud mit der Fabrik beschäftigt ist, wird er dieses Thema nicht angehen."

„Was denkst du?" fragte Masoud plötzlich. Simone zuckte zusammen.

„Ich überlege, wie ich dir helfen kann", antwortete sie.

„Wobei? In der Fabrik kannst du mir nicht helfen. Aber dräng mich nicht und lass mich meine Angelegenheiten erledigen. Ich muss in jedem Fall zuerst die Fabrik ganz in den Griff bekommen, bevor wir an andere Dinge denken. Du hast mit den Kindern genug zu tun." Simone konnte ihre Tränen nicht mehr zurückhalten.

„Und wie lange soll das dauern? Ashraf ist die meiste Zeit abweisend und Amme denkt gar nicht daran, mir den Haushalt zu überlassen. Ich bin langsam fertig mit den Nerven."

„Glaubst du mir geht es besser?" schimpfte Masoud. „Genau das meine ich, dräng mich nicht schon wieder wegen Amme und Ashraf. Die beiden müssen sich auch umstellen. Du und die Kinder, ihr habt doch alles, was ihr braucht." Simone starrte vor sich hin. Masoud schlug mit der flachen Hand auf das Lenkrad.

„Was hast du dir vorgestellt? Dass wir sie einfach raus werfen?" schrie er plötzlich.

„Nein, ist schon gut. Ich verstehe dich ja", beschwichtigte Simone ihn schnell. „Das muss aufhören, hörst du? Ich kann nicht an zwei Fronten kämpfen. Wir haben wir vier Zimmer für uns alleine und zwei Bäder. Das ist mehr Wohnfläche als wir in Deutschland hatten. Du bist dabei das Wohnzimmer zu möblieren und du hast eine riesige Küche, in der du machen kannst, was du willst."

„Ja, aber wir haben kein eigenes Familienleben. Wir sind nie allein und wir reden kaum noch miteinander. Warum hast du mir nicht gesagt, wie es in der Fabrik aussieht?"

„Beruhige dich endlich. Wieso hast du keine Geduld?" Masoud schüttelte den Kopf. „Ich verstehe dich nicht. Das ist doch nur übergangsweise so." Simone schlug die Hände vors Gesicht.

„Hätte ich doch bloß nicht darauf bestanden mitzukommen", dachte sie.

„Es tut mir leid, Schatz", flüsterte Masoud nach einer Weile und streichelte über ihre Schulter. „Ich wollte nur nicht, dass du dir jetzt auch noch Gedanken um die Fabrik machst. Deshalb solltest du sie noch nicht sehen. Ich habe es nur gut gemeint." Er lächelte sie an. „Du hast dich fantastisch eingelebt, Liebes und du kommst schon so gut zu Recht. Ich bin wirklich stolz auf dich. Azizam[17], gib uns noch etwas Zeit. Es wird alles gut werden." Simone wischte sich die Tränen aus dem Gesicht. Sie legte ihre Hand auf die seine.

„Du hast Recht", sagte sie. „Wir schaffen das schon."

---

[17] Farsi Kurzform für: Mein Schatz

16.

Simone spielte mit den Kindern am neuen Esstisch im kleinen Wohnzimmer. Masoud hatte nach dem Besuch in der Fabrik überraschend vorgeschlagen, seine Erledigungen zurückzustellen und stattdessen gemeinsam die Möbel für das kleine Wohnzimmer einzukaufen. Sie waren schnell fündig geworden. Masoud hatte Amme und Ashraf noch am selben Abend davon erzählt und klargestellt, dass es über diese Entscheidung keine Diskussionen darüber geben würde. Als die Möbel geliefert wurden, nahm Ashraf ihre Figuren aus den Nischen heraus und legte sie vorsichtig in einen Korb. Simone bot ihr an, sie stehen zu lassen, aber Ashraf trug sie wortlos weg. Sie schien Simone trotzdem nicht böse zu sein, denn sie gesellte sich, wenn sie von der Arbeit nach Hause kam, jetzt öfter zu ihr und den Kindern. Amir zog gerade eine Karte vom Stapel und legte sie triumphierend auf den Tisch als Ashraf hereinkam.

„Guten Abend, alle zusammen", sagte sie und winkte den Kindern zu. Amir zeigte stolz seine letzte Spielkarte und sagte: „Mau Mau, ich gewinne, Tante Ashraf." Ashraf setzte sich vor die Couch auf den Boden und schaltete den Fernseher ein.

„Toll", lobte sie Amir und suchte dabei den Kanal mit den Abendnachrichten. „Können wir aufhören, Mama? Ich will auch Fernsehen", bat Amir.

„Wir spielen noch zu Ende, dann räumen wir auf und ihr esst zu Abend", bestimmte Simone. Amir brummte widerwillig. Ashraf blickte vom Boden auf.

„Sag mal, Simone, wolltest du nicht wegen der Schokoladencreme in den Bazar. Sollen wir vier nicht zusammen gehen? Ich habe morgen frei."

„Au ja", Amir war sofort Feuer und Flamme. „Ich will einen Ausflug machen."

„Das ist keine schlechte Idee", antwortete Simone.

„Au ja Mama, mir ist so langweilig", beschwerte sich Amir.

„Das denke ich mir", sagte Ashraf und schaltete den Fernseher wieder aus. „Deine Freunde sind jetzt alle in der Schule, nur du nicht."

„Ashraf hat Recht", dachte Simone. Die Kinder von Nilu und Aida gingen seit Ende September wieder in die Schule und obwohl sie lediglich die Grundschulkassen besuchten, hatten sie keine Zeit mehr, unter der Woche mit Amir zu spielen. Er hatte tatsächlich begonnen, sich zu langweilen und es wurde immer anstrengender, ihn zu beschäftigen. Der Ausflug in den Bazar bot für alle eine willkommene Abwechslung.

Am nächsten Morgen nahmen sie ein Taxi und stiegen vor dem Haupteingang des Bazars aus. Der halbrunde Platz war voller Menschen. In der Mitte führte eine Treppe in die unteren Etagen des großen Bazars von Teheran. Ringsherum gab es viele kleine Läden, die mit den unterschiedlichsten Waren handelten. Haushaltsgegenstände, Lebensmittel, Stoff, aber auch Imbissbuden und Konditoreien waren darunter. Beim Blick durch die Schaufenster entdeckte Simone Nescafé, Fertigsuppen, Schokolade und Puddingpulver.

„Sollen wir hier gleich nach der Schokoladencreme schauen?" fragte sie und deutete auf einen der Läden.

„Dann müssen wir sie die ganze Zeit tragen", wandte Ashraf ein. „Lass uns erst den Bazar ansehen. Du musst Arezu gut festhalten und ich nehme Amir an die Hand. Da unten wimmelt es nur so vor Menschen. Wir dürfen die beiden nicht verlieren." Ashraf ging mit Amir an der Hand voraus und Simone folgte ihr in die hell erleuchteten Gänge. Die bunten Lichter erinnerten sie an weihnachtliche Schaufensterdekorationen. Das Gedränge war unglaublich und es roch nach warmen menschlichen Körpern, nach Schweiß, Staub und Stoff, nach Rasierwasser und Parfüm. Sie gingen eine ganze Weile einfach so durch die

Gänge und überließen sich dem Menschenstrom. Jede Gasse beherbergte andere Händler. Auf die Stoff- und Wäschehändler am Eingang folgten Haushaltswaren und Schuhe. Simone blieb bei den Gewürzhändlern stehen. Sie Gewürze standen in großen offenen Säcken in am Rande der Gasse. Es lagen kleine Schaufeln auf den Säcken, mit denen die Händler den Kunden die Ware zeigten und sie abwogen. Simone las die Schilder und betrachtete fasziniert die Gewürze aus aller Welt. Sie kannte viele nur in Form kleiner Verkaufsportionen aus deutschen Supermärkten. Zimt sah aus wie Baumrinde und die kleinen hellgrünen Hülsen entpuppten sich als Kardamom, den sie auch nur als gemahlenes Pulver kannte. Die Händler hatten die Säcke so angeordnet, dass die Farben der Gewürze sich gegenseitig verstärkten. Rosenblätter lagen neben gelbem Kurkuma[18] und schwarzer Pfeffer neben dunkelroten Berberitzen. Simone konnte sich nicht satt sehen und vergaß alles um sich herum.

„Das ist fantastisch", sagte sie begeistert und strahlte Ashraf an. „Es war eine gute Idee von dir hierher zu kommen. Ich will alles sehen."

„Alles schaffen wir nicht", sagte Ashraf während sie Simone langsam vorwärts zog. „Wenn du irgendwo stehen bleiben willst, sag mir vorher Bescheid, sonst verlieren wir uns. Die Leute drängen immer weiter. Wir müssen aufpassen." Ashraf ärgerte sich über Simones Begeisterung. Sie hatte nicht damit gerechnet, dass sie dieses Gewühl und das Gedränge so toll finden würde.

„Achtung, Achtung!" erschallten plötzlich laute Rufe und die Menschen flüchteten sich augenblicklich an die Ränder der Gasse oder sprangen in die Eingänge der Geschäfte. Ashraf schubste Simone und Arezu zur Seite und zog Amir hinter sich. Ein Mann mit einem überladenen Handkarren auf zwei Rädern rannte achtlos an ihnen vorbei.

---

[18] Gelbwurz

„Was war denn das?" fragte Simone noch etwas außer Atem vor Schreck.

„So kommen die Waren in die Läden", antwortete Ashraf. „Es gibt keine anderen Zugänge als direkt durch die Gassen. Das ist nicht unbedingt fantastisch."

„Können wir wenigstens noch in den Goldbazar?" fragte Simone. „Masouds Großvater war doch Goldhändler. Ich würde gerne sehen, wo er gearbeitet hat." Ashraf nickte und ging dann in einen Gang, der zum Goldbazar führte. Sie wusste von Behruz, welches der Geschäfte Masouds Großvater gehört hatte. Die sehr hell erleuchteten Gänge waren schon von weitem zu erkennen. Die Geschäfte waren verspiegelt und die Auslagen funkelten hinter den Scheiben so stark, dass alles in einem unendlichen Labyrinth zu verschwimmen schien. Es gab große, aufwendig gestaltete Läden und kleine schmale Verkaufsräume, die nur über eine winzige Vitrine verfügten. Simone staunte über die vielen großen Edelsteine. Sie nahm Arezu auf den Arm, damit sie den Schmuck in den Auslagen bewundern konnte. Über einigen der Geschäfte waren niedrige Büros eingerichtet. Sie hatten bodentiefe Fenster. Männer mit feinen Goldwaagen und Aktentaschen hockten auf Teppichen auf dem Boden und sprachen angeregt miteinander.

„Da oben werden die Großhandelsgeschäfte gemacht", erklärte Ashraf.

„Welcher Laden hat denn unserer Familie gehört?" fragte Simone.

„Deiner Familie hat gar nichts gehört", dachte Ashraf und zuckte mit den Schultern. „Woher soll ich das wissen?" sagte sie und ging schnell weiter. „Das musst du Masoud fragen." Simone warf einen Blick in einen der Seitengänge.

„Oh, da sind Antiquitätenhändler", rief sie. „Lass uns mal gehen."

„Amir hat Hunger", widersprach Ashraf, aber Simone war schon mit Arezu abgebogen. Vor ihr öffnete sich ein freier Platz. Die Händler boten alt aussehenden Schmuck an, der überwiegend aus Silber und Edelsteinen gefertigt war. Daneben gab es auch silberne Kerzenständer, Münzen, Bilderrahmen, Besteck, Vasen, Gläser und Schalen aus farbigem Kristall.

„Hier möchte ich etwas kaufen", sagte Simone. „Die Kerzenständer würden doch wunderbar in die Nischen im Wohnzimmer passen. Kannst du bitte auf Arezu aufpassen?" Sie gab Ashraf ihre Tochter, damit die sie auf den Arm nehmen konnte und sah sich die Auslagen an. Ashraf stellte sich zu Simone.

„Du kannst hier nichts allein einkaufen. Du weißt nicht, was echt antik ist."

„Doch, das weiß ich", sagte Simone und schüttelte Ashrafs Hand ab. „Ich kenne mich mit Antiquitäten aus." Ashraf sah zu, wie sie bei einem Händler zwei Kerzenständer näher prüfte und sich mit ihm unterhielt. Dann ging sie wieder zu ihr und zog sie am Mantel von dem Stand weg.

„Arezu ist müde", sagte sie, „und Amir hat Hunger. Wir müssen zum Essen gehen." Simone sah auf die Uhr.

„Schade, ist es wirklich schon so spät?"

„Wir wollten doch Schokolade kaufen", quengelte Amir.

„Wir gehen zuerst etwas essen. Dann kaufen wir eure Schokolade", sagte Ashraf. „Ich kenne ganz in der Nähe ein Kebab Restaurant, das gute Fleischspieße anbietet. Man kann nicht überall essen, sonst wird man krank."

„Ich hatte sowieso nicht genug Geld dabei", seufzte Simone enttäuscht, „aber ich komme wieder hierher. Jetzt kenne ich mich ja aus." Ashraf drehte sich um und ging voraus.

„Und deine Kinder lässt du dann einfach bei Amme", dachte sie wütend. „Du nimmst auf gar nichts

Rücksicht und machst, was du willst." Das Restaurant lag einige Treppen oberhalb eines benachbarten Gangs. Sie suchten sich einen Platz am Fenster, von dem aus sie auf die Geschäfte und auf die Menschen in den Gassen herabsehen konnten. Ashraf bestellte zusammen mit Amir das Essen an der Theke. Der Kellner brachte Sahnejoghurt mit wildem Knoblauch in kleinen Plastikbechern, einen Teller mit Besteck und Servietten sowie für jeden eine köstliche Graupensuppe mit Hühnerfleisch als Vorspeise. Die Kinder bekamen eine Limonade. Simone und Ashraf tranken Cola. Dann wurden Spieße aus Lammhack und Lammfilet mit duftendem Reis serviert. Dazu aßen sie Salat, frische Zitronen und rohe Zwiebeln. Das Essen war zwar auf Plastiktellern angerichtet, schmeckte aber vorzüglich. Alles war sauber und frisch. Während sie aßen, erklang der Ruf zum Gebet über die Lautsprecher im ganzen Bazar.

„Jetzt gehen alle beten", erklärte Ashraf. „Die Händler im Bazar sind strenggläubig."

„Machen sie ihre Geschäfte in dieser Zeit zu?" fragte Simone.

„Ja. Früher haben sie sie offen gelassen, aber das geht jetzt nicht mehr."

„Wieso nicht?"

„Die Zeiten haben sich geändert. Es sind viele Diebe im Bazar unterwegs. Gleich gegenüber dem Bazar gibt es übrigens eine Straße, in der man alles kaufen kann, was man für die islamischen Feste braucht. Da muss ich noch hin."

„Aber zuerst kaufen wir die Schokolade", mischte Amir sich ein. „Das hast du versprochen."

„Das machen wir", sagte Simone und strich ihm über den Kopf, „und dann schauen wir erst mal, was wir noch alles schaffen."

Nach dem Essen gingen sie zurück zum Eingang und suchten in den Geschäften nach der gewünschten Schokoladencreme. Leider gab es keine.

„Ihr werdet auch ohne auskommen", sagte Ashraf. „Honig ist sowieso gesünder." Amir und Arezu begannen zu jammern.

„Nein, wir machen die Creme selbst", tröstete Simone ihre Kinder. „Wir kaufen Schokolade, schmelzen sie und fügen Öl, Vanille und Milchpulver hinzu. Aber ich, glaube ihr seid müde. Danach fahren wir besser nach Hause."

„Ich möchte für die Kinder noch einen kleinen Gebetsteppich kaufen", widersprach Ashraf. „Und Gebetsperlen. Das habe ich ihnen versprochen, nicht wahr." Arezu nickte und Amir verkündete lautstark, dass er nicht müde sei.

Simone willigte ein. Ashraf hatte sich heute extra Zeit genommen und war mit ihnen durch den Bazar gegangen. Sie brachte es nicht übers Herz, ihr diesen Wunsch abzuschlagen. Nachdem sie die Zutaten für die Schokoladencreme gekauft hatten, verließen sie den Bazar und erreichten auf der anderen Straßenseite die Verkaufsstände, die mit schwarzen und grünen Fahnen dekoriert waren. Die Stoffe flatterten im Wind. An jedem Stand lief ein kleiner Kassettenrecorder, aus dem unaufhörlich Koransuren erklangen. Die Gesänge mischten sich zu einem rauschenden, unverständlichen Wirrwarr. Hinter den Ständen warteten schwarz gekleidete, unrasierte Männer auf Kunden. Die wenigen Frauen, die in dieser Straße unterwegs waren, trugen schwarze Schleier, die sie eng um ihre Gesichter gefaltet hatten. Ashraf zog ihr Kopftuch tiefer ins Gesicht und versteckte die Haare sorgfältig darunter. Simone tat es ihr gleich.

„Weshalb ist hier alles mit schwarzen Tüchern dekoriert?" fragte sie leise. „Hier werden überwiegend die Sachen verkauft, die man für die muslimischen Trauermonate braucht", erklärte Ashraf. „Die Farbe Grün ist auch dabei. Sie steht für Hoffnung."

„Trauermonate?" fragte Simone. „Wie viele Monate sind das denn und weshalb wird getrauert?"

„ Zwei", antwortete Ashraf bereitwillig. „Wir gedenken Ali, dem Schwiegersohn unseres Propheten und den Enkeln des Propheten, Hassan und Hossein, die alle grausam ermordet wurden. Sie sollten nach Mohammeds Willen seine rechtmäßigen Nachfolger sein, aber die Araber haben sie getötet." Amir lief auf einen der Stände zu:

„Da ist ein Bild von Jesus, aber ohne Gesicht", sagte er und zeigte auf das Bild eines Mannes mit Bart, dessen Augen, Nase und Mund nicht abgebildet waren. Er trug ein Tuch über dem Kopf und dahinter schwebte eine Art Heiligenschein. Das Bild erinnerte Simone tatsächlich an kitschige Darstellungen von Jesus.

„Nein, das soll Ali sein", korrigierte Ashraf.

„Warum hat Ali keine Augen?" fragte Arezu, während sie das Bild betrachtete.

„Es sieht unseren Jesusdarstellungen wirklich sehr ähnlich", bestätigte Simone und legte Amir die Hand auf die Schulter.

„Vom Propheten darf es keine Darstellung geben", erklärte Ashraf. „ Das gilt auch für seine Familie. Es verführt dazu, Menschen anzubeten, statt nur Allah. Das sieht man ja bei den Christen. Sie beten ihren Jesus an."

„Das kann man nicht vergleichen", sagte Simone. Ashraf antwortete nicht, sondern schlenderte mit Amir an der Hand die Verkaufsstände entlang. Simone folgte ihr mit Arezu, die auf den Arm genommen werden wollte und sah sich schweigend die düsteren Auslagen an. Es waren Fahnen und Schilder in jeder Form, die arabische Schriftzeichen in grüner Farbe zierten oder Abbildungen von Schwertern und blutenden Händen zeigten.

„Ganz schon gruselig", dachte sie und sagte: „Kannst du bitte schnell die Gebetsteppiche kaufen. Das hier ist nichts für die Kinder."

„ Wieso nicht? Es ist wichtig die Geschichte von Ali und seinen Söhnen zu kennen. Die Gesänge auf den Kassetten erzählen auch davon. Hör doch mal hin." Es waren also keine Koransuren. Simone versuchte sich auf die Worte des Singsangs zu konzentrieren. Sie erkannte, dass Farsi gesprochen und immer wieder heftig geweint wurde, aber sie verstand nichts.

„Mir gefällt die Atmosphäre hier nicht. Lass uns gehen", sagte sie, aber Ashraf ging unbeeindruckt weiter.

„Das gehört aber zu unserem Glauben, daran musst du dich gewöhnen. Wir Muslime lieben unsere Heiligen und hören uns die Geschichte ihres Todes immer wieder an. Was stört dich daran?" Sie drehte sich um und blieb vor Simone stehen. „Euer Jesus ist doch auch gekreuzigt worden, wie ihr sagt. Weint ihr nicht um ihn?"

„Nein", sagte Simone. „Er ist von den Toten auferstanden und darüber freuen wir uns. Das ist für uns Christen das Wichtigste, nicht die Trauer. Das hier ist mir zu viel. Wir gehen jetzt." Ashraf starrte Simone wütend an.

„Von den Toten auferstanden. Er ist gar nicht gekreuzigt worden, so sieht es aus. Das steht im Koran. Und natürlich ist er nicht Gott oder sein Sohn. Gott kann keinen Sohn haben."

„Ach und das weißt du so genau?" patzte Simone zurück. „So kommen wir nicht weiter, Ashraf. Jeder darf glauben, was er will. Ich lasse dir deine Überzeugung und du mir meine. Und jetzt gehen wir."

„Ich kaufe einen Gebetsteppich für die Kinder", widersprach Ashraf. „Komm Amir, du darfst dir einen aussuchen. Und einen Gebetstein dazu." Sie drehte sich mit Amir um und ging weiter. Amir zögerte und sah zu seiner Mutter, die mit Arezu auf dem Arm stehengeblieben war. Ashraf bemerkte das und drehte sich zu Simone um.

„Du kannst von mir aus an deiner rückständigen Religion festhalten. Aber die Kinder leben jetzt hier und sie sind Muslime, das habe ich dir schon mal gesagt. Frag doch Masoud, wenn du es nicht glauben willst."

„Jetzt reicht es", dachte Simone und wollte auf Ashraf zugehen, um ihr Amir von der Hand zu nehmen und mit den Kindern allein nach Hause zu fahren, aber sie Amirs erschrockenen Blick sah, hielt sie inne. Warum hatte sie sich wieder so provozieren lassen?

„Wir ehren euren Jesus ja auch", beschwichtigte Ashraf mit einem gönnerhaften Lächeln. „Er wird im Jüngsten Gericht zusammen mit Mohammed vor uns stehen. Er hat euch die Bibel gebracht, aber seine Botschaft hat nichts gebracht. Es braucht Gesetze, damit die Menschen friedlich zusammen leben."

„Meinst du Gesetze wie Auge um Auge und Zahn um Zahn?" zischte Simone, die sich nun nicht mehr zurückhalten konnte. „Wo das hinführt sehen wir ja. Wenn sich alle immer rächen und härter als der Feind draufhauen, kann es auch nicht friedlich werden." Sie ging langsam auf Ashraf zu.

„Außerdem hat Jesus die Bibel nicht verkündet. Darin ist aufgeschrieben worden, wie er gelebt hat." Die beiden Frauen sahen sich schweigend an. Amir ging von Ashraf zu seiner Mutter herüber und nahm ihre Hand. Simone beugte sich zu ihm herab.

„Alles gut, Schatz", sagte sie leise. „Wir suchen jetzt die Gebetsteppiche und fahren dann heim, nicht wahr Ashraf?"

„Ja. Da vorn ist schon ein Stand, an dem es welche gibt." Simones Herz trommelte gegen ihre Brust. Sie ärgerte sich darüber, mit Ashraf vor den Kindern gestritten zu haben. „Wieso macht mich diese dumme Diskussion so wütend?" fragte sie sich. „Es kann mir doch egal sein, was sie über das Christentum denkt. Und jedes Mal behauptet sie, dass meine Kinder Muslime sind. Das ist doch Quatsch. Sie will mich doch nur ärgern. " Simone nahm sich vor, Masoud zu fragen, wieso seine Cousine so etwas behauptete. Ashraf suchte mit den Kindern zwei kleine Gebetsteppiche aus. Sie kaufte für Arezu die versprochenen Gebetsperlen, die sie sich sofort um den Hals hängte und Amir durfte sich einen Gebetsstein aussuchen.

„Der ist ja gar nicht schwer", sagte er verblüfft als er ihn in Händen hielt.

„Es ist auch kein richtiger Stein, sondern gepresster Lehm", erklärte Ashraf ihm. „Wir Muslime sollen beim Beten die Stirn auf die Erde legen, aber weil wir auf einem Teppich beten, haben wir diesen Stein aus Erde gepresst." Simone hörte Ashraf aufmerksam zu. Es könnte so interessant sein, etwas über den Islam zu lernen. Aber dazu war Ashraf noch zu voreingenommen. Amir und Arezu wollten nach Hause und sie suchten sich ein Taxi für den Heimweg. Ashraf saß die ganze Zeit neben ihr und sprach kein Wort. Simone war immer noch wütend. Sie wollte nicht in dieser Stimmung nach Hause kommen.

„Christentum und Islam sind beides Religionen des Friedens. Wir könnten vielleicht einiges voneinander lernen, wenn wir uns gegenseitig Respekt schenken."

„Wir haben Respekt vor allen Menschen, sogar vor denen, die sich irren, was Allah angeht", sagte Ashraf. Wir Muslime sollen die Menschen auf ihre Irrtümer aufmerksam machen und ihnen erklären, was Allah wirklich will. Ich halte mich an dieses Gebot. Es tut mir leid, wenn das für dich respektlos ist."

„Aber du glaubst doch, das Christentum wäre rückständig. Das ist nicht fair", antwortete Simone. Ashraf zuckte mit den Schultern.

„Da sind wir eben unterschiedlicher Meinung", sagte sie.

17.

„Schau mal, Papa", rief Amir und zeigte seinem Vater stolz den Gebetsstein, den er in seiner Hand hielt. „Das hat Ashraf mir heute gekauft. Und morgen machen wir Schokoladencreme." Masoud nahm den Stein und betrachtete ihn ausgiebig. Er war gerade nach Hause gekommen und saß an Amirs Bett. Arezu schlummerte schon lange friedlich in ihrem Zimmer nebenan. „Ich habe extra gewartet, bis du nach Haus kommst", gähnte Amir und ließ sich in die Kissen fallen.

„Da hast du dir aber einen besonders schönen Stein ausgesucht. Weißt du denn, was darauf steht?" Amir schüttelte müde den Kopf.

„Das ist kein Stein. Tante Ashraf und Mama haben sich gestritten", sagte er. Masoud drehte sich zu Simone um, die in der Tür stand. Sie kam zu den beiden und küsste Amir auf die Stirn.

„Ach, Schatz, das war kein Streit. Schlaf jetzt, mein Liebling." Masoud legte den Gebetsstein auf den Nachttisch.

„Es war trotzdem schön heute", murmelte Amir im Halbschlaf.

„Was war denn?" fragte Masoud, als er und Simone in ihrem Zimmer saßen.

„Ashraf ist mit uns in diese komische Straße gegangen, wo man die religiösen Devotionalien kaufen kann. Mir hat das nicht gefallen. Dummerweise haben wir auch noch über Religion gestritten. Sie spricht so abfällig über das Christentum. Das hat mich geärgert."

„Nimm es doch nicht persönlich", sagte Masoud. „Sie kennt eben nur den Islam. Du solltest nicht mit ihr streiten. Religion war bei uns beiden doch auch nie ein Thema."

„Eben", sagte Simone und setzte sich zu Masoud aufs Bett. „Sag mal, sind die Kinder wirklich automatisch Muslime, wenn sie einen muslimischen Vater haben?"

Masoud sah sie erstaunt an.

„Sagt Ashraf das? Ja, das stimmt schon. Aber es ist doch egal. Wir kümmern uns nicht darum, oder?"

„Eigentlich nicht, aber Ashraf behandelt sie wie Muslime und belehrt uns dauernd." Masoud legte den Arm um Simone.

„Ach, Schatz, wir beide wollten doch, dass die Kinder beide Religionen kennenlernen. Ich kenne mich nicht so gut aus und da macht es doch nichts, wenn Ashraf sich ein bisschen kümmert." Simone ging im Zimmer auf und ab.

„Na ja, es kommt schon darauf an, wie sie das tut."

„Ich muss noch ein paar Telefonate führen", sagte Masoud und nahm seine Aktentasche. „Gehst du noch mit rüber?" Simone schüttelte den Kopf.

„Nein, ich bin müde. Ich lese noch ein bisschen im Bett. Mach´ nicht so lang, hörst du?"
Später saß Masoud in seinem Arbeitszimmer und dachte über das Gespräch mit Amme nach, dass er gerade geführt hatte. Sie machte sich Sorgen um Amir und hatte ihn nach seinen Telefonaten noch zu sich ins Wohnzimmer gerufen.

„Es ist ihm langweilig, Masoud. Ashraf sagt, dass er sehr intelligent ist und das denke ich auch. Er muss in die Vorschule. Ihr könnt ihn nicht noch ein Jahr lang warten lassen."

„Simone übt mit ihm Schreiben und Lesen."

„Ja, in Deutsch. Aber das nützt ihm nichts. Ashraf hat mit Nilu und Aida gesprochen. Die meinen auch, dass er in die Schule muss. Ohne Vorschule hat er in der ersten Klasse Nachteile. Da kann Simone nichts tun."

„Wir haben aber beschlossen, ihn in diesem Jahr noch nicht zu schicken. Außerdem ist es schon Oktober und die Schule hat im September begonnen."

„Ashraf hat sich erkundigt. Ihr könntet ihn immer noch anmelden", sagte Amme vorsichtig. Masoud runzelte die Stirn.

„Ich weiß, dass Simone das nicht will", sagte Amme und legte ihre Hand auf seinen Arm. „Aber Ashraf hat eine gute Idee. Sie will Nilu und Aida am Wochenende einladen. Die Jungs könnten ihre Schulbücher mitbringen. Vielleicht hilft es, wenn die beiden Frauen mal mit Simone reden." Am Ende des Gespräches hatte Masoud eingewilligt, aber er beschloss Simone nichts von dem Plan zu erzählen. Vielleicht hatte Ashraf Recht und sie würde sich umstimmen lassen? Er dachte an Amir und wie gut ihm der Ausflug heute gefallen hatte. Er brauchte Kontakt zu anderen Kindern.

Simone und die Kinder freuten sich, als sie hörten, dass Nilu und Aida am Wochenende zu Besuch kommen würden. Amme wollte das Essen unbedingt allein kochen, aber Simone bestand darauf, die Einkäufe zu erledigen. Sie fuhr mit dem Taxi von einem Händler zum anderen. Man kannte sie inzwischen und bediente sie immer freundlich und zuvorkommend. Manchmal begleiteten Amir und Arezu ihre Mutter, aber die beiden spielten auch gerne im Hof, denn es war tagsüber nicht mehr so heiß. Simone liebte es besonders, Brot einzukaufen. Die Zeit in der Bäckerei war wie eine Auszeit vom Alltag. Wenn sie die Backstube betrat, umfing sie die besondere Atmosphäre dieses Ortes. Sie setzte sich zu den wartenden Kunden auf die Bank, die vor den bodentiefen Fenstern der Bäckerei aufgestellt war. Die Backstube war abgedunkelt, damit die Hitze, die beim Backen entstand, durch die hereinfallenden Sonnenstrahlen nicht noch größer wurde. Feiner Mehlstaub lag in der Luft und das einfallende Licht brach sich in schimmernden Streifen durch die Ritzen der Rollladen. Es roch nach frischem Teig, heißer Kohle und gebackenen Broten.

Als Simone die Backstube betrat, sog sie diesen Duft ein und entspannte sich sofort. Die Hektik der Straße war nicht mehr zu spüren und sie freute sich schon jetzt darauf, auf dem Nachhauseweg, von dem warmen, knusprigen Brot zu naschen. Sie kannte inzwischen die drei Bäcker und nickten ihnen zu. Die Männer arbeiteten in Unterhemden und gestreiften Baumwollhosen, die aussahen wie Pyjamas. Ihre Haare waren mit einem Tuch bedeckt. Sie sahen kurz auf und lächelten. Sie war sicher die einzige Ausländerin, die hier Brot kaufte. Simone sah den Männern gerne bei der Arbeit zu. Ihre braunen Arme waren mit Mehlstaub bedeckt, sodass die schwarzen Härchen auf den Unterarmen silbern schimmerten. Einer stand vor einem großen Bottich aus Teig, stach gleichgroße Ballen ab und warf sie seinem Kollegen zu, der am Rand eines senkrecht in den Boden eingelassenen, heißen Ofenschachtes kniete. Er fing den Teig mit einem Stock auf, wickelte ihn mit einer schnellen Bewegung geschickt um ihn herum und drehte alles ein paar Mal schwungvoll in der Luft. Der Teigkloß schlingerte am Stock entlang und wurde langsam zu einem immer dünneren Fladen. Simone wunderte sich jedes Mal aufs Neue darüber, dass er nicht herunterfiel und irgendwo in der Backstube landete. Der Bäcker ließ den Fladen auf ein mit Stroh befülltes, gewölbtes Kissen fallen, spannte ihn darüber und zog ihn gleichmäßig aus. Dann griff er das Kissen, stützte sich mit einer Hand am Boden ab und beugte sich tief in die Öffnung des Backrohres. Er klebte den Teig an die heiße Wand und kam sogleich wieder nach oben, wo schon der nächste Teigball durch die Luft auf ihn zugeflogen kam. Die Bewegungen der beiden Männer waren so fein aufeinander abgestimmt, dass sie sich nicht einmal ansehen mussten. Sie sprachen kein Wort. Der dritte Bäcker kniete ebenfalls am Rand des Schachtes. Er nahm die Bestellungen entgegen und kassierte das Geld. Außerdem beobachtete er die Teigfladen im Ofen und zog sie mit einem Holzspatel nach oben, wenn sie Blasen geworfen hatten und durchgebacken waren. Manchmal fiel ihm einer nach unten in die Kohle und verbrannte. Dann füllte sich die Backstube kurz mit dem Geruch des verkohlten Brotes. Die fertigen Brote wurden auf ein Gitter geworfen. Der Kunde der an der Reihe war, bestellte die gewünschte Anzahl, zahlte und ließ sich neben dem Gitter nieder, um die heißen Fladen sofort zu falten, bevor sie trocken und brüchig wurden. Die meisten Leute kauften zwanzig, dreißig oder auch mal vierzig Stück, denn man aß dieses Brot zu allen Mahlzeiten. Sie stapelten die gefalteten Fladen aufeinander und wickelten sie zum Transport in ein Stofftuch, damit sie weich blieben. Brot einzukaufen kostete sehr viel Zeit. Simone konnte sich inzwischen vorstellen, weshalb Amme und Ashraf nicht selbst einkaufen gingen. Für Amme war das zu anstrengend und Ashraf arbeitete ja den ganzen Tag.

Als sie an diesem Nachmittag vom Bäcker nach Hause kam, saßen Amir und Arezu neben Amme auf der Terrasse. Sie hatte sich eine Wasserpfeife angezündet und putzte frische Kräuter, die sie morgen zum Kebab essen würden. Amir war dabei, ihr zu helfen. Er nahm vorsichtig einige Kräuter aus dem großen Bündel und reichte sie ihr, damit sie die schlechten Blätter abzupfen konnte. Simone beschloss, sich dazu zu setzen. Amme erzählte oft Geschichten aus ihrem Leben. Vielleicht hatte sie auch heute Lust dazu.

„Wieso rauchst du eigentlich so gerne Wasserpfeife?" fragte sie und zog Arezu auf ihren Schoß. „Außer dir habe ich keine einzige Frau in der Familie rauchen sehen."

„Wenn ihr das gerne hören wollt", sagte Amme. Amir strahlte, denn sie begann ihre Geschichten immer mit diesen Worten.

„Ich bin als Kind mit meinem Vater durch die Straßen von Teheran gefahren. Er hatte ein großes, schweres Fahrrad und ich habe auf der Stange zwischen Lenkrad und Sitz gehockt."

„Hatte das Rad keinen Gepäckträger?" fragte Amir.

„Doch mein Kleiner, aber da war das Handwerkszeug meines Vater drauf. Er hat Bettdecken gewaschen und wieder neu gesteppt und mit Stoff bezogen.

Damals gab es keine fertigen Bettsachen zu kaufen. Alles war selbst gemacht und in den Matratzen war Rosshaar.

„Was ist das?" fragte Amir wieder.

„Haare von Pferden", erklärte Amme und strich ihm über den Kopf. Sie zog an ihrer Wasserpfeife und fuhr fort: „Und in den Bettdecken war Baumwolle. Man musste das mit der Hand nähen und das war der Beruf meines Vaters."

„Die Leute haben ihn bestellt, damit er ihnen Betten näht?" fragte Simone.

„Ja, das hat er im Winter bei uns zu Hause gemacht. Im Sommer sind wir durch die Straßen gefahren und haben angeboten, das Bettzeug und die Matratzen, dass die Leute im Hof gewaschen und zum Trocknen ausgelegt hatten, wieder zusammen zu nähen. Mein Vater und ich haben abwechselnd gerufen „Lahof dusi", also „Betten nähen", und haben dann gewartet, ob ein Tor aufging und uns jemand in den Hof gerufen hat. So kamen wir auch eines Tages in dieses Haus."

Amme blickte von den Kräutern auf und sah gedankenverloren in den Hof. „Hier war alles voller bunter Bettlaken, die in der Sonne trockneten." Sie zeigte mit dem Finger in die Ecken des Hofes. „Da drüben lag ein großes weißes Tuch auf dem Boden. Darauf war die Baumwolle ausgebreitet. Sie verklumpt beim Waschen. Damit sie wieder locker und weich wird, muss sie auseinander gezupft werden. Dazu benutzt man einen großen Stock, an dem ein dicker Faden aus gedrehter und gewachster Wolle gespannt ist. Ich habe die getrockneten Wollbüschel auseinander gemacht und sie meinem Vater gegeben. Er hat sie dann so lange über den Faden gezupft, bis sie wieder flauschig waren." Amme ahmte das Geräusch nach, das das Zupfen der Wolle verursachte hatte. Sie zeigte mit ihrer Hand die Bewegung, die ihr Vater dabei machte. Die Kinder lachten und summten mit ihr mit.

„Wie alt warst du damals?" fragte Simone.

„Zwölf", antwortete Amme, die immer noch in den Hof schaute, so als würde sie das alles wieder vor sich sehen. „Es war harte Arbeit, aber ich war gerne mit meinem Vater zusammen. Die Leute haben uns etwas zu Essen gegeben und waren freundlich. Mir haben diese großen Häuser mit den schönen Höfen immer sehr gefallen und ich habe mir damals schon gewünscht, auch einmal in einem solchen Haus leben zu dürfen. Tja, so ist es ja dann gekommen."

„Du hast als Kind hier in diesem Haus gearbeitet, nicht wahr?" fragte Simone. Amme nickte. „Ja, zuerst haben wir die Betten genäht. Aber dann wurde mein Vater krank und er hat überall, wo er gearbeitet hatte nachgefragt, ob sie ein Dienstmädchen brauchen. Masouds Großvater hat mich damals aufgenommen."

„Du musstest von zu Hause weg als du zwölf Jahre alt warst?"

„Ja, aber das hier war ein gutes Haus und eine fromme Familie. Ich habe nicht viel arbeiten müssen. Mit Amir und Behruz habe ich mich auch gut verstanden."

„Ich war doch gar nicht hier", wunderte Amir sich. Amme lachte.

„Ich meine deinen Großvater. Du heißt so, wie der Papa von deinem Papa."

Amir nickte, das hatten seine Eltern ihm schon erklärt. „Seine Frau war auch sehr lieb", fuhr Amme fort. „Sie hat auf dieser Terrasse immer Wasserpfeife geraucht und sie hatte das Sagen im Haus. Das hat mir damals gut gefallen."

„Und nun sitzt du ausgerechnet in diesem Haus und rauchst Wasserpfeife auf ihrer Terrasse", sagte Simone.

„Es ist sogar dieselbe Pfeife", grinste Amme.

„Ich kann mir gar nicht vorstellen, wie es sein muss, mit Zwölf von Zuhause fort zu müssen", sagte sie und sah Amme an. „Später hast du dann aber bei Behruz gewohnt, zusammen mit Ashraf, oder? Wie kam das denn?"

„Als Behruz geheiratet hat, hat er mich mitgenommen", sagte Amme. „Seine Frau konnte sich nicht um Ashraf kümmern, also habe ich das gemacht."

„Ich hätte Behruz gar nicht zugetraut, dass er sich um irgendein Waisenkind aus einem Dorf kümmert", sagte Simone nachdenklich.

„Er ist kein schlechter Mensch", sagte Amme. „So, jetzt sind wir fertig. Die Kräuter sind sauber. Lange genug geredet, lasst uns reingehen. Es gibt noch viel zu tun. Morgen kommen unsere Gäste.

Ein paar Tage später kam Amirs erster Schultag. Er stand in einer dicht gedrängten Reihe mit vielen anderen Jungen in einem kleinen Schulhof. Die Schule war schon von weitem zu erkennen, denn die Mauer war mit Fahnen bestückt und bunt beschriftet. Der Morgenappell hatte bereits begonnen, aber einzelne Schüler wurden noch von ihren Eltern gebracht. Die meisten waren mit einem sogenannten Taxi-Service gekommen, der sie von zu Hause abgeholt und dann vor dem Tor der Schule abgesetzt hatte. Simone hatte bei der Anmeldung von Amir gesehen, wie die Kinder in diesen sogenannten Taxis gebracht wurden. Es waren ganz normale Autos, in denen bis zu acht Kindern saßen. Fünf auf der Rückbank und drei auf dem Beifahrersitz. So etwas würde sie niemals zulassen. Wenn Amir nun doch in die Schule gehen sollte, dann würde sie ihn selbst bringen und auch wieder abholen.

Nach dem Besuch von Aida und Nilu hatte sie die ganze Nacht mit ihrem Mann gestritten. Die beiden Frauen hatten das Gespräch immer wieder auf die Schule gelenkt, die Kinder zeigten ihr ihre Bücher und als sie ins das Kinderzimmer kam, spielten sie mit Amir und Arezu Schule. Simone wurde schnell klar, weshalb dieser Besuch im Haus war und stellte Masoud am Abend zur Rede. Er hatte beteuert, dass er vorher mit ihr sprechen wollte, aber dazu sei leider keine Zeit mehr gewesen.

„Wieso hast du deine Meinung auf einmal geändert? Ich verstehe das nicht. Außerdem wollten wir uns nach der deutschen Schule erkundigen."

„Was soll Amir mit einer deutschen Schule? Er muss doch Farsi lernen. Je früher, je besser. Du willst doch auch, dass er keine Nachteile hat." Masoud hatte sie überhaupt nicht verstanden.

„Eben. Er soll die beste Bildung bekommen. Und wenn er später nach Deutschland oder Europa gehen will, muss er auch diese Sprachen können. Du weißt doch selbst, wie schwer es ist, Deutsch zu lernen." Wieso sträubte Masoud sich gegen eine bessere Bildung für seinen Sohn?

„Aber das ist doch eine Privatschule, eine der besten. Und sie ist nicht weit weg von hier."

„Wie?" Simone hatte ihn mit weit aufgerissenen Augen angestarrt. „Du hast schon eine Schule ausgesucht?"

„Nein, Ashraf hat sich erkundigt und nachgefragt, ob wir Amir noch anmelden können."

„Ashraf? Was hat sie damit zu tun?"

„Gar nichts. Das war doch nett von ihr. Ich war natürlich noch nicht da. Das machen wir zusammen. Und wenn sie dir nicht gefällt, suchen wir weiter. Du hast heute gesehen, wie sehr Amir sich für die Schulbücher interessiert hat. Er braucht Anregung und er braucht Freunde."

„Ich lerne doch mit ihm. Er schreibt schon ganz toll. Und ich will ihm alle Chancen offen halten."

„Das wollen wir beide", hatte Masoud geantwortet. „Aber wir leben mit den Kindern im Iran und sie müssen hier zurechtkommen. Sie sind eben nicht nur Deutsche und wir dürfen sie nicht zu Außenseitern machen."

Simone hatte schließlich schweren Herzens eingewilligt, die Schule, die Ashraf ausgesucht hatte, zu besuchen, aber sie bestand darauf, dass Amir mit ihnen kam.

„Man sieht, dass er deutsches Blut hat", hatte der Direktor bei der Anmeldung gesagt. „Groß und blond." Er hatte Amir immer wieder freundlich auf die Schultern geklopft und ihn, zusammen mit Simone und Masoud durch das ganze Gebäude geführt. Die Klassenzimmer waren sehr klein, aber hell und freundlich. Die Jungen saßen zu zweit auf kleinen Bänken, an denen die Tische montiert waren. An den Wänden hingen selbstgemalte Bilder der Schüler. Eine Turnhalle gab es nicht. Der Sportunterricht würde auf dem Hof stattfinden. Sie könnten Amir zusätzlich noch in einem Sportclub anmelden und im Musik- und Kunstunterricht, erklärte der Direktor. Beides wurde hier nicht unterrichtet, dafür aber Englisch und Arabisch. Masoud war trotzdem der Meinung, dass es eine gute Schule war. Er war froh gewesen, dass Amir noch aufgenommen werden konnte, obwohl seit Unterrichtsbeginn schon sechs Wochen vergangen waren.

Simone hielt sich mit Masoud am Rande des Hofs auf und beobachtete ihren Sohn an seinem ersten Schultag. Er trug die neue Uniform, die sie ihm gestern erst gekauft hatten und stand mit den anderen Vorschülern in einer Reihe hintereinander. Amir sah immer wieder unsicher zu seinen Eltern herüber. Er trug seine Schultasche auf dem Rücken und er war größer als die anderen Vorschüler, obwohl er nicht älter war als sie. Die Stimme des Direktors erklang blechern und durchdringend aus einem Lautsprecher.

„Wir heißen euch alle willkommen heute Morgen und danken Allah, dass er uns gesund aufgeweckt hat." Die Schüler riefen ein lautes „Allah oh Akbar" als Antwort. Der Direktor dankte dem Revolutionsführer Chomeini und zitierte einige politische Parolen, die die Jungen laut wiederholten. Dann trat einer der älteren Schüler vor und sang ein paar Verse aus dem Koran. Nach jedem Vers antworteten alle mit: „Allahu Akbar!" Anschließend wurden ein paar Leibesübungen gemacht und zum Abschluss die Nationalhymne gesungen. Als es läutete, gingen alle nacheinander in das Gebäude. Amir drehte sich kurz um und winkte ihnen zu, dann war er verschwunden. Er wirkte angespannt, aber nicht ängstlich.

„Willst du mit reingehen?" fragte Masoud.

„Nein", sagte Simone. „Er schämt sich, weil die Eltern der anderen Kinder auch nicht da sind. Masoud wollte ihre Hand nehmen, aber sie schüttelte ihn ab. „Er hatte nicht mal eine Schultüte", sagte sie und konnte ihre Tränen nicht mehr zurückhalten, „ und das alles nur, weil es auf ein Mal so schnell gehen musste."

Ihr war in den letzten Tagen immer klarer geworden, dass sie mit der Entscheidung in den Iran auszuwandern, auch über die Zukunft ihrer Kinder entschieden hatte. Seit heute ahnte sie, was es wirklich bedeutete. Eine deutsche Schule hätte tatsächlich nur Sinn gemacht, wenn die Kinder später wieder in Deutschland leben würden. Aber das war gar nicht sicher. Die beiden würden in diesem Land als Iraner aufwachsen und sie fragte sich, wie Masoud umgekehrt damit umgegangen wäre, wenn sie in Deutschland geblieben wären. Hätte er dann versucht, eine iranische Schule für seine Kinder zu finden? Der Gedanke war ihr abwegig erschienen. Sie ging automatisch davon aus, dass deutsche Schulen besser waren als iranische. Aber woher nahm sie eigentlich diese Gewissheit?

Sie saßen zusammen im Auto und fuhren von der Schule zurück nach Hause. Simone konnte nicht aufhören zu weinen.

„Soll ich zuhause bleiben und wir holen ihn gemeinsam wieder ab?" fragte Masoud seine Frau.

„Nein, nicht nötig", antwortete sie. „Ich nehme nachher Arezu mit. Die freut sich schon darauf. Fahr du ruhig in die Fabrik." Masoud strich über Simones Bein.

„Das sind nur die Sorgen aller Mütter, deren Kinder zum ersten Mal in die Schule gehen", versuchte er sie zu trösten. „Du fragst dich, wie es ihm gehen wird und wie fremde Menschen mit ihm umgehen werden. Das ist ganz normal, Liebes. Mach dir keine Sorgen. Ich bin schließlich auch hier groß geworden und in die Schule gegangen und aus mir ist trotzdem etwas geworden."

Simone dachte an die politischen Parolen und an die Koransuren, die sie eben im Schulhof gehört hatte. Amir würde das jetzt jeden Tag erleben. Er würde wie jedes andere iranische Kind behandelt werden. Simone konnte die plötzlichen Zweifel, ob die Entscheidung in den Iran zu gehen richtig war, nicht verdrängen. Wen kümmerte es, dass Masoud und sie die Kinder nicht religiös erziehen wollten. Man würde sie trotzdem als Muslime betrachten und die Schule würde das ihre dazu tun. Was würden die beiden erleben und wie würde es sie für ihr späteres Leben prägen? Masoud verstand sie einfach nicht. Für ihn gab es an all dem nichts Dramatisches.

Zuhause angekommen, versuchte Simone sich mit alltäglichen Arbeiten von den Gedanken an Amir abzulenken. Der Vormittag schien trotzdem nicht vergehen zu wollen und sie schaute immer wieder auf die Uhr. Schließlich hielt sie es nicht mehr aus und fuhr viel zu früh mit Arezu los, um ihren Sohn abzuholen. Als sie ankamen waren schon andere Mütter vor der Schule. Sie standen in kleinen Gruppen zusammen auf dem Bürgersteig. Die Frauen unterhielten sich angeregt und sahen dabei immer wieder neugierig zu Simone und Arezu herüber. Nach einiger Zeit kam eine der Frauen auf Simone zu.

"Holen Sie auch ihren Sohn ab? Ich sehe Sie heute zum ersten Mal. Seit wann besucht er diese Schule?"

"Heute ist sein erster Tag", sagte Simone. Die Frau sah nett aus. Sie trug einen eleganten Mantel und war etwa in ihrem Alter.

"Und das ist Ihre Tochter?" fragte die Frau, während sie sich zu Arezu herabbeugte. "Die Kleine sieht aber sehr iranisch aus, wenn ich das sagen darf. Sie kommen nicht von hier, oder?"

„Nein", antwortete Simone. „Ich bin aus Deutschland. Wir wohnen jetzt aber hier." Sie stellten sich einander vor. Die Frau hieß Parwin und sie hatte nur dieses eine Kind. Simone fasste sich ein Herz.

„Mein Mann sagt, dass dies eine gute Schule ist. Haben Sie sie auch deshalb ausgesucht?"

„Ihr Mann hat Recht", schmunzelte Parwin. „Die Lehrer und Lehrerinnen sind zwar sehr streng, aber sie sind nett und aufgeschlossen. Die Kinder lernen viel und haben in den weiterführenden Schulen keine Probleme. Mein Neffe war auch hier. Sie müssen sich keine Sorgen machen."

Vor der Schule begannen sich mehrere Taxis und Kleinbusse zu stauen, die auf die Kinder warteten, um sie nach Hause zu fahren. Immer mehr Mütter standen auf dem Bürgersteig und machten ihn für andere Fußgänger unpassierbar. Plötzlich hörte Simone ein schrilles Klingeln und gleichzeitig wurde das Tor geöffnet. Augenblicklich rannten unzählige grölende Jungen aus dem Hof. Einige sahen sich suchend um und stiegen dann in die wartenden Autos. Andere liefen zu ihren Müttern. Sie sahen in ihren Schuluniformen alle irgendwie gleich aus und Simone suchte unruhig nach Amir. Sie wollte nicht, dass er umherirrte und vielleicht dachte, es sei niemand gekommen, um ihn abzuholen. Dann entdeckte sie ihn. Er kam mit einem anderen Jungen an der Hand aus dem Hof. Beide sahen sich unsicher um und kamen dann auf sie zu.

„Na, sieh mal an", sagte Parwin und strahlte über das ganze Gesicht. „Mein kleiner Nasser hat sich mit ihrem Sohn angefreundet. Das ist er doch, oder?" Simone nickte und bahnte sich einen Weg durch das Gewusel.

„Mama, wir warten noch auf die Mutter von Nasser", rief Amir als er seine Mutter sah. Der andere Junge winkte zu ihnen herüber und Simone verstand erst jetzt, dass das der Sohn von Parwin sein musste. Sie lächelte Parwin an, die ihr gefolgt war und ihren Sohn küsste. Simone umarmte Amir.

„Wie war es heute, Schatz? Wie geht es dir?"

„Gut, Mama, wir haben schon geschrieben und gemalt. Ich sitze neben Nasser." Amir zeigte stolz auf seinen neuen Freund. Die beiden Jungen grinsten sich an.

„Dann sehen wir uns sicher morgen wieder", sagte Parwin. „Es war schön Sie kennengelernt zu haben."

„Danke, ebenso", antwortete Simone. „Kommen Sie gut nach Hause."

18.

Seit Amir zur Schule ging, hatte Simone sich vorgenommen, ihr Farsi weiter zu verbessern. Sie wollte sich darauf vorbereiten, ihm helfen zu können. Masoud und sie hatten die beiden Zimmer an der Nordwand inzwischen eingerichtet und Simone nutzte ihren Schreibtisch häufig, um ihr Übungsbuch der persischen Sprache aufzuschlagen und sich in das Training der Schriftsprache zu vertiefen. Außerdem versuchte sie, Zeitung zu lesen und hatte festgestellt, dass sie über die Kommentatoren in den Fernsehnachrichten, ihren Wortschatz erweitern konnte.

Amir erzählte in den folgenden Wochen mit viel Freude von der Vorschule. Es ging tatsächlich streng zu, wie Simone erkannte, wenn er mit Arezu die Schulstunden nachspielte. Noten gab es von Anfang an und alles, was die Kinder machen mussten, wurde bewertet und mit den Arbeiten der anderen Schüler verglichen. Aber Amir fiel das Auswendiglernen zum Glück leicht. Er brachte fast täglich einen Vers aus dem Koran mit, den er am kommenden Tag in der Vorschule vortragen musste. Simone ärgerte sich, dass der Islam nun doch so früh in das Leben ihrer Kinder Einzug hielt, aber das war nicht mehr zu ändern.

„Deshalb wäre mir eine deutsche Schule lieber gewesen", dachte sie immer wieder, wenn sie sich die Verse, so gut es ging, von Amme vorsprechen und übersetzen ließ. Masoud konnte ihr selten helfen, weil er zu spät nach Hause kam. Einer der Verse, den Amir mitgebracht hatte, war etwas länger und als sie Amme fragte, ob sie ihn ihr übersetzen könnte, war die alte Dame unsicher geworden. Sie hatte die gedruckten Zeilen auf dem Zettel nur mühsam lesen können, denn sie waren auf Arabisch geschrieben.

„Ich kenne das, damit beginnt unser Gebet", Amme schüttelte den Kopf. „Sie fangen immer früher an, das mit den Kleinen zu üben." Simone hörte zu, wie Amme die

Zeilen auswendig sprach und versuchte sie in Lautschrift zu übertragen. Dann las sie vor, was sie mitgeschrieben hatte.

„So kann Amir das nicht lernen", sagte Amme. „Du sprichst es ganz falsch aus. Es ist besser, wenn du Ashraf fragst. Sie ist schon da. Geh doch mal zu ihr." Genau das hatte Simone die ganze Zeit über befürchtet. Sie wollte es unbedingt vermeiden, wieder mit Ashraf über Religion zu sprechen, aber nun blieb ihr nichts anderes übrig. Amir sollte seine Lektionen gut lernen, dafür musste sie sorgen. Also nahm sie ihn an die Hand und klopfte an Ashrafs Tür.

„Hallo Ashraf, bist du da? Amir muss etwas aus dem Koran lernen und wir könnten deine Hilfe gebrauchen. Hast du kurz Zeit?" Ashraf öffnete die Tür. Simone hatte Ashrafs Zimmer nur am Tag der Ankunft betreten. Sie fühlte sich unbehaglich. Gott sei Dank war Amir bei ihr. Das Zimmer war hellblau gestrichen, alle Möbel waren weiß. Ein Bett, ein Kleiderschrank, zwei Bücherregale und ein Schreibtisch füllten den großen Raum mit den Fenstern zu Terrasse hin, kaum aus. An den Wänden hingen gerahmte Fotografien der Familie. Die meisten Fotos zeigten Masoud und Ashraf als Kinder oder Jugendliche. Sie lachten miteinander oder saßen lesend auf der Terrasse. Auf einem Bild spazierten sie durch einen Garten und Simone erkannte das Gelände der Fabrik. In den Regalen waren nicht nur Bücher, sondern auch allerlei Dekorationsgegenstände. Simone entdeckte die
Porzellanfiguren aus dem kleinen Wohnzimmer. Amir lief plötzlich auf einen kleinen Tisch zu, der in der Ecke stand. Er hatte das Instrument trotz der Hülle erkannt. Es war ein Santur. Simone mochte dieses Instrument aus der klassischen iranischen Musik. Einer ihrer iranischen Freunde in Deutschland hatte Masoud oft auf seinem Santur begleitet. Amir fischte die kleinen Hämmerchen, mit denen die Saiten angeschlagen wurden, aus der Hülle. Eigentlich hatten sie vorgehabt, ihm im Iran Unterricht geben zu lassen. Masoud

war so froh darüber gewesen, dass Amir sein Talent für Musik geerbt hatte.

„Du spielst Santur? Das wusste ich gar nicht. Ich habe dich noch nie gehört." fragte Simone.

„Vorsicht Amir, mach es langsam auf", sagte Ashraf und ging zu Amir. „Du darfst gern ein bisschen darauf klimpern." Amir hatte inzwischen das ganze Instrument aus der Hülle genommen und begann zu spielen. Seine Hände glitten mit den Hämmerchen locker über die Saiten und der Klang erfüllte augenblicklich den Raum. Er strahlte über das ganze Gesicht. Simone sah, dass Ashrafs Augen plötzlich feucht wurden.

„Es war zu lange eingepackt und muss dringend gestimmt werden", murmelte sie, setzte sich auf ihr Bett und wischte sich schnell mit der Hand über das Gesicht. „Was kann ich für euch tun?"

„Ich hoffe, wir stören dich nicht", sagte sie und gab Ashraf den Zettel mit dem Koranvers. „Amir soll das auswendig lernen. Ich möchte wissen, was es heißt und ich möchte es korrekt aufschreiben, damit ich ihn abhören kann. Kannst du es für uns lesen und übersetzen?" Ashraf nickte und stand auf.

„Lass uns dazu ins Wohnzimmer gehen", sagte sie.

„Zeigst du mir, wie man Santur spielt, Ashraf? Bitte, bitte! Papa hat es mir versprochen". Amir klimperte weiter auf dem Instrument.

„Wir wollten ihm eigentlich Unterricht geben lassen", sagte Simone, das haben wir ganz vergessen."

„Ihr müsst schauen, ob er dazu neben der Schule noch Zeit hat", sagte Ashraf. „Jetzt ist etwas anderes dran, oder?"

„Stimmt", sagte Simone. „Bitte, lies das einfach langsam vor. Ich schreibe in Lautschrift mit und notiere mir auch die Übersetzung." Ashraf nahm ein Kopftuch von einem Haken neben der Tür, legte es sich um und hockte sich auf den Boden. Sie zeigte mit dem Finger auf den Schreibtischstuhl und forderte Simone wortlos auf, sich zu setzen. Dann sprach sie die Sure langsam und deutlich auf Arabisch und übersetzte anschließend deren Bedeutung.

„Im Namen des barmherzigen und gnädigen Gottes, Lob sei Gott dem Herrn der Welt, dem Barmherzigen und Gnädigen, der am Tag des Gerichtes regieren wird. Dir dienen wir und dich bitten wir um Hilfe. Führe uns den rechten Weg. So wie denen, denen du Gnade erwiesen hast. Und nicht auf den Weg derer, die dem Zorn verfallen sind und in die Irre gehen." Ashraf nahm das Kopftuch wieder ab und sah Simone an.

„Das ist ein Teil des täglichen Gebetes. Wenn wir den Koran zitieren, ziehen wir aus Respekt ein Kopftuch über", sagte sie.

„Das sind schöne Worte", sagte Simone. „Früher trugen die Frauen bei uns in der Kirche auch Kopftücher, das ist gar nicht so lange her. Und Männer und Frauen mussten sogar getrennt sitzen."

„Ach ja?" fragte Ashraf erstaunt.

„Es gibt vielleicht mehr Gemeinsamkeiten, als wir denken", fuhr Simone fort. „Wir bitten Gott auch, uns auf den rechten Weg zu führen und uns unsere Schuld zu vergeben."

„Müsst ihr auch jeden Tag ein bestimmtes Gebet sprechen?" fragte Ashraf.

„Ich weiß nicht, ob wir das müssen", antwortete Simone. „Aber wir haben ein zentrales Gebet, dass Jesus uns gegeben hat und das heißt „Vater Unser".

„Allah ist kein Vater", brummte Ashraf und zitierte eine andere Koransure, die sie anschließend übersetzte. „Er wurde weder gezeugt, noch zeugt er, er war immer schon da." Simone zuckte innerlich zusammen. Ashraf wollte schon wieder beweisen, dass sie Recht hatte.

„Komm Amir, wir üben den Vers. Das Santur muss unbedingt gestimmt werden, so kann man es nicht spielen." Sie zog Amir zu sich auf das Bett. „Ich werde das mit ihm alleine üben. Er kann dir nachher zeigen, was er gelernt hat." Sie lächelte Simone an und sah unmissverständlich in Richtung der Tür.

„Ich will das auch lernen", sagte Simone und nahm wieder Papier und Stift in die Hand. „Wenn es dir zu viel wird, sag es ruhig. Ich bitte dann heute Abend Masoud jemanden zu finden, der uns hilft."

„Wie du willst", sagte Ashraf. „Ich wollte dir nur die Mühe ersparen."

19.

Simone sah Parwin jeden Tag vor der Schule. Sie unterhielten sich immer eine Weile miteinander. Es war schön, jemanden zu kennen, der ein Kind im gleichen Alter wie Amir hatte. Parwin war zwar älter als sie, aber sie schien eine aufgeschlossene Frau zu sein. Viele der Mütter, die vor der Schule auf ihre Kinder warteten, trugen schwarze Schleier. Parwin war eine der wenigen Frauen, die moderne Mäntel und locker sitzende Kopftücher trug. Sie gefiel Simone, denn sie war nicht aufdringlich. Außerdem waren Amir und Nasser mit der Zeit gute Freunde geworden. Simone freute sich, als Parwin sie einlud, sie mit den Kindern zu besuchen.

„Das kommt jetzt vielleicht ein bisschen plötzlich, aber hätten Sie schon heute Nachmittag Zeit?"

„Ja, gern", antwortete Simone spontan. Sie fragte sich sogleich, ob Parwin ihr den Besuch nur aus Höflichkeit angeboten und vielleicht gar nicht ernst gemeint hatte. „Passt es Ihnen denn wirklich?" Parwin strahlte sie an.

„Natürlich, das ist wunderbar, nicht wahr Nasser? Sie wohnen gar nicht weit von uns weg. Ich erkläre Ihnen den Weg."

„Sie wissen, wo wir wohnen?" Simone war erstaunt.

„Ja, die Familie Ihres Mannes ist bekannt im Viertel." Parwin beschrieb Simone, wie sie am besten zu ihrem Haus kommen konnte und verabschiedete sich mit einer Umarmung. Amir sprang an Simones Hand auf und ab.

„Wir besuchen Nasser, wir besuchen Nasser", jubelte er. Simone war ein wenig aufgeregt. Sie würde heute das erste Mal eine fremde Familie besuchen. Als sie nach Hause kam, erzählte sie Amme beim Mittagessen davon.

„Wer ist das denn? Kennt Masoud die Familie?" fragte Amme sogleich besorgt.

„Nein, aber ich kenne Parwin schon lange. Ihr Sohn ist Amirs Freund."

„Bist du sicher, dass sie keinen Ta´rof gemacht hat?"

„Nein, hat sie nicht. Sie hat die Kinder und mich eingeladen. Wieso fragst du das?" Es ärgerte Simone, dass Amme sich jeden ihrer Schritte erklären ließ.

„Eben. Normalerweise hätte sie dich und Masoud einladen müssen. Besonders, wenn ihr Mann zu Hause ist." Simone runzelte die Stirn, aber Amme ließ nicht locker. „Du kannst nicht einfach allein fremde Leute besuchen. Das gehört sich nicht."

„Was heißt das denn?" Simone war außer sich.

„Es wäre besser gewesen, wenn wir sie zuerst gesehen hätten. Man muss aufpassen, mit wem man Kontakt pflegt. Das kannst du noch nicht beurteilen." Simone stand vom Esstisch auf und nahm Arezu und Amir an die Hand.

„Kommt, wenn wir die Hausaufgaben fertig haben und Arezu ausgeschlafen hat, gehen wir zu Nasser." Sie ging mit den Kindern aus der Küche, ohne Amme zu beachten, die noch nicht mit ihren Ermahnungen fertig gewesen war. Simone hatte gerade Arezu zu Bett gebracht, als sie die alte Frau im Hof nach ihr rufen hörte.

Sie trat ans Fenster, öffnete es ein wenig, schüttelte den Kopf und legte den Zeigefinger auf den Mund. Amme kam näher an das Fenster heran und sagte leise: „Masoud ist am Telefon. Er muss mit dir sprechen." Simone starrte Amme ungläubig an. Masoud rief normalerweise tagsüber nicht an. Ihr war klar, dass Amme ihm die Neuigkeiten sofort erzählt haben musste. Sie schloss das Fenster und ging hinüber zum Telefon, das im Flur stand.

„Hallo Schatz, wie geht es euch?" fragte Masoud.

„Spar dir dein drum herum Gerede. Amme hat dich angerufen." Simone sprach Deutsch, denn sie war sicher, dass Amme ihr zuhörte.

„Ja, hat sie. Sie meint es doch nur gut. Ich habe ihr gesagt, dass du ruhig gehen kannst. Was du mir von Parwin erzählt hast, klingt ganz nett. Aber ich musste ihr trotzdem versprechen, mit dir zu reden und dich zu ermahnen, vorsichtig zu sein." Simone hielt einen Augenblick die Luft an.

„Für dich ist es also in Ordnung, dass sie mich hinter meinem Rücken bei dir anschwärzt. Sie meint es nur gut?"

„Beruhige dich. Wir reden heute Abend. Nun geh erst mal mit den Kindern da hin und mach kein Theater, weil eine alte Frau sich um euch sorgt."

„Du glaubst also, dass man sich um mich sorgen muss", schrie Simone.

„Nein, du verstehst das ganz falsch. Wir sprechen heute Abend darüber", flüsterte Masoud ins Telefon.

„Oder sollst du mir den Besuch ausreden? Ich fasse es nicht."

„Schrei doch nicht so, Simone", bat Masoud. „Was soll sie denn von uns denken?" Simone knallte den Hörer in die Gabel. „Hauptsache Amme regt sich nicht auf. Hauptsache sie hört nicht, dass wir uns streiten. Aber ich soll alles schlucken", schimpfte sie leise vor sich hin. Simone konnte Ammes Anwesenheit förmlich spüren, obwohl sie sie nicht sah. „Soll sie doch denken, was sie will", dachte sie. „Wir lassen uns die Freude nicht verderben." Aber Ammes Fragen und angebliche Sorgen beschäftigten sie mehr als sie sich eingestehen wollte. Hatte Parwin tatsächlich irgendwelche Anstandsregeln gebrochen? Sie wollte sich doch nur mit Simone treffen und den Kindern Gelegenheit geben, zusammen zu spielen. Wieso hätte sie daraus eine Einladung für die ganze Familie machen müssen? Sie würden sich einfach unterhalten und vielleicht könnten sie sogar richtige Freundinnen werden. Simone sehnte sich danach, ihre Fragen mit jemand anderem als Amme und Ashraf besprechen zu können. Masoud war zu beschäftigt und wenn er nach Hause kam, war er zu müde, um sich mit Simone über die Kleinigkeiten des Alltags zu unterhalten. Simone überlegte, was sie über Parwins Familie wusste. Die Tatsache, dass sie keinen Schleier trug, war vielleicht doch kein Indiz dafür, wie religiös die Familie war. Sie hatte ihre Kleidung deshalb sorgfältig ausgewählt. Um nicht zu freizügig, aber auch nicht zu verschlossen gekleidet zu sein, hatte sie sich für eine bunt bedruckte Pumphose aus seidigem Stoff und eine dunkelblaue Tunikabluse entschieden. Sie beschloss, das Kopftuch in jedem Fall sofort abzulegen, auch wenn Parwins Mann anwesend sein würde. Amir erledigte seine Hausaufgaben schneller als sonst und sie warteten beide ungeduldig darauf, dass Arezu wach wurde. Dann verließen sie das Haus, ohne sich von Amme zu verabschieden.

Als sie vor Parwins Haus standen, klingelte Amir mehrmals kurz hintereinander. Sofort hörten sie trippelnde Schritte, die schnell näher kamen, das Tor öffnete sich und Nasser stand grinsend vor ihnen. Er nahm Amirs Hand und rannte mit ihm über den Hof ins Haus. Es hatte eine vorgelagerte, mit hellen Steinen verlegte Terrasse, die sich über die ganze Breite des Hauses erstreckte. Simone schloss das Tor hinter sich und ging mit Arezu an der Hand über den Hof. Auf der einen Seite lag ein kleiner Pool, der aber schon lange ohne Wasser sein musste, denn an seinem Boden hatte sich einiges an Unrat gesammelt. Dahinter stand eine Pergola, die von wilden Rosenhecken umwuchert war. Die Bank darin war schmutzig und ihre Farbe begann abzublättern. Ansonsten war der kleine Hof leer. Parwin kam eilig die Stufen herunter. Sie trug einen langen Rock und hatte ihr Kopftuch umgeschlungen.

„Entschuldigung, Nasser war schneller an der Tür als ich. Herzlich willkommen! Wie schön, dass Sie da sind. Haben Sie das Haus gut gefunden?"

„Ja, danke für die Einladung. Wir freuen uns sehr", antwortete Simone. „Hoffentlich haben wir nicht zu viel Mühe verursacht." Sie hatte das Gefühl, zu früh gekommen zu sein. Es war zwar schon kurz nach drei Uhr, aber Parwin wirkte überrascht.

„Mühe? Ach, was, lassen Sie den Ta´rof", lachte Parwin. „Ich bin zwar noch nicht ganz fertig, aber das macht Ihnen hoffentlich nichts." Sie geleitete Simone zum Haus und bestand darauf, erst nach ihr einzutreten. Simone zog an der Garderobe Mantel, Schuhe und Kopftuch aus und Parwin führte sie in den Salon. Es war ein großer Raum, der mit ähnlich verschnörkelten und schweren Möbeln ausgestattet war, wie der ihre. Auf den kleinen Tischen vor den Sitzgruppen standen Gebäck, andere Süßigkeiten und Obst bereit. In einer durch eine hüfthohe Mauer abgetrennten Ecke, sah Simone ein breites Sofa und davor einen großen Fernsehapparat. Es gab offensichtlich kein kleines Wohnzimmer, dafür aber eine Ecke, in der die Familie es sich gemütlich machte, wenn sie allein waren. Das Haus war um einiges kleiner als Simones Zuhause. Vom Salon aus führten einige Türen in die dahinterliegenden Räume.

„Kommen Sie, setzen Sie sich." Parwin geleitete Simone zu einem der Tische. „Nasser, wo bist du? Komm bitte her und leiste unseren Gästen Gesellschaft. Ich muss mich noch fertig machen." Nasser kam mit Amir aus einer der Türen. Er blickte Simone scheu an und hielt ihr die Hand hin.

„Hallo Nasser, wie geht es dir?" fragte Simone.

„Nasser, zeig Amirs Mutter und seiner Schwester mal dein Zimmer. Ich bin gleich wieder da. Dann bringe ich uns Tee mit", bat Parwin ihren Sohn, bevor sie den Salon verließ. Nasser nickte verlegen und ging voraus. Simone folgte ihm in ein kleines Zimmer. Auf dem Boden lag Spielzeug verstreut. Neben seinem Bett und einer Kommode gab es keine weiteren Möbel, dafür aber viele Spielzeugkisten, die an den Wänden standen. Arezu ging neugierig darauf zu und stöberte in ihnen herum. Amir und Nasser hatten offensichtlich schon mit einem Spiel begonnen, denn sie hockten sich sofort wieder auf den Boden, um weiterzumachen. Simone ging ein wenig auf und ab und bewunderte, zusammen mit Arezu, Nassers Spiele. Die Kleine nahm sich ein paar Legosteine und begann zu bauen. Die Kinder waren also gut beschäftigt und Simone ging langsam wieder zurück. Parwin kam aus einer der Türen, die an den Salon grenzten. Sie hatte sich umgezogen, denn nun trug sie einen kurzen Rock und eine mit Spitzen besetzte Bluse. Ihre Füße steckten in hohen Schuhen. Sie bot Simone Tee und Süßigkeiten an und setzte sich zu ihr. Simone trank den Tee in kleinen Schlucken und knabberte eine der vielen Süßigkeiten dazu, die Parwin alle vor ihr auf den kleinen Tisch gestellt hatte.

„Das schmeckt köstlich", lobte sie und lächelte ihre Gastgeberin höflich an. „Haben Sie das selbst gemacht?"

„Ja", Parwin freute sich sichtlich. „Ich gebe Ihnen gerne das Rezept." Simone nickte und nahm ein weiteres Stück. Sie warf einen Blick in die kleine Ecke mit dem Sofa und dem Fernseher, die sehr gemütlich aussah. Sie fragte sich, warum sie mit Parwin nicht dort sitzen konnte.

„Meine Schwestern kommen auch noch", fuhr die Gastgeberin fort. „Sie müssen warten, bis ihre größeren Kinder aus der Schule kommen, aber sie freuen sich sehr, Sie kennen zu lernen." Diese Einladung würde sich als förmliche Angelegenheit entpuppen. Simone war enttäuscht, wollte aber nicht, dass Parwin das merkte.

„Wie lange wohnt ihr schon hier? Äh, Entschuldigung, wie lange wohnen Sie schon hier?"

„Wir können ruhig „Du" sagen", lächelte Parwin und berührte kurz Simones Hand. „Ich habe schon gehört, dass man das in Europa so macht. Für uns ist das Fremden gegenüber nicht so einfach. Ich sieze sogar meine Eltern." In diesem Moment klingelte es erneut. Nach und nach kamen immer mehr Frauen, die Parwin als Schwestern und Cousinen vorstellte. Vom Salon aus konnte Simone den Hof einsehen. Viele der Frauen kamen schwarz verschleiert und Simone stellte beschämt fest, dass sie Parwin alle ein

Gastgeschenk übergaben, bevor sie am Salon vorbei, in einem der Zimmer verschwanden. Wenn sie wieder heraus kamen trugen sie Kostüme, kurze Röcke, waren stark geschminkt und aufwendig frisiert. Simone war erstaunt, welche Verwandlung die Frauen innerhalb kurzer Zeit vollzogen. Sie fühlte sich in ihrer Kleidung und den Hausschuhen aus Gummi, die Parwin ihr gegeben hatte, immer unwohler. Der Salon füllte sich schnell und Simone seufzte. Parwin hatte ihre Verwandtschaft eingeladen, damit sie ihre deutsche Bekannte bewundern konnten. Alle schwatzen munter durcheinander und da sie ihre Kinder mitgebracht hatte, war auch das Kinderzimmer im Nu von umher rennenden Jungen und Mädchen verschiedenen Alters bevölkert. Simone wollte aufstehen, um nach Arezu zu sehen, aber eine der Frauen legte ihr beruhigend die Hand auf die Schulter.

„Die kümmern sich schon umeinander, machen Sie sich keine Sorgen", sagte sie freundlich. „Erzählen Sie doch mal, wie lange sind Sie schon hier und wie gefällt es Ihnen?" Parwin setzte sich zu ihrem Gast und stellte ihr ihre Schwestern und Cousinen der Reihe nach vor. Die Frauen bewirteten sich gegenseitig und unterhielten sich interessiert mit Simone. Sie erzählte, wie sie Masoud kennengelernt hatte und von der langen Anreise in den Iran. Die Frauen hörten ihr aufmerksam zu, bewunderten sie für ihren Mut und staunten über ihre guten Sprachkenntnisse. Simone erfuhr, dass Parwins ältere Schwester Lehrerin war, die jüngere arbeitete als Bibliothekarin an der Universität. Die beiden Cousinen waren Ärztinnen. Eine der Cousinen hatte ihre Freundin mitgebracht, die Anwältin war. Sie unterhielt sich ausgiebig mit Parwins jüngerer Schwester. Simone war nun doch froh, die Einladung angenommen zu haben und sie entspannte sich wieder. Da fast alle Kinder die Schule besuchten, wurden die täglichen Anstrengungen damit schnell zum Gesprächsthema.

„Sie werden sehen, hier im Iran muss man sich vielmehr um die Schule kümmern als im Ausland. Man kann die Kinder nicht einfach sich selbst überlassen", sagte Shirin, Parwins ältere Schwester. „Meine Tochter konnte heute nicht mitkommen. Sie muss für die Aufnahmeprüfung zur Universität lernen. Das macht uns alle wahnsinnig", stöhnte sie.

„Ist das so schwer?" fragte Simone.

„Es gibt zu viel wenige Plätze an den staatlichen Universitäten, weil nur die, kostenlos sind. Und ohne ein Studium hat man gar keine Berufschancen", klagte Shirin.

„Aber nicht alle Kinder können studieren", sagte Simone. „Es gibt doch sicher andere Möglichkeiten."

„Nur, wenn Sie viel Geld haben, meine Liebe. Dann können Sie einen Platz an einer privaten Universität kaufen oder ihren Kindern ein Geschäft finanzieren. Aber mein Mann ist auch Lehrer und obwohl wir beide arbeiten, schaffen wir das nicht. Wir können gerade die privaten Schulen zahlen. Unsere Kinder müssen die besten Noten bekommen, sonst haben sie in der Aufnahmeprüfung keine Chance. Meine Große lernt zwölf Stunden am Tag und sie ist schon ganz krank. Wir gehen kaum noch weg bis die Prüfungen vorbei sind und halten jede Ablenkung von ihr fern." „Deshalb sind die Schulen von Anfang an so streng und darum gibt es so viele private Schulen, oder?" fragte Simone.

„Ja. Nach der Revolution waren die Verhütungsmittel verboten und jetzt gibt es nicht genug staatliche Schulen für all die Kinder und wir wissen nicht mehr, wie wir für die vielen jungen Leute Bildung und Arbeit garantieren sollen. Die staatlichen Schulen arbeiten im Zweischichtsystem. Deshalb sind sie schlechter als die privaten."

„Zwei Schichten?" fragte Simone.

„Ja, es gehen Kinder am Vormittag und am Nachmittag in dieselbe Schule. Die Klassen werden doppelt besetzt. Eine Woche Frühschicht und eine Woche Spätschicht. Das ist unglaublich anstrengend für die Kinder. Trotz der zwei Schichten sitzen sie zu viert oder fünft in den kleinen Bänken. Seien Sie froh, dass Amir eine Privatschule besuchen kann."

„Mein Gott!" Simone wurde flau im Magen. Parwin sah ihre Schwester an und schüttelte den Kopf.

„Genug jetzt, Shirin", sagte sie. „Du musst Simone keine Schauergeschichten erzählen. Lass uns endlich tanzen." Im Nu erklang iranische Tanzmusik. „Komm Simone, wir lassen es uns gut gehen." Parwin zog Simone vom Stuhl hoch und die Frauen begannen ausgelassen mit grazilen und aufreizenden Bewegungen zu tanzen. Einige sangen die Texte der Lieder mit und die ganze, eben noch sitzende Gesellschaft, bewegte sich ausgelassen durch den ganzen Raum. Schuhe flogen in die Ecke und Schals wurden winkend im Rhythmus der Musik auf und ab geschwungen. Simone tanzte zunächst noch verhalten mit, aber sie traute sich schnell, sich freier zu bewegen. Hier ging es völlig anders zu als bei ihr zu Hause. Diese Familie schien unkomplizierter als ihre eigene. Parwin kam plötzlich mit einer Plastikflasche aus der Küche, in der sich eine rote Flüssigkeit befand. Sie zog Simone beiseite und zeigte stolz auf die Flasche.

„Möchtest du etwas Rotwein. Mein Mann kauft ihn von einem Kollegen, der ihn selbst macht. Du könntest uns sagen, ob er wirklich gut ist. Davon verstehst du doch etwas." Parwin sah sie augenzwinkernd an.

„Früher hat mein Mann nicht getrunken", fuhr sie fort, „ aber seit es verboten ist, macht er es extra." Simone grinste.

„Das kann ich gut verstehen", sagte sie. „Aber ich möchte eigentlich nichts trinken, danke."

„Lass sie doch." Aileen, Parwins jüngere Schwester, kam dazu. „Nur weil deine Freundin Ausländerin ist, heißt das nicht, dass sie Alkohol trinkt."

„Sag mal, Parwin", fragte eine Cousine und schaltete die Musik aus. „Wann zieht ihr eigentlich um?" Simone horchte auf. Parwin zog weg? Davon hatte sie nichts erzählt.

„Ach, das wird noch dauern", winkte ihre Gastgeberin ab. „Wir haben das nötige Geld noch nicht zusammen, um hier zu bauen." Parwin bemerkte Simones erschrockenen Blick.

„Du hast doch gesehen, dass sie überall Apartments hochziehen. Sie schauen uns von Gegenüber schon in den Hof. Man kann nicht mehr ohne Kopftuch raus und den Pool kannst du ganz vergessen. Deshalb wollen wir hier auch bauen und dann woanders hinziehen."

„Mit Appartements ist viel Geld zu machen, aber du findest kaum noch ein Haus, wo man nicht in den Hof schauen kann", beschwerte sich die Cousine. „Das ist absolut nicht islamisch. In den eigenen vier Wänden sollte man ungestört sein können."

„Wenn wir die Apartments vermieten, können wir hoch in den Norden ziehen", sagte Parwin. „Da ist es viel besser als hier unten." Die Frauen setzten sich wieder hin und unterhielten sich angeregt über ihre Wohnungssituationen. Anscheinend wurde überall gebaut und die Mieten stiegen unaufhörlich. Wer kein Eigentum hatte, war gezwungen, mehr zu arbeiten oder in kleine Wohnungen zu ziehen. Simone hörte teils erschrocken teils nachdenklich zu. Nicht auszudenken, wenn sie im eigenen Hof Mantel und Kopftuch tragen müsste, dachte sie. Andererseits war ihr Grundstück sehr groß und damit auch wertvoll, denn man würde viele Wohnungen darauf bauen können. Während sie sprachen, kamen die Kinder aus dem Zimmer, setzten sich auf die Couch und auf den Boden davor und schalteten den Fernseher an. Simone beschloss, ach Amir und Arezu zusehen. Sie stand auf und warf einen Blick auf den Bildschirm, der hinter der kleinen Mauer stand. Die Kinder sahen sich einen Zeichentrickfilm an. Sie wollte sich schon wieder setzen, als sie plötzlich aufhorchte. Die Figuren des Films sprachen nicht Farsi, sondern Türkisch. Simone dachte, Nasser hätte eine Videokassette eingelegt, aber er hielt die Fernsteuerung in der Hand und schaltete um. Auf dem Bildschirm erschienen leicht gekleidete Sänger und Tänzer. Ein türkischsprachiger Moderator in einem glitzernden Anzug stand vor einer Bühne und sprach zu einem Publikum in Abendgarderobe. Das war nicht das staatlich iranische Fernsehen.

„Was sind das für Sender?" fragte Simone erstaunt und drehte sich zu Parwin um. Die Frauen unterbrachen ihre Gespräche.

„Nasser, mach das aus!" befahl Parwin und kam in die Fernsehecke. Die Kinder beschwerten sich lautstark. „Nasser, schalte das sofort aus." Sie war ganz rot geworden war und versuchte Nasser die Fernbedienung aus der Hand zu nehmen.

„Das ist Satellitenfernsehen", erklärte sie Simone, „wir wollten das mal probieren, aber es läuft nur dummes Zeug."

„Stimmt ja gar nicht", protestierte Nasser. „Sonst darf ich doch auch immer den Comic sehen und Papa sagt, ich kann dabei Türkisch lernen." Die anderen Frauen schwiegen immer noch.

„Wir werden es wieder abschaffen", beschwichtigte Parwin. „Ihr habt doch sicher Hunger?" fragte sie die Kinder. „Shirin nimmt euch jetzt mal mit in die Küche. Das gibt es viele leckere Sachen."

„Wir haben Eis", sagte Shirin, „Kommt alle mit!" Die Kinder standen auf und folgten ihr in die Küche.

„Da läuft nur Quatsch. Wir werden die Schüssel wieder wegmachen. Es ist zu gefährlich", sagte Parwin.

Aileen stellte sich neben Simone, die noch auf den abgeschalteten Bildschirm sah.

„Wir halten sie bei uns. Zum Glück ist die Hausgemeinschaft sich da einig. Ich wohne in einem Appartement, weißt du", sagte sie zu Simone. „Aber die Dinger sind natürlich nicht erlaubt. Deshalb muss man aufpassen."

„Ich denke, wir sollten alle etwas essen", schlug Parwin vor und folgte ihrer Schwester in die Küche. Simone war vollkommen in ihre Gedanken versunken. Sie wollte unbedingt erfahren, welche ausländischen Sender man mit einem Satellitenempfänger sehen konnte. Aileen gab dazu bereitwillig Auskunft und Simone erfuhr, dass neben türkischen, arabischen und englischsprachigen Sendern auch einige deutsche Programme empfangen werden konnten. Es kam nur darauf an, dass niemand die Satellitenschüssel bemerkte. Die Aussicht auf deutsches Fernsehen begeisterte sie und sie beschloss, Masoud noch heute Abend zu bitten, auch einen Satellitenempfänger installieren zu lassen. Sie saß mittlerweile mit Aileen allein im Salon. Die anderen Frauen waren anscheinend in der Küche beschäftigt. Simone blickte nach draußen und sah, dass es dunkel geworden war. Aileen bemerkte ihren Blick.

„Sie beten", sagte sie, „und danach essen wir."

„Und du?" fragte Simone.

„Parwin und ich beten nicht regelmäßig", antwortete Aileen und fügte leise hinzu, „vielleicht sollte ich es mal wieder tun." Parwin kam mit einem Stapel Teller in der Hand aus der Küche und begann den Tisch, der im Flur vor dem Salon stand, einzudecken.

„Ich glaube, ich muss langsam gehen. Es ist schon spät, " sagte
Simone.

„Nein, ach was. Wir essen noch gemütlich zusammen. Alle haben etwas mitgebracht. Meine Cousine wird von ihrem Mann abgeholt. Die nehmen euch später mit nach Hause, das habe ich schon geklärt."

„Ich habe aber nicht Bescheid gesagt, dass ich so lange bleibe und die Kinder sind sicher müde."

„Du kannst ja noch anrufen. Ich würde deinen Mann ja noch einladen, aber weil heute keiner der Männer hier ist, passt es nicht. Sag` ihm, dass wir unter uns sind und dass du sicher nach Hause gebracht wirst." Nachdem Simone einen Blick ins Kinderzimmer geworfen und gesehen hatte, dass ihre beiden noch ausgelassen spielten, entschied sie sich anzurufen. Leider war Masoud noch nicht zu Hause. Simone fasste sich am Telefon kurz, die Kommentare von Amme würde sie noch früh genug zu hören bekommen und sie wollte diesen Abend genießen.

Als sie später mit den Kindern nach Hause kam, hoffte Simone, Masoud in seinem Arbeitszimmer anzutreffen. Sie wollte ihm auf keinen Fall in Gegenwart von Amme und Ashraf begegnen. Leider war er nicht dort. Also brachte sie die Kinder zu Bett und ging ins kleine Wohnzimmer. Masoud saß alleine am Tisch, trank Tee und las in irgendwelchen Papieren.

„Hallo", sagte Simone. „Willst du den Kindern gute Nacht sagen. Sie schlafen sicher noch nicht."

„Du lässt dich von fremden Menschen nach Hause bringen. Wir wissen nicht, wo du bist und wann du kommst", brummte er vor sich hin, ohne sie anzusehen. „Ich habe mir Sorgen gemacht." Simone schenkte sich einen Tee ein, setzte sich zu Masoud an den Tisch und sah in an.

„Ich hatte einen sehr schönen Nachmittag. Das Abendessen kam überraschend und ich wollte nicht unhöflich sein. Müssen wir wirklich darüber diskutieren? Amme wusste doch Bescheid." Masoud antwortete nicht. Nach einer Weile hob er den Kopf und sah sie an.

„Wir wollten heute Abend über alles reden, nicht erst heute Nacht. Musstest du unbedingt noch zum

Abendessen bleiben?" Simone sah ihren Mann nicht an, sondern beobachtete, wie die Oberfläche des Tees in dem kleinen Glas sich leicht wölbte, während sie sanft darüber hinweg blies. Masoud fuhr fort: „Du warst den ganzen Nachmittag und Abend mit den Kindern bei einer uns völlig fremden Familie. Das geht nicht, Simone."

„Wieso?"

„Ich habe dir schon gesagt, dass man in diesem Land vorsichtig sein muss, mit wem man seine private Zeit verbringt und etwas über sich erzählt. Das ist nicht wie in Deutschland. Man weiß nie, wie die Familien wirklich denken und du kannst das nicht einschätzen."

„Diese hier ist auf jeden Fall in Ordnung. Und sie sind lockerer als unsere.", brummte Simone. Sie wandte sich vom Tisch ab und sah aus dem Fenster.

„Was heißt lockerer?" fragte Masoud.

„Ich musste nicht reglos auf dem Stuhl sitzen und mich bedienen lassen. Wir haben getanzt und Parwin hat mir sogar selbstgemachten Wein angeboten." Simone stand auf. „Aber keine Angst, es waren heute keine Männer da."

„Aber das ist es nicht allein. Wieso bietet sie dir Wein an? Das ist leichtsinnig. Sie kennt uns doch gar nicht und kann nicht wissen, ob wir sie nicht anschwärzen, weil sie Alkohol besitzt." Masoud hatte sich ebenfalls vom Tisch erhoben.

„Was soll das denn jetzt? Wieso sollten wir so etwas tun? Wenn wir immer allen Menschen misstrauen, dann finden wir nie Freunde." Sie ging auf Masoud zu. „Nilu und Aida sind ja ganz nett, aber sie sind Hausfrauen und reden nur über die Kinder oder über Kochrezepte. Amme mischt sich überall ein und gibt ungefragt ihre Kommentare ab und Ashraf denkt sowieso, dass ich hier nicht zurechtkomme. Außerdem nervt sie mich mit ihrem Islam. Ich muss endlich andere Menschen kennenlernen." Sie kreuzte die Arme vor der Brust. „Und wir sind nie allein."

„Nicht schon wieder dieses Thema." Masoud setzte sich und raufte sich die Haare.

„Aber das stimmt doch", fuhr Simone fort. „Es war nie die Rede davon, dass es so lange dauert bis die beiden ausziehen. Du hast keine Ahnung wie es ist, ständig mit ihnen zusammen zu sein. Du bist ja den ganzen Tag weg. Immer muss ich auf alles Rücksicht nehmen. Kriegst du überhaupt mit, wie es mir geht?"

„Jetzt mach aber mal einen Punkt. Du hast alles, was du wolltest und noch mehr. Dieses Haus hat über dreihundert Quadratmeter, da werdet ich euch doch auch mal aus dem Weg gehen können." Simone beugte sich zu Masoud herunter.

„Wie denn? Amme ist immer überall und Ashraf beäugt mich ständig misstrauisch, so als wäre ich ein dummes kleines Kind. Ich halte das nicht mehr aus. Weihnachten will ich mit dir und den Kindern allein sein."

„Jetzt bist du völlig verrückt geworden. Was glaubst du, wie ich das anstellen soll? Weihnachten? Wieso kommst du jetzt mit Weihnachten?"

„Ich will mit dir und den Kindern an Weihnachten allein sein." Simone war den Tränen nahe. „Ich will einfach."

„Und ich will diese dummen Diskussionen nicht mehr." Masoud sprang auf. „Du bestimmst doch alles. Du bist heute einfach gegangen, obwohl Amme dich gewarnt hat. Die beiden trauen sich doch gar nicht, dir etwas zu raten, so sieht es aus. Sie haben ständig Angst, dass du wütend wirst." Simone starrte Masoud fassungslos an.

„Sie beschweren sich bei dir über mich?" Ihre Stimme überschlug sich und sie begann laut zu weinen.

„Man geht zum Beispiel nicht ohne ein Geschenk zum ersten Mal in ein fremdes Haus. Und man muss eine Gegeneinladung aussprechen. Das betrifft uns alle. Es gibt gewisse Regeln, aber die sind dir offensichtlich egal."

„Da höre ich doch Ashraf reden. Siehst du, das meine ich, genau das. Sie mischen sich in alles ein. Du bist mein Mann, Masoud, hast du das vergessen?"

„Ganz und gar nicht, sonst würde ich nicht versuchen, dir die Dinge begreiflich zu machen. Aber ich muss mich ständig dafür rechtfertigen, dass die beiden mit uns leben. Davon habe ich die Nase voll. Alles dreht sich nur um dich. Du hast keine Ahnung, wie es in der Fabrik aussieht. Aber feier doch dein Weihnachten, ich hindere dich nicht daran." Er raffte seine Papiere vom Tisch und ging in Richtung Tür. Bevor er den Raum verließ, drehte er sich noch einmal zu ihr um und sah sie direkt an. „Ich dachte wirklich, du wärst verständnisvoller. Wenigstens mir zu liebe."

Simone hörte seine harten Schritte über den Hof hallen. Sie stand allein im hell erleuchteten Zimmer. Es war vollkommen still. Der Samowar zischte vor sich hin. Sie roch den dunklen Teesud und nahm zum ersten Mal den Geruch des Teppichs deutlich war, der stickig und nach Schaf. Das neue Sofa stand irgendwie verloren in dem einst leeren Raum. Sie kam sich mit einem Mal genauso fehl am Platz vor, ließ sich darauf fallen und weinte hemmungslos. Ammes und Ashrafs vorwurfsvolle Blicke kamen ihr in den Sinn, als sie das Zimmer ohne deren Einverständnis möbliert hatte. War sie wirklich undankbar und drehte sich alles um sie? Masouds Worte hatten sie tief getroffen. Er hatte mehr Probleme, als er zugab. Aber wieso redete er nie darüber? Sie waren zusammen einsam geworden. Simone dachte an Parwin. Sie hatte ihr eigenes Heim und war trotzdem in einer Familie geborgen. Der Besuch bei ihr hatte Simone sehr bewegt, denn sie lebte so, wie Simone es sich auch wünschte und sie konnte sich gut vorstellen mit ihr befreundet zu sein. Sie würde den Kontakt zu Parwin halten und sie auch hierher einladen. Das war ihr Haus. Daran mussten Amme und Ashraf sich gewöhnen. Es gab keine andere Möglichkeit. Amme tat ihr ein bisschen leid, denn sie wusste, was das Haus ihr bedeutete. Aber das alles war nicht ihr Problem. Simone setzt sich auf, zog ein Stofftaschentuch aus der Schachtel auf dem Tisch und schnäuzte hinein. Ihr Kopf war schwer und ihre Augen brannten. Sie merkte, wie sehr ihr andere Menschen gefehlt hatten. Ihr Leben musste sich ändern und sie war nicht mehr bereit, nur zuzusehen und abzuwarten. Sie dachte an die rege Bautätigkeit in ihrem Viertel und an das Satellitenfernsehen. Masoud würde die Fabrik früher oder später bekommen, aber das dauerte ihr zu lange. Sie beschloss Masoud von den Bauplänen die Parwin und ihr Mann hatten, zu erzählen. Wenn sie hier bauen würden, könnten Ashraf und Amme ein Appartement bekommen und sie könnte mit Masoud und den Kindern in den Norden ziehen. Simone war plötzlich aufgeregt. Masoud musste von dieser Idee erfahren. Sie schluckte den kalt gewordenen Tee herunter, stand auf, schaltete den Samowar aus und löschte das Licht. Dann ging sie leise über den dunklen Hof in ihr Schlafzimmer. Die kalte Luft tat ihr gut. Sie sah, dass in den Zimmern von Ashraf und Amme noch Licht brannte. Die beiden hatten den Streit mit Sicherheit gehört. Masoud schlief noch nicht. Er hatte offensichtlich auf sie gewartet.

„Es tut mir leid, Aziz, ich weiß wie schwer es für dich ist. Du machst deine Sache toll, wirklich. Du hilfst Amir, du übst sogar noch die deutschen Buchstaben mit ihm. Ich weiß, du tust dein Bestes. Es wird nicht immer so bleiben, das ist sicher. Wir finden eine Lösung für Amme und Ashraf." Er küsste sanft ihr Haar, ihren Hals, ihre Augen und dann ihren Mund. Simone erwiderte den Kuss vorsichtig.

„Masoud", sagte sie, „ich werde den Kontakt mit Parwin halten und ich werde sie auch einladen. Die Kinder verstehen sich gut und ich finde sie sympathisch."   „Schon gut, Azizam" flüsterte Masoud ihr ins Ohr. „Ich bin so stolz auf dich." Seine Hände umfassten ihre Taille und drückten sie an sich. Simone spürte, dass er mit ihr schlafen wollte und gab nach. Sie könnten später immer noch miteinander reden.

Seine Hände tasteten nach ihrer Brust und Simone erwiderte seine Brührungen. Nachdem sie miteinander geschlafen hatten, lag sie wach und starrte in den Hof hinaus. Masoud schlief erschöpft neben ihr. Im Schein der Straßenlaternen, der über die Mauer fiel, sah sie, dass es regnete. Es war Ende November und es war der erste Regen, den sie im Iran sah.

Sie stand vorsichtig auf, um Masoud nicht zu wecken und öffnete das Fenster und hörte die Geräusche der Autoreifen, die durch die Pfützen auf den Straßen glitten. Der Geruch der nassen Steine und der feucht gewordenen Erde in den großen Blumenkübeln traf sie wie ein Schlag. Ihr Atem stockte und ihre Brust wurde eng. Ein dicker Kloß setzte sich in ihrer Kehle fest. Es roch nach Deutschland. Sie blieb am Fenster stehen und blickte in die Nacht. Es war das erste Mal, dass sie Heimweh verspürte. Sie fühlte sich allein. Masoud und sie waren keine Einheit mehr, sie machten beide Kompromisse und waren dabei nicht mehr so glücklich wie früher. Und sie verstand ihn immer weniger. Obwohl er selbst nicht betete, war er stolz auf Amir, wenn er ihm die arabischen Koranverse auswendig vortrug. In Deutschland hätte Masoud es nicht zugelassen, dass seine Kinder religiös erzogen würden. Hier nahm er es einfach als gegeben hin. Diese Gesellschaft verlangte das Bekenntnis zum Islam und für ihn war das kein Problem. Entweder hatten sie das Thema Religion verdrängt, um Konflikte zu vermeiden oder Masoud war, nach so vielen Jahren in Deutschland, nicht bewusst gewesen, wie das Land sich verändert hatte. Simone tastete nach dem kleinen Kreuz, dass Fatima ihr geschenkt hatte und drehte es zwischen ihren Fingern. Musste sie diesem islamischen Einfluss etwas entgegensetzen? Sie beschloss ihre Mutter um eine Kinderbibel zu bitten. Sie könnte die Deutschübungen mit Amir auch mit den Texten der Bibel machen und Arezu daraus vorlesen. Die Geschichten von Jesus würden ihr auch helfen, sich wieder mit ihrer eigenen

Religion auseinanderzusetzen. Dieser islamische Gott, von dem Ashraf erzählte, war ihr fremd. Sie dachte an das, was Ashraf zu Masoud gesagt hatte. Sie übte offensichtlich Einfluss auf ihn aus, das war ihr bei dem Streit heute Abend klar geworden. Aber was konnte sie dagegen tun? Amme und Ashraf würden sich nie damit abfinden, wie sie und Masoud leben wollten. Simone fröstelte plötzlich. Sie drehte sich um und betrachtete Masouds Silhouette im Bett. Sie liebte ihn, daran hatte sich nichts geändert. Aber ihn beschäftigten andere Dinge. Sie schloss leise das Fenster und ging zurück ins Bett. Als sie sich an seinen Rücken kuschelte, hüllte die vertraute Wärme seines Körpers sie ein. Simone vergrub ihr Gesicht in seinem Rücken. Dieses Land war für die kommenden Jahre ihr zu Hause und sie würden gemeinsam einen Weg finden, sich ihr Leben aufzubauen.

20.

Ashraf hatte mit klopfendem Herzen dem Streit im kleinen Wohnzimmer gelauscht, aber leider waren die Worte kaum zu verstehen gewesen. Als sie Schritte im Hof hörte, stand sie auf und trat ans Fenster. Sie sah Masoud in die gegenüber liegenden Zimmer gehen. Simone folgte ihm nicht, also musste der Streit heftig gewesen sein. Sie sehnte sich danach, ihn in die Arme zu nehmen, ihm zu sagen, dass alles gut werden würde und dass er sich immer auf sie verlassen konnte. Ashraf stand noch immer am Fenster, als Simone ihm einige Zeit später folgte. Das Licht im Zimmer brannte noch eine Weile, dann erlosch es. „Ob sie sich versöhnen?" schoss ihr durch den Kopf. Die Vorstellung davon, dass er sie in seine Arme nahm, sie tröstete und vielleicht sogar mit ihr schlief, war unerträglich. Ashrafs nackte Füße waren inzwischen eiskalt geworden, aber sie konnte nicht anders, als dort zu stehen und hinüber zu starren. Nach einer gefühlten Ewigkeit erschien Simone plötzlich wieder am offenen Fensterflügel.

„Sie weint", dachte sie erleichtert, „also haben sie sich nicht versöhnt." Sie trat ein wenig hinter die Gardine zurück, damit Simone sie nicht sehen konnte. Dann ging sie zurück ins Bett und schlüpfte unter die Decke, wo sie ihre kalten Füße aneinander rieb. Ihr Plan schien langsam aufzugehen. Die beiden hatten immer öfter Streit und eigentlich hätte sie damit zufrieden sein können, aber ihr fiel ein, dass Masoud heute Abend, bevor Simone nach Hause gekommen war, erzählt hatte, dass er in einigen Tagen nach Azerbaidjan fliegen würde, um eine gebrauchte Fertigungsstraße zu kaufen. Es hatte sie große Mühe gekostet, ihren Schrecken zu verbergen. Sie fragte sich, ob Behruz das wusste. Woher hatte Masoud das Geld? Sein Onkel würde es ihm nicht geben und er hätte sicher auch verhindert, dass Masoud andere Investoren fand. Ashraf erschrak und setzte sich auf. Masoud hatte einen Kredit aufgenommen. Wenn das schief ging, konnte er alles verlieren. Oder hatte Behruz in gewähren lassen, weil er ihn in den Ruin treiben wollte? Ashraf erinnerte sich an das Entsetzen ihrer Ziehmutter, als sie ihr erzählt hatte, dass Behruz sich bereitwillig an ihrem Komplott gegen Masoud beteiligt hatte. Amme vertraute dem Onkel offensichtlich nicht.

„Ich muss mit Behruz sprechen", dachte sie. „Wenn er so etwas plant, dann hat er zuvor sein Geld in Sicherheit gebracht." Ashraf war hellwach. Behruz durfte Masoud nicht ruinieren. Ihr war klar, dass er sie nicht nur aus Mitleid unterstützte, sondern auch seine eigenen Ziele verfolgte. Er wollte die Fabrik weiter betreiben und das war sein Recht, denn er hatte sie lange allein geführt. „Was habe ich davon, wenn mein Teil des Planes funktioniert, Masoud am Ende aber gar nichts mehr hat?" fragte sie sich. Ashraf versuchte ihre Gedanken zu ordnen. Sie hatte zwar keine Ahnung, wie oft Simone sich mit Masoud stritt, aber die angespannte Atmosphäre zwischen den beiden war offensichtlich. Simones Alleingänge und ihre Unzufriedenheit nervten Masoud Zusehens. Früher oder später musste er die Geduld verlieren und endlich merken, dass diese Frau nicht hierher passte. Leider hatte sich nichts daran geändert, dass Simone das Haus als ihr Heim betrachtete, in dem sie am liebsten allein leben wollte. Ammes Einmischung störte sie offensichtlich immer mehr. Ashraf setzte sich auf die Bettkante. „Was ist, wenn Masoud das auch will?" fiel ihr plötzlich ein. „Vielleicht hat er ihr das sogar versprochen." Sie spürte, wie ihr dieser Gedanke die Kehle zuschnürte. Wollte er sie loswerden? Bisher hatte er nichts dergleichen erwähnt. Aber vielleicht hatte er es seiner Frau einfach versprochen und hoffe nun insgeheim darauf, dass sie sich mit der Zeit daran gewöhnen würde, nicht allein im Haus zu sein. Das passte eher zu ihm. „An Versprechen hält er sich nicht. Er mogelt sich am liebsten irgendwie durch", dachte sie. Sie stand auf und ging im Zimmer umher. „Ich zerbreche mir den Kopf, aber es läuft doch immer wieder auf dieselbe Frage hinaus. Liebt er Simone wirklich oder ist er nur von ihrem Aussehen geblendet?" Sie ließ sich auf das Bett fallen. Ihre Zähne klapperten vor Kälte. „Wenn ich doch nur reinen Tisch machen könnte. Ich kann nicht mehr. Warum muss ich immer kämpfen?" Ashraf nahm das Foto von Masoud aus der Schublade des Nachtisches und sah es liebevoll an. Da saß er, in ein Buch vertieft. Seine Hand hielt sein Kinn umfasst und die langen schlanken Finger legten sich leicht, fast zärtlich um sein Ohr und seine Schläfe. Er hielt den Kopf geneigt und seine Augen waren halb geschlossen. Die langen Wimpern schimmerten im Licht der Lampe. So hatte sie ihn fotografiert, als er auf der Terrasse saß. Sie roch die warme Abendluft und den Duft des Jasmins wieder ganz deutlich.

„Hast du nicht schon genug Fotos von mir? Hol mir doch bitte etwas zu trinken, Spatz", hatte er augenzwinkernd gesagt. Spatz war sein Kosename für sie.

„Wieso kann man nicht einfach aufhören, zu lieben?" fragte Ashraf sich leise. Aber es war unmöglich, Masoud aufzugeben. „Und wenn ich Simone doch alles erzähle?" überlegte sie zum tausendsten Mal. „Ich werde ihr sagen, dass er sie betrogen hat, dass er ein Feigling ist, für den es sich nicht lohnt hierzubleiben. Das wird sie nicht verkraften." Es dauerte nur ein paar Sekunden bis ihr Verstand sich meldete. Es war zu gefährlich. Masoud hatte mit Sicherheit für diesen Fall vorgebeugt und Simone irgendeine Geschichte erzählt, damit sie ihr nicht glauben würde und sie hatte Angst, ihn danach trotzdem zu verlieren.

„Ich muss mit Behruz sprechen", beschloss sie zum zweiten Mal an diesem Abend. „Es dauert alles schon so lange und ich muss wissen, was er plant. Ich fahre in die Fabrik." Sie rief ihn gleich am nächsten Morgen an, erreichte ihn aber nicht gleich. Als sie in paar Tage später miteinander sprachen, war Behruz zu einem Treffen bereit, aber er hielt es für gefährlich, sich in der Fabrik zu treffen, da Masoud plötzlich dort auftauchen konnte.

„Komm einfach nach der Arbeit zu mir nach Hause. Fatima ist am Nachmittag bei Nilu und den Kindern. Es ist dir doch auch lieber, wenn du ihr nicht begegnest." Ashraf nahm sich also ein Taxi und läutete am späten Nachmittag an Behruz´ Tür. Als sie den Garten betrat, der sich vor dem Anwesen erstreckte, sah sie zu dem kleinen, leerstehenden Pförtnerhäuschen herüber. Es stand an der Außenmauer und sah verlassen und heruntergekommen aus. Die Blumen in seinem Garten wucherten wild durcheinander und der kleine Springbrunnen war vertrocknet. Amme kam Gott sei Dank nicht mehr hierher, weil Fatima und sie sich lieber aus dem Weg gingen. Dieser Anblick hätte sie traurig gemacht. Ashraf ging weiter auf dem asphaltierten Weg auf das Haus zu. Sie sah, dass das Auto von Behruz in der offenen Garage stand. Er fuhr nicht mehr selbst, seit er einen Schwächeanfall hinter dem Steuer gehabt hatte. Das Auto seiner Frau war nicht da. Als sie näher kam, sah sie Behruz in der Tür stehen.

„Wie früher", dachte sie. „Da durfte ich ihn auch immer im Haus besuchen, wenn er allein war." Sie gingen gemeinsam hinein. Behruz bat sie in die große Küche, wo sie sich an den Tisch setzten.

„Hast du Hunger?" fragte er. Ashraf schüttelte den Kopf.

„Ich esse später zu Hause, Amme muss nicht wissen, dass ich hier war."

„Gut", sagte Behruz, „was gibt es so Dringendes?"

„Wir müssen noch mal wegen Masoud reden. Er will nach Azerbaidjan wegen der Fabrik", sagte sie. „Was hat es damit auf sich?"

„Was schon?" sagte Behruz und stand auf, um sich einen Tee einzuschenken, „er hat es dir doch offensichtlich gesagt. Weshalb fragst du?" Ashraf räusperte sich.

„Ich meine nur. Du erzählst mir gar nichts. Er macht doch keinen Unsinn?"

„Er macht nur Unsinn, deshalb kümmern wir uns doch um ihn oder? Hast du es dir anders überlegt? Außerdem erzählst du mir auch nicht, was du tust."

„Ich mache Simone klar, dass sie nicht hierher passt und das läuft gut. Sie haben oft Streit und ich denke, es wird Masoud bald zu viel. Simone..." Behruz unterbrach sie.

„Das muss ich nicht alles haarklein wissen. Pass nur auf, dass er nicht merkt, dass du seiner Frau das Leben schwer machst, sonst wird er dich bestimmt nicht mehr wollen, wenn sie gegangen ist."

„Ich sorge mich um Masoud", sagte Ashraf leise. „Du passt doch auf, dass er sich nicht ruiniert?"

„Wieso ruinieren?" Behruz trank seinen Tee, ohne sie anzusehen.

„Wegen der Maschinen aus Azerbaidjan. Übernimmt er sich damit nicht?"

„Du willst doch, dass ich seinen Erfolg verhindere, damit diese Frau geht. Genau das tue ich. Nicht mehr und nicht weniger." Behruz stand auf und sah auf die Uhr. „Fatima kommt sicher gleich, tut mir leid. Kann ich sonst noch etwas für dich tun?" Ashraf sah ihn erstaunt an.

„Ich dachte wir könnten uns nochmal abstimmen. Denkst du überhaupt noch an mich? Ich will nämlich nicht, dass..." Behruz unterbrach sie wieder.

„Was willst du nicht? Wer A sagt, muss auch B sagen. Damit musst du dich abfinden. Natürlich will ich, dass er sein Versprechen dir gegenüber hält. Das ist dein Recht und es ist gut für die Familie. Aber was er am Ende tut, kann niemand sagen." Ashraf war den Tränen nahe. „Tut mir leid, so ist es nun mal", sagte Behruz etwas milder und nahm Ashrafs Arm, um sie zur Tür zu bringen. „Das wird schon, in sha allah. Wir schaffen das."

Als Ashraf wieder im Taxi saß, war sie keineswegs beruhigt. Sie wusste immer noch nicht, wie weit Behruz gehen würde. Dieser ganze Plan wurde immer unberechenbarer, je mehr Zeit verstrich. Simone und die Kinder waren schon viel zu lange hier und es schien, als ob alle begonnen hatten, sich daran zu gewöhnen. Sie hatte längst bemerkt, dass Amme Simone inzwischen sehr gern mochte, sonst würde sie sich nicht so aufregen und sich um sie sorgen, wenn sie alleine unterwegs war. Außerdem war sie in die Kinder vernarrt. Auch ihr selbst fiel es schwer, die Kleinen nicht zu mögen. Amir war Masoud so ähnlich. Es hatte ihr Freude gemacht, mit ihm die Koranverse zu üben. Daher war sie fast erleichtert gewesen, als Simone ihr eröffnet hatte, dass sie ihre Hilfe nicht mehr brauche, weil Parwin mit ihm üben konnte. Und die kleine Arezu hängte sich regelrecht an sie, wo immer sie auftauchte, sie kuschelte auf ihrem Schoß und nannte sie sogar Chale[19]. Das musste Amme ihr beigebracht haben. Ashraf beneidete Simone um diese Kinder und sie musste das schlechte Gewissen, das sich immer öfter meldete, heftig unterdrücken. Wenn sie Simone unglücklich machte, würde das auch die Kinder treffen. Als sie aus dem Taxi ausgestiegen war, stand sie noch einen Moment vor dem Tor. „ Allah, Amme hatte Recht. Das ist alles nicht gut, aber ich habe keine andere Wahl." Sie hob die geöffneten Handflächen zum Himmel. „Ich habe schon so lange nicht mehr gebetet", dachte sie. Dann öffnete sie das Tor und schloss es leise hinter sich, damit niemand ihr Kommen bemerken sollte. Ashraf zuckte zusammen. Die Lampen in einer Ecke des Hofes brannten und Masoud stand neben zwei Männern, die sich dort zu schaffen machten. Er drehte sich nur kurz zu ihr um und wandte sich denn wieder den beiden zu. Ashraf ging schnell ins Haus. Sie wollte Amme fragen,

---

[19] Farsi für: Tante mütterlicherseits

was dort vor sich ging, aber die kam ihr schon ganz aufgeregt entgegen.

„Wir bekommen eine Satellitenantenne. Masoud hat sie für Simone und die Kinder besorgt, damit sie deutsches Fernsehen empfangen können." Ashraf ließ ihre Tasche auf den Boden fallen und starrte Amme ungläubig an. Ihre Ziehmutter hatte vor Aufregung ganz gerötete Wangen. „Man kann sogar Amerika und die Türkei damit sehen. Ich bin sehr gespannt. Aber wir müssen sie verstecken, wenn Fatima kommt."

„Nichts müssen wir", sagte Masoud, der gerade in den Flur kam. „Jetzt seid still, bis die beiden Männer fertig sind." Er ging ins kleine Wohnzimmer. Ashraf folgte ihm. Simone stand neben einem anderen Mann, der sich am Empfangsgerät zu schaffen machte und dabei die Kanäle im Fernseher einstellte. Ashraf stürzte auf sie zu und zog sie weg.

„Das war doch deine Idee, oder?" Simone sah Ashraf vollkommen überrascht an, doch bevor sie antworten konnte, trat Masoud zwischen die beiden Frauen, packte Ashraf am Arm und zerrte sie aus dem Zimmer. Der Mann drehte sich um.

„Erklären sie meiner Frau wo die Kanäle sind", sagte Masoud. Er nickte der irritierten Simone zu und verließ mit Ashraf den Raum.

„Das ist viel zu gefährlich, du Dummkopf. Musst du alles machen, was sie will. Wenn sie deutsches Fernsehen braucht, soll sie doch heim fahren." schimpfte Ashraf mit unterdrückter Stimme.

„Das geht dich nichts an. Jetzt halt endlich deinen Mund. Wenn es dich stört, dann bleib doch auf deinem Zimmer. Ich will nichts mehr hören, verstanden?"

„Du willst uns loswerden. Jetzt ist mir alles klar. Das ist also dein Plan." Masoud zuckte zusammen. „Es gibt keinen Plan, also bilde dir nichts ein. Benimm dich einfach."

Er wollte zurück ins Wohnzimmer gehen, als ihm noch etwas einfiel: „Und fass Simone nie mehr so an." Masoud verschwand und schloss die Tür hinter sich. Ashraf starrte Amme an, die wie angewurzelt im Flur stand.

„Und du hast mal wieder nichts dazu zu sagen", schimpfte sie, bevor sie die Tür ihres Zimmers hinter sich zuknallte.

21.

Die Schlangen vor den Schaltern im riesigen Raum der Post waren unendlich lang. Simone bereute inzwischen, Masoud überzeugt zu haben, dass sie dieses Mal das Päckchen ihrer Mutter selbst abholen wollte. Sie schickte in regelmäßigen Abständen etwas für die Kinder, aber bisher hatte Masoud es auf sich genommen, zur Post zu fahren. Paketsendungen aus dem Ausland wurden nicht einfach zugestellt. Man musste sie persönlich entgegennehmen. Masoud hatte vergeblich versucht, ihr die Idee dort allein hinzugehen, auszureden.

„Da ist richtig viel los und du wirst lange anstehen müssen. Sie werden das Päckchen vor deinen Augen öffnen und den Inhalt inspizieren. Wenn nicht alles in Ordnung ist, wirst du Rede und Antwort stehen müssen. Glaubst du, dass du die Nerven behalten kannst?"

„Ich habe Mama schon gesagt, dass sie keine Produkte aus Schweinefleisch und keine Pralinen mit Alkohol ins Päckchen legen darf. Sie schickt nur Schokolade für die Kinder, Lebkuchen und Weihnachtsgebäck."

„Gut, aber die Kontrolleure sind nicht gerade freundlich."

„Das ist doch überall so. Ich will trotzdem hingehen. Was mache ich, wenn du mal nicht da bist?"

Simone hätte sich gerne bei einer Kontrolleurin angestellt, aber sie stand ganz hinten und konnte die Schalter nicht sehen. Also blieb sie einfach in einer der Schlangen stehen und beobachtete die Leute um sich herum. Alle waren in dunklen Farben gekleidet. Die wenigen Frauen trugen schwarze oder braune Mäntel, die sie zusätzlich mit einem Schleier verhüllten. Simone stopfte ein paar herausgefallene Haarsträhnen unter ihr Kopftuch und zog es fester. Bei offiziellen Stellen war es besser, sich streng nach Vorschrift zu kleiden. Die Menschen waren es gewohnt Schlange stehen zu müssen und vertrieben sich die Zeit dabei mit Gesprächen. Sie beschwerten sich über die lange Wartezeit und darüber, dass sie bei den Kontrolleuren über alles, was sie zugeschickt bekamen, Rechenschaft ablegen mussten. Viele erwarteten Medikamente und hatten gesonderte Zettel von ihren Ärzten dabei, auf denen diese verordnet waren. Simone wusste, dass die Iraner mehr Vertrauen in ausländische Produkte hatten, als in die eignen und da in fast jeder Familie ein Angehöriger im Ausland lebte, ließen sie sich von dort aus mit Medikamenten versorgen. Die Schlange bewegte sich nur langsam vorwärts und es dauerte fast eine Stunde, bis sie sich endlich der Paketausgabe näherte. Sie sah einen Mann mit schwarzem Hemd, langen Bartstoppeln und einem düsteren Blick, hinter dem Schalter stehen. Er trug schmutzige Plastikhandschuhe. Simone hielt ihm ihren Abholzettel entgegen. Der Mann nahm ihn, ohne sie anzusehen und verschwand hinter den Regalen. Als er zurückkam, trug er das Päckchen vor sich her und musterte Simone ausgiebig. Ihr Herz schlug schneller und sie räusperte sich. Der Kontrolleur warf das Päckchen vor sich auf den Tisch und riss es eilig auf. Dabei verzog er keine Miene. Dann schüttete er den Inhalt auf die Ablage und begann darin herumzustöbern. Simone unterdrückte ihre aufkeimende Wut.

„Das ist von meiner Mutter für meine Kinder. Bitte zerdrücken Sie die Schokolade nicht", sagte sie. Sie sprach mittlerweile akzentfrei und viele Iraner staunten darüber. Dann wurde sie manchmal sogar bevorzugt behandelt. Leider war das heute nicht der Fall. Der Mann blickte nicht einmal auf, sondern begutachtete jedes einzelne Teil des Paketinhalts. „Meine Mutter schickt nichts Verbotenes", fügte Simone etwas freundlicher hinzu. Der Kontrolleur sah kurz auf.

„Das entscheide ich." Er schien sich zu ärgern, dass sie sich erdreistet hatte, ungefragt etwas zu sagen. Sie betrachtete den Inhalt des Päckchens: Gummibärchen, Schokolade, Lebkuchen, Malstifte, Kakaopulver, Backzutaten und schließlich die Kinderbibel. Ihr stockte der Atem. Daran hatte sie nicht mehr gedacht. Schon hob der Postangestellte das Buch hoch und musterte es kritisch. Der übrige Inhalt des Päckchens schien ihn nicht mehr zu interessieren. Simone schluckte und versuchte sich ihren Schrecken nicht anmerken zu lassen. Sie beobachtete wie er die Buchseiten durch seine Finger gleiten ließ. Wahrscheinlich war er auf der Suche nach Bildern, die für den Iran als unziemlich galten. Ihre Mutter hatte ihr einmal eine Illustrierte geschickt und Masoud hatte ihr erzählt, dass sie sofort konfisziert wurde, da sie Bilder von Frauen in Badekleidung enthielt. Die Illustrationen in der Kinderbibel zeigten nur Menschen, in langen Gewändern. Sie waren nach historischem Vorbild gemalt. Simone sandte ein Stoßgebet zum Himmel. Das Gesicht des Kontrolleurs entspannte sich Zusehens.

„Inglissie?" fragte er Simone, die geistesgegenwärtig nickte. Der Mann hielt sie für eine Engländerin. Simone lächelte ihn an. Er legte das Buch zu dem übrigen Inhalt, schob das leere Päckchen zur Seite, zeichnete das Kontrollpapier kurz ab und winkte den nächsten aus der Schlange zu sich nach vor. Simone packte alles schnell wieder in die geöffnete Paketbox und verließ eilig den Schalterraum.

Am Abend saß sie mit Amir, Arezu und Amme im kleinen Wohnzimmer und schrieb an einer Einkaufsliste. Arezu hatte sich auf Ammes Schoß gekuschelt. Sie übersetzte ihr, was auf dem Bildschirm passierte. Die Kinder hatten begonnen, nur noch Farsi zu sprechen und Simone war sehr beunruhigt gewesen, denn sie wollte nicht, dass die beiden ihre Muttersprache vergaßen. Sie sprachen alle nur noch Farsi miteinander, denn Masoud hatte sie gebeten, in Gegenwart Ammes und Ashrafs nicht deutsch mit den Kindern zu reden und Simone wollte nicht unhöflich sein. Seit sie das deutschsprachige Satellitenfernsehen installiert hatte, war diese Sorge wie weggeblasen. Simone hörte ihrer Tochter stolz zu. Arezu erklärte Amme das Geschehen auf dem Bildschirm mit viel Fantasie und Amir ergänzte oder verbesserte sie dabei. Wenn Arezu nicht seiner Meinung war, lieferten sich beide heftige Wortgefechte, die Amme immer wieder geduldig besänftigte. Sie hockten alle drei auf dem Boden und blickten auf den Fernseher, der auf dem neuen Sideboard stand. Amme hatte eine Wolldecke über dem niedrigen Couchtisch ausgebreitet und den Kindern erklärt, dass sie ihre Beine darunter ausstrecken und die Decke bis zur Brust hochziehen sollten.

„Früher gab es keine Zentralheizung", erklärte sie und wir haben ein Kohlebecken unter einen Tisch gestellt, eine Decke darauf gelegt und uns darunter gekuschelt. Auf dem Tisch haben wir gegessen und gespielt. Am Abend wurden sogar unsere Matratzen soweit darunter geschoben, dass nur noch unsere Köpfe rausschauten, denn nachts wurde es im Zimmer eiskalt."

„Seid ihr nicht abgebrannt?" fragte Amir.

„Nein, aber man musste aufpassen. Später habe ich das mit Ashraf im Pförtnerhäuschen auch oft gemacht. Da war es im Winter nämlich nicht so warm wie hier. Aber wir haben ein elektrisches Heizöfchen unter den Tisch gestellt." Simone lachte ihren Sohn an.

„Na, ihr drei? Schwitzt ihr nicht?" fragte sie.

„Nein, hier ist doch keine Kohle drunter, aber es ist gemütlich", sagte Amir und strahlte Simone an.

„So sieht es auch aus", antwortete Simone, „nur das Aufstehen macht Mühe." „Gut, dass du am Tisch sitzt", sagte sie und zwinkerte ihr zu. „Du könntest uns noch ein paar Kekse aus der Küche bringen. Bist du so lieb?" Simone ging hinüber in ihr Zimmer und holte etwas von dem Lebkuchen, den ihre Mutter geschickt hatte, aus dem Päckchen. Sie wollte Amme und die Kinder überraschen. Masoud war heute Morgen nach Azerbaidschan geflogen. „Mein erster Abend in diesem Land ohne ihn", dachte

Simone. „Wie gut, dass wir uns gestern Abend ausgesprochen haben." Sie hatten sich endlich Zeit füreinander genommen und waren in ein Restaurant gegangen. Er zählte ihm von ihrer Idee auf dem Grundstück ein Appartementhaus zu bauen und er berichtete ihr ausführlich, wie seine Pläne in der Fabrik aussahen. Masoud hatte Kontakt zu den alten Freunden seines Vaters ausgenommen, nachdem Behruz seine Bemühungen um einen Kredit bei der Bank, durch seine Beziehungen zunichte gemacht hatte. Simone war erschrocken gewesen.

„Wieso macht Behruz dir solche Schwierigkeiten? Wie lange geht das schon so?"

„Es war mir klar, dass es so kommen würde." Masoud war erstaunlich gefasst gewesen. „Er denkt, ich sei immer noch der kleine Junge, mit dem er machen kann was er will. Aber langsam wird ihm klar, dass ich ganz konkrete Pläne habe. Schließlich gehört mir die Fabrik. Er wird sich entscheiden müssen."

„Und was bedeutet das?"

„Behruz kann meine Pläne unterstützen oder aussteigen."

Masoud war von der Idee auf dem Grundstück Wohnungen zu bauen und diese zu verkaufen oder zu vermieten begeistert.

„Da bin ich noch gar nicht drauf gekommen", sagte er, „aber zuerst müssen wir die Fabrik sanieren. Dann widmen wir uns diesem Plan." Er hatte ihre Enttäuschung gesehen und ihre Hand genommen. „Ich weiß, es dauert dir alles viel zu lange. Aber es geht nicht anderes. Wir müssen einen Schritt nach dem anderen gehen. Später geben wir Amme und Ashraf eines der Apartments und wir ziehen in ein anderes."

Simone schreckte auf.

„Wieso denn das? Wir können doch in den Norden ziehen und die beide bleiben hier. Ashraf hat es dann näher zur Arbeit." Aber Masoud wollte das nicht jetzt schon entscheiden. Außerdem bat er sie, den beiden auf keinen Fall irgendetwas von der Idee zu erzählen, um sie nicht vorzeitig zu beunruhigen. Simone hätte am liebsten alles sofort geklärt. Sie mochte Amme und konnte sich vorstellen, in ihrer Nähe zu leben, aber sie wollte Abstand zwischen sich und Ashraf. Seit dem Streit wegen dem Satellitenfernsehen, gingen die beiden Frauen sich aus dem Weg. Ashraf hatte sich sogar einen eigenen kleinen Fernseher in ihr Zimmer gestellt, um dort das iranische Programm sehen zu können.

Simone nahm den Teller mit Lebkuchen und ging ins Wohnzimmer zurück. Wenigstens gab es jetzt einen Plan. Die Kinder jubelten, als sie die Süßigkeiten sahen und Simone freute sich, dass Amme auch davon probierte. Sie hatte sie schon in der Fernsehwerbung gesehen. Amme liebte vor allem die Werbung. Simone schmunzelte, als sie hörte, was Amir da gerade übersetzte.

„Die Frauen da haben alle diese Creme benutzt und sie haben jetzt keine Falten mehr. Der Doktor sagt das auch. Er hat das nämlich untersucht."

„Schau, diese Creme meine ich", sagte Amme, während sie mit dem Finger auf den Bildschirm zeigte. „Sie macht die Falten glatt. Wie hießt sie noch gleich, Amir?" Simone hatte schon oft versucht ihr zu erklären, dass man die Werbung nicht erst nehmen durfte, doch Amme ließ sich davon nicht überzeugen.

„Könnte deine Mutter mir die Creme schicken? Ich würde sie natürlich bezahlen. Ein Döschen nur. Ich muss sie ja nicht jeden Tag anwenden, dann hält sie länger." Amme strich sich mit der Hand leicht über ihre Wange.

„Die wollen die Sachen nur verkaufen, sie wird nicht so wirken wie du denkst. Deine Falten gehen nicht einfach weg", versuchte Simone es erneut.

„Es ist doch medizinisch bewiesen. Das darf man doch nicht einfach so sagen", wehrte Amme sich. Sie überlegte einen Moment. „Aber vielleicht täusche ich mich", sagte sie dann leise. Simone verstand. Amme dachte, sie wollte ihre Mutter nicht um die Creme bitten und wollte sie deshalb nicht länger bedrängen.

„Wir kaufen eine. Du kannst sie ausprobieren und wenn sie wirklich so gut ist, dann schickt Mama sie dir regelmäßig. Das ist gar kein Problem."

„Nein, mach dir keine Mühe, Kind. Ich komme auch ohne aus."

„Schon gut, Amme. Mama hat mich sowieso schon gefragt, was sie dir und Ashraf zu Weihnachten schicken kann", sagte sie. „Sie wird sich freuen, dass wir endlich etwas gefunden haben, was dir Freude macht."

„Ich will die Creme auf keinen Fall geschenkt", protestierte Amme. „Oder du musst auch etwas besorgen, was wir deiner Mutter schenken können."

„Da finden wir schon etwas", tröstete sie Amme. „Ich gehe morgen zusammen mit Parwin einkaufen."

„Du musst Parwin nicht belästigen", sagte Amme. „Ich bitte Ashraf, etwas zu besorgen." Simone wusste, dass Amme ihre Freundschaft mit Parwin nicht billigte. Masoud hatte ihr erklärt, dass sie wohl Angst hatte, Simone könnte zu viel über die Familie erzählen.

„Gut, dann lassen wir Ashraf das machen", antwortete sie und widmete sich ihrer Einkaufsliste. Der Duft des Lebkuchens stieg ihr in die Nase und als sie aufblickte, lief gerade ein weihnachtlicher Werbespot im Fernsehen. Simone genoss die weihnachtliche Stimmung, die das Fernsehen vermittelte, denn vom Advent war im Iran nichts zu spüren. Im Fernsehen schneite es, es erklangen Weihnachtslieder und sie sehnte sich nach dem Duft von Tannennadeln.

„Morgen fangen wir an zu basteln und zu backen", fragte sie die Kinder, „habt ihr Lust dazu?" Amir und Arezu klatschten begeistert in die Hände. „Und dann fragen wir

Papa, ob es Tannenbäume gibt oder wenigstens Tannenzweige. Bald ist Weihnachten. Wir stellen den Baum früher auf und überraschen Papa, wenn er zurückkommt. Was haltet ihr davon?" Simone hatte deutsch gesprochen und die beiden übersetzen Amme die tollen Aussichten sofort.

„Ich weiß, wo es Weihnachtsbäume gibt", sagte Amme und sogar den Schmuck dafür. In Teheran leben viele Armenier und die feiern auch Weihnachten."

„Wirklich? Wieso weißt du das?" fragte Simone.

„Es gibt sogar eine Kirche. Ich habe sie als Kind mit meinem Vater besucht. Wir haben dort Kerzen angezündet."

„Ihr habt Kerzen angezündet, in der Kirche? Darf man das als Muslim?"

„Sicher, wieso denn nicht? Mein Vater hat viel für die Christen gearbeitet. Das letzte Mal waren wir in der Kirche, bevor er mich hierher gebracht hat. Wir haben damals dafür gebetet, dass ich es in dieser Familie gut haben soll. Er konnte es sich nicht leisten, ein Schaf zu opfern, deshalb hat er zur heiligen Mariam, der Mutter von Isa[20] gebetet." Simone schaltete den Fernseher aus. „Ich erinnere mich noch deutlich daran", fuhr Amme in Gedanken versunken fort, „in der Kirch hing ein großes Bild von Mariam mit dem kleinen Isa auf dem Schoß. Davor haben so viele Kerzen gebrannt. Mein Vater hat von den Armeniern an Weihnachten Kuchen geschenkt bekommen." Sie sah zu Simone herüber. „Er sagte immer, dass die die Christen ganz liebe Menschen sind. Sie wollen alle so sein, wie ihr Prophet Isa. Der hat auch keinem etwas getan." Simone hatte sich nach den vielen Diskussionen mit Ashraf daran erinnert, dass sie eine deutsche Ausgabe des Korans mitgebracht hatte. Die Sure Mariam, die vom Leben der Mutter Jesu und seiner Geburt berichtete, hatte sie schon gelesen. Ihr wurde bewusst, dass

---

[20] Farsi für: Jesus

sie sich mit Amme noch nie über ihren Glauben unterhalten hatte.

„Sag mal, betest du eigentlich?" fragte sie vorsichtig.

„Ja sicher, aber nicht regelmäßig. Ich halte mich an das, was mein Vater immer gesagt hat. Hast du den kleinen Teppich in meinem Zimmer gesehen?" Simone erinnerte sich an ihn. Er hing über der Tür.

„Den hat er mir zum Abschied geschenkt. Da steht drauf, dass man Gutes sprechen, Gutes denken und Gutes tun soll."

„Klingt gut", sagte Simone. „Dein Vater war bestimmt ein ganz lieber Mensch und man merkt, dass du dich an diesen Spruch hältst. Erinnerst du dich, wo die Kirche war? Ich würde sie gerne sehen."

„Natürlich, wir können zusammen hingehen. Ich habe lange keine Kerze mehr angezündet."

22.

Simone folgte ihrer Freundin, die in dem Cafe einen freien Tisch suchte und sah sich dabei neugierig um. Sie gingen an einer langen Theke vorbei, hinter der Kaffee zubereitet wurde. Vor ihnen öffnete sich ein großer Raum, der mit einfachen Tischen und Stühlen ausgestattet war. Die beiden Freundinnen schlängelten sich an den anderen Besuchern vorbei. Es waren fast ausschließlich junge Männer und Frauen, die sich angeregt unterhielten und dabei ihren Kaffee tranken. Einige ältere Männer saßen allein an einem Tisch und studierten Zeitungen oder lasen in mitgebrachten Büchern. Das Licht im Raum war angenehm, obwohl keine der schmucklosen Deckenlampen brannte. Aus den vielen Fenstern ringsum konnte Simone einen großen Garten erkennen. Die Wintersonne schien auf knorrige Bäume und zwei verlassene Terrassen, auf denen die Möbel zu großen Stapeln zusammengestellt waren. Zwischen den Terrassen verlief ein schmaler, mit Steinen eingefasster Weg. Simone zupfte Parwin, die noch immer nach einem freien Tisch Ausschau hielt am Ärmel.

„Hier kann man im Sommer sicher toll draußen sitzen, oder?"

„Klar, die Bäume spenden Schatten und es gibt hier auch leckeres traditionelles Eis", antwortete Parwin. Sie hatte die Gäste beobachtet und bemerkt, dass ein junges Paar von seinem Tisch aufstand. Parwin schob Simone darauf zu und ließ sich sogleich auf den Stuhl fallen.

„Endlich, Allah sei Dank", seufzte Parwin und stellte ihre Einkäufe unter den kleinen Tisch. Sie öffnete die oberen Knöpfe ihres Mantels, lockerte den Knoten ihres Kopftuches und schob es gerade so weit nach hinten, dass es nicht herunterglitt.

„Daran werde ich mich nie gewöhnen", schimpfte Parwin leise als sie Simones erstauntes Gesicht sah. „Ich weiß noch gut, wie meine Mutter sich darüber aufgeregt hat, als die Frauen während und kurz nach der Revolution angefangen haben, Kopftücher und Schleier zu tragen. Anfangs wollten sie nur signalisieren, dass sie die Revolution unterstützen, aber meine Mutter hat gleich geahnt, dass man daraus ein Gesetz machen würde. Ich war damals ein Teenager und musste von jetzt auf gleich in der Schule meine Haare verhüllen."

„Aber die Frauen aus deiner Verwandtschaft sind doch sowieso alle verschleiert. Das habe ich gesehen, als ich bei dir war", sagte Simone.

„Die meisten. Aber das war vorher nicht so. Sie haben sich daran gewöhnt und wenn eine es so macht, dann ziehen die anderen nach. Das heißt aber nicht, dass sie alle streng religiös sind." Simone schob ihr Kopftuch ebenfalls zurück. Sie bemerkte, dass viele der Besucher sich zu ihr umsahen.

„Keine Angst", beruhigte Parwin sie. „Das ist hier in Ordnung."

„Es ist komisch, was dieses Stück Stoff auf dem Kopf alles bedeutet. Ich verstehe es noch nicht ganz", sagte Simone. Parwin lächelte und nahm die Karte, die auf dem Tisch lag.

„Was trinkst du? Ich nehme auf jeden Fall einen Mokka und eine Tasse heiße Milch dazu. Außerdem gibt es ganz leckeren Kuchen. Soll ich uns was holen?"
Parwin stand auf und ging an die Theke, um die Bestellung aufzugeben. Simone lehnte sich zurück und genoss die entspannte Atmosphäre des Cafés. Der Boden war mit großen schwarzweißen Kacheln ausgelegt. Ihr Blick fiel auf die Bilder an den Wänden des ansonsten kahlen Raumes. Es handelte sich um Fotografien vom Garten und vom Gästeraum des Cafés aus früherer Zeit.

„Das ist eines der ältesten Cafés der Stadt. Hier treffen sich seit langem Studenten und Intellektuelle und es gibt den besten Mokka weit und breit", erklärte Parwin stolz, als sie mit einem Tablett zurück an den Tisch kam.

„Hier duftet es wirklich herrlich", sagte Simone. „Ich habe es schon auf der Straße gerochen. Wie gut, dass du mich her gebracht hast. Ich hätte es alleine nie entdeckt."

„Hier leben viele Armenier, die rösten den Kaffee selbst. Meine Eltern haben sich in diesem Café kennengelernt", schmunzelte Parwin. „Sie waren damals beide Studenten."

„Was haben sie denn studiert?" fragte Simone neugierig.

„Mama Farsi und Englisch, sie war Lehrerin bis zur Revolution. Dann wollte sie nicht mehr. Papa Geschichte und Literatur. Er arbeitet noch in der Bibliothek der Universität", erklärte Parwin.

„Wir haben schon in einem Restaurant gegessen", sagte Simone, während sie den Mokka schlurfte, „aber ich musste dauernd aufpassen, dass ich die Ärmel des Mantels nicht ins Essen tunke und mir das Kopftuch nicht herunter rutscht. Hier fühle ich mich wohler, obwohl ich alles anlassen muss."

„Das liegt sicher daran, dass hier so viele junge Leute sind. Schau, manche machen sogar den Mantel auf. Das kannst du auch machen, bei dir wird niemand etwas sagen. Man sieht, dass du Ausländerin bist." Simone blickte kurz auf.

„Ach, geht schon", sagte sie mit einem Blick auf Parwin, die ihren Mantel nicht ganz öffnete. „Warum arbeitet deine Mutter seit der Revolution nicht mehr?"

„Sie ist gläubig, nicht das du was Falsches denkst. Aber in den Schulen hat sich sehr viel verändert. Sie musste einen Schleier tragen. Das fiel ihr schwer. Wenn man so etwas nicht von Anfang an gewohnt ist, kann man das nicht. Außerdem hat sie dann noch meine jüngere Schwester Aileen bekommen und wäre wahrscheinlich sowieso zu Hause geblieben", ergänzte Parwin.

„Ja, wenn ich sehe, wie Amme den ganzen Tag mit diesem langen Stück Stoff jongliert, frage ich mich jedes Mal, warum sie es nicht einfach ablegt. Aber sie fühlt sich dann nackt, sagt sie." Parwin nickte und zuckte mit den Schultern.

„Was macht Aileen denn?" fragte Simone. „Geht es ihr gut? Sie wirkte etwas bedrückt auf deiner Feier." Simone erinnerte sich gut daran, dass Aileen lange mit der Rechtsanwältin gesprochen hatte. Parwin seufzte und Simone sah, dass sie den Tränen nahe war.

„Aileen hat große Probleme in ihrer Ehe", sagte ihre Freunden leise. „Sie hat mir erst gestern Abend gesagt, wie ernst es ist." Sie wischte sich mit Hand über die Augen. „Ich mache mir solche Sorgen."

„Willst mir davon erzählen?" fragte Simone und beugte sich zu ihr vor. Parwin schob ihr Stück Kuchen von sich weg.

„Wir haben ihr alle gesagt, dass es nicht gut gehen wird. Aber sie wollte diesen Mann ja unbedingt. Er hat unsere kleine Aileen damals einfach um den Finger gewickelt. Hat Tatsachen geschaffen, wenn du verstehst, was ich meine." Parwin wurde rot. Simone wusste, dass ihre Freundin sich schämte und verkniff sich eine Bemerkung. Aileen war eine erwachsene Frau, aber das hatte im Iran nicht viel zu bedeuten. Parwin schien Simones Gedanken trotzdem zu erahnen. Sie zuckte mit den Schultern.

„ Das ist hier nicht wie bei euch in Europa. Oder mittlerweile doch? Ach, keine Ahnung", flüsterte sie und wischte sich mit der Hand über die Augen, wobei sie den schwarzen Kajalstrich über den Lidern verschmierte. Simone mochte Parwins Gesicht. Ihr Blick war warm und ihr Lächeln herzlich. Doch nun waren ihre großen weit auseinanderstehenden Augen voller Tränen.

„Zum Glück ist sie nicht gleich schwanger geworden", fuhr Parwin noch leiser fort. „Er ist ein Windhund und verdient obendrein kein Geld. Aileen hat mich wieder und wieder gebeten, sie zu unterstützen, damit unsere Eltern nichts merken. Sie schämt sich so, auf diesen Mann reingefallen zu sein."

„Das ist schlimm, aber dann muss sie sich scheiden lassen", sagte Simone und berührte die Hand der Freundin. „Sie hat doch studiert und findet bestimmt schnell eine Arbeit. Wozu braucht sie den Kerl?"

„Du hast keine Ahnung", sagte Parwin. „Als geschiedene Frau hat man in diesem Land keine Zukunft. Sie wird nicht mehr heiraten können. Und selbst wenn sie Arbeit bekäme, von dem Geld kann sie nicht leben. Gerade mal 22 und schon alles vorbei." Parwin riss sich zusammen, um nicht weinen zu müssen. „Das ist so ungerecht."

„Können deine Eltern nicht helfen?" fragte Simone.

„Sie wissen nichts davon und Aileen tut alles dafür, dass das auch so bleibt. Eine Scheidung wäre ihnen peinlich. Die Leute denken, wir hätten uns nicht darum gekümmert hat, wen Aileen da heiratet. Ihr Ruf wäre endgültig ruiniert."

„Ach, Gott", stöhnte Simone. „Das ist ja wie vor hundert Jahren!" Parwin starrte sie an. „Entschuldige, das war nicht so gemeint. Ich wusste nicht, dass geschiedene Frauen es hier so schwer haben. Aber wenn sie unglücklich ist, muss sie trotzdem die Konsequenzen ziehen", fügte sie schnell hinzu.

„Das ist alles nicht so einfach." Parwin schüttelte den Kopf.

„Dann erkläre es mir bitte", bat Simone.

„Sie hat einem Ehevertrag mit einer enorm hohen Morgengabe zugestimmt. Wenn sie sich scheiden lässt, müssen wir ihm die Summe zahlen."

„Wieso?" fragte Simone erstaunt. „Die Morgengabe dient doch dazu, die Frau abzusichern, wenn der Mann sich scheiden lassen will. Das ist doch gut, oder?" Parwin schob Simones Hand weg und stützte ihre Ellenbogen auf den Tisch.

„Der feine Herr wollte einen fairen Ehevertrag. Wer die Scheidung beantragt, zahlt dem anderen die Morgengabe. Sie würden schließlich aus Liebe heiraten, hat er gemeint, da sei Scheidung sowieso ausgeschlossen und unsere dumme Aileen hat das geglaubt. Dabei hat er nur darauf spekuliert. Wir hatten zuhause monatelang Theater wegen dem Vertrag. Das war der reinste Psychoterror. Aileen hat uns unterstellt, wir wären von gestern und würden ihre Entscheidungen nicht respektieren. Das ist jetzt das Resultat." Simone schob den Sahnekuchen von sich weg. Parwin beugte sich vor und sah ihr direkt in die Augen. „Die jungen Leute wollen jetzt alles so machen, wie sie es in den Liebesfilmen im Satellitenfernsehen sehen. Aber das funktioniert bei uns nicht. Erstens gibt es in Europa Gesetze, die die Frauen schützen und zweitens sind die Männer da anders. Wir hätten ihr niemals nachgeben dürfen." Parwin bedeckte ihr Gesicht mit beiden Händen, dann strich sie sich eine Haarsträhne aus dem Gesicht, zog ihr Kopftuch fester und verschränkte die Arme vor der Brust. Die langen rotlackierten Fingernägel versteckte sie in den Ärmeln des Mantels.

„Das tut mir wirklich leid", sagte Simone, „für euch alle. Vielleicht solltet ihr doch mit euren Eltern sprechen? Sie wollen ihr Kind bestimmt nicht unglücklich sehen." Noch während sie das sagte, dachte sie an ihre eigenen Eltern. Sie hatte ihnen auch nicht erzählt, wie schwer das Leben im Iran für sie war. Simone stützte ihren Kopf in beide Hände und sah die Freundin an. Parwin zuckte mit den Schultern. Dann zog sie die Hände aus den Ärmeln und kramte in ihrer Handtasche nach dem Geldbeutel.

„Lass uns gehen", sagte sie. „Wir müssen die Einkäufe nach Hause bringen."

Sie stand auf, ließ sich aber sogleich wieder auf den Stuhl zurückfallen. „Du wolltest doch noch zur dieser armenischen Kirche. Das habe ich ganz vergessen."

„Macht nichts", sagte Simone. „Das holen wir nach und steck das Geld weg, ich zahle."

„Tut mir leid, dass ich dir den Vormittag mit meinem Gejammer verdorben habe", sagte Parwin. „Sollen wir morgen zur Kirche gehen?"

„Ich bin froh, dass du mir alles erzählt hast", sagte Simone und legte den Arm um ihre Freundin. „Amme wollte auch in die Kirche, ich denke ich gehe mit ihr und dann lade ich sie hierher ein. Sie wird staunen, dass ich dieses Cafe kenne."

Als die beiden im Taxi saßen, erzählte Simone von ihrem Plan, in den Blumenbazar zu fahren, um dort Weihnachtssterne und einen Tannenbaum zu kaufen.

„Sag mal", fragte sie, in der Hoffnung Parwin aufzuheitern, „habt ihr nicht Lust Weihnachten zu uns zu kommen? Amir freut sich sicher und unsere Männer können sich endlich einmal kennen lernen. Was denkst du?" Parwin sah Simone einen Augenblick lang an und sagte:

„Eigentlich ist das eine schöne Idee, aber ich denke, wir warten damit, bis ihr euer eigenes Zuhause habt. Ich weiß nicht, ob Amme und Ashraf mit diesem Besuch einverstanden wären."

„Was haben die beiden damit zu tun? Ich lade dich ein und fertig. Es ist das Haus meines Mannes. Masoud hat nichts dagegen, das weiß ich." Parwin rutschte auf dem Sitz hin und her und sagte dann leise:

„Wenn ich ehrlich bin, möchte ich nicht mit Kopftuch bei euch sitzen."

„Das mache ich doch auch nicht", empörte Simone sich. „Glaubst du, Ashraf oder Amme würden das verlangen?"

„Tut mir leid, Simone. Aber da sind doch bestimmt noch andere Leute aus Masouds Familie. Ich will mich nicht mit allen anfreunden. Versteh' das bitte. Außerdem tust du dir selbst damit auch keinen Gefallen, glaub mir." Simone biss die Zähne zusammen. Parwin hatte vermutlich Recht. Sie sah Fatima schon vor ihrem geistigen Auge, wie sie ihren abschätzenden harten Blick über Parwin gleiten lassen und dann heimlich die Augen verdrehen würde.

„Schon gut, Parwin. Du hast Recht. Aber ich möchte, dass unsere Männer sich endlich kennen lernen. Ihr kommt einfach nach Weihnachten bei uns vorbei."

Simone machte sich noch am selben Nachmittag mit Amme und den Kindern auf, um die Kirche zu besuchen. Sie war froh als Amme ihr erklärte, dass sie dort zu Fuß hingehen könnten.

„Hinter dieser Mauer liegt die Kirche", sagte Amme, nachdem sie schon eine Weile auf dem Bürgersteig einer viel befahrenen Straße entlang spaziert waren.

„Wir sind schon so oft mit dem Auto hier vorbei gefahren", wunderte Simone sich. „Ich habe nie gesehen, dass hier eine Kirche steht. Wir gehen wegen dem Verkehr nicht gerne zu Fuß durch die Stadt, aber das sollten wir ändern."

Das Tor zum Kirchhof war offen. Amir und Arezu liefen sofort auf das Gebäude zu, das mitten im Hof stand. Die Kirche war kleiner, als Simone sie sich vorgestellt hatte. Ihr Turm ragte kaum über die Mauern. Die Kinder schafften es nicht, das schwere Portal allein zu öffnen. Simone half ihnen und sie stießen es gemeinsam auf. Die angenehme Dunkelheit und der Duft von Kerzen und Weihrauch ließen Simones Herz schneller schlagen. „So riecht es in allen Kirchen auf dieser Welt", dachte sie und verspürte zu ihrem Erstaunen ein bisschen Heimweh. Die Kirche aus ihrer

Kindheit kam ihr in den Sinn. Sie sah sich plötzlich als Kommunionkind vor dem Altar knien und erinnerte sich daran, sich damals gewünscht zu haben, Messdienerin zu sein. Das war lange her. Amir und Arezu standen einen Augenblick staunend da, bevor sie zwischen den beiden Bankreihen auf den Altar zuliefen.

„Bleibt hier", ermahnte Simone sie mit gedämpfter Stimme. „Wir setzen uns erst einmal einen Augenblick hin." Die beiden kehrten um und rutschten zwischen Amme und ihrer Mutter auf eine der Bänke.

„Da ist Jesus", sagte Arezu und zeigte mit dem Finger auf die letzte Tafel der Darstellungen des Kreuzwegs, die entlang der Wand aufgereiht waren.

„Und wo ist Mohammed?" fragte sie weiter, während sie sich umsah. Simone strich ihrer Kleinen liebevoll durchs Haar.

„In einer Kirche sind nur Bilder von Jesus", erklärte sie.

„Mohammed ist in der Moschee", fiel Amir ihr ins Wort. „Aber da sind keine Bilder. Das ist nämlich verboten." Simone nickte ihrem Sohn zu. „Stimmt mein Großer, da hast du gut aufgepasst. Aber lasst uns doch mal sehen, was es noch hier alles gibt." Sie begann den Kindern die Symbole und Bilder zu erklären und Amme hörte ihr aufmerksam zu. Amir und Arezu wurden schon nach kurzer Zeit ungeduldig. Sie wollten umherlaufen, um sich alles aus der Nähe anzusehen. Simone ermahnte die beiden, sich still zu verhalten und stand mit ihnen auf.

„Es war toll, dir zuzuhören", sagte Amme als sie Simone folgte. „Man merkt dir gar nicht an, dass du so gläubig bist." Simone war selbst erstaunt, wie viel Freude es ihr gemacht hatte, den Kindern den Innenraum der Kirche zu erklären.

„Unsere Kirchen sehen sich sehr ähnlich", flüsterte sie Amme zu.

„Bist du denn in Deutschland oft zum Beten hingegangen? Und warum flüsterst du?" Amme sah sich um. „Hier ist doch niemand außer uns." Simone lächelte.

„Das weiß ich auch nicht so genau", Simone überlegte einen kurzen Augenblick. „Doch", sagte sie dann etwas lauter. „Wir glauben, dass Gott selbst hier anwesend ist. Da vorne", sie deutet auf den Altarraum. Ammes Blick blieb an dem kleinen roten Licht hängen, welches dort leuchtete. Simone fiel ein, dass Amme ihr erzählt hatte, dies sei eine armenische Kirche. Sie wusste nicht, ob es hier einen Tabernakel gab, aber solche Erklärungen waren ihr zu kompliziert. Ihr Herz klopfte plötzlich schneller. „Genaugenommen weiß ich selbst nicht, ob ich wirklich gläubig bin", dachte sie. „Wie sollte irgendjemand das merken?" Sie bemerkte, dass Amme sie neugierig ansah.

„Als Kind bin ich mit meinen Eltern in die Kirche gegangen", fuhr Simone fort, „später aber nicht mehr. Ich hätte nie gedacht, dass es in diesem Land überhaupt welche gibt. Vielleicht besuchen wir mal einen Gottesdienst."

„Das kannst du machen", flüsterte Amme. „Ich gehe jetzt rüber zu Mariam." Sie ging zielstrebig auf einen kleinen Marienaltar zu, warf Geld in den Opferstock, nahm zwei Kerzen aus der Schachtel unter den Kerzenhaltern und blickte einen Augenblick lang zum Bild der Mutter Gottes hoch. Dann senkte sie den Kopf und begann vor sich hin zu murmeln. Simone folgte ihr langsam und blieb ein paar Schritte neben ihr stehen. Amme hielt die beiden Kerzen immer noch in der Hand und Simone sah, dass sie weinte. Was bewegte sie so, dass sie sogar in der Kirche Trost und Hilfe suchte? Simone spürte wie eine kleine Hand sich langsam in die ihre schob. Amir war zu ihr gekommen.

„Warum macht Amme das?" fragte er leise. Arezu, die ihrem Bruder gefolgt war, schmiegte sich an Ammes Arm.

„Wir bitten die Mama von Jesus, uns zu helfen oder jemand anderem, den wir lieb haben", erklärte Amme leise, bevor Simone antworten konnte und wischte sich schnell über die Augen.

„Wem soll sie denn helfen?" fragte Arezu.

„Sie soll uns alle beschützen", antwortete Amme und gab Arezu und Amir die beiden Kerzen, die sie aus dem Vorrat genommen hatte. „Und euren Papa und eure Mama." Sie half den Kindern die Kerzen anzuzünden und auf den Ständer zu stellen. Simone kaufte zwei weitere Kerzen und gab sie Amme mit einem Lächeln. Dann nahm sie ihre Kinder an die Hand.

„Wir warten draußen auf dich", flüsterte sie, „ich will noch lesen, wann hier Gottesdienst ist."
Auf dem Weg zurück ging Amme mit Amir und Arezu an der Hand vor Simone her. Sie wollte unbedingt noch ein traditionelles Eis essen, weil sie das mit ihrem Vater auch immer gemacht hatte. Es war inzwischen schon dunkel geworden und auch ziemlich kalt. Simone wollte die Kinder eigentlich schnell nach Hause bringen, aber sie brachte es nicht übers Herz, Amme diesen Wunsch abzuschlagen. Das Eis war tatsächlich unglaublich lecker. Es war mit Safran, gefrorenen Sahnesplittern und Pistazienkernen gewürzt und zerging auf der Zunge. Während sie aßen, begann Amme von ihrer Kindheit zu erzählen. Simone freute sich, dass es ihr wieder besser ging. Aber sie konnte ihr nicht zuhören, denn der Besuch in der Kirche beschäftigte sie sehr. Sie hatte Arezu und Amir in den letzten Tagen aus der Kinderbibel vorgelesen und die beiden liebten die Geschichten von Jesus inzwischen. Sie sollten sich später entscheiden können, ob sie eine der beiden Religionen annehmen wollten oder auch nicht. Simone seufzte innerlich. „Ich bin doch christlicher, als ich gedacht habe", stellte sie erstaunt fest. Gut, dass ich beschlossen habe, Weihnachten zu feiern und die ganze

Familie einzuladen", dachte sie zufrieden. „Sie sollen ruhig sehen, dass ich keine Muslimin bin."

23.

Auf der Ladefläche des Pickups standen einige Weihnachtssterne. Daneben lag die große Kiefer, die sie mit einem Seil befestigt hatten. Simone saß neben Aida und Mohamed Ali, der den Wagen steuerte. Sie waren auf dem Rückweg vom großen Blumenbazar und sie strahlte zufrieden. Masoud hatte die Idee gehabt, die beiden zu bitten, sie dorthin zu begleiten als er sie gestern Abend von Azerbaidjan aus anrief. Sie freute sich, dass er ihre Idee, die Familie zu Weihnachten einzuladen, unterstütze.

„Früher gab es in Teheran die tollsten Christmas Partys", erzählte Masoud begeistert. „Mein Großvater wurde immer von seinen ausländischen Kunden im Bazar dazu eingeladen und Großmutter, mein Vater und Behruz durften ihn begleiten. Ich erinnere mich, dass Vater davon erzählt hat." Simone bedauerte es sehr, ihren Schwiegervater nie kennengelernt zu haben. Er schien ein toleranter Mann gewesen zu sein, ganz anders als sein Bruder. Sie konnte sich Behruz nicht auf einer solchen Party vorstellen. In Deutschland hatten sie Weihnachten immer bei ihren Eltern gefeiert. Nun wollte sie alles selbst machen und hatte sich direkt nach dem Telefonat in die Planungen gestürzt. Als Mohammed sich heute Morgen bereiterklärte, sie zu fahren, hatte sie das Angebot sofort angenommen.

Seit sie vom Bazar weggefahren waren, sprach Aida von nichts anderem als von der Christmas Party. Sie erzählte begeistert, dass sie solche Partys aus amerikanischen Filmen kannte. Mohammed Ali warf seiner Frau einen warnenden Blick zu. Simone schmunzelte. „Sie haben also auch eine Satellitenschüssel", dachte sie amüsiert, „und er will nicht, dass seine Mutter es vielleicht von uns erfährt."

„Wir feiern aber nicht so wie die Amerikaner", erklärte sie den beiden. „Bei uns gibt es keine Party und das Christkind kommt am Abend, nicht am Morgen. Es ist ein ruhiges Fest und es gibt leckeres Essen."

„Was ist ein Christkind?" fragte Aida erstaunt. „Und wann kommt Santa Claus?"

„Der ist amerikanisch", erklärte Simone. „Wir feiern die Geburt von Jesus und wir schenken uns etwas, weil wir uns über seine Geburt freuen. Den Kindern erzählen wir, dass diese Geschenke das Christkind bringt."

„Schade", sagte Aida, „ich hätte Santa Claus gerne gesehen, aber es macht nichts. Ich bin trotzdem gespannt. Bekommen nur die Kinder etwas geschenkt oder auch die Erwachsenen?"

„Nur die Kinder", antwortete Simone. Sie wollte nicht, dass die Familie glaubte, ihr etwas schenken zu müssen. Sie selbst wollte aber Geschenke für alle Kinder besorgen und sie sollten sie gemeinsam unter dem Weihnachtsbaum auspacken. Simone freute sich schon darauf, die Gesichter ihrer Kinder zu sehen, wenn sie zusammen mit den Cousins, die vielen Päckchen unter dem Baum, entdecken würden.

„Gibt es etwas Deutsches zum Essen?" fragte Aida weiter.

„Ich überlege noch. Amme hat mir angeboten, für uns zu kochen. Ich kann besser backen. Also mache ich mit den Kindern die Weihnachtsplätzchen. Wir haben schon angefangen."

„An welchem Tag ist denn Weihnachten?" fragte Mohammed Ali.

„Ich muss erst nachschauen, welches iranische Datum dann ist. Ich glaube es fällt auf einen Mittwoch", sagte Simone.

„Dann können wir nicht kommen", sagte Aida. „Die Kinder müssen doch donnerstags in die Schule. Du musst das Fest verschieben."

„Das geht nicht", sagte Simone. „Man kann Weihnachten nicht verschieben."

Sie hatte nicht daran gedacht, dass Masouds Nichten und Neffen in die Schule gehen mussten. Amir könnte einfach zu Hause bleiben, aber Nilu und Aida würden ihre Sprösslinge nicht wegen Weihnachten in der Schule entschuldigen. Ihre Vorfreude war dahin. Sie hatte sich alles so schön ausgemalt. Warum musste es schon wieder Schwierigkeiten geben?

„So was Blödes", schimpfte sie leise vor sich hin. Mohammed und Aida schwiegen.

„Hast du die anderen denn schon eingeladen? Was sagt Papa denn?" fragte Mohammed Ali vorsichtig. „Ich bin sowieso gespannt, ob Mama einwilligt, zu kommen."

„Sie kommt. Verlass dich drauf", sagte Aida. „Dazu ist sie viel zu neugierig." Simone zuckte mit den Schultern.

„Ich habe bis jetzt niemanden außer euch eingeladen. Schließlich haben wir noch mehr als eine Woche Zeit. Jetzt muss ich alles noch mal neu überlegen." Zu Hause angekommen wollte Mohammed Ali noch helfen, den Baum im Salon aufzustellen, aber Simone hatte dazu keine Lust mehr. Sie ließ die Einkäufe im Hof stehen und verabschiedete sich von den beiden. Dann trug sie die Weihnachtssterne und die Girlanden ins Haus. Amme kam ihr aufgeregt aus der Küche entgegen.

„Ich habe einen Truthahn bestellt", verkündete sie stolz. „Das isst man doch zu Weihnachten, nicht wahr." Sie zwinkerte mit den Augen. „Das hat mir die Nachbarin verraten. Sie weiß sogar, wie man ihn füllen muss. Ich mache das für dich. Übrigens musst du bald die Familie einladen. Sie müssen sich richten. Wir feiern sicher kommenden Donnerstag oder willst du lieber alle am Freitagmittag zum Essen bitten?"

„Weihnachten ist kommenden Mittwoch", sagte sie trotzig. „Ich will erst mit Masoud sprechen. Danach ist es noch früh genug, alle einzuladen."

„Mittwoch?" fragte Amme. „Kannst du das nicht verschieben?" Simone ließ die Tüten mit den Girlanden fallen.

„Ich weiß nicht, was ihr euch vorstellt?" schimpfte sie. „Wie kommt ihr darauf, dass man Weihnachten einfach an einem anderen Tag feiern kann?" Hinter ihr fiel eine Tür ins Schloss. Sie drehte sich um. Ashraf stand mit verschränkten Armen da und starrte sie an.

„Wie sprichst du denn mit Amme? Weihnachten, Weihnachten, man hört seit Tagen nichts anderes. Weiß Masoud überhaupt, dass du hier so einen Zirkus veranstalten willst?" Simone ging ein paar Schritte auf Ashraf zu. Sie hätte sie am liebsten an den Schultern gepackt und geschüttelt. Wieso musste sie sich auch noch einmischen?

„Was geht dich das an? Ich mache, was ich will", zischte sie Ashraf an, „und wenn es dir nicht passt, dann zieh doch aus." Ashraf lief rot an. Die beiden Frauen standen sich regungslos gegenüber, als Amir aus dem Wohnzimmer kam, wo er fern gesehen hatte.

„Mama? Bist du schon zurück? Wo ist der Baum?" Simone nahm ihn an die Hand. „Komm, wie holen Arezu und tragen ihn ins Wohnzimmer. Papa kommt morgen und wird ihn aufstellen." Sie bückte sich, hob die Tüte mit den Girlanden auf und ging mit Amir an der Hand an Ashraf vorbei zur Tür, wo sie sich kurz zu Amme umdrehte.

„Danke, dass du den Truthahn bestellt hast. Das ist lieb von dir. Ich sage dir, wann wir feiern."

Ashraf ließ sich in den kommenden Tagen nicht mehr im kleinen Wohnzimmer blicken. Simone bat Masoud nach seiner Rückkehr, den Baum zusammen mit den Kindern im Salon aufzubauen. Nachdem er die beiden ins Bett gebracht hatte, stellt er sie zur Rede, denn Amme hatte ihm von dem Streit der beiden Frauen erzählt. Sie saßen zusammen auf ihrem Bett im Schlafzimmer.

„Wie kommst du dazu, Ashraf zu drohen?" fragte er betont ruhig. „Ich dachte, du freust dich auf Weihnachten?" Simone rückte ein Stück von Masoud ab.

„Langsam, langsam", sagte sie. „Es ist mir so rausgerutscht. Wieso mischt sie sich denn ein?" Masoud stand auf und ging ein paar Schritte auf und ab.

„Das war eine dumme Bemerkung", sagte er schließlich und ging in sein Arbeitszimmer. Simone schüttelte den Kopf und ging Masoud nach.

„Sag mal, wieso lässt du mich mitten im Gespräch sitzen? Es war Ashraf, die die dumme Bemerkung gemacht hat. Ich habe nur darauf reagiert." Masoud hatte sich an den Schreibtisch gesetzt und begonnen, seine Unterlagen aus Azerbaidjan zu sortieren. Er drehte sich zu ihr um.

„Ich war so froh, dass wir endlich wieder in Ruhe miteinander reden können. Wir haben doch eine Lösung gefunden. Jetzt komme ich zurück und es geht gleich wieder los. Siehst du nicht, in welche Lage du mich bringst?" Simone setzte sich auf seinen Schoß und er nahm ihr Gesicht in beide Hände. Sie küsste ihn zärtlich.

„Liebling, ich habe mich selbst über meine Bemerkung geärgert, aber", sie überlegte einen Augenblick, „ich weiß jetzt, was mit Ashraf los ist." Simone sah Masoud direkt in die Augen. Er hielt den Atem an.

„Was denn?"

„Sie erträgt meine Gegenwart in diesem Haus genauso wenig, wie ich die ihre. Vielleicht wäre sie erleichtert, wenn sie von den Bauplänen erfährt? Das ist doch für uns alle eine gute Lösung. Leid tut es mir nur um Amme. Sie gehört irgendwie in dieses Haus. Es wird schwer für sie, in einem Appartement leben zu müssen." Masoud stand auf und nahm Simone in die Arme.

„Eben", flüsterte er und küsste zärtlich ihren Nacken. Lass den beiden noch Zeit. Wir sollten konkrete Planungen haben und dann reden wir mit ihnen. Je mehr wir über die zukünftige Wohnsituation sagen können, desto besser werden sie es verkraften, aus diesem Haus ausziehen zu müssen. Übrigens, meine Reise war sehr erfolgreich. Die ersten Teile der Fertigungsstraße kommen schon übernächste Woche." Masoud strahlte Simone an. „Was sagst du dazu? Es geht voran."

Toll, Schatz, das freut mich wirklich." Sie küssten sich erneut und Masoud zog Simone langsam ins Schlafzimmer. Nachdem sie miteinander geschlafen hatten, kuschelte Simone sich in seine Armbeuge und erzählte Masoud von dem Besuch in der Kirche und von dem Problem mit dem Zeitpunkt der Weihnachtsfeier. Er strich ihr zärtlich durch das lange Haar und schlug vor, den Heiligen Abend allein mit den Kindern zu verbringen und die Familie erst Donnerstags zum Essen einzuladen. Simone strahlte über das ganze Gesicht. Warum war ihr das nicht eingefallen? Die Kinder könnten die Bescherung zwei Mal erleben und Masoud und sie hätten eine friedliche Feier für sich allein. Wenn die Familie Donnerstags eine Christmas Party haben wollte, so sollte es ihr Recht sein. Amme würde den Truthahn für alle machen und am Heiligen Abend könnte sie, wie früher zu Hause, Kartoffelsalat zubereiten. „Schade, dass keine katholische Kirche in der Nähe ist. Sonst könnten wir sogar noch in die Messe gehen", dachte sie, bevor sie einschlief.

Masoud war todmüde, aber er konnte nicht einschlafen. Der Schreck saß zu tief. Er hatte wirklich geglaubt, Ashraf hätte seiner Frau im Streit alles erzählt. Es war nicht gut, dass die beiden sich immer wieder stritten und natürlich hatte Simone gespürt, dass Ashraf sie nicht mochte. „Wie kann sie nach so lange Zeit noch immer glauben, ich würde meine Frau verlassen, um sie zu heiraten. Sie sieht doch täglich, dass es anders ist?" Masoud fand keine Ruhe. Was konnte er tun? Ob es helfen würde, noch einmal mit Amme zu sprechen? Er war gespannt, ob Behruz und Fatima die Einladung zu

Weihnachten annehmen würden. Er war froh, dass sein Onkel endlich bereit war, sich aus der Fabrik zurückzuziehen, denn es ging ihm gesundheitlich schlechter. Sie mussten sich nur über die Abfindung einigen. Behruz würde keinen familiären Streit mehr heraufbeschwören. Plötzlich fiel ihm etwas ein. Vielleicht hatte Ashraf sich nicht aus Eifersucht so aufgeregt, sondern wegen Weihnachten. Vielleicht glaubte sie, dass sie dieses christliche Fest nicht gemeinsam feiern durften. Dann hatte das alles nichts mit ihm zu tun. „Ich werde Simone bitten, darauf Rücksicht zu nehmen", dachte er erleichtert. „Das macht ihr sicher nichts aus. Hauptsache die Kinder bekommen ihre Geschenke unter dem Weihnachtsbaum."

Die kommenden Tage waren mit den Vorbereitungen für das Fest gefüllt. Die Familie hatte die Einladung gerne angenommen. Amme wollte natürlich nicht nur den Truthahn, sondern noch viele andere, leckere Sachen zubereiten. Simone kaufte Geschenke und musste noch einmal zur Post fahren, um das Päckchen ihrer Mutter abzuholen, das glücklicherweise pünktlich kam. Sie verpackte die Creme für Amme und das seidene Kopftuch für Ashraf und stellte sich vor, wie die beiden sich freuen würden. Nachmittags backte sie Plätzchen mit den Kindern und erzählte der erstaunten Amme, dass der Truthahn nicht zum deutschen Weihnachtsfest gehörte.

„Die Nachbarin war sich so sicher", schmunzelte Amme, „ihr Sohn ist in Amerika. Ich werde ihr erklären, dass es im Ausland nicht überall so ist wie in den USA. Da wird sie staunen."

„Aber wir essen ihn trotzdem Amme", sagte Simone. „Ich habe nämlich noch nie einen gegessen."

Masoud half Simone bei den Vorbereitungen so gut er konnte, aber er rechnete jeden Tag mit der Ankunft der ersten Maschinenteile aus Azerbaidschan und war nur selten zu Hause. Trotzdem schaffte er es, am Tag vor Heilig Abend eine bunte Lichterkette für den Baum aufzutreiben. Simone hatte den Salon schon für den morgigen Abend vorbereitet. Während Masoud die Kette befestigte, fragte er:

„Hat Ashraf noch etwas wegen Weihnachten gesagt? Ich habe sie schon ein paar Tage nicht mehr gesehen."

„Nein", antwortete Simone. „Amme sagt, dass sie viel zu tun hat. Jetzt im Winter kommen noch mehr Mütter mit kranken Kindern in die Gesundheitsstation. Da muss sie länger arbeiten."

„Dann lass sie bitte auch damit in Ruhe", sagte Masoud.

„Womit?"

„Na, mit Weihnachten und dem ganzen Drumherum. Es genügt doch, wenn wir mit den Kindern feiern und es einen Baum und eine Bescherung gibt. Wieso liest du ihnen eigentlich jeden Tag aus der Bibel vor? Amir hat mir davon erzählt."

„Wieso nicht? Sie sollen doch wissen, was es mit diesem Fest auf sich hat und sie sollen das Christentum genauso kennenlernen wie den Islam."

„Was sind denn das für neue Ideen? Du warst doch sonst nicht so religiös? Muss das sein?"

„Solange es ihnen Spaß macht."

„Übertreib es bitte nicht. Islam, Christentum, das ist doch egal. Sie sind noch so klein. Da genügt es, wenn sie wissen, dass es einen Gott gibt." Simone stellte ihr Teeglas ab.

„Außerdem will ich nicht, dass du über Religion sprichst, wenn die Familie dabei ist. Lass uns einfach nur zusammen feiern. Ich kann gerade keine Streitgespräche gebrauchen. Die habe ich in der Fabrik schon zur Genüge." Simone trat einen Schritt zurück.

„Wie bitte? Was soll das alles jetzt?"

„Bitte, lass doch das Thema Religion einfach weg. Was ist denn schon dabei? Komm mal her." Er ging auf

Simone zu und versuchte sie in den Arm zu nehmen, aber Simone schob ihn von sich.

„Ich lasse es weg, wenn die Schule es auch weglässt. Du hast mir nicht gesagt, dass die Kinder hier so streng islamisch erzogen werden. Wir haben uns nur über die Bildung unterhalten, wenn wir über die Schule gesprochen haben. Aber da passiert viel mehr. Darauf konnte ich mich nicht vorbereiten." Masoud seufzte.

„Ich bitte dich nur, das Thema nicht anzustoßen, das ist alles." Er nahm sie in den Arm. „Es tut mir leid, Liebes. Ich will, dass wir Weihnachten in Frieden feiern können. Schließlich haben alle zugesagt. Das ist doch schon was. Daran habe ich gar nicht geglaubt. Lass uns Schritt für Schritt vorgehen. Du musst ja nicht mit der Tür ins Haus fallen."

„Na gut", sagte Simone. „Aber wenn mich jemand etwas fragt, werde ich nicht schweigen. Das gehört nun mal zu meiner Tradition." Sie nahm ihren Tee und trank ihn aus. „Und zu meinem Glauben", fügte sie leise hinzu. Masoud probierte die Lichterkette noch ein letztes Mal aus, dann zog er den Stecker und sie verließen den Salon, den Simone hinter sich abschloss. Der Gedanke an die strahlenden Augen der Kinder tröstete sie etwas über die ständigen Diskussionen mit Masoud hinweg. Wenn sie erst alleine lebten, würde das alles kein Thema mehr sein.

24.

Ashraf erkannte Behruz schon von weitem und ging schnell auf ihn zu. Sie musste unbedingt mit ihm sprechen. Heute Abend war dieses Weihnachtsfest und morgen würden alle kommen, um zusammen mit Simone zu feiern. Sie hatte bis zuletzt geglaubt, dass Behruz intervenieren und Fatima veranlassen würde, abzusagen. Sie hatte ihn angerufen, um sich mit ihm zu verabreden, aber er war ihr am Telefon ausgewichen und willigte erst ein sie zu sehen, als sie drohte, das Fest platzen zu lassen und alles zu sagen. Er schlug vor, dass sie sich nach ihrer Arbeit im Park treffen sollten. Ashraf zitterte nicht nur vor Kälte und Müdigkeit. Ihre Unruhe war auf der Fahrt hierher ständig gestiegen. Inzwischen hatte sie Angst vor dem Gespräch.

Behruz ging vor einer der Parkbänke auf und ab. Als er Ashraf sah, kam er auf sie zu.

„Hätten wir uns nicht woanders treffen können? Ich wäre auch in die Fabrik gekommen", begrüßte Ashraf ihn. Oder kannst du dich in deiner eigenen Fabrik nicht mehr treffen mit wem du willst?"

„Pass auf", sagte Behruz und zog die Augen zusammen. Ashraf zuckte zusammen.

„Amu Djan", begann sie erneut. „Danke, dass Sie Zeit für mich haben." Sie nahm seinen Arm. „Wie geht es Ihnen und Fatima Chanum?"

„Komm, halte mich nicht zum Narren", brummte Behruz und setzte sich zu einem kleinen Spaziergang in Bewegung. „Was ist los? Warum musste ich bei dieser Kälte hierher kommen?"

„Ich will wissen, was vor sich geht. Als ich bei Ihnen war, haben Sie gesagt, dass ich Ruhe bewahren soll. Und nun wollen Sie mit Simone Weihnachten feiern. Das verstehe ich nicht."

„Komm, setzen wir uns hierher", sagte Behruz und nahm auf dem vorderen Rand einer Bank Platz, damit sein dicker heller Wollmantel nicht schmutzig wurde. Ashraf setzte sich neben ihn auf die eiskalte Bank.

„Du hast dich verrannt", sagte er, „hör auf diese Rachepläne zu schmieden. Wenn Masoud dich immer noch wollte, hätte er schon längst etwas unternommen. Wir gehen zu dem Fest, damit endlich Ruhe einkehrt. Vergiss deinen Plan." Ashraf starrte Behruz ungläubig an. Ihr Magen zog sich schmerzhaft zusammen. „Masoud wird die Fabrik nach Nowruz[21] wieder ganz übernehmen. Ali Reza und ich ziehen uns zurück und Mohammed Ali will bei ihm einsteigen. Deshalb will ich keinen weiteren Streit. Wir brauchen endlich Frieden in der Familie." Ashraf wurde schwindlig. Sie stand mühsam auf. Ihr Körper war steif geworden. Behruz wollte die Fabrik nicht mehr.

„Familienfrieden", sagte sie tonlos. Sie straffte die Schultern und atmete tief ein. Die kalte Luft ließ sie wieder zu sich kommen. „Auf meine Kosten. Du hast mit versprochen mit mir zu kämpfen. Masoud ist bei mir im Wort und du auch" Behruz griff nach ihrer Hand.

„Setz dich wieder, Kind", sagte er und sah sie an. „Es ist vorbei. Das musst du akzeptieren. Wir hätten uns gewünscht, dass Masoud dich heiratet. Nun ist es eben anders. Komm endlich zu dir und vergiss diese dumme Verlobung. Amme und ich suchen dir einen anderen Mann."

„Er lässt mich fallen, einfach so. Und Amme macht mit." Ashraf war der Verzweiflung nahe. Dann verstand sie plötzlich.

„Ich weiß, wieso du die Fabrik aufgibst. Du hast dein Geld in Sicherheit gebracht und dazu brauchtest du Zeit. Nur deshalb hast du dich an meinem Komplott gegen Masoud beteiligt. Du wolltest, dass er beschäftigt ist und nichts von deinen heimlichen Machenschaften bemerkt."

---

[21] Persisches Neujahr an der Wintersonnenwende am 21.März

„Ashraf, ich warne dich", sagte Behruz und zog sie wieder auf die Bank zurück. „Erzähl' mir nichts über heimliche Machenschaften. Du bist auch nicht besser. Außerdem habe ich mich immer um dich gekümmert. Soll das jetzt der Dank dafür sein?" Ashraf bebte vor Wut. Alle ließen sie im Stich. Sie war ja nur die kleine Waise, die dankbar zu sein hatte. Sie stand auf und stellte sich vor Behruz.

„Das ist nicht fair. Das gefällt Allah nicht. Du versündigst dich an mir." Behruz erhob sich ebenfalls. Er war kaum größer als sie, aber er kam ihr so nahe, dass sie zu ihm aufsehen musste.

„Erzähl du mir nichts von Sünde. Allah wird mir anrechnen, was ich für dich getan habe." Seine Stimme zitterte leicht. „Ich habe mehr als meine Pflicht getan und nun gib endlich Ruhe. Ich warne dich. Du wirst stillhalten. Keinen Streit und keine dummen Geschichten. Sonst kann ich nichts mehr für Amme und dich tun." Er zog seinen Schal fester um den Hals und Ashraf bemerkte, dass auch seine Hände zitterten. „Du bist eine ehrbare Frau. Pass auf, dass es so bleibt, dann finden wir einen anständigen Mann für dich."

Als Ashraf nach Hause kam, hörte sie schon von weitem die Weihnachtsmusik, die Simone ununterbrochen abspielte. Der Salon war hell erleuchtet und die Kinder spielten mit ihren Geschenken. Sie hörte Simone und Masoud im kleinen Wohnzimmer telefonieren. Sie sprachen Deutsch, also redete Simone mit ihrer Mutter.

„Du hast Weihnachten verpasst", rief Amir ihr zu als er sie entdeckte. Arezu sprang auf und zog sie ins Zimmer.

„Schau mal, was ich alles vom Christkind bekommen habe." Ashraf sah sich die Geschenke kurz an und versprach den beiden wiederzukommen, nachdem sie sich umgezogen hatte. Da klingelte es an der Haustür. Simone erzählte ihrer Mutter gerade wie schön alles gewesen war, als Amme aufgeregt in das kleine Wohnzimmer kam.

„Wir haben Besuch", sagte Amme verwirrt. „Im Salon warten die beiden Lehrerinnen von Amir. Ashraf hat ihnen schon mal Tee angeboten." Simone verabschiedete sich von ihrer Mutter und ging mit Masoud rüber in den Salon. Dort saßen zwei schwarz verschleierte Frauen und tranken Tee. Amir und Arezu lehnten sich verschüchtert an Ashraf, die noch nicht dazu gekommen war, ihren Mantel abzulegen. Die beiden Frauen strafften die ihre Schleier und erhoben sich, um Simone und Masoud zu begrüßen.

„Wir wollen nicht stören", sagte die Ältere, „aber ihr Sohn hat erzählt, dass sie heute Weihnachten feiern werden. Wir möchten ihnen gerne herzlich gratulieren und Amir und seiner Schwester ein Geschenk machen, wenn wir dürfen. Dann gehen wir gleich wieder. Sie erwarten bestimmt noch Besuch."

„Das ist aber lieb von Ihnen", sagte Simone gerührt. „Bitte setzen Sie sich doch wieder. Sie stören gar nicht. Darf ich Ihnen von meinen Keksen anbieten? Bitte nehmen Sie." Die Lehrerinnen nahmen von den Plätzchen und gaben Mair und Arezu ihr Geschenk.

„War das Christkind auch bei euch?" fragte Arezu während sie das Papier von ihrem Geschenk aufriss. Die Frauen sahen Simone fragend an.

„Ja, sicher", antwortete Simone ihrer Tochter. Sie lächelte den Lehrerinnen zu.

„Vielen Dank, dass Sie diese Mühe auf sich genommen haben", sagte sie erneut. „Das ist wirklich eine Freude für uns." Die beiden Frauen bewunderten den bunt geschmückten Baum und betrachteten neugierig die kleinen Figuren aus Salzteig, die darunter standen. Simone hatte aus gewebtem Stoff und ein paar Hölzern ein kleines Zelt gebaut und die Figuren von Maria, Josef und dem Christkind davor aufgestellt. Sie war richtig stolz auf ihre kleine orientalische Krippe.

„Das da sind Isa und Mariam, nicht wahr? Und wer ist der Mann daneben?" fragte die jüngere Lehrerin. Sie bückte sich und betrachtete die Krippe aus der Nähe.

„Josef", erklärte Amir bevor Simone antworten konnte. „Ich habe die Figuren mit Mama im Kindergarten gemacht."

„Wer ist Josef?" fragte die Lehrerin weiter. Amir fuhr mit seiner Erklärung fort und Simone war erleichtert als sie sah, dass Masoud vor Stolz strahlte.

„Der Mann von Maria. Der Papa von Jesus ist Gott und der ist im Himmel. Josef hat Maria geheiratet, damit Jesus auch auf der Erde einen Papa hat."

„Tatsächlich?" Die Lehrerin sah Amir liebevoll an. Davon habe ich noch nie etwas gehört. Von Josef ist im Koran keine Rede." Simone bemerkte, dass Ashraf auf ihrem Stuhl hin und her rückte und übernahm das Gespräch, bevor sie es tun konnte.

„Stimmt", sagte sie. „Davon steht nichts im Koran. Aber in der Bibel. Er hat Maria geheiratet, damit sie ihren Ruf nicht verliert und hat sich um sie und ihr Kind gekümmert. Jesus ist bei den beiden aufgewachsen."

„Bis er gemerkt hat, dass doch der liebe Gott sein Papa ist", ergänzte Amir. Er hatte gut aufgepasst, wenn seine Mutter ihm aus der Bibel vorgelesen und ihm die Weihnachtsgeschichte erklärt hatte. Die Frauen lächelten verlegen und nippten an ihrem Tee. Ashraf wurde rot im Gesicht. Simone warf Masoud einen verstohlenen Blick zu.

„Ihr Tee ist sicher schon kalt", sagte er, „ich hole ihnen neuen."

„Nein danke, machen sie sich keine Mühe. Wir gehen gleich. Aber diese Kekse sind fantastisch. Könnte ich vielleicht das Rezept bekommen? Ich würde sie gerne zu Nowruz backen."

„Sicher", antwortete Simone. „Ich werde es Ihnen aufschreiben."

„Sie schreiben auch in Farsi", staunte die Lehrerin. „Die Deutschen sind wirklich sehr intelligent. Das sieht man auch an Amir", lobte sie. „Dürfen wir noch ein Foto vor dem geschmückten Baum machen?" bat sie. „Der ist ja das Wichtigste an Weihnachten". Simone ließ diese Bemerkung einfach stehen. Die Frauen hatten schon genug christliche Belehrungen bekommen. Es wurden Dutzende Fotos gemacht. Die Lehrerinnen ließen sich gemeinsam mit den Kindern, zu zweit und auch jede für sich allein vor dem Baum fotografieren, der neben ihren schwarzen Schleiern noch bunter strahlte.

Nachdem sie den unerwarteten Besuch zur Tür gebracht hatten, standen Simone und Masoud im Hof und beobachteten die Kinder, die im hell erleuchteten Salon mit ihren Geschenken spielten.

„Die beiden sind schon mehr als halbe Iraner", lächelte Simone, „sie sitzen nur noch auf dem Boden." Sie zog Masoud an sich heran und küsste ihn.

„Das war das schönste Geschenk zu Weihnachten."

„Was?" fragte Masoud.

„Der Besuch dieser beiden Lehrerinnen. Sie wollten uns einfach nur eine Freude machen, obwohl ihnen Weihnachten nichts bedeutet. Ich finde das so lieb. Warum kann es nicht immer so unkompliziert sein?"

Am kommenden Tag amüsierten sie sich alle prächtig. Nur Ashraf war die meiste Zeit in der Küche. Sie sagte, dass sie Amme helfen müsse, weil Sarah plötzlich krank geworden war. Simone stellte erstaunt fest, dass sogar Fatima die amerikanischen Weihnachtsbräuche kannte. Die Frauen unterhielten sich angeregt über Christmas Partys und ließen sich von Simone erzählen, wie man in Deutschland feierte. Simone beherzigte Masouds Wunsch, das Thema Religion nicht zu sehr zu vertiefen. Sie war dankbar und glücklich, dass alle gekommen waren und achtete, dass sie sich wohlfühlten. Alle hatten sich fein gemacht und nicht nur den

Kindern, sondern auch ihr kleine Aufmerksamkeiten mitgebracht, die sogar in Geschenkpapier mit Weihnachtsmotiven eingeschlagen waren. Sie bekam Parfüm und Fatima schenkte ihr eine Etagere.

„Masoud hat gesagt, dass du gut backen kannst", sagte sie, „so kommen deine Plätzchen noch besser zur Geltung." Simone genoss es, im Mittelpunkt zu stehen. Sie hatte zum ersten Mal das Gefühl, wirklich akzeptiert zu sein. Von der Anspannung bei früheren Familientreffen, war nichts mehr zu spüren. Masoud unterhielt sich mit Behruz und seinen Cousins schon den ganzen Abend über seine Pläne für die Fabrik. Nach dem Essen stellten Nilu und Aida fest, dass sich die deutsche Weihnachtsmusik nicht zum Tanzen eignete. Sie hatten amerikanische Musik dabei und schlugen vor, dass die Männer sich ins kleine Wohnzimmer zurückziehen sollten, damit die Frauen den Salon für sich hatten. Dann räumten sie die Tische und Stühle zur Seite und die Party begann. Zu Simones Erstaunen gesellte sich sogar Ashraf zu ihnen. Sie hatte sich umgezogen und sogar Make-up aufgelegt. Ihr lockiges Haar fiel über die schmalen Schultern. Sie trug einen knielangen Rock und ihre Lippen waren rot geschminkt. Die Frauen und Kinder tanzten ausgelassen. Simone war glücklich. Heute Abend war es so wie bei Parwin zu Hause. Das hätte sie nie für möglich gehalten. Amme und Fatima saßen nebeneinander und beobachteten das Treiben. Simones Blick blieb immer wieder an Ashraf hängen. Sie hatte ihre Schuhe abgestreift und bewegte sich leicht und anmutig zur Musik. Die Frauen nahmen sie immer wieder in ihre Mitte und klatschten ihr aufmunternd zu, wenn sie ihre Hüften kreisen ließ. Amme strahlte über das ganze Gesicht. Es freute sie offensichtlich, dass Ashraf sich so gut amüsierte. Niemand hatte bemerkt, dass Masoud schweigend in der Tür stand und Ashraf beobachtete. Als Fatima ihn endlich entdeckte, schrie sie: „Stopp! Stopp! Masoud ist hier." Nilu und Aida hörten augenblicklich auf zu tanzen und Aida lief zum Kassettenrekorder, um die Musik abzuschalten. Doch Ashraf tanzte einfach weiter. Als sie sich eine Haarsträhne aus dem Gesicht strich, fiel ihr Blick wie zufällig auf Masoud. Sie blieb vor ihm stehen, hob das Kinn, schüttelte ihr offenes Haar zurück und sah ihm direkt in die Augen. Masoud sah über sie hinweg zu Fatima.

„Behruz ist müde", sagte er.

25.

„ Was ist in dich gefahren? Du tust so etwas nie wieder, hast du verstanden?"

Ashraf hielt den Telefonhörer umklammert.

„Hörst du?" Behruz erwartete eine Antwort.

„Ja." Erwiderte sie und zog eine Grimasse.

„Amme gibt mir sofort Bescheid, wenn du wieder Dummheiten machst", fuhr Behruz fort. „Ich erfahre alles, das sollte dir klar sein." Dann legte er ohne ein weiteres Wort den Hörer auf. Ashraf stand noch eine Weile mit gesenktem Kopf vor dem Telefon, bevor sie den Hörer in die Gabel fallen ließ. Fatima hatte ihm natürlich sofort berichtet, dass sie vor Masoud schamlos getanzt habe. Die Erinnerung daran ließ Ashraf lächeln. Als sie von Amme erfahren hatte, dass die Frauen tanzen wollten, war sie augenblicklich in ihr Zimmer geeilt, um sich hübsch zu machen. Masoud liebte es, sie tanzen zu sehen, und sie hatte gehofft, dass er sich diese Gelegenheit nicht entgehen lassen würde. Und tatsächlich war er es gewesen, der die Frauen zum Aufbruch gerufen hatte. Er stand reglos in der Tür, ohne auf sich aufmerksam zu machen. Sie hatte ihn lange vor Fatima entdeckt. Masoud bemühte sich zwar, sich nicht anmerken zu lassen, dass er sie beobachtete, aber sie hatte es in seinen Augen gelesen: Er liebte sie immer noch, doch er war gefangen. Gefangen in dieser Ehe, die ihn nicht glücklich machte, gefangen bei einer Frau, die nicht hierher gehörte. Beim Gedanken an Simone verzog Ashraf den Mund. Wieso hatte sie geglaubt, Simone sei schön? Sie bewegte ihre langen dünnen Beine beim Tanzen wie Stelzen und ruderte mit ihren Armen, die wie zwei gerupfte Flügel aussahen. „Ich habe viel zu lang geglaubt, dass er sie wegen ihrer Schönheit liebt", dachte Ashraf, während sie in ihr Zimmer ging. „Ich werde ihm zeigen, was wirkliche Schönheit und Anmut ist." Sie seufzte. Leider war Masoud seit diesem Weihnachtsfest ständig in der Fabrik. In ihrem Zimmer schloss sie die Tür hinter sich ab.

Amme war schon ein paar Mal ungebeten zu ihr gekommen, um auf sie einzureden. Ashraf wusste, dass ihre Ziehmutter Angst vor den Drohungen von Behruz hatte. Wenn er ihnen die Unterstützung entzog, waren sie auf die Hilfe von Masoud angewiesen. Ihr Gehalt als Krankenschwester würde nicht einmal für die Miete einer kleinen Wohnung ausreichen. Ashraf nahm Masouds Portrait aus der Schublade. Sie setzte sich an den Schreibtisch, stellte das Bild vor sich auf und beugte den Kopf zu ihm herunter, bis ihr seine Augen ganz nah waren. So, wie am Abend der Christmas Party. Die Welt um sie herum begann zu verschwinden. Sie hörte wieder die Musik und stand direkt vor ihm. Sein Blick klebte an ihr und sie spürte seinen inneren Kampf. Er wollte sie umarmen, starrte aber stattdessen über sie hinweg. Aber sein Körper sprach zu ihr. Ihn erfüllte das gleiche Verlangen wie sie. Plötzlich spürte sie seine Lippen auf den ihren, fühlte seinen warmen Atem an ihrem Hals und hörte, wie er sie zärtlich flüsternd anflehte, ihm zu verzeihen.

Die Klingel schreckte Ashraf aus ihren Träumen auf. Simone erwartete ihre Freundin Parwin zusammen mit deren Mann und Sohn. Ashraf hörte, wie das Tor aufgedrückt wurde und sah Simone und die Kinder über den Hof eilen, um ihren Gästen entgegen zu gehen. Sie sprang auf. Wenn Parwins Mann kam, würde Masoud sicher auch bald nach Hause kommen. Vielleicht ergab sich heute endlich wieder die Gelegenheit Masoud länger zu sehen? Es wäre unhöflich, wenn nicht alle Bewohner des Hauses sich den Gästen vorstellen und eine Zeit lang mit ihnen verbringen würden. Ashrafs Hände begannen zu zittern. Sie ging hinter den Vorhang ihres Fensters und lugte vorsichtig hinaus. Leider kam Parwin allein mit ihrem Sohn. Ashraf konnte die Unterhaltung der beiden Frauen nicht hören. Kam Parwins Mann vielleicht später nach? Sie überlegte fieberhaft. Wenn sie zu früh in den Salon ginge, würde sie sich nicht lange genug aufhalten können, um Masoud zu sehen. Sie schlich zur Tür und öffnete sie einen Spaltbreit. Die beiden Frauen lachten und schwatzten, während die Kinder sich lautstark begrüßten und in den Salon liefen. Simone und Parwin gingen hinterher. Ashraf ließ ihre Zimmertür wieder leise in Schloss fallen. Sie hatten nichts darüber gesagt, wann die Männer sich zu ihnen gesellen wollten. Da klopfte es und Ammes Stimme drang durch die Tür.

„Ashraf, komm, wir haben Gäste."

„Mir ist nicht gut", antwortete Ashraf und lugte durch den Türspalt. „Ich komme später."

„Unsinn", befahl Amme, „mach schon. Wir bleiben nicht lange bei den beiden. Sie gehen später zusammen weg. Heute ist doch das deutsche Neujahr."

„Gut, ich muss mich nur noch umziehen", sagte Ashraf.

„Lass es und komm!" befahl Amme. Ashraf hörte wie ihre Schritte sich von der Tür entfernten. Sie konnte nur hoffen das Masoud bald kommen würde. Also schlüpfte in ihre neue Hose und zog eine Tunika darüber. Sie schnallte sich einen passenden Gürtel um ihre schmale Taille und legte ein Seidentuch über die Schultern, um die oberen, offenen Knöpfe der Bluse scheinbar zu verdecken. Als sie den Salon betrat, spielten die Kinder auf dem Teppich „Mensch Ärgere dich nicht". Parwin rief Nasser zu sich und stand auf, um Amme und Ashraf zu begrüßen. Simone stellte sie einander vor und Amme wollte Parwin Tee und Gebäck anbieten, aber Simone schob sie auf einen Stuhl neben ihrer Freundin.

„Ich mache das", sagte sie, „unterhaltet ihr euch derweil ein bisschen." Ashraf bemerkte, dass Parwin sie musterte während sie mit Amme sprach. Was mochte Simone ihr erzählt haben? Sie war sich ziemlich sicher, dass Simone ihren Flirt mit Masoud nicht bemerkt hatte. Sie hatte die Familie so ausgelassen und fröhlich verabschiedet und sich ständig bei Amme und ihr für die Mühe und für das schöne

Fest bedankt. Diese dumme Deutsche tat gerade so, als hätten sie dieses Fest nur ihr zu ehren veranstaltet. Als Parwin ihren Tee ausgetrunken hatte, stand Amme auf. Sie sah zu Ashraf herüber und nickte unmissverständlich mit dem Kopf.

„Wir haben beide noch etwas zu tun. Ich bitte Sie, uns zu entschuldigen. Es war schön, sie und den kleinen Nasser endlich kennen zu lernen."

„Ach übrigens", sagte Simone, „wir gehen gleich in ein Restaurant. Die Kinder nehmen wir mit. Masoud müsste bald hier sein und Parwins Mann kommt von der Arbeit direkt dorthin." Ashraf zuckte zusammen. Die Vorstellung, dass Simone und Masoud einen gemeinsamen Abend außer Haus genossen, war seit dem Fest noch unerträglicher als zuvor. Sie ging in ihr Zimmer, ohne sich nach Amme umzusehen, die ihr mitleidig nachsah. Ihr Kopf arbeitete fieberhaft. Sie musste jetzt am Ball bleiben und alles verhindern, was Masoud die Christmas Party und seine Gefühle für sie wieder verdrängen ließ. Ashraf beschloss, ihn vor der Haustür abzufangen. Sie legte Make-up auf und zog ihren Mantel an, dann schlich sie sich aus dem Haus und postierte sich in der Nähe der Einfahrt. Es dauerte mehr als eine Stunde bis sie endlich die Scheinwerfer seines Autos kommen sah. Er steuerte den Wagen in einem großen Bogen auf die kleine Brücke über dem Wassergraben und stieg aus, um das Tor aufzuschließen. Ashraf schoss hervor.

„Wir müssen reden, sofort!" befahl sie und drückte ihn auf den Fahrersitz zurück. „Steig ein und fahr hier weg!" Sie lief um das Auto herum und nahm auf dem Beifahrersitz Platz. „Nun fahr schon", sagte sie und starrte auf das Tor, so als ob es jeden Moment aufgehen und Simone erscheinen könnte. Masoud schüttelte den Kopf und setzte zurück. Er fuhr ein Stück die Straße entlang und parkte irgendwo.

„Was soll das?" fragte er, ohne Ashraf anzusehen.

„Liebling", sagte Ashraf. „Ich musste das tun. Lass uns endlich miteinander reden."

„Hör auf damit", antwortete Masoud. „Was willst du?" Ashraf spürte, wie ihr Magen sich verkrampfte. Sie zog das Kopftuch herunter und legte ihre Hand auf seinen Oberschenkel. Masoud sah sie ungläubig an.

„Was treibst du da?"

„Schau hin", flüsterte Ashraf. „Schau endlich hin. Ich bin ´s, dein Spatz. Ich weiß, dass du mich liebst. Ich hab` es gesehen." Masoud schob ihre Hand weg.

„Du hast nichts gesehen. Und da gibt es auch nichts, versteh` das endlich. Jeder hat das begriffen, nur du nicht. So kann es nicht weiter gehen. Ich muss endlich etwas unternehmen."

„Bitte", stöhnte Ashraf, „bitte! Unternimm etwas und sag ihr die Wahrheit. DU musst endlich den Mut dazu aufbringen. Das ist es, was du tun musst. Ich helfe dir und alles wird gut."

„Es ist meine Schuld. Ich hätte viel früher für klare Verhältnisse sorgen sollen. Ich dachte Amme und Behruz hätten dich zur Vernunft gebracht."

„"Behruz ist auf meiner Seite. Denkst du er hat tatenlos zugesehen, wie du ihm die Fabrik wegnimmst und unsere Familie zerstörst? Und glaub ja nicht, Amme hätte von all dem nichts gewusst." Masoud wurde rot vor Zorn starrte sie mit offenem Mund an."

„Was meinst du damit?"

„Nichts", sagte Ashraf flehentlich, „aber schaff endlich klare Verhältnisse und sag´ Simone die Wahrheit. Sag´ ihr, dass du mich liebst, dass wir verlobt sind, dass sie besser in Deutschland leben soll, dass sie uns unser Leben gestohlen hat", Sie schlang ihre Arme um seinen Hals und versuchte ihn zu küssen. Er schob sie mit einem heftigen Stoß auf den Sitz zurück.

„Hör auf. Es ist vorbei und dabei bleibt es. Amme und du, ihr werdet so schnell wie möglich umziehen. Und mit Behruz rede ich noch. Reiß dich reiß dahin zusammen oder du kannst sehen wo du bleibst." Masoud wischte sich durch das Gesicht und atmete tief durch. „Unglaublich", sagte er dann leise und fuhr fort, „Simone fliegt mit Parwin für ein paar Tage nach Isfahan. Ich werde ihr die Reise heute Abend schenken. Wenn sie weg ist klären wir, wie es für Amme und dich weitergeht. Was hast du nur getan?" Er umfasste das Lenkrad mit beiden Händen so fest, dass die Knöchel seiner Finger weiß wurden. „Und jetzt steig aus." Ashraf griff mit zitternden Händen nach ihrem Kopftuch, aber es gelang ihr nicht, es über den Kopf zu ziehen. Sie öffnete die Autotür und stieg aus. Masoud ließ den Motor an und die Beifahrertür schloss sich von selbst, als er losfuhr. Ashraf stand wie versteinert auf dem Bürgersteig. Das Summen in ihren Ohren wurde immer lauter. Jetzt war alles verloren.

26.

Die junge Mutter stand mit ihrem in gestrickte Decken eingewickelten Kind auf dem Arm in Ashrafs Untersuchungszimmer, welches mittels einer Holzwand mit eingelassener Tür und kleinem Fenster provisorisch vom Ende des Flures abgetrennt war. Die Verwaltung hatte dieses zusätzliche Konsultationszimmer im Flur eingerichtet, weil die kostenlose staatliche Gesundheitsstation dem Ansturm der jungen Frauen aus ärmeren Verhältnissen nicht mehr gewachsen war. Der Flur war voller Mütter mit Kleinkindern, die auch vor den anderen Zimmern warteten. Die meisten Türen der Kolleginnen standen offen, aber Ashraf hielt die Tür ihres erst kürzlich eingerichteten Zimmers lieber geschlossen, damit es warm blieb. Es gab keine Heizung darin, deshalb hatte sie sich ein Heizöfchen unter ihren Schreibtisch gestellt. Die Wände waren mit beigefarbenen Steinplatten ausgekleidet und an der Decke summte eine Neonröhre vor sich hin. Die jungen Frauen hielten sich meistens nicht lange bei ihr auf, wenn sie sich über die Möglichkeiten einer kostenlosen Schwangerschaftsverhütung beraten ließen. Ashraf war müde und unkonzentriert. Sie konnte der Frau vor ihr kaum zuhören. Ihr Blick fiel immer wieder auf die Uhr.

„Warum sind sie hier? Sind sie wieder schwanger?" Ashraf sah auf die Patientenakte der Frau. „Ihr Mann hatte doch einen Termin für die Sterilisation. Warum ist er nicht gekommen?"

„Seine Mutter will das nicht", sagte die junge Frau leise und hob das Kind von einem Arm auf den anderen. Dabei verrutschte ihr Schleier und sie klemmte sich den Rand des Stoffes zwischen die Zähne, um das Tuch mit der freien Hand wieder hochzuziehen. Dann wischte sie die tropfende Nase ihres Babies mit einem Zipfel des Schleiers ab. „Schwiegermutter sagt, er ist zu jung. Vielleicht will er später mal eine andere Frau heiraten. Dann muss er doch Kinder

246

machen können." Ashraf sah die junge Mutter an, die verschämt fortfuhr: „Vielleicht sagen wir es ihr einfach nicht. Mein Mann will keine andere Frau und keine Kinder mehr. Wir haben doch schon drei." Ashraf nickte und sah erneut auf die Uhr. Ihre Hände zitterten.

„Wieso sind sie dann wieder schwanger?" fragte sie.

„Ich weiß nicht, ob ich schwanger bin. Meine Schwiegermutter sagt, ich soll die Pille nehmen, aber ich bin schon zwei Wochen überfällig. Helfen die jetzt noch?" Die junge Frau sah auf den Fußboden.

„Haben Sie einen Schwangerschaftstest gemacht?" Sie schüttelte den Kopf.

„Dann müssen Sie zu meiner Kollegin in Zimmer 136 gehen, eine Etage tiefer. Hier", Ashraf hielt ihr einen Zettel hin, „zeigen Sie das. Sie gibt Ihnen einen Test und dann sehen wir weiter." Die Frau nahm die Karte und verließ wortlos das kleine Zimmer. Ashraf stand auf und schloss die Tür, bevor sich eine andere Patientin hineindrängen konnte. Dann ließ sie den Vorhang vor dem Fenster nach unten. Ihr Blick fiel erneut auf die Uhr.

Die völlig aufgewühlte Amme hatte ihr am Morgen erzählt, dass Simone und Parwin schon heute nach Isfahan fliegen würden. Sie war extra früh aufgestanden, um Ashraf abzupassen, bevor sie das Haus verließ.

„Ich habe dich gewarnt", hatte sie geschluchzt, „Masoud weiß von deinen Intrigen und Behruz hast du auch noch mit reingezogen. Simone fliegt gegen Mittag nach Isfahan und Masoud wird uns heute Abend sicherlich zur Rede stellen. Woher weiß er das alles nur?" Ashraf hatte ihre Ziehmutter noch nie so verzweifelt gesehen. Sie ärgerte sich unglaublich darüber, ihm im Auto die Wahrheit gesagt zu haben, aber das ließ sich nicht mehr rückgängig machen. Außerdem war es sowieso egal. Masoud hatte nichts anderes verdient.

Ashraf ging zum Waschbecken an der rückwärtigen Wand. Ihr war kalt. Nachdem sie sich die Einmalhandschuhe abgestreift und sich die Hände gewaschen hatte, griff sie zitternd nach den Papierhandtüchern. Eine Stunde und fünfzig Minuten bis zum Abflug. Sie könnte es noch schaffen. „Fahr hin, los fahr hin und mach all dem ein Ende", rauschte es in ihren Ohren. „Wenn er dich nicht mehr will, dann soll er nicht glücklich werden." Plötzlich stand ihre Kollegin neben ihr.

„Ashraf, du bist ja ganz bleich."

„Mir ist schlecht." Sie ließ sich auf den Stuhl fallen und suchte Halt am Schreibtisch.

„Allahu Akbar, du fährst jetzt sofort nach Hause, am besten mit dem Taxi. Ich mache hier weiter, es sind nicht mehr so viele Patienten", sagte die Kollegin mit einem angedeuteten Kopfnicken in Richtung Flur. „Zieh den Kittel aus. Ich komme mit runter und ruf dir eins." Ashraf ließ sich von ihr vor die Gesundheitsstation führen. Die Kollegin hielt ein Taxi an, schob sie auf den Rücksitz und nannte dem Fahrer Ashrafs Adresse. Das Taxi setzte sich in Bewegung.

„Fahren Sie bitte zum Flughafen", sagte Ashraf, „und beeilen sie sich!"

Simone hatte Amir zur Schule gebracht und war gerade dabei, die letzten Sachen in ihren kleinen Koffer zu packen. Arezu saß auf Masouds Schoß und sah ihr dabei zu.

„In den Reiseführern steht, dass Isfahan eine Stadt wie aus dem Märchen ist", sagte Simone, „wie aus Tausend und einer Nacht. Außerdem, " sie strahlte Masoud an, „ist die Stadt kunsthistorisch eine Fundgrube. Allein die Paläste der Schah- Dynastien aus dem frühen und späten Mittelalter. Ich habe mir das alles in meinem Reiseführer schon angesehen. Es war so lieb von dir, mir die Reise zu schenken, Schatz." Sie küsste ihn. „Ich werde auf dem Königsplatz einen Tee trinken und an euch denken. Und im Sommer fliegen wir zusammen hin. Dann kann ich euch schon alles zeigen. Wer weiß, vielleicht führe ich später sogar ausländische Touristen durch Isfahan."

„Bringst du mir was mit, Mama?" fragte Arezu. Sie stand auf, stellte sich vor Simone, reckte ihre Arme in die Höhe. Simone nahm ihre Tochter auf den Arm und drückte sie an sich. Sie würde die Kinder heute zum ersten Mal für ein paar Tage alleine lassen. Amir war der Abschied leichtgefallen. Simone hoffte, dass Arezu auch nicht zu traurig werden würde.

„Ja, Schatz, ich kaufe etwas Schönes für Amir und dich. Pass gut auf und hör auf das, was Amme und Papa sagen."

„Und für Papa und Amme und Ashraf kaufst du auch etwas", sagte Arezu, wand sich vom Arm ihrer Mutter herunter und lief zu ihrem Vater zurück.

„Ich fahre heute mit Papa in die Fabrik", verkündete sie stolz. Simone sah Masoud fragend an.

„Das war doch unser Geheimnis, Aziz." Masoud grinste seine Tochter an und zwinkerte ihr zu. „Ich wusste, dass dich das freuen würde", sagte er lächelnd zu Simone. „Wir beide machen heute einen Vater - Tochter -Tag und holen später Amir zusammen von der Schule ab. Dann gehen wir ein Eis essen und ich arbeite den Rest des Tages zuhause." Masoud wollte ihr den Abschied von den Kindern leichter machen. Sie stand auf und umarmte ihren Mann zärtlich.

„Danke", flüsterte sie und sah auf die Uhr. „Dann lasst uns fahren. Ich bin fertig. Parwin und Aileen warten bestimmt schon. Gut, dass sie sich auch entschlossen hat, mitzukommen. Sie hat ihrem Mann endlich gesagt, dass sie die Scheidung will. Ein Tapetenwechsel wird ihr gut tun."
Parwin und Aileen warteten vor der Tür als Masoud und Simone vorfuhren.

„Ich freue mich so", sagte Parwin. „Das wird toll. Ich war als kleines Kind zuletzt in Isfahan."

„Ich bin auch schon ganz gespannt", strahlte Simone.

„Es ist zwar noch kalt, aber es ist besser als zu Hause Trübsal zu blasen", ergänzte Aileen.

Am Flughafen verabschiedete Simone sich von Masoud und Arezu und winkte den beiden nach. Simone liebte Flughäfen. Sie war als Kind schon gerne gereist und hatte sich, staunend vor der Anzeigetafel stehend ausgemalt, wie es wäre in alle diese Städte und Länder zu fliegen. Sie lächelte. Heute lebte sie sogar an einem dieser fernen Orte, auch wenn die vergangenen sieben Monate nicht einfach gewesen waren. „Aber die Zukunft sieht endlich besser aus", dachte sie zufrieden. Parwin lächelte sie an.

„Na, so schweigsam?" fragte sie. „Machst du dir Sorgen wegen der vielen Leute am Eingang?" Aileen stupste ihre Schwester an.

„Wenn wir drin sind, muss ich sofort zur Toilette." Parwin grinste.

„Das ist ja mal was Neues", und zu Simone gewandt fuhr sie fort: „Daran musst du dich gewöhnen, meine Schwester muss immer und überall."

„Das kenne ich", sagte Simone. „Aber schaffen wir es denn rechtzeitig? Es geht ja gar nicht vorwärts." An den beiden Eingängen des Terminals hatten sich lange Schlangen gebildet. Die Reisenden mussten die davor liegenden Kontrollstellen passieren, bevor sie das Gebäude betreten konnten. Männer und Frauen warteten getrennt voneinander.

„Das schaffen wir. Aber wenn wir drin sind, kannst du schon zum Schalter vorausgehen und dich anstellen. Ich muss nämlich auch noch zur Toilette."

„Siehst du", kicherte Aileen. Simone nickte.

„Ist gut, ich finde das schon."

Endlich kam die Einfahrt zum Flughafen in Sicht. Ashraf hielt das Geld bereit, um die Fahrt zu bezahlen. Sie durfte keine Zeit mehr verlieren.

„ Welches Terminal?" fragte der Taxifahrer und blickte in den Rückspiegel. Ashraf erschrak.

„Auf jeden Fall der für die Inlandsflüge. Beilen Sie sich, ich habe keine Zeit mehr."

„Chanum", sagte der Fahrer ärgerlich, „ich kann nichts dafür, wenn Sie zu spät sind. Außerdem sind wohl gerade Pilger aus Mekka angekommen, da vorn ist alles verstopft."

„Dann steige ich hier aus und gehe zu Fuß", sagte Ashraf, „halten Sie einfach an." Sie zahlte, sprang aus dem Taxi und wühlte sich zwischen den unzähligen Autos durch die Menschenmenge, die sich vor ihr auftat. Wieso mussten diese Pilger ausgerechnet heute ankommen? Überall standen Koffer, Taschen, Plastiktüten und zu großen Bündeln zusammengeschnürte Mitbringsel aus Mekka herum. Die Rückkehrenden wurden scheinbar von ihrer ganzen Verwandtschaft begrüßt. Sie beglückwünschten sie zur erfolgreichen Pilgereise, unterhielten sich mit den Angehörigen, die sie lange nicht gesehen hatten, tranken mitgebrachten Tee und knabberten Süßigkeiten dazu. Die Kinder liefen wild umher und sprangen dabei über die Koffer und Taschen. Unzählige Autos verstopften die Zufahrt. Je weiter sie zwischen die Autos und Menschen vordrang, desto dichter wurde das Gedränge. Ashraf sah sich nach einem Hinweisschild für den Inlandsterminal um, konnte aber keines entdecken. Es war ein Fehler, so früh aus dem Taxi ausgestiegen zu sein. Sie sah sich verzweifelt um, als ein Mann sie ansprach.

„Suchen Sie jemanden?"

„Nein", antwortete Ashraf atemlos. „Ich fliege gleich nach Isfahan und finde das Terminal nicht."

„Oh je, junge Frau", antwortete der Mann, „da sind Sie ganz falsch. Aber Sie haben Glück, ich fahre rüber zum Inlandsterminal, um meinen Cousin abzuholen. Soll ich Sie mitnehmen?" Sie stieg dankbar in das Auto und ließ sich von dem Mann zum richtigen Terminal fahren. Als er einen Parkplatz suchte, stieg Ashraf eilig aus. Vor den Eingangskontrollen zum Terminal warteten viele Menschen in zwei langen Schlangen. Ohne ein gültiges Flugticket würde sie nicht passieren dürfen. Ihr Magen rebellierte. Sie musste sich etwas ausdenken, damit man sie durchlies. Sie lief auf das hintere Ende der Frauenschlange zu und reckte den Hals. Plötzlich sah sie Simones dunkelblaues Baumwollkopftuch kurz vor dem Eingang zur Kontrolle aufblitzen. Dann verschwand es. „Verdammt", dachte Ashraf und versuchte die in der Schlange wartenden Frauen vor ihr wegzuschieben, aber es war kein Durchkommen.

„Bitte!", flehte Ashraf. „Da vorn ist meine Schwester. Ich muss unbedingt zu ihr. Unsere Mutter liegt krank zu Hause und sie weiß nicht wie schlimm es über Nacht geworden ist. Mutter stirbt. Ich muss meine Schwester erreichen, bevor sie abfliegt. Sonst verzeiht sie mir das nie." Einige Frauen gingen murrend zur Seite und machten ihr Platz.

„Armes Ding", sagte eine. „Sie sieht wirklich schlimm aus." Ashraf zwängte sich vor und wiederholte ihre Geschichte so lange, bis man ihr Platz machte. Sie sah deutlich, dass ihr nicht alle glaubten, aber das war ihr egal. Simone stand in der Kontrollstelle, die durch einen schweren Vorhang abgetrennt war. Eine schwarz gekleidete Frau winkte sie mit einer ungeduldigen Handbewegung zu sich herüber. Eine andere nahm ihr das Flugticket aus der Hand und prüfte es. Die Frau tastete Simone von Kopf bis Fuß ab. Der kleine Koffer wurde nicht untersucht. Dann drückte die verschleierte Frau ihr das Ticket wieder in die Hand und dirigierte Simone aus der Kabine in die Eingangshalle. Simone trat aus dem Halbdunkel der Kabine in die hell erleuchtete Abflughalle. Ein Mann vom Reinigungsdienst zog mit seinem breiten Wischlappen direkt vor der Kabine seine Bahnen. Simone konnte gerade noch zur Seite springen. Sie sah neugierig in die Halle. Überall standen Stühle, auf denen Reisende warteten. An der rückwärtigen Wand erkannte Simone die Eingänge der Gates, über denen die Flugziele angeschlagen waren. In der Mitte des Saales hing eine große Tafel, die die anstehenden An- und Abflüge meldete. Parwin, die mit Aileen hinter ihr die Kontrolle passiert hatte, kam zu ihr.

„Wir gehen kurz da rüber", sagte sie und deutete mit dem Zeigefinger nach links. Simone sah Schilder, die auf Toiletten und Gebetsräume hinwiesen. „Kommst du nicht mit? Im Flugzeug sind die Toiletten so eng."

„Nein, ich sehe mich lieber ein bisschen um."

„Aber geh schon zum Gate und halte uns einen Platz in der Schlange frei. Es kann dauern bis wir kommen, wenn auf den Toiletten auch so viel Betrieb ist. Dann lass notfalls ein paar Leute vor, ok?" Simone setzte sich in Richtung der Abflugschalter in Bewegung, als Ashraf den schwarzen Vorhang zur Seite schob und endlich die Halle betrat. Sie sah sich hektisch um, entdeckte sie und lief ihr mit großen Schritten hinter her.

27.

Das Flugzeug war klein und hatte nur zwei Sitze in beiden Reihen. Parwin saß mit Aileen hinter Simone. Sie hatte Parwin erklärt, dass sie aufpassen musste, damit ihr beim Fliegen nicht schlecht würde und dass sie deshalb allein sitzen wollte. Ihre Freundin beugte sich zu ihr vor:

„Wir starten gleich, bist du sicher, dass du nicht neben mich willst? Aileen tauscht gerne noch mit dir."

„Danke Parwin, es ist gut so", sagte Simone, ohne sich ganz zu den beiden umzudrehen. Die Motoren heulten auf und das Flugzeug startete. Simone hätte am liebsten laut geweint. Sie war froh, dass ihr die Ausrede mit der Übelkeit eingefallen war, denn sie konnte jetzt unmöglich mit den beiden plaudern. Was Ashraf ihr gesagt hatte, war ungeheuerlich. Simone wischte sich den kalten Schweiß von der Stirn und spürte augenblicklich wieder Parwins Hand auf ihrer Schulter.

„Wir sind gleich oben", sagte die Freundin. Simone nickte. Sie lehnte sich zurück und schloss die Augen. Im selben Moment sah sie Ashraf vor sich, die sie mit wirren Augen anstarrte, bevor alles aus ihr herausbrach. Masoud hatte sie geliebt. Sie war sogar seine Verlobte. Warum hatte er ihr das verschwiegen? All die Jahre hatte er nichts gesagt, nicht in Deutschland und nicht im Iran. Simone versuchte, sich zu erinnern wie oft er nach ihrer Hochzeit den Iran besucht hatte. Wie nahe waren Ashraf und er sich bei diesen Besuchen noch gekommen? „Er hat die Verlobung nie gelöst", hatte Ashraf unter Tränen gesagt, „ auch nicht nachdem er mit dir verheiratet war. Erst als er für immer zurückkommen wollte, haben wir alles erfahren. Er ist so ein feiger Betrüger." Ashraf hatte das Kinn gehoben und war ganz nahe vor Simone getreten. „Er hat mit dir gespielt, sowie mit mir. Denk mal darüber nach, wenn du durch Isfahan läufst", hatte sie gezischt. Simone konnte ihre Tränen nicht länger zurückhalten. Masoud hatte nicht nur geschwiegen, er hatte sie belogen und betrogen. Sie dachte an die vielen Streits, die sie wegen Ashraf und Amme geführt hatten, dachte an Ashrafs oft feindseliges Verhalten. Auf ein Mal war alles klar. Masoud hatte tausend Gelegenheiten gehabt, reinen Tisch zu machen. Sie biss die Zähne aufeinander. „Und er hat mich glauben lassen, dass ich zu ungeduldig und ihn zu sehr unter Druck setze. Dabei war er zu feige," schoss es ihr durch den Kopf. „Und alle haben davon gewusst", hatte Ashraf im Weggehen noch gesagt, die ganze Familie." Sie fragte sich immer wieder, wie Masoud jetzt zu Ashraf stand. Hatte er die Verlobung nicht gelöst, um sie nicht zu verletzten, oder weil er noch etwas für sie empfand? Simone stöhnte laut. Sie schwitze plötzlich. Einzelne Haarsträhnen klebten an ihrer Stirn und begannen zu jucken. Sie lockerte den Knoten ihres Kopftuches und strich sich das Haar aus der Stirn. Parwin reichte ihr ein Papiertaschentuch durch die Spalte zwischen den Sitzen hindurch. Simone hörte, wie sie Aileen zuflüsterte: „Wieso schenkt ihr Mann ihr eine Flugreise, wenn sie solche Angst hat?" „Soll ich nach der Stewardess klingeln und sie um etwas Wasser bitten?" fragte sie laut.

„Vielleicht sind sie deshalb auch mit dem Auto in den Iran gekommen?"
spekulierte Aileen leise. Simone schnäuzte in das Papiertuch und drehte sich um.

„Danke, es ist gleich gut. Macht euch keine Sorgen", sagte sie mit einem gequälten Lächeln und drehte sich wieder um.

„Es tut mir so leid, Parwin. Wenn wir gelandet sind, wird alles besser."

„Mach dir keinen Kopf, Liebes", tröstete Parwin. „Schließ die Augen und schlaf ein bisschen, wenn du kannst." Simone schloss die Lider. „Wie soll ich diese Reise überstehen? Ich muss ihn sofort zur Rede stellen", überlegte sie verzweifelt. „Vielleicht hat er mich mit Absicht weggeschickt?" Simone dachte an die Christmas Party und an den aufreizenden Tanz von Ashraf. Hatte sie das etwa absichtlich gemacht?

„Wir sind bald da." Aileen beugte sich von der Seite zu ihr herüber und tätschelte ihr den Arm. Simone zwang sich zu einem Lächeln. Sie wischte sich eilig über ´s Gesicht. „Ich muss versuchen meine Gedanken zu ordnen und wenigstens etwas zur Ruhe kommen", dachte sie. „Wenn wir zurück sind, kann er sich auf etwas gefasst machen." Die Stewardess bot Tee und Kekse an. Simone trank etwas Tee, obwohl ihr sehr übel war. „Wenigstens kann ich mir jetzt das feindselige Verhalten von Ashraf besser erklären", überlegte sie weiter. Sie ist eifersüchtig, weil sie Masoud verloren hat." Simone beschloss, Parwin von all dem nichts zu erzählen. Sie musste das zuerst mit Masoud klären. Vielleicht gab es tatsächlich Gründe für sein Verhalten, die sie zumindest annähernd nachvollziehen könnte. „Bisher habe ich nur eine Seite gehört", dachte sie ein wenig hoffnungsvoll.

Das Hotel in Isfahan war im Stil eines orientalischen Palastes gebaut und mit Mosaiken, Holzschnitzereien, kunstvollen Intarsienarbeiten und bunten Miniaturgemälden dekoriert. Ihr geräumiges Zimmer verfügte über ein großes Doppelbett und eine Bettcouch. Die Frauen packten aus und schmiedeten Pläne für den Rest des Tages. Simone blickte aus dem Fenster. Sie sah den Fluss, der Isfahan durchzog. Über ihn führten mehrere gemauerte Fußgängerbrücken mit schönen Rundbögen. Unter ihnen musste die berühmte Brücke mit den Dreiundreißig Bögen sein, von der sie im Reiseführer gelesen hatte.

„Wir gehen auf jeden Fall heute Abend zum Königsplatz", beschloss Parwin, „und versuchen zum abendlichen Gebetsruf dort zu sein. Dann ist alles ausgeleuchtet, die Lautsprecher der Moscheen rufen zum Gebet und die Stimmung ist einfach traumhaft."

„Dann lass uns zuerst am Fluss entlang spazieren gehen", schlug Aileen vor.

Sie verließen das Zimmer und machten sich auf.

Als sie am Fluss entlang schlenderten, redeten die beiden Schwestern ununterbrochen und es kostete Simone große Mühe, sich an dem Gespräch zu beteiligen. Die Flusspromenade war trotz der Jahreszeit voller Menschen. Familien und junge Paare machten ihre Abendspaziergänge, Gruppen von älteren Männern trafen sich zum Schachspiel an dafür angefertigten Tischen im Park und kleine Kinder fuhren mit dem Rad. Simone beobachtete die Menschen und lauschte im Vorbeigehen ihren Unterhaltungen. „Ganz normale Familien und Paare, die miteinander reden und lachen", dachte Simone, „heute Morgen war wir auch noch so."

Kurz vor Sonnenuntergang passierten sie einen bogenförmigen Durchgang und vor ihnen erstreckte sich ein großer, rechteckiger Platz, der Platz der Könige. Rundherum waren Geschäfte, vor denen größtenteils ein von Arkaden umbauter Gang verlief. Am hinteren Ende ragten die Minarette zweier großer Moscheen in den Himmel. Die türkisblau verzierten Kacheln ihrer Eingänge waren hell angeleuchtet. Ihre Kuppeln glänzten im Licht des aufgehenden Mondes und bildeten einen farbenprächtigen Kontrast zum dunklen Blau des Abendhimmels. Gegenüber stand der berühmte Palast aus dem späten siebzehnten Jahrhundert, von dem Simone schon im Reiseführer gelesen hatte. In seinen kleinen Fenstern strahlten unzählige Lampen. An der vorderen Seite des Platzes warteten Pferdekutschen darauf, Touristen durch die Stadt und um den Platz zu fahren. In der Mitte des Areals war ein kleiner Park mit Rundwegen um ein großes rechteckiges Wasserbecken mit vielen Springbrunnen angelegt. Die aufsteigenden Wasserfontänen leuchten in unterschiedlichen Farben.

„Kommt", sagte Parwin mit einem Blick auf die Uhr, „lasst uns auf einer der Bänke dort gehen. Gleich wird zum Gebet gerufen." Die drei Frauen gingen zur Mitte des Platzes und setzten sich auf eine Bank. Die Lautsprecher der Minarette schalteten sich ein und Trommelschläge kündigten, einem Countdown ähnlich, den nahenden Sonnenuntergang an. Als sie endeten, ertönte der Gebetsruf laut schallend über den Platz und brach sich mit einem leisen Echo in den Arkaden der umliegenden Bogengänge.

„Allahu Akbar, Allahu Akbar." Der Ruf hüllte den ganzen Platz ein. Simone bekam eine Gänsehaut. Sie lehnte sich in der Bank zurück und schloss für einen Moment die Augen. Dann öffnete sie sie wieder und ließ den Blick über die strahlenden Minarette und den beleuchteten Platz gleiten. Parwin und Aileen lächelten stolz.

„Allah uh Akbar, Allah uh Akbar, " ertönte es weiter und der Muezzin fuhr fort,

„Aschhadu an la ilahah Allah", und nach einer kleinen Pause erneut, „Aschhadu an la ilahah Allah!"

„Ich bezeuge, dass es keinen Gott gibt außer Allah", flüsterte Parwin.

„Aschhadu anna Muhammadan rasulu llah", rief der Muezzin weiter.

„Ich bezeuge, dass Mohammed sein Gesandter ist", fuhr Parwin fort.

„Hayya ala s-salat", ertönte es aus dem Minarett.

„Eilt zur Seligkeit", seufzte sie. Die drei genossen den Gebetsruf bis zum Ende.

„Schön", sagte Simone. „So genau habe ich noch nie hingehört, obwohl ich es mit Amir schon auswendig gelernt habe."

„Tja", sagte Aileen, „wenn das alles so einfach wäre. Kommt, lasst uns etwas Essen gehen und nachher, wenn alle Beter und Beterinnen weg sind, setzen wir uns noch ein bisschen in die Moschee und gönnen uns zum Abschluss des

Tages etwas Ruhe. Was haltet ihr davon?" Aileen führte sie in ein traditionelles Restaurant, welches im Stil der letzten Kaiserdynastie Ende des neunzehnten Jahrhunderts eingerichtet war. Statt Tischen und Stühlen gab es breite mit Teppichen ausgelegte Bänke. Die Gäste hockten sich auf diese mit kleinen Geländern versehenen Podeste. Die Schuhe wurden davor abgestellt. Simone sah sich staunend um. Die Wände waren mit Holz vertäfelt. Die farbenprächtigen Miniaturmalereien zeigten Jagd- und Liebeszenen, tanzende Frauen und paradiesische Gärten.

„Toll hier, nicht? Das sind alles Szenen aus der iranischen Dichtung oder dem großen Buch des Shahnameh[22], in dem unser berühmter Dichter Ferdwosi[23] Gedichte und Geschichten der alten persischen Könige erzählt hat", verkündete sie stolz. Noch bevor Simone etwas antworten konnte, kam einer der traditionell gekleideten Kellner zu ihrem Podest und trug ein Gedicht vor. Parwin und ihre Schwester fielen in die Rezitation ein und sogar vom Nachbartisch erhob sich eine Stimme, die die Verse ebenfalls mitsprach. Simone dachte an Masoud. Sie hatte sich oft darüber gewundert, dass er so viele Gedichte auswendig kannte. „Bei uns kann das jeder", hatte er grinsend gemeint. „Ob Bettler oder Edelmann, im Iran alle lieben Menschen die Dichtung." Die Verse waren zu Ende und die anderen Gäste des Restaurants bedankten sich laut, in dem sie wieder und wieder „Ma sha ah Allah" riefen. Simone kannte das, sie hatte es zunächst mit „wunderbar" oder „toll" übersetzt, dann aber gelernt, dass es so viel bedeutete wie: „Wie es Gott gefällt."
Das Essen war köstlich. Es gab nicht nur das übliche Lammkebab, sondern eine große Auswahl an traditionellen Gerichten. Simone hatte plötzlich großen Hunger und sie

---

[22] Shahnameh: Buch der Könige
[23] Ferdowsi: persischer Dichter, 940-1020 n.Chr.

verspeiste ihren Lammeintopf, der in einem kleinen Tontiegel zusammen mit frisch gebackenem Fadenbrot serviert wurde mit viel Appetit. Anschließend bestellten sie sich einen Tee und lehnten sich gemütlich zurück. Simone streckte die Beine aus.

„Das hat gut getan", sagte sie.

„Mir auch", sagte Aileen. „Ich habe mal nicht an Zuhause gedacht und daran, was ich jetzt noch alles vor mir habe."

„Wie schlimm ist es denn?" fragte Simone. Aileen seufzte.

„Das kommt darauf an", sagte sie.

„Das Schlimmste hast du hinter dir", beruhigte Parwin ihre Schwester. „Du hast Mama und Papa endlich die Wahrheit gesagt und du wirst den Kerl loswerden."
Aileen sah ihre Schwester an.

„Ja, aber das war erst der Anfang. Und um welchen Preis? Du weißt ganz genau, dass das unsere ganzen Ersparnisse kosten wird. Vom Gerede der Nachbarn ganz zu schweigen. Und an meine Zukunft als geschiedene Frau will ich gar nicht erst denken."

„Bekommt er die Morgengabe von dir?" fragte Simone. Aileen nickte. „Kann man da nichts machen?" Die junge Frau schüttelte den Kopf.

„Meine Eltern haben ihn runtergehandelt. Aber es ist immer noch viel. Und ich verliere die Wohnung und muss wieder wie ein kleines dummes Mädchen nach Hause zurück."

„Wieso denn, du arbeitest doch? Kannst du nicht in eurer Wohnung bleiben?" fragte Simone erstaunt.

„Ich arbeite", schimpfte Aileen, „aber mit meinem Verdienst, kann ich keine Miete zahlen. Und ich würde meinen Ruf gänzlich ruinieren, wenn ich als geschiedene Frau allein wohnen würde. Das kann ich meiner Familie nicht auch noch antun?"

„Das verstehe ich nicht", sagte Simone.

„Die Leute dichten geschiedenen Frauen alles möglich an. Kein ehrbarer Mann würde sie heiraten wollen, wenn sie nicht unter Aufsicht der Familie lebt", erklärte Parwin.

„Oh mein Gott", seufzte Simone und musste unwillkürlich an Ashraf denken.

„Ich wünschte, ich könnte im Ausland leben", sagte Aileen plötzlich. „Wieso bist du eigentlich hierhergekommen, Simone?"

„Aileen", mahnte Parwin ihre Schwester, „das ist Simones Angelegenheit."

„Wieso? Wer gibt denn freiwillig seine Freiheit auf? Hier kannst du als Frau nicht alleine leben, selbst wenn du genug Geld hättest. Das ist in Europa anders, habe ich gehört."

„Dafür wärst du dort auf dich allein gestellt. Da hilft keine Familie", sagte Parwin trotzig.

„Ganz so ist das auch nicht", sagte Simone. „Aber, kann man wirklich als Frau nicht allein leben, selbst wenn man das Geld dazu hat?"

„Nicht wenn deine Familie was auf sich hält", Aileen pustete in ihren Tee. „Was nützt es, dass die Gesetze es neuerdings möglich machen, sich gegen den Willen des Mannes scheiden zu lassen", fuhr sie fort. „Ein Fehlgriff und du sitzt in der Falle. Endstation."

„Hör auf, Schwarz zu malen", sagte Parwin, „du tust ja so, als gäbe es keine Möglichkeiten mehr."

„Jedenfalls nur wenig gute", brummte Aileen, „aber das ist jetzt meine Sorge. Kommt, lasst uns zahlen."

Als die Frauen nach dem Essen auf eine der großen Moscheen zusteuerten, war Simone sehr nachdenklich. Ashraf ging ihr nicht aus dem Kopf. Wie würde es für sie weitergehen, wenn sie ausziehen musste. Sie und Amme hatten keine eigene Familie. War es möglich, dass Masoud sie die ganze Zeit nur schützen wollte? Sie betraten den Eingangsbereich der Moschee durch einen schweren Vorhang und zogen ihre Schuhe aus. Auf dem Weg in das Innere gingen sie an kleinen Innenhöfen mit Waschgelegenheiten vorbei. Simone folgte Parwin in einen großen Raum unter der Hauptkuppel. Er war mit einem dicken Teppich ausgelegt. Entlang der Wände standen Regale, in denen Korane und kleine Gebetsteppiche sowie Gebetsperlen lagen. Ein Korb mit Gebetssteinen stand neben der Tür.

„Hier beten normalerweise die Männer", erklärte Parwin flüsternd. Sie deutete mit den Händen auf einen Vorhang, der den sechseckigen Raum teilte. „Und dahinter die Frauen." Sie hockten sich auf den weichen Teppich. Simone sah in die große Kuppel hinauf. Die glänzenden hellblauen Kacheln waren kunstvoll beschriftet und ein riesiger Kronleuchter strahlte von der Mitte der Kuppel herunter.

„Als ob man in den Himmel schaut", flüsterte Aileen und schloss die Augen. Sie saßen eine ganze Weile dort und hingen ihren Gedanken nach und beteten.

Als Simone mit Parwin und Aileen ins Hotel zurückkam, erfuhr sie an der Rezeption, dass Masoud mehrmals versucht hatte, sie anzurufen.

„Willst du nicht zurückrufen?" fragte Parwin.

„Nein, es ist schon zu spät. Wir können morgen telefonieren. Und übermorgen bin ich ja auch wieder da", sagte Simone müde. Sie wollte die Tage in Isfahan so gut es ging genießen.

Masoud legte den Hörer auf und starrte ratlos an die Wand. Amme stand neben ihm. Sie blickte stumm zu Boden. Seit Ashraf nach Hause zurückgekehrt war, hatte ihr Leben eine katastrophale Wendung genommen. Das Kind war wahnsinnig geworden. Sie drehte sich langsam um und ging in ihr Zimmer. Ashraf hatte Simone tatsächlich alles gesagt und damit wahrscheinlich die gemeinsame Zukunft dieser Familie aufs Spiel gesetzt. Amme schloss die Tür hinter sich und setzte sich auf ihr Bett. Die Kinder hatten schon geschlafen, als Ashraf endlich aufgetaucht war und Masoud alles erzählt hatte. Er war außer sich gewesen und hatte Ashraf einfach aus dem Haus geworfen. Sie wollte erst einmal bei Aida Unterschlupf suchen. Amme schaukelte mit dem Oberkörper vor und zurück. Wer konnte ihnen jetzt noch helfen? Sie griff nach ihren Zigaretten. Als sie das Päckchen nicht fand fiel ihr ein, dass Masoud sie sich geschnappt hatte und rauchend auf dem Hof auf und ab marschiert war. Danach versuchte er Simone im Hotel zu erreichen. Aber sie war entweder nicht dort, oder sie ließ sich verleugnen. Wer konnte ihr das verdenken? Masoud ahnte sicher, was ihn nach ihrer Rückkehr erwarten würde. Hoffentlich machte er bis dahin keine Dummheiten. Amme schreckte auf. Behruz durfte auf keinen Fall von ihm erfahren, was Ashraf getan hatte. Sie musste ihn gleich morgen als erstes zu Hause aufsuchen und es ihm selbst erzählen. Er trug schließlich auch Verantwortung für Ashrafs Schicksal und für das, was sie getan hatte. Denn sie war auch seine Tochter. Daran wollte Amme ihn erinnern. Sie würde keine Rücksicht mehr auf Fatima oder seine Söhne nehmen.

Amme fand in dieser Nacht keinen Schlaf. Sie stand früh am Morgen auf, verrichtete seit langem wieder einmal ihr Morgengebet, vergewisserte sich, dass Masoud noch zu Hause bei den Kindern war und schlich sich aus dem Haus. Die Straßen lagen noch im Halbdunkel des anbrechenden Tages. „Hoffentlich finde ich schnell ein Taxi", dachte sie und zog den schwarzen Schleier eng um Kopf und Körper, während sie den Boulevard entlang ging. Ihre Füße taten schon nach kurzer Zeit weh und sie fror. Sie bereute es, sich nie warme Schuhe gekauft zu haben. „Ich bin selbst schuld", dachte sie, „ich habe mich in dem Haus eingeigelt und so getan, als würde sich niemals etwas ändern." Endlich hörte sie ein Auto hinter sich. Sie drehte sich um und winkte den Fahrer herbei.

Es war kurz nach Sieben, als sie vor Behruz Haus stand. Mittlerweile zitterte sie am ganzen Körper. Sie hatte schon mehrere Anläufe genommen, um den Klingelknopf zu drücken, aber nicht den Mut gefunden, zu läuten. Sie wusste dass Fatima ihr öffnen würde, denn sie hatte bereits gebetet. Fatima liebte die frühen Morgenstunden. Allah habe morgens mehr Zeit, hatte sie immer mit einem Augenzwinkern gesagt, er könne ihr dann besser zuhören. Amme musste unwillkürlich daran denken, wie Ashraf sich als kleines Kind immer darüber aufgeregt hatte. „Wenn bei uns Morgen ist, ist am anderen Ende der Welt Abend", schimpfte Ashraf immer. „Weiß Tante Fatima dass denn nicht?" Amme atmete tief durch. Fatima hatte Ashraf immer schon gerne provoziert. Niemand legte sich gerne mit dieser Frau an. Es nützte nichts, sie musste klingeln.

Kurze Zeit später saß sie im Salon von Behruz. Fatima hatte ihr erstaunt und ein bisschen widerwillig die Tür geöffnet. Nun saß sie neben ihr in einem der eleganten Stühle dieses großen, mit teuren Möbeln und Teppichen ausgestatteten Raumes. Fatima hatte Amme, ohne eines der hellen Bettlaken, die sie zum Schutz über die Möbel gelegt hatte zur Seite zu räumen, einen Platz angeboten. Sie setzte sich neben sie und wartete mit ihr auf Behruz.

„Du kannst ruhig wieder schlafen gehen", sagte Amme vorsichtig mit einem Blick auf Fatimas Morgenmantel. „Ich werde Behruz nicht lange stören." Fatima antwortete nicht. Sie blieb einfach sitzen. Nach einer kurzen Weile hörte Amme Behruz´ schwere Schritte auf der Treppe. Seine Haare standen ihm wirr um den Kopf und er wurde bleich, als er sie neben seiner Frau sitzen sah.

„Mach` uns einen Tee", sagte er zu Fatima und setzte sich auf einen Stuhl auf der gegenüberliegenden Seite des Raumes.

„Den verträgst du so früh noch nicht", entgegnete Fatima und blieb sitzen. Amme zog ihren Schleier tiefer ins Gesicht.

„Es geht um Ashraf", sagte sie leise und sah Behruz vorsichtig an. Er schaute zu seiner Frau herüber und wollte etwas sagen, aber Fatima kam ihm zuvor.

„Bildet euch Nichts ein", sagte sie und zog ihre dünnen Augenbrauen zusammen. „Los, rede schon!" Behruz starrte sie fassungslos an. Fatima würdigte ihn keines Blickes. „Was will das kleine nutzlose Ding? Hat sie sich schon wieder zum Narren gemacht?" fragte sie Amme.

„Sie hat Simone gesagt, dass Masoud mit ihr verlobt war. Und", Amme schluckte, „dass sie zusammen mit Behruz versucht hat, ihn aus der Fabrik zu drängen." Behruz sank in seinem Stuhl zusammen. Fatima drehte ihm den Rücken zu und sah Amme durchdringend an.

„Das ist nicht unser Problem. Behruz hat sein Geld aus der Fabrik rausgezogen. Gerade noch rechtzeitig, wie mir scheint." Sie drehte sich kurz zu ihrem Mann um.

„Doch, es ist euer Problem", sagte Amme leise. „Masoud hat Ashraf aus dem Haus geworfen. Ich kann sie nicht allein gehen lassen. Wir brauchen Hilfe." Fatima stand auf. Sie ging auf Amme zu und stellte sich vor sie hin.

„Das ist Allahs Rache", sagte sie langsam und deutlich, „das geschieht dir recht. Wenn man ehrbare Männer verführt und ihnen Kinder andreht, hat man es verdient, im Schmutz zu landen. Allahu Akbar." Sie drehte sich zu ihrem Mann. „Ich habe mir das alles schon viel zu lange angesehen. Behruz, geh´ ins Bett. Es gibt nichts mehr zu sagen. Ich bringe diese Person zur Tür." Amme rührte sich nicht. Ihre Knie zitterten und sie war nicht in der Lage aufzustehen. Behruz umklammerte die Stuhllehne und murmelte etwas vor sich hin. Fatima griff nach Ammes Arm und zog sie aus dem Stuhl. Da hob Behruz die Hand.

„Lass das", flüsterte er, „sie ist doch meine Tochter. Wie soll ich denn vor meinen Schöpfer treten?"

„Was sagst du?" brauste Fatima auf. „Das hättest du dir früher überlegen sollen. Halt den Mund. Sie bekommen keinen Pfennig mehr, nur über meine Leiche."

Behruz sank wieder in seinen Stuhl zurück. Fatima schob Amme durch den Salon und den Flur zur Tür.

„Fatima, du bist doch eine gottesfürchtige Frau", flehte sie, „es gefällt Allah nicht, was ihr tut. Ihr habt Masoud um viel Geld betrogen und nun verleugnet Behruz sein Kind. Das ist Unrecht."

„Ach ja", sagte Fatima höhnisch. „Kehre du mal zuerst vor deiner eigenen Tür. Sag der lieben Ashraf, dass sie deine Tochter ist und dass du eine Ehebrecherin bist. Sonst mache ich das." Amme wollte stehen bleiben, aber Fatima schob sie unerbittlich zur Tür hinaus. „Wage nicht noch einmal uns zu behelligen, hörst du?" Amme blickte über Fatimas Schulter ins Haus zurück. Behruz war ihnen gefolgt. Seine Augen starrten angstvoll ins Leere.

28.

Simone sah ihre Lieblinge schon von weitem. Sie standen da und drückten sich an der Trennscheibe der Ankunftshalle ihre keinen Nasen platt. Amir hielt eine einzelne, in durchsichtige Folie eingewickelte Rose in der Hand. Die Blume sah aus als hätte sie schon einiges mitgemacht und Simone konnte sich lebhaft vorstellen, wie er sie gegen seine Schwester verteidigt hatte. Arezu drückte eine Schachtel Pralinen gegen ihre Brust und strahlte über das ganze Gesicht. Masoud hatte dafür gesorgt, dass die beiden ihrer Mama zur Begrüßung ein kleines Geschenk machen konnten. Simones Knie zitterten und sie musste ihre ganze Kraft aufbieten, um den Kindern zuzulächeln. Sie hoffte inständig, dass sie die Fassung wahren konnte bis sie mit Masoud allein sein würde. Sie durchquerte die Passage, die von der Gepäckausgabe in die Ankunftshalle führte und nahm ihre Kinder zärtlich in die Arme. Alle drei lachten und weinten gleichzeitig. Masoud sah ihnen zu.

„Na, ihr tut ja so als ob die Mama eine Ewigkeit lang weg gewesen wäre."

„Mama, die Pralinen sind so lecker. Mach sie doch auf!" Arezu hielt ihr die schon ziemlich zerdrückte Schachtel direkt vors Gesicht. Simone hob ihre Kleine hoch.

„Das machen wir im Auto, Schatz."

„Du hast noch gar nicht an meiner Blume gerochen", beschwerte sich Amir."

„Lasst uns zum Auto gehen", sagte Simone und nahm die beiden an die Hand. „Und dann erzählt ihr mir, was ihr alles gemacht habt. Aber zuerst verabschieden wir uns von Parwin und Aileen. Masoud, nimm bitte meine Tasche." Sie sah sich nach ihren beiden Freundinnen um. Parwin und Aileen standen in einiger Entfernung neben Parwins Mann, der sie zusammen mit Nasser abgeholt hatte. Simone winkte den beiden zu. „Ich rufe dich später an, in Ordnung? Danke für alles. Es war sehr schön." Dann folgte sie Masoud, der langsam vorausgegangen war. Simone bemerkte erst jetzt, dass er unrasiert und schwarz gekleidet war. Sie hatten sich beide kaum angesehen. Ihr wurde übel.

„Warum trägst du Schwarz?" fragte sie vorsichtig, während sie ihm mit den Kindern zum Parkplatz folgte. Sie hatte ihn weder gestern noch heute Morgen vom Hotel aus zurückgerufen, obwohl er versucht hatte, sie zu erreichen. Masoud antwortete nicht.

„Onkel Behruz ist tot", sagte Amir. Simone starrte auf Masouds Rücken.

„Ich erzähle es dir zu Hause", sagte er, ohne sich umzudrehen. „Wir fahren besser schnell los, sonst kommen wir nicht mehr durch den Feierabendverkehr. Die Kinder sind müde und müssen ins Bett."

„Behruz hat einen Herzinfarkt bekommen. Ich habe dich angerufen, aber du warst nicht zu erreichen. Er ist heute früh gestorben und morgen ist die Beerdigung."

„Ach so", sagte Simone. „War er doch so krank?" Sie hatte die Kinder zu Bett gebracht und blickte aus dem Fenster. „Wo ist Amme eigentlich? Ich habe sie noch nicht gesehen."

„Das ist doch jetzt egal", sagte Masoud ungehalten. „Ich möchte erst einmal wissen, wieso du nicht zurückgerufen hast? Es hätte doch auch etwas mit den Kindern sein können?" Simone drehte sich zu ihm um und funkelte ihn an.

„Wie kommst ausgerechnet du dazu, mir Vorwürfe zu machen? Du musst mir so einiges erklären, nicht ich dir." Masoud ging einen Schritt auf sie zu.

„Ich weiß, was du meinst. Ashraf ist verrückt geworden, glaub mir. Es war alles ganz anders. Ich habe sie sofort rausgeworfen, als sie mir erzählt hat, was sie da getan hat."

„Ach ja?" fragte Simone und schob Masoud von sich weg. „Woher hattest du auf einmal den Mut dazu?"

„Simone, Liebling, es ist alles ziemlich kompliziert."

„Dann erklär es mir!" Sie hörten ein leises Klopfen an der Tür und gleich darauf Ammes Stimme.

„Wollt ihr gar nichts mehr essen? Kommt doch bitte rüber." Simone öffnete die Tür. Ammes Augen waren rot unterlaufen. Sie musste viel geweint haben. Simone umarmte sie kurz.

„Heute Abend nicht mehr, Amme", sagte sie leise. „Ich muss einiges mit Masoud klären."

„Aber die Beerdigung", sagte Amme. „Wir müssen überlegen, wie wir das Morgen machen."

„Lass uns jetzt, bitte." Simone schloss die Tür und drehte sich zu Masoud um. „Ich bin fertig", stöhnte sie, „fix und fertig. Geh und schlaf im Arbeitszimmer. Wir reden morgen."

„Morgen geht es nicht, da ist die Beerdigung und ich muss früh los. Amme hat Recht. Es gibt noch viel zu tun. Können wir das nicht heute Abend klären?" Simone konnte ihre Tränen nicht mehr zurückhalten. Sie nahm sein Kissen und seine Decke vom Bett und drückte ihm beides in die Hand.

„Denkst du, wir klären das mal eben schnell und dann ist alles wieder gut? Du hast mich jahrelang betrogen und belogen", schluchzte sie laut. „Verschwinde einfach. Geh mir aus den Augen!" Sie öffnete die Tür und schob Masoud aus dem Zimmer. Dann legte sie sich auf das halbleere Bett und weinte hemmungslos.

Amme ging schweren Schrittes zurück in ihr Zimmer. Als sie an Ashrafs Tür vorbei kam, hielt sie inne. Das Kind war weg. Sie hatte sich seit ihrer Geburt nie von ihr getrennt und nun, wo sie sie brauchte, wollte sie sie nicht mehr sehen. Sie lehnte sich an die Tür und schloss die Augen. Sie hatte heute den schwersten Gang ihres Lebens hinter sich gebracht und ihrer

Tochter die ganze Wahrheit über ihre Herkunft gebeichtet. Behruz hatte schon kurz nach ihrem Besuch einen Herzinfarkt bekommen und Fatima machte sie für seinen Tod verantwortlich. Nun wollte sie sich rächen und Ashraf erzählen, wer ihre Mutter war. Sie wollte, dass Amme ihr Kind verliert. Daher hatte sie keine andere Wahl, als Ashraf bei Nilu aufzusuchen und mit ihr zu sprechen. Die Erinnerung an diesen schweren Gang ließ sie zu Boden sinken. Sie würde Ashrafs fassungslose Augen niemals vergessen können. Ashraf hatte sie einfach rausgeworfen. Sie wollte keine Erklärung hören, wollte nichts davon wissen, wie es ihrer Mutter damals ergangen war, wie sehr Behruz sie unter Druck gesetzt hatte, ihre Mutterschaft zu verleugnen. Er hätte ihr jede Unterstützung entzogen, wenn sie die Wahrheit preisgegeben hätte. Amme legte sich vor Ashrafs Tür auf den Boden und wünschte sich, auf der Stelle sterben zu können.

Simone wachte mitten in der Nacht auf. Ihr Kissen und das Shirt waren von den Tränen ganz nass. Sie drehte sich um. Masouds Seite im Bett war leer. Warum hatte Masoud ihr nicht die Wahrheit gesagt? „Wenigstens ist Ashraf weg", dachte Simone. „Ich kann nicht einen Tag länger mit ihr unter einem Dach leben." Es war gut, dass Masoud sie weggeschickt hatte. Das musste auf jeden Fall so bleiben, darauf würde sie bestehen. Simone beschloss die Beerdigung abzuwarten, bevor sie wieder mit Masoud über sein Verhältnis zu Ashraf sprechen wollte. „Ich brauche einfach Zeit und ich muss beobachten, wie die anderen Familienmitglieder sich verhalten", überlegte sie. Amme tat ihr leid. Sie hatte wirklich sehr mitgenommen ausgesehen. Offensichtlich war es ihr nahe gegangen, dass Masoud Ashraf aus dem Haus geworfen hatte. Simone schloss die Augen und versuchte wieder einzuschlafen.

Als Arezu sie wachrüttelte, setzte sie sich müde und zerschlagen an die Bettkante und rieb sich die Augen. Der

Schmerz war schlagartig wieder da und drohte sie zu lähmen.

„Mama, Papa ist mit Amir weggefahren und Amme weint in der Küche. Komm mit", bat sie und zog an Simones Arm.

„Wohin sind die beiden denn?"

„Amir hilft Papa bei der Beerdigung. Er holt uns später ab, hat er gesagt." Simone stand langsam auf. „Krabbel noch mal in mein Bett, Schatz. Ich dusche noch schnell und dann gehen wir zu Amme."

Als sie in die Küche kam, hielt Amme ihr den Telefonhörer entgegen. Masoud war am anderen Ende. Noch bevor er etwas sagen konnte, schimpfte Simone:

„Du kannst Amir nicht einfach mitnehmen, ohne mit mir zu reden. Bring ihn hierher. Ich weiß noch gar nicht, ob ich zu dieser Beerdigung gehen werde."

„Ihr müsst kommen. Du brauchst die anderen nicht in unseren Streit reinzuziehen. Wir klären das alleine. Amir geht es gut. Er ist bei den Söhnen von Nilu und Aida." Simone zuckte zusammen.

„Was machst du bei Nilu?" fragte sie leise.

„Ich bin mit Ali Reza und Mohammed Ali unterwegs. Die Kinder sind bei Nilu zu Hause. Ich melde mich später wieder. Macht euch schon fertig." Masoud legte auf und Simone beugte sich zu Arezu herunter.

„Komm, Schatz, ich mache dir ein gutes Frühstück und du darfst heute ausnahmsweise mal fernsehen, wenn du frühstückst. Wie findest du das? Ich lege dir deine Lieblingskassette ein." Simone setzte sich, nachdem sie ihre Tochter im kleinen Wohnzimmer gelassen hatte, zu Amme an den Küchentisch.

„Wir müssen reden", sagte sie.

„Es tut mir alles so leid", sagte Amme. „Es ist meine Schuld. Masoud kann nichts dafür."

„Was ist deine Schuld?" fragte Simone und schenkte sich einen Tee ein. „Dass er mir nicht gesagt, hat, dass die beiden verlobt waren?" Amme schüttelte den Kopf.

„Ich hätte wissen müssen, dass er sie nicht so richtig liebt. Er war doch noch so jung. Aber Ashraf war so", Amme sah Simone erschrocken an. „Entschuldigung."
Simone wischte sich mit der Hand die Augen.

„Sie liebt ihn immer noch, oder?" flüsterte sie. „Deshalb wollte sie ihn davon überzeugen, dass ich nicht gut für ihn bin." Amme nickte.

„Aber Masoud hat uns gesagt, dass er dich liebt und dass er die Verlobung als gelöst betrachtet hat. Bitte, es war schwer für Ashraf, das musst du verstehen." Amme schlug die Hände vors Gesicht. „Und jetzt hat sie niemanden mehr. Keinen Menschen. Ihr Vater ist gestorben, und sie will ihre Mutter nie mehr sehen."
Simone sah Amme erstaunt an.

„Kennst du ihre Eltern?"

„Sie hat mich nicht zu ihm gelassen", sagte sie leise, „sie hat mich nicht zu ihm gelassen."

„Wer, zu wem? Ich verstehe überhaupt nichts mehr und es ist mir auch egal. Ich habe jetzt wirklich keine Lust mich mit Ashrafs Problemen zu beschäftigen." Simone stand auf, schüttete ihren kalt gewordenen Tee in den Ausguss und ging zur Tür.

„Zu Behruz", sagte Amme. „Fatima hat mich im Krankenhaus nicht zu Behruz gelassen. Ich bin doch Schuld, dass er den Infarkt bekommen hat. Er ist Ashrafs Vater und ich bin", Amme schluchzte auf und vergrub ihr Gesicht erneut in ihren Händen. „Ich durfte doch nichts sagen. Wir hätten unser Zuhause verloren." Simone hielt einen Augenblick lang inne, bevor sie die Küche verließ.
Masoud kam nach ein paar Stunden wieder, um Amme, Simone und die Kinder zu den Beerdigungsfeierlichkeiten in der Moschee abzuholen. Amme hatte Simone gebeten, mit ihr

zu der Beerdigung zu gehen. Sie wollte nicht allein dort erscheinen, denn sie fürchtete sich vor Fatima. Amme war sicher, dass Ashraf sich nicht sehen lassen würde. Simone hatte schließlich nachgegeben. Sie würde sich nicht vor der Familie verstecken.

Masoud parkte in der Nähe der großen Moschee und sie gingen den Rest des Weges zu Fuß. Simone folgte ihm. Er hielt Arezu an der Hand. Amme hielt sich ein paar Schritte hinter ihnen. Als die Moschee in Sichtweite war, zog Arezu ihren Vater schneller vorwärts, denn sie hatte ihren Bruder entdeckt. Amir stand in einem schwarzen Hemd neben den Söhnen von Aida und Nilu und verteilte Handzettel, auf denen das Portrait des Toten mit Geburts- und Sterbedatum, sowie dem Nachruf der Hinterbliebenen geschrieben stand. Vor dem Eingang der Moschee waren mehrere Plakate angeklebt, auf denen ein Bild von Behruz zu sehen war. Die Plakate waren mit großen Blumenkränzen aus weißen Lilien umrahmt. Aus den Lautsprechern der Moschee erklangen Trauersänge. Viele Trauergäste standen noch vor dem Eingang. Simone suchte die schwarz gekleidete Menge mit den Augen ab. Sie erkannte die Cousins von Masoud, die sich in einer Gruppe andere Männer aufhielten. Die Frauen standen etwas abseits. Fast alle trugen schwarze Schleier oder lange Mäntel aus dunklem Stoff. Fatima und ihre Schwiegertöchter waren nirgends zu sehen. Masoud zog Simone beiseite.

„Ihr geht am besten direkt auf die Empore. Hier unten ist alles für die Männer reserviert. Wir treffen uns dann nach der Trauerfeier wieder hier vor der Tür und fahren dann zusammen zum Friedhof. Wartet hier, bis ich komme und geht nicht allein weg. Ich nehme Amir mit." Simone und Amme stiegen mit Arezu die Treppen zur Empore hinauf. Vor dem Eingang lagen bereits unzählige Paar Schuhe. Simone streifte die Schuhe ab und hoffte, sie nach der Feier wiederzufinden. Dann betraten sie gemeinsam die mit

Teppich ausgelegte Empore und bahnten sich einen Weg durch die am Boden sitzenden Frauen. Simone spähte nach unten. Dort waren Stuhlreihen aufgestellt, auf denen die Männer Platz genommen hatten. Sie sah sich gerade suchend nach einem Platz auf dem Boden der Empore um, als eine Hand sie an der Schulter berührte. Aida lächelte sie an.

„Komm doch zu uns rüber, wir sitzen da", sagte sie leise und deutete in die Richtung, wo Nilu und Fatima saßen. Fatima schwankte im Sitzen hin und her und schluchzte hemmungslos. Sie wurde von anderen Frauen gehalten. Simone warf Amme einen Blick zu, die hinter ihr stand und zu Boden blickte.

„Danke, wir bleiben hier", sagte sie zu Aida. Dann setzte sie sich mit Amme in eine Ecke auf den Boden und lehnte sich an die kühle Wand. Sofort kam eine junge Frau, stellte eine Schachtel mit Papiertaschentüchern vor sie ab und bot ihnen Tee und mit Walnüssen gefüllte Datteln an. Simone lehnte dankend ab. Amme versteckte ihr Gesicht unter dem Schleier und weinte vor sich hin. Simone nahm Arezu auf den Schoß. Sie wollte ihr gerade erklären, was hier vor sich ging, als die Stimme des Mullahs über die Lautsprecher den Raum füllte. Er stand offensichtlich unten bei den Männern und sein Wehklagen über den Tod dieses geliebten Ehemannes, Vaters und Onkels drang bis hoch in die schmucklose Kuppel der neu gebauten Moschee. Die Decke war mit grauem Zement verkleidet und große Strahler, die den oberen und unteren Bereich ausleuchteten, verbreiteten kaltes Licht. Arezu begann zu weinen. Simone hielt ihr die Ohren zu und gab ihr ein paar Kekse, die sie vorsorglich mitgebracht hatte. Die Trauergäste stimmten in das Wehklagen des Mullahs ein, der begonnen hatte aus dem Koran zu lesen. Als er mit seiner Trauerrede begann, wurde es still in der Moschee. Die Anwesenden wiederholten von Zeit zu Zeit die Segenssprüche für den Toten, ansonsten sprachen die Frauen angeregt miteinander und ließen sich dabei Tee und Datteln servieren. Arezu schlüpfte von ihrem Schoß herunter und ging nach vorn zum Geländer.

„Da ist Papa", rief sie Simone zu und winkte nach unten. Simone legte den Finger auf die Lippen und drehte sich zu Amme um.

„Geht es wieder?" fragte sie.

„Danke, dass du bei mir geblieben bist", sagte Amme. „Ich hatte Angst, Fatima würde mich sonst vor den Augen aller rausschmeißen."

„Das wird sie nicht wagen", sagte Simone. Sie war froh, dass sie Ashraf nicht unter den Frauen entdecken konnte. Es wäre unerträglich, ihr zu begegnen und sich dabei nichts anmerken zu lassen. Ein lautes Jammern ließ sie aufschrecken. Fatima wurde von ihren Schwiegertöchtern gehalten. Sie war zusammengebrochen und schlug sich laut schreiend mit der flachen Hand auf die Brust. Die Frauen versuchten vergeblich, sie zu beruhigen. Amme verkroch sich wieder unter ihrem Schleier.

„Warum bist du eigentlich hierher mitgekommen?" fragte sie Amme.

„Er war doch der Vater meiner Tochter. Und er hat für uns gesorgt." Simone wurde wütend.

„Das sehe ich aber anders", dachte sie. Sie sah zu Fatima herüber. Diese Frau wusste vom Betrug ihres Mannes und machte trotzdem solche Szenen. „Warum machen sich alle gegenseitig etwas vor?" fragte sie sich. „Ich werde da nicht mitspielen."

Auf der Fahrt von der Moschee zum Friedhof saß sie schweigend neben Masoud. Amir war im Auto von Mohammed Ali und seinen Söhnen mitgefahren, bevor Simone ihn zu sich holen konnte. Arezu schlief friedlich auf dem Rücksitz, während Amme sie im Arm hielt.

„Bring uns nach dem Friedhof nach Hause Masoud und sorg dafür, dass Amir mitkommt. Wir gehen nicht mit zum Leichenschmaus zu Fatima. Das tue ich mir nicht auch noch an. Außerdem ist Arezu müde." Masoud schwieg. Simone betrachtete seine Hände. Eine Hand lag wie immer auf dem Schaltknüppel, die andere locker auf dem Lenkrad. Diese Hände hatten Ashraf gehalten, hatten sie liebkost und ihr Gesicht gestreichelt. Sie sah auf seine Lippen. Er hatte Ashraf geküsst. Simone erinnerte sich an die Streitereien vielen mit Ashraf. Sie wollte ihr das Leben schwer machen, sie dazu bringen, das Land und ihren Mann zu verlassen. Simone ballte die Fäuste. Im Außenspiegel sah sie Amme, die auf dem Rücksitz kauerte. Ashraf und Amme teilten ein schweres Schicksal, aber dafür konnte sie nichts.

Der Parkplatz des Friedhofes war riesengroß. Viele schwarz gekleidete Menschen liefen mit Schnittblumen, Trauerkränzen und Wasserkannen umher. Es dauerte eine Weile bis Masoud einen Parkplatz fand. Auf dem Weg zur Grabstalle wurden sie immer wieder von Menschen angesprochen, die ein Gräberfeld oder eines der nummerierten Areale der Friedhofsanlage suchten. Simone konnte sich gut vorstellen, dass es selbst mit Hilfe dieser Nummern schwer war, sich auf dem weitläufigen Gelände zu orientieren. Sie sah weit und breit nur Grabplatten, die durch sehr schmale Fußwege getrennt waren. Masoud wusste, wo die ausgehobene Grabstelle war, denn er hatte sie zusammen mit den Söhnen von Behruz gekauft. Simone blieb mit Amme und Arezu in einiger Entfernung vom Grab stehen. Sie beobachtete, wie der in ein weißes Tuch gewickelte Leichnam von Behruz durch die Trauergäste, die sich rund um das Grab versammelt hatten, getragen wurde. Ein Mullah führte die Prozession an und las durch ein Mikrofon aus dem Koran. Simone erkannte Ali Reza und Mohammed Ali unter den Männern, die die Bahre trugen. Von überall her ertönten Koransuren und das Weinen von trauernden Friedhofsbesuchern. Die Menschen saßen oder standen an den Gräbern, wuschen die Steinplatten mit Wasser ab, legten Blumen und Kränze ab oder hielten ein Familienpicknick auf dem Grab. Über vielen Gräbern standen Schaukästen, mit dem Foto der Verstorbenen. Amme bemerkte Simones neugierige Blicke und beugte sich zu ihr.

„Die Familien der kürzlich Gestorbenen kommen oft freitags hierher und essen am Grab, damit der Tote die erste Zeit nicht so allein ist."

„Wieso die erste Zeit?" fragte Simone flüsternd.

„Sie müssen doch allein auf das Jüngst Gericht warten", antwortete Amme. Der Leichnam von Behruz wurde langsam und unter dem Wehklagen der Umstehenden in die Erde gelegt. Amme hob weinend die geöffneten Handflächen zum Himmel. „So wie Behruz. Und dann muss er Rechenschaft für alles ablegen. Ich hoffe, er hat noch seinen Frieden mit dem Schöpfer machen können. Ich verzeihe ihm jedenfalls und ich bete dafür, dass Ashraf mir auch eines Tages verzeihen kann."

Fatima sank vor dem geöffneten Grab zu Boden und wiegte ihren Oberkörper vor und zurück. Ihre Söhne stützten sie. Masoud stand mit Amir daneben. Simone sah, dass ihr Sohn sehr bleich war. Masoud schien das auch bemerkt zu haben. Er hob ihn hoch und hielt nach Simone Ausschau, die ihn zu sich winkte.

„Wir gehen, es reicht", flüsterte sie ihm ins Ohr als er zu ihnen herüber kam.

„Geht schon mal vor, ich komme gleich", sagte er und drückte Simone den Autoschlüssel in die Hand. Sie schüttelte den Kopf.

„Du kommst jetzt mit! Ich finde den Weg nicht hier raus." Masoud warf einen kurzen Blick zurück, dann ging er vor und sie folgten ihm.

Simone nahm Arezu auf den Schoß und setzte sich zu Amme und Amir auf den Rücksitz. Arezu nickte augenblicklich ein und Amir beschäftigte sich mit Masouds neuem Mobiltelefon, auf dem auch ein Spiel installiert war. Masoud erwartete, dass seine Familie ihn zum Leichenschmaus ins

Haus von Behruz und Fatima begleitete. Er sah in den Rückspiegel, aber Simone vermied es ihn anzusehen. Sie verschränkte die Arme vor der Brust und starrte vor sich hin. „Wie kann er nur jetzt dahin fahren wollen", dachte sie wütend. „Was kann wichtiger sein, als sich mit mir auszusprechen?" Als sie zu Hause ankamen, zog Masoud Simone beiseite und hielt ihre Hand fest.

„Ich komme so schnell wie ich kann zurück. Bring die Kinder ins Bett. Dann fahren wir zusammen weg und reden in Ruhe." Simone machte sich los und ging wortlos ins Haus. Amme war mit den Kindern schon vorgegangen und stand reglos im Flur.

„Mach dir nicht zu viele Gedanken", tröstete Simone die alte Frau. „Es wird alles wieder gut." Amme nickte gehorsam und ging mit schleppenden Schritten in ihr Zimmer. Amir zog seine Mutter am Ärmel: „Ich habe Hunger." Sie ging mit den Kindern in die Küche, machte ihnen Abendbrot und brachte sie zu Bett. Dann setzte sie sich ins kleine Wohnzimmer und wartete auf Masouds Rückkehr. Das Haus war auf einmal unglaublich leer.

„Wir fahren nirgendwo hin", empfing Simone ihren Mann, als er sofort nach seiner Ankunft zu ihr kam. „Wir klären das hier und jetzt. Ich habe lange genug gewartet."

„Ich dachte, es würde uns vielleicht leichter fallen, wenn wir nicht zu Hause reden. Da müssen wir immer leise sein", erwiderte Masoud. Er hatte das Auto nicht in den Hof gefahren. Simone stand auf.

„Es ist nicht mein Problem, wenn du dich schämst. Die Kinder hören nichts und Amme weiß sowieso alles." Simone stand auf und stellte sich vor ihn. „Also?" Masoud wich einen Schritt zurück und ging im Zimmer auf und ab. Simone ließ ihn nicht aus den Augen.

„Wo soll ich anfangen?" Masoud sah kurz auf und blickte dann wieder zu Boden. „Es tut mir so leid. Was willst du wissen?"

„Alles, was denkst du denn?" Simone setzte sich auf einen Stuhl.

„Ich war erst zwanzig, als Ashraf und ich verlobt wurden. Ich war sehr stolz darauf, dass sie mich heiraten wollte. Sie ist schließlich drei Jahre älter." Er sah Simone wieder kurz an. „Ich will mich nicht rausreden, aber du siehst ja, wie es hier ist. Auf der Schule sind nur Jungen, du verbringst deine Freizeit nur mit Jungen und dann ist da zu Hause eine Frau, die dich anhimmelt, der genau das gefällt, was du auch magst, die immer da ist."

„Ach, ist es jetzt ihre Schuld?"

„Nein, so meine ich das nicht, das weißt du. Ich habe gehofft, du verstehst alles besser, wenn du erst einmal hier lebst."

„Ach, hör auf." Simone funkelte ihn an. „Bin ich es jetzt schuld, weil ich dich nicht verstehe. Bei dir sind es immer nur die anderen, niemals du. Sag endlich, dass du feige warst. Hast du sie geliebt? Wie konntest du mich in dieses Haus bringen und mir das verschweigen?"

„Ja, ich war zu feige. Als wir hierher kamen, habe ich gedacht, Ashraf hätte sich beruhigt. Ich hatte ihr doch erklärt, dass ich dich liebe und dass ich verheiratet bin. Woher sollte ich wissen, dass sie mich immer noch liebt? Nach so langer Zeit?"

„Liebst du sie noch?"

„Nein, das war Schwärmerei. Ich liebe dich!"

„Wieso warst du dann nicht ehrlich? Alle wussten davon, nur ich nicht. Du hast mich zum Gespött der Familie gemacht."

„Das tut mir leid, Schatz, wirklich. Ich wollte dich nur schützen. Es war doch nicht mehr wichtig. Und je mehr Zeit verging, des schwerer wurde es, darüber zu reden."

„Ashraf hat es nicht vergessen. Sie sagt, du hast die Verlobung nie gelöst. Wolltest du sie dir vielleicht warm halten, falls ich gegangen wäre?" Simone begann laut zu weinen. „Mein Gott, du hast sie die ganze Zeit noch besucht, während wir verheiratet waren. Bist du deshalb immer allein hergekommen? Was ist da gelaufen?"

„Nichts, gar nichts. Ich sage doch, dass ich mich deutlich zurückgezogen habe, bitte glaub mir. Du bist die Frau meines Lebens. Ich war damals zu jung und ich war froh, nach Deutschland gehen zu dürfen. Ich wollte gar nicht heiraten, aber ich wollte Ashraf auch nicht verletzten. Sie hat doch niemanden. Wenn ich gewusst hätte, dass sie gar keine Waise ist, hätte ich alles viel früher aufgeklärt. Glaub mir, ich habe ihr keine Hoffnungen mehr gemacht, nachdem wir verheiratet waren."

„Aber du hast nichts klargestellt", schluchzte Simone.

„Ja, das war mein Fehler. Ich hätte ihr alles viel früher sagen sollen. Aber ich dachte, sie spürt es. Ich habe mich doch zurückgezogen." Simone nahm sich ein Papiertaschentuch aus der Schachtel auf dem Tisch und schnäuzte lautstark hinein.

„Feige warst du, so ist das. Einfach feige." Masoud ging langsam auf Simone zu. Sie stand auf und blickte aus dem Fenster. Er legte seine Hände auf ihre Schultern.

„Ich habe mich in dich verliebt und ich wusste von Anfang an, dass du die richtige Frau für mich bist. Da gab es nie Zweifel. Ich habe dich gewählt." Simone drehte sich um.

„Aber du hattest Angst vor der Wahrheit, hast dich um alles herumgedrückt. Ich weiß nicht, wie ich das jemals vergessen soll." Masoud sah sie erschrocken an. „Ich brauche Zeit. Du schläfst ab heute in der Fabrik. Und es versteht sich von selbst, dass Ashraf dieses Haus nie wieder betreten wird."

„Du wirfst mich raus? Was willst du den Kindern erklären? Und wie willst du allein zu Recht kommen?" Simone lachte gereizt.

„So wie bisher. Du warst doch immer weg."

„Das ist nicht fair", wehrte Masoud sich. „Ich musste mich doch um die Fabrik kümmern und ich habe dir alles gegeben, was du wolltest. Wir hatten doch beschlossen mit allem anderen zu warten bis die Fabrik läuft."

„Du hast beschlossen, dass ich warten muss. Jetzt wartest du."

29.

Simone klopfte an Ammes Tür. „Willst du nicht doch mitkommen? Ich bringe Arezu gleich in die Kita." Sie hörte leise Schritte. Amme öffnete langsam die Tür. Unter ihren Augen lagen dunkle Ringe und ihre Wangen waren eingefallen. Simone streichelte ihr über die Schulter.

„Na? Komm doch mit. Du musst langsam mal wieder aus deinem Zimmer rauskommen. Arezu geht seit mehr als zwei Wochen in die Kita und du hast gestern Abend versprochen, dass du sie mit uns dorthin begleitest."

„Soll ich mich nicht lieber ums Essen kümmern?"

„Das brauchst du nicht, ich habe schon alles gerichtet. Zieh´ dir was an. Wir warten draußen auf dich." Simone ging auf die Terrasse. Die Frühlingssonne war gerade über die Mauer geklettert und schien von Osten her in den Hof. Arezu fuhr auf ihrem neuen Dreirad um den Brunnen herum. Sie hatten gestern Abend zusammen ihren dritten Geburtstag gefeiert. Masoud hatte ihr das Rad mitgebracht und versprochen, sie heute in den Kindergarten zu begleiten. Er schlief seit zwei Monaten in der Fabrik. Simone wusste, wie sehr er sie und die Kinder vermisste, aber er beschwerte sich nicht. Er holte Amir fast jeden Tag von der Schule ab und sie aßen gemeinsam zu Mittag. Wenn er dann wieder fuhr, durften Amir und Arezu ihn manchmal begleiten. Die Kinder schienen sich daran gewöhnt zu haben, dass ihr Vater nicht Zuhause übernachtete. Masoud und sie hatten ihnen erklärt, dass er nachts in der Fabrik aufpassen musste.

Simone winkte Arezu zu und setzte sich auf den Teppich, den sie gestern mit Hilfe von Jusuf auf die Terrasse getragen hatte. Es war jetzt Anfang März und schon angenehm warm. Sie liebte es, draußen zu sitzen und sie hatte Amme gebeten ihr zu zeigen, wie man die Wasserpfeife anzündet. Leider kam Amme nicht mehr mit auf die Terrasse. Die alte Frau hatte seit dem Streit mit ihrer Tochter alle Energie verloren. Ashraf meldete sich nicht bei ihr, aber Simone konnte und wollte daran nichts ändern. Der Gedanke, Ashraf wieder in diesem Haus zu sehen, war ihr unerträglich.

„Wann fahren wir?" rief Arezu, während sie immer schneller um den Brunnen radelte. „Papa kommt doch bald, oder?" Simone nickte ihrer Tochter zu. „Gleich, Liebes, gleich. Fahr nicht so schnell." Seit die Kinder morgens beide aus dem Haus waren, hatte Simone viel Zeit zum Nachdenken gehabt. Sie liebte Masoud und er bemühte sich um sie und die Kinder. Trotzdem genoss sie es, die Abende und Nächte für sich zu haben. In letzter Zeit telefonierten sie beide öfter mit dem Mobiltelefon. Masoud hatte große Angst, dass Simone ihn verlassen würde. Als sie ihm erzählte, dass sie eine Kita für Arezu gefunden hatte, hatte sie seine Freude am anderen Ende der Leitung deutlich gespürt.

„Das Kind langweilt sich morgens mit mir", hatte sie seine Euphorie zu dämpfen versucht. „aber, ich bin mir noch nicht über alles im Klaren. Du musst Geduld haben."
Vor dem Tor ertönte ein dreifaches kurzes Hupen.

„Papa ist da, Papa ist da!" Arezu rannte zur Tür. Simone beobachtete wie ihr kleines Mädchen den Riegel des schweren Tores zurückschob und sich mit dem ganzen Körper gegen den Torflügel stemmte, um ihn zu öffnen. Sie sah, dass Masoud das Kind ebenfalls anlächelte. Er winkte ihr zu, fuhr langsam an und schickte seiner Tochter im Vorbeifahren einen Kuss durch die Luft. Arezu schob eilig das Tor zu und warf sich ihrem Vater in die Arme. „Sie vermissen sich", dachte Simone. „Die zwei Monate sind doch nicht spurlos an den Kindern vorbeigegangen." Sie hörte Schritte hinter sich. Amme kam aus dem Haus. Masoud lief mit Arezu auf dem Arm die Stufen zur Veranda hinauf und umarmte sie.

„Da sind wir ja alle zusammen, um die kleine Prinzessin in ihr neues Reich zu bringen. Wie geht es dir Amme? Ich habe gute Nachrichten." Ammes Augen glänzten plötzlich. Simone zuckte zusammen. Das mussten

Neuigkeiten über Ashraf sein. Arezu strampelte sich vom Arm ihres Vaters herunter, nahm Ammes Hand und zog sie entschlossen die Stufen der Veranda hinunter.

„Wir fahren jetzt. Es ist spät", sagte sie entschieden. „Ich darf mein Dreirad mitnehmen und im Hof fahren. Das hat die Chanum gesagt." Masoud half seiner Tochter das Rad in den Kofferraum zu legen. Amme setzte sich auf den Rücksitz zu Arezu. Simone schloss das Tor und setzte sich nach vorn. Die alte Frau suchte Masouds Blick im Rückspiegel. Simone straffte ihre Schultern und legte ihre Hände in den Schoß. Amme hielt es nicht mehr aus.

„Was hast du für Neuigkeiten?"

„Sie waren gestern beim Notar. Behruz hat Ashraf als seine Tochter anerkannt. Sie erbt den gesetzlich vorgeschriebenen Anteil." Masoud warf einen vorsichtigen Blick zu Simone herüber. „Es wird noch dauern, bis sie das Geld bekommt, aber immerhin." Amme starrte Masoud fassungslos an.

„Und Fatima? Sie wird das doch niemals hinnehmen."

„Doch, es bleibt ihr nichts anderes übrig. Behruz hat eine Geburtsurkunde ausstellen lassen. Sie können nichts machen." Amme schlug die Hände vors Gesicht.

„Allahu akbar, Allahu akbar", murmelte sie immer wieder. „Er hat seinen Frieden mit Allah gemacht." Simone räusperte sich.

„Und wie geht es jetzt weiter?" Masoud zuckte mit den Schultern. Amme lehnte sich im Sitz zurück. Sie zog die Gebetsperlen, die sie seit der Beerdigung ständig bei sich trug, aus der Tasche und begann leise zu beten. Simones Gedanken rasten. Ashraf war unabhängig. Sie konnte sich eine Wohnung leisten. Die Brüder müssten ihre Halbschwester entweder auszahlen oder das Haus verkaufen. Arezu hüpfte neben Amme auf und ab.

„Da, da", rief sie aufgeregt. „Das ist die Kita. Amme, du guckst ja gar nicht hin. Da!"

„Wie schön das Haus ist, Azizam", lobte Masoud. „Das hat deine Mama richtig gut gemacht. Sie hat die Kita ganz allein für dich gefunden." Er strich mit seiner freien Hand leicht über Simones Oberschenkel.

„Du kannst in der Seitenstraße parken", sagte Simone.

Sie gingen langsam hinter Arezu her, die mit ihrem Dreirad auf dem Bürgersteig vorausfuhr. Masoud musste das Rad, mit seiner Tochter im Sattel, immer wieder über die Stufen und Unebenheiten des Weges heben, aber Arezu strahlte über das ganze Gesicht. Die Mauer des Hofes war mit bunten Bildern bemalt und das Tor des Kindergartens stand offen. Ein schwerer dunkler Vorhang verhinderte den freien Blick in den Hof. Von drinnen war das Lachen der Kinder zu hören, die unter der Aufsicht einer jungen Frau in Mantel und Kopftuch im Garten spielten. Sie erkannte Arezu und ging sofort auf die Kleine zu.

„Hallo kleine Prinzessin, was für ein tolles Rad du hast. Ah, und da kommen dein Papa und deine Oma, nicht wahr?" Die junge Frau begrüßte die Familie und sie unterhielten sich eine Weile. Arezu zeigte ihrem Vater und Amme das ganze Haus. Die Kinder spielten viel, aber sie hatten auch kleine Unterrichtseinheiten in Englisch, Zeichnen, Basteln und Koranlehre.

„Wir proben zurzeit ein kleines Theaterstück für Nowruz[24]", sagte die junge Frau. „Sie werden doch kommen? Die Kinder freuen sich so, wenn die ganze Familie sie bewundert. Arezu lernt schon fleißig ihr Gedicht, stimmt's?" Sie strich Arezu zärtlich über den Kopf.

„Wir kommen bestimmt", sagte Masoud. „Zu Nowruz sollte die Familie zusammen sein."

---

[24] iranisches Neujahrsfest zur Sommersonnenwende am 21. März

„Wir machen heute Mittag das Grüne", sagte Arezu. „Wir legen die Samenkörner in die nasse Watte, dann sind sie bald ganz grün." Masoud sah Simone erstaunt an.

„Tja, Amir und Arezu haben mir genau erklärt, welche Vorbereitungen man zu Nowruz machen muss", sagte sie lächelnd. „Eier färben, einen Goldfisch kaufen, Samen keimen lassen bis sie grün sind und und und."

„Komm doch auch, Papa!"

„Mal sehn Kleines. Jetzt fahren wir erst mal und du gehst zu deinen Freunden. Bis später." Masoud bückte sich zu Arezu herab und küsste sie auf die Stirn.

„Werden wir Nowruz zusammen feiern?" fragte er Simone, als er Amme und sie zu Hause aussteigen ließ. „Ich wünsche mir sehr, dass bis dahin wieder alles normal sein kann." Simone wartete, bis Amme ins Haus gegangen war, dann fragte sie: „Wer ist wir?"

„Wir", sagte Masoud. „Amme, du, die Kinder und ich." Simone seufzte.

„Gut, aber was ist mit Ashraf? Sie kommt auf keinen Fall wieder hierher."

„Nein, da kannst du sicher sein. Lass mich erst einmal wieder einziehen, auch der Kinder wegen. Dann sehen wir weiter. Es sind nur noch ein paar Tage bis Nowruz." Masoud sah Simone flehentlich an. „Wenn du noch mit mir leben willst."

„Ja, aber nicht mehr so wie bisher." Sie blickte Masoud in die Augen. „Komm heute Abend nach Hause, dann reden wir über alles."

„Endgültig?" fragte Masoud und hielt den Atem an. Simone nickte.

„Ja, aber lass mir mit allem anderen Zeit", sagte sie und ging ins Haus.

Simone saß auf der Picknickdecke im Garten der Fabrik und blies den Rauch der Wasserpfeife in den klaren Himmel über ihr. Sie lauschte in die Stille dieses Freitagnachmittags. Keine Maschinen, keine Motorgeräusche, nur das Plätschern des Wassers, welches aus einem Rohr in das ummauerte Auffangbecken hinter der großen Halle lief. Amme lag neben ihr auf dem Boden. Sie war eingenickt. Ihr dünner, mit kleinen Blumen verzierter Schleier lag über ihrem Körper. Simone war versucht, ihr ein Kissen unter den Kopf zu schieben, aber Amme war es gewohnt auf dem Boden zu schlafen. Neben ihr standen ein mit Kohle betriebener Samowar und ein kleines Becken aus Gusseisen, in welchem die Kohlestücke vor sich hin glühten. Simone legte den Schlauch der Wasserpfeife beiseite, stand auf, nahm die eiserne Zange und legte ein kleines glühendes Stück auf den Kopf der Wasserpfeife. Dann setzte sie sich wieder hin und zog genüsslich am Mundstück. Sogleich erklang das Blubbern der Luft in dem bauchigen Glas und der wohlschmeckende Rauch füllte ihren Mund. Amme hatte Recht, es war ein Hochgenuss Wasserpfeife zu rauchen. Simone lehnte sich zurück und ließ ihren Blick im großen Garten der Fabrik umherschweifen. Masoud hatte viel geleistet. Er hatte die Halle vergrößert, damit die Fertigungsstraße hineinpasste und den Vorplatz aufräumen und pflastern lassen. Sie hatten das Neujahrsfest gemeinsam verbracht. Für Amme war es schwer gewesen, denn Ashraf hatte sich bis kurz vor dem Fest nicht bei ihr gemeldet. Dann aber rief Nilu an und bat Simone, Amme ans Telefon zu holen, damit Ashraf mit ihr sprechen konnte.

„Sie klingt so verändert", hatte Amme anschließend gesagt. „Ich hoffe, es wird alles wieder gut." Sie sprach aus Rücksicht kaum von ihrer Tochter. Simone sah auf die friedlich schlafende Frau herab. Sie hatten dieses Picknick gemeinsam vorbereitet. Die Reste des leckeren Mittagessens waren bereits wieder im Korb verpackt und die marinierten Hähnchenspieße für den Abend lagen in der Kühltasche bereit. Es machte Spaß, mit Amme zu kochen. Sie überließ

Simone inzwischen gerne den Haushalt, aber sie war zur Stelle, wenn Simone das Haus verließ, um sich mit Parwin und Aileen zu treffen. Simone sah auf die Uhr. Die restliche Familie wollte gleich zum gemeinsamen Abendessen kommen. Fatima hatte sich entschuldigt. Sie wollte Amme so wenig wie möglich begegnen. Simone wusste, dass Ashraf auch nicht mitkommen würde, aber Nilu hatte ihr angekündigt, dass Ashraf sich mit ihr aussprechen wollte. Die Erinnerung an die Begegnung in der Abflughalle war noch sehr lebendig und Simone fragte sich seit dem Telefonat mit Nilu, ob sie einem Treffen mit Ashraf zustimmen sollte.

Die Türglocke riss sie aus ihren Gedanken. Amir und Arezu liefen, gefolgt von Masoud, hinter dem Fabrikgebäude hervor, wo sie gemeinsam Fußball gespielt hatten. Alle drei waren verschwitzt. Amir trug den Fußball im Arm und Arezu zog ihren Vater hinter sich her. Masoud öffnete das Tor und winkte zu Simone herüber.

30.

Sie fuhren durch die fast leeren Straßen bergan. So früh am Morgen waren im Stadtteil Evin, direkt am Fuße des Gebirges, kaum Fußgänger unterwegs. Einige Besitzer der kleinen Läden des ehemaligen Bergdorfes standen verschlafen vor ihren Geschäften und spritzten die Bürgersteige mit Wasser ab. Andere waren dabei, ihre Waren auf den großen schräg gezimmerten Holzablagen vor ihren Geschäften für die bald vorbeikommenden Wanderer dekorativ anzuordnen. Gelbglänzende geschwefelte Aprikosen lagen säuberlich aufgereiht neben getrockneten dunkelroten Sauerkirchen und dunkelbraunen Datteln neben gezuckertem Ingwer und goldfarbenen Feigen. Die Wochenendausflügler würden diese leckeren Knabbereien als kleine Wegzehrung kaufen, um sie auf dem Wanderweg, der hinter dem Dorf begann, genüsslich zu verspeisen. Je höher das Taxi fuhr, desto kälter wehte der Wind durch die halb geöffnete Fensterscheibe.

„Hoffentlich geht das hier gut", dachte Simone und warf einen verstohlenen Blick zur Seite, wo Ashraf reglos neben ihr saß. Simone zog den Reißverschluss ihrer Allwetterjacke ein wenig höher. Sie hatte in den vergangenen Tagen lange mit Masoud über Ashrafs Bitte, sich mit ihr treffen zu dürfen, gesprochen.

„Warum will sie unbedingt mit mir reden?" hatte sie ihn gefragt. „Ich brauche das nicht und ich will sie eigentlich noch nicht wiedersehen."

„Sie will sich sicher entschuldigen", vermutete Masoud. „Wir können uns nicht ewig aus dem Weg gehen. Das wäre doch ein Anfang, oder?"

„Ein Anfang wovon? Wohin soll das führen?"

„Ich habe viele Fehler gemacht und ich muss mit ihr sprechen. Aber das geht nur, wenn du einverstanden bist. Und dazu muss sie sich zuerst bei dir entschuldigen."

Masoud hatte sie bittend angesehen. „Ist nicht schon genug Zeit vergangen?"

„Ich weiß gar nicht, ob ich eine Versöhnung will", hatte Simone nachdenklich gesagt. „Soll das bedeuten, dass wir uns dann öfter sehen?"

„Nein, da kannst du sicher sein", hatte Masoud sie beruhigt. „Aber ich will das Ganze auch abschließen können. Wir sind eine Familie und ich wünsche mir, dass wir eines Tages wieder normal miteinander umgehen können."

„Das hängt aber nicht allein von mir ab", hatte Simone entgegnet. „Amme und Fatima können sich auch nicht mehr so einfach gegenübersitzen."

„Stimmt, aber das müssen die beiden klären", erwiderte Masoud. „Nilu hat erzählt, das Ashraf jetzt oft in den Bergen wandert. Sie schlägt vor, dass ihr euch dort trefft. Was denkst du?" Simone hatte versprochen, es sich zu überlegen und Masoud hatte das Thema nicht mehr angesprochen. Aber sie wusste, wie sehr er Streit in der Familie verabscheute und hatte schließlich eingewilligt, Ashraf zu sehen. Sie verabredeten sich also vor Nilus Haus im Norden und Masoud hatte sie heute früh dorthin gefahren. Simone hatte Ashraf schon von weitem vor dem Haus stehen sehen. Sie wartete neben dem Taxi. Als sie Masouds Auto kommen sah, war sie eilig eingestiegen und Simone hatte sich schweigend neben sie gesetzt. Bis auf ein kurzes Kopfnicken hatten sie auch bisher noch kein Wort miteinander gesprochen.

„Wo wollen sie aussteigen?" fragte der Fahrer. Simone zuckte zusammen und Ashraf räusperte sich.

„Fahren Sie noch ein bisschen höher, bitte", sagte sie und lehnte sich vor, um die Straße besser sehen zu können. „Ich sage ihnen Bescheid."

Das Taxi hielt am Rande des ehemaligen Bergdorfes. Während Ashraf zahlte, sah Simone sich um. Vor ihnen führte eine kleine Brücke über einen wilden Gebirgsbach. An der schmalen Straße hinter ihnen standen winzige, mit Lehm verkleidete Häuschen. Hölzerne Türen führten in die Innenhöfe, in denen Misthaufen zu erkennen waren. Einige Hühner scharrten im Sand. Es war empfindlich kalt, denn die Sonne war noch nicht über die Bergkette geklettert. Ashraf zog ihren Rucksack an und knöpfte die wollene Weste zu, die sie über dem Mantel trug. Simone beobachtete sie verstohlen. Ashraf sah verändert aus. Ihre Füße steckten in neuen Wanderschuhen einer ausländischen Marke und ihr Mantel war nur knielang. Darunter trug sie eine enganliegende Jeans. Unter dem sonst immer weit ins Gesicht gezogenen Kopftuch schauten jetzt einige lockere Haarsträhnen hervor und auf ihrem Kopf saß eine große dunkle Sonnenbrille. Ashraf zeigte mit dem Finger in Richtung der Brücke.

„Da geht es lang", sagte sie und setzte sich in Bewegung. Simone nickte und folgte ihr in Richtung des schmalen Wanderwegs, der hinter der Brücke begann.

„Wir müssen hintereinander gehen, es ist ziemlich schmal. Aber weiter oben gibt es eine Hütte."

„Dann reden wir erst mal nicht", dachte Simone und folgte Ashraf auf dem schmalen Weg bergauf. Die Sonne stieg über den Bergkamm und die hellgrünen Blätter der Birken, die vereinzelt zwischen den Felsen standen, glitzerten im greller werdenden Licht. Ashraf drehte sich ab und zu nach Simone um und wartete, wenn Simone stehen blieb, um die Aussicht zu genießen. Es wurde langsam wärmer. Die beiden Frauen zogen wortlos ihre Jacken aus und knoteten sich deren Ärmel um die Hüften. Simone späte den Weg entlang nach oben. Sie wischte sich mit der Hand über die Stirn.

„Wir sind bald da", sagte Ashraf, ohne sie anzusehen.

„Bist du oft hier oben?" fragte Simone.

„Ja, seit ein paar Wochen gehe ich Freitagmorgens in die Berge." Ashraf setzte ihre Sonnenbrille auf. „Ich musste über so vieles nachdenken. Da tut die Höhe gut."

„Kann ich mir vorstellen", murmelte Simone.

„Ich war so dumm", sagte Ashraf leise und wandte sich zum Gehen. „So unendlich dumm." Sie senkte den Kopf. „Komm, es ist nicht mehr weit. Wir können in der Hütte frühstücken." Simone nickte, obwohl sie keinerlei Hunger verspürte. Wenigstens hatten sie aufgehört, sich anzuschweigen. Nach einer Weile tauchte eine große Holzhütte vor ihnen auf. Sie war an den Berghang gebaut und ihr Balkon schwebte auf hölzernen Säulen über der Schlucht. Simone hörte plötzlich Musik und laute Stimmen. Eine Gruppe junger Männer und Frauen kam den Weg herunter. Einer trug einen großen Kassettenrekorder auf der Schulter. Die anderen klatschten in die Hände und sangen zur Musik. Ashraf blieb stehen.

„Da sind ein paar Freunde", erklärte sie Simone etwas verschämt und ging auf die Gruppe zu. „Bitte entschuldige mich kurz." Die jungen Leute begrüßten Ashraf herzlich.

„Du bist heute aber spät dran", sagte einer der Männer. „Sehen wir dich kommenden Freitag wieder wie gewohnt?" Zu Simone gewandt fuhr er fort. „Sie sind natürlich auch herzlich eingeladen. Wir wollen vor Sonnenaufgang da oben sein." Er deutete mit ausgestrecktem Arm zu den Bergen hinauf.

„Nein, danke", sagte Simone, „so früh ist das nichts für mich." Ashraf verabschiedete sich von ihren Bekannten und sie gingen zur Hütte weiter.

„Ich habe sie hier oben kennengelernt", erklärte sie nach einer Weile. „Sie frühstücken immer hier und haben mich angesprochen."

„Du bist so früh allein hier oben?" wunderte sich Simone.

„Ja", sagte Ashraf leise, „bei Nilu bin ich nie allein."

In der Hütte roch es nach Holz, heißem Tee, warmem Brot und frischen Eiern. Alle Fenster des großen Gastraumes standen offen. Auf dem großen Balkon standen breite Bänke, die mit einfachen gewebten Teppichen ausgelegt waren, auf denen sich die Gäste niederlassen und frühstücken konnten. Der Wirt fegte gerade mit einem Reisigbesen Brotkrümel und andere Frühstücksreste früherer Gäste über den Balkon die Schlucht hinunter. Außer ihnen saß nur noch ein Mann dort und schaute durch sein Fernglas. Simone ging zum Balkongeländer und sah staunend in die Schlucht hinab. Unter ihr schwankten die Wipfel der Birken im Sonnenlicht. Der Gebirgsbach, den sie im Dorf überquert hatten, schlängelte sich leise rauschend zwischen Felsen und Steinen talwärts. Die Stadt lag still im Dunst des Vormittags. Sie schien unendlich weit weg zu sein. Unten auf dem Weg erkannte Simone mehrere Gruppen von Menschen, die bergan spazierten.

„Langsam kommen sie", sagte Ashraf, die neben sie getreten war. „Bald wird es richtig voll hier oben. Deshalb ist es besser, wenn man früh losgeht." Sie blickte in die Ferne.

„Von hier aus kannst du auf alles herabschauen und von ganz da oben", sie drehte sich um und sah in Richtung der Berggipfel, „siehst du sogar über die Grenzen der Stadt hinaus." Ashraf ging zu einer der Bänke, die im Windschatten der Hütte stand und blieb davor stehen.

„Wollen wir uns hierher setzen?" fragte sie. Simone krabbelte auf die Bank. Ashraf nahm eine der Decken, die der Wirt für seine frühen Gäste bereitgelegt hatte und half Simone, sich einzukuscheln. „Ich bestelle uns Frühstück. Hier brät man die Eier mit selbstgeschöpfter Butter. Dazu gibt es wunderbar frisches Brot und den besten Schafskäse, den du jemals gegessen hast." Ashraf ging ein paar Schritte in Richtung des Gastraumes. Dann drehte sie sich um.

„Danke", sagte sie. „Danke, dass du mitgekommen bist."

ENDE